# 震川先生集

下

〔明〕歸有光 著
周本淳 校點

上海古籍出版社

# 震川先生集卷之二十一

## 墓誌銘

### 陳處士妻王孺人墓誌銘

孺人姓王氏，陳處士諱可樂之妻。父諱士高，以歲貢入太學。三娶無子。元配某氏，生女子子一人。故處士受室，成禮於王氏之廟。太學君落魄不事生業，家徒壁立，獨喜飲酒，孺人治女紅以資其費。卽賓至，酒醴羞膳，無不得所欲。太學君卒，乃歸於陳。未幾，處士病瘵，生一子，周歲矣。且死，顧謂孺人曰：「伯兄無子，可以兒與之。」孺人曰：「養老字孤，吾事也。」因泣下，截髮以自誓。時庚午之歲，大祲，道殣相望。孺人抱一歲兒哭其夫，且汲飪以承迎二親，甚艱難也。卒以孝養終二親之世，而喪葬之。命其子事其兄公，如夫之教。內外相依倚爲命，以迄於有成。

居無一畝之宮，在闤闠中，人罕見其面。尼媪往來富貴家，與婦人交雜謨唄，尤數從寡婦人遊，孺人一切謝絕之。晚年，目蝸睆朦朦然，甚不自得。醫至，却之，曰：「吾手不能與人診視也。」蓋年二十四而喪處士，六十有二而卒。時嘉靖二十六年十二月十一日也。於是嫠居幾四十年矣。

初，處士之曾祖諱翊，中乙榜進士，授膠州學正，歷應山王府教授，嘗爲會試同考官。崑山之士以易學登第，自應山君始。家世讀書清貧，節行可慕尚也。孺人子一人，唐，縣學生。孫二人，王道，縣學生；次王政。葬以嘉靖二十九年十二月十七日。在白馬涇隨字圩之新塋。其辭曰：

兩儀奠位，自初有民。陰陽會合，男女貞行。聖人因之，秩爲典常：法則天地，垂象咸、恆。王道陵遲，關雎〔一〕刺興。鄭、衞靡靡，禮俗以傾。會齊於禖，天宇晦暝。孰知千載，是心猶明。懿矣淑婉，居然性靈。爭芬昧谷，競節高冥。有赫管彤，於昭汗青。子政作傳，元凱翼經。無微不顯，靡幽不呈。鐫辭於石，以詔前人。

## 太學生陳君妻郭孺人墓誌銘

孺人姓郭氏，長洲人，封鴻臚寺丞諱某之曾孫，處士諱某之孫，太學生諱受益之子；歸陳氏，工部都水司郎中諱天貴之子婦，太學生大雅之妻也。年四十有四，以嘉靖三十四年七月二十九日卒。太學君爲治葬事，遣其子良謨來請銘。

初，孺人始歸陳氏，太學日遊庠舍，不能治生產，幾無以自贍。孺人父母家在吳淞江上，田肥美，歲多收。爲捐嫁時衣被財物，買田廬。每歲之冬，卽往收穫。苦寒迨春，而面嘗皸瘃。凡賓祭補紉饎爨，一任其勞苦。時節縮而用其仂，纖麗之服，珍華之飾，屛去不御。親黨有邀爲宴會者，曰：「飲酒非婦人事。」輒謝之。辛勤二十餘年，家用可以給。而夫君以年貲貢入太學，滿次謁選，當爲州縣官，不日有祿養。而教育其子爲進士業，亦既有成矣。一旦搆危疾，自知其不起，爲其子女從容敍述生平。言始爲婦以至于今，其勤勞如此。若操舟渡江，舟中之人僅已登岸，而操舟者沒焉。因唏噓不自已。家人度爲櫬須若干直，孺人聞之，卽曰：「吾不須此木，當若干直可也。」又曰：「吾生自謂盡瘁於爾家。然不欲費，但得片石，求能文者誌吾墓足矣。」

予聞而傷之。孺人以女子，有志於名後世，夫豈爲區區之名，卽其平生之志，有不容沒沒者。予讀谷風之詩，蓋夫婦之變也。其稱所以爲其夫者曰：「就其深矣，方之舟之；就其淺矣，泳之游之。何有何無，黽勉求之。」至於旨畜以御冬，甚微細者，亦自言之亹亹不厭。千載而下，可以見爲人婦者之心也。其亦可悲也已。孺人生子男二人：良謨，長洲縣學生；良策，尙幼。女子一人，適李春陽，吳縣學生。孫男女二人。其葬在武丘鄉，卒之明年正月二十四日也。銘曰：

郭世巨族，居差方里。大臚貤封，亦以貴起。來嬪陳宗，實相厥美。致其畜藏，勤毖自喜。悲彼褕衣，不能爲婢。一世之志，迫于短晷。不承其享，貽後之祉。

## 顧孺人墓誌銘

嘉靖二十七年，沈君子善喪其配顧孺人。又明年，舉進士，官鄱陽，孺人尚在殯。尋以中憲之喪還家。明年治葬事，以孺人祔於崑山縣橫塘祖塋之次。寔三十二年某月日也。子善先期來請銘，其子堯俞從予遊，每念其母，輒流涕，曰：「吾母賢，非夫子其誰宜銘？」嗟夫！富貴壽夭，非所以論賢者，而賢者之志不在於此。然世恆以是爲幸不幸，相與爲悲喜，亦夫人之情哉！沈氏世以詩書名家。中憲趾美前武，三爲二千石。而孺人之考給事兄弟起海上，一時同官黃門，並貴顯矣。孺人托於兩家，得子善以爲之壻，孰不爲喜？然孺人未及笄，屬給事捐館舍，哭泣悲哀，幾不能以生。後每追慕顧念，有終身之悲。而子善爲諸生，悒悒不得意，孺人與共勞苦，有雞鳴警戒之志。及遊兩京太學，遂魁畿甸多士。又再試不利。比及第，孺人幾及見之，而先以死。蓋富貴壽殀之數，雖父子夫婦，不能相及者，此其所以可悲也。

孺人生而敏慧，數歲，爲給事製小冠，給事喜，爲冠以出見客。常以格言教訓孺人，輒能記。其後每稱以勗其子。爲人凝重，在父母側，不問不言，或竟日無一言。雖中憲嚴憚之。君所交遊，以文字學業相過從，卽喜，具食飲，令盡懽。苟非其人，雖杯〔三〕茗不時至也。見其子夜讀書，輒紡績，與共燈火，用勸率之。事祖姑太宜人尤孝敬。中憲之官，太宜人老不能行。嘗謂中憲：「有賢孫婦，卽汝面汝目在吾眼前矣。」其賢如此。蓋子善宦學之助爲多焉。

給事諱濟，官刑科給事中。中憲諱大楠，官至惠州府知府。子善名紹慶，今爲鄱陽縣知縣。孺人生于正德四年七月十四日，得年四十　男子子二人，堯俞、堯典。女子子二人，壻王炳衡、王伯稠。後出女子子一人，妾出男子子二人，堯欽、堯文。昔雍門子以哭見孟嘗君，孟嘗君爲之增欷嗚唈，流涕不能自止。予銘孺人，蓋有傷心者。銘曰：

嗟夫人之婉好，宜其壽考，胡遽以殀？其行獨，而不祿。嗟夫，造物者區區以此爲仇，夫孰能知其由？

## 潘府君室沈孺人墓誌銘

予少善潘士英子實。子實自嘉定來崑山，居馬鞍山岩石之間。予亦時過子實，因獲拜潘府君，氣貌方壯盛也。喜飲酒，不屑事生產。而沈孺人者，淸浦大族。淸浦在縣東南海上黃浦之東，蓋俗謂之江東沈氏云。孺人去膏澤，攻勤苦，以佐其家。又以其餘力爲高樓夏屋以居，而子實得自恣游學。嘉靖某年月日，潘府君卒，其明年十二月，葬于脚襪涇之原，予嘗誌其墓。府君亡，而孺人持門戶如其存時。子實益復聚縣中俊彥，日與講肄。某縣人往往取科名，貴顯于朝，或不幸困踣于時，亦以道義爲鄉人所重，皆子實之與也。人以是愈稱孺人之賢。而幼子士賢，亦力學爲諸生。

會倭奴犯境，子實家近海，最先被兵。遂奉孺人避居予安亭舍中，予家人皆得挹其慈範。明年，寇益深，子實去之澱山湖中。孺人命舟，益遠去，之檇李，入其郛中。澱山湖王氏，予姻家也。是時從孺人行者，皆獲免；不從孺人，留者皆被害：其倉卒明智如此。兵後，家悉燬。子實稍卜新居，始以不能具菽水養爲憂。于是計偕留京師，選授處之龍泉博士。龍泉山縣，學宮皆傾圮，因留妻子侍養，先之官，除舘舍，欲迎孺人，而孺人竟病卒。蓋子實非苟仕者，千里就微祿，以爲親也，而竟不能致居官一日之養，豈不傷哉！

雖然，使子實早取科名，亦不肯趨時以爲大官。雖爲大官，亦必不藉此以爲親榮。則今子實之所以事孺人者，蓋無憾也。予銘府君至是二十年，乃銘孺人。而予與子實亦已老矣。其又不能無感矣夫！其辭曰：

沈氏江東世名族，黃門柱後兩賢擢。孺人父肆王父輔，世稱孝子善慶渥。府君諱乾用中字，士英、士賢二子續。女適金詡徐應元，張來之配先母覆。孫男女七曾孫二，胤嗣蟄蟄繁祉福。己未臘月日初五，七十有六齡非促。徽文志墓襲前詞，明歲除日祔夫麓。

## 周子嘉室唐孺人墓誌銘

震澤東出爲淞江，遶吳之境而南，故吳地多以江名。子嘉世居江南，唐氏居江北，皆崑山之鄙也。相去二十里，故孺人歸于子嘉。時參知公已登進士。子嘉以兄故諸生，時爲廉吏，祿養不贍。賴國家恩澤，得以安其閭里，無呼召之擾。視先世雖以貲高里中，而數苦徭賦，今可以無事。遂與孺人耕田常數百畝。孺人日饁百餘人，歲時伏臘賓親之費，不使子嘉有言，而悉自辦治。而事二大人極孝養。參知公宦游數千里外，有令兄弟，又有賢婦，得以無顧念。孺人產子，舅中憲公已病亟，聞之亦喜。

初，晏恭人卒，孺人哭之哀。又哭中憲公而病，尋卒。子嘉痛之，十七年而不葬，曰：「不敢薄吾妻也。」又曰：「始吾爲生之難，今稍裕，而吾妻不及矣。」于是以某年月日，葬于千墩浦奈字圩之新阡。子嘉名大賓。男子子一人，之榮；女子子三人，適某、某、某。又男子子四人，女一人，繼趙出。孫男子一人。余與徐韜仲，皆子嘉之姑之子。故請韜仲爲狀，而余爲銘。子嘉謂皆外兄弟，可信其賢不誣也。銘曰：

孰爲之昉，不旣其養。自我爲土，或居其上，其命也夫！今見子之長，黍稷禋祀，其尚享之。

## 方母張孺人墓誌銘

鄉進士方範循道之母張孺人卒，將葬，乞銘于予。其狀云：

「張氏世居崑山之水墟村。曾大父諱奎，大父諱佩，父諱錦。母潘氏。父少習舉子業，長爲郡從事，不久棄去。所生女子五人，皆聰明穎慧。而吾母尤凝重貞淑，頗習小學、列女傳，能了大義。嘉靖初，吾父以御史議大禮不合，歸。久之，先妣封孺人范氏卒，遂以禮聘焉。先是，范孺人方正賢淑，動協矩矱，人以爲女丈夫。吾母志操娟潔，動止有則，族黨內外，咸謂有范孺人之風。期年，生不肖。先君乃悉以前所樹產歸伯兄，而擕吾母子構別室以居。吾母念先君所留鮮薄，懼弗給也。治生纖悉，僅僅取足。而恆宿儲甘旨，爲吾父徵姻合朋之需，吾父得夷猶于江山綠野之間，情閒意適者，實吾母之助爲多。不肖方向學，吾父謂吾母曰：『兒年少，勿以他好奪志，卽遠大可期也。』庚戌之秋，吾父奄忽見背。吾母敬承父志，咨于伯兄，博訪名宿，延之家塾。饔幣饋遺，必加豐腆。早夜冀有成立，以慰先人于九原。未踰年，則訟役交侵。吾母于是撫不肖泣曰：『汝父不欲以厚貽汝，正爲今日。而人情若此，奈何？所賴以自立者，惟能讀父書耳。卽汝負先人之志，吾亦何以生爲也？』遂相與大慟。不肖因悚惕痛勵。値倭警，家產蕩焚。吾母復鬻簪珥，爲延師費，不足，則又稍捐成業以資之。蓋自先君謝世，今十五六年中，經頓撼百出之苦，惴惴焉不敢一日之寧。惟是尊師教子，則愈久而愈切。時從伯兄課試，有不愜，輒令長跪，提以大杖。吾母旣忿不肖駑鈍，又重憐之，卽投杖，號泣竟日。每夜篝燈課讀，而躬自辟纑。雖隆冬沍寒，戶外雨雪交作，猶凄然相對，不少假借。歲甲子，遘腹疾。三年不能起。丙寅，疾益甚。是冬，値五袠之誕。子姓姻戚，衣冠萃止，舉觴稱慶。吾母爲力疾強起，整衣登堂矣，而委頓不能勝。乃自嘆曰：『吾必死矣。然自汝父見背，遺汝，中更多難，吾撫之以至于今，吾卽死，不愧汝父于地下矣。』越明年正月某日終，得壽五十有一。子男一，卽不肖範。孫女一，幼，未字。嗚呼！他人之母，母耳。使範無母，其能一日自存也哉？範今僅得成立，能備一日之養，而吾母已不能待矣。此所以抱終天之恨也。」狀如是。

余交方氏三世矣。侍御諱鳳，與其兄奉常公諱鵬，同舉進士有名，時稱二方。侍御性豪爽，然于范孺人，頗嚴憚之。後與張孺人別居，益寵愛。舍其平生所爲業，更旬晝立。故循瀫稱其母之辛勤者如此。其伯兄則長史築，范孺人出也。又所爲延塾師，如吾友桐坡諸中丞子舉，奏進士光甫，及海虞二陸，皆相繼登科第。而循道復中鄉舉，將歷二父以起。八稱孺人主中饋，極奉祀之禮，故循道痛念其母，異于他母，良然。循道事孺人尤孝。葬在縣治馬鞍山之陽，故祖墓而爲別域。實隆慶某年月日。噫，其可銘！銘曰：

懿矣慈母，乃有孝子。卜從其先，惟墨食，遺後人祉。

## 張孺人墓誌銘

孺人姓張氏，太學生陸子徵之妻，武康令本枝之母，世爲長洲人。始，尚醫張公與子徵父卯隱公，皆出贅居祥符里，以故張公以女予子徵。子徵名煥，與其弟燦子潛，兄弟皆有名學中。子潛進士高第，入翰林，爲給事中。而子徵久不第。子徵爲人博雅，善著書，好遊名山水，意興所到，獨自往來，不孰何家事。家事一任孺人，孺人亦以爲治生纖嗇，非丈夫所宜與知也。至於教子，孺人亦躬自督責。以故子徵得以遊閒，而諸子學皆有成。子潛給事中言事，被謫都勻，而其孺人又病死。母胡夫人春秋高，每念其仲子得罪朝廷，竄萬里外。孺人獨共養，時以温言慰解之，胡夫人乃喜。

孺人初爲家甚纖，及本枝中鄉舉，仲季二子並遊太學，乃喟然嘆曰：「三子俱長，吾今可以無事事矣。」遂爲之析生，獨居一室，日唯焚香禮佛。又好觀北史遺文、隋朝故事，諸稗官小說家，數爲諸子言之。本枝迎養之官。孺人一日下堂，蹶，傷其左足而病。病良瘉，二子迎歸爲壽；壽以他病，遂不起，元年甲子之二月某日也。年八十有一。子男三，長卽本枝，次培枝，翹枝，皆太學生。女一，適刑部主事查懋光。孫男四，某、某。女四。曾孫男女四。陸氏自冢宰公最貴，其族多著朝籍，其後出子徵兄弟。而本枝爲吏，以循良稱，其聞喪而還也，吳興人惜之。

余與本枝同年，又同官，以是年之九月某日，葬孺人於貞山，故奉子徵之命來請銘。

銘曰：

陸於長洲，厥世遠矣。冢卿之興，綦貴而圮。黃門績文，爲時宗工。太學博雅，允宜其兄。唯是名族，宜有令母。令母頎頎，德音則有。當其治生，束之若急。及有代人，脫焉如釋。來遊武康，象服緋緋。覩子循政，式謐其歸。順化委蛇，八十一終。勒詞玄石，以詒無窮。

## 沈母張孺人墓誌銘

孺人姓張氏，曾祖璠，祖錦，父沂，以貲雄海上。孺人年十七，歸沈君垣。沈君自少不能治生，遇有賦調，輒轉徙避之。孺人常椎髻單衣，步從其夫。至則與女奴共操作，終不以父母家有所覬望。沈君時大困，意不能無懟，孺人俛嘿而已。母老且病，兄溥、盧君梓在京師，孺人日夕侍湯藥不去側。母以是安之。平生無疾病，一日之後園，右食指爲棘所傷，血濡縷，遂至大疾。嘉靖三十年十一月初一日也。年五十有一。殯殮不具，鴻臚君經紀其事，葬之吳塘之源，實以其年十二月初六日。子男二人，大有、大成。女一人。

大有從予遊，予素知孺人之愛其子，每告歸，必問所習，大有對之辨析，即喜見于色。吾妻，沈之自出，呼孺人爲嫂。然年最少，孺人嘗在他所，未嘗相見。先五月，吾妻死。孺人獨曰：「嗟乎，賢者固不能久生於今世？」因流涕累日。予屏居安亭江上十餘年矣，自遭此瘼，回首平生，惘惘無可向人道者。或譏以私喪踰禮，而不知實有身世無窮之悲。聞孺人之言，而爲之屢慟焉。及是，大有來請銘，思其言，尤悲。因序而銘之。銘曰：

差生之厚，而數之蹇。不忮不求，君子之選。生有令辭，是以銘于茲。

## 陸孺人墓誌銘

孺人姓陸氏，朱君艮之妻，封吉安府推官諱苓之子婦。父諱桂，母王氏；伯父諱松，母朱氏，實吉安之女弟。孺人少時，伯父母無子，養以爲己女。欲爲朱氏重親，遂聘朱君爲贅壻。久之，致其橐于陸氏之族曰蕾者，曰：「女不可以爲嗣。壻不可以爲烝嘗。必欲爲後，蕾也宜。」遂歸于朱氏。

吉安爲諸生，布衣糲食，僅以自給。及長子舉進士，選調吉安，得推封。及爲監察御史福建副使，吉安始卒。已又爲廣西廉使，爲河南布政使，而太夫人猶在堂。孺人終始孝養，雖其兄弟亦賴之。年二十，得寒疾。自以終不能有子。爲置他姬，生三女子。已又生三男子，撫抱若一。生平無紛華之好，無夷鬼之惑；於治生尤纖，以此致饒給云。

嘉靖二十六年八月二十六日卒，得年五十九。男，邦敎，娶歸氏，予從女也。邦禮，娶徐氏。邦治，未聘。女，適縣學生周履冰、楊承芳、張復祖。以卒之年十一月壬寅，權厝于祖塋。而以某年月日葬。履冰述孺人狀甚備，予爲採次其辭，而爲銘曰：

三代詩書之所載女子之行，非有怪特奇畸，而在于仁孝勤儉，而無忮忌之資。雖今世固有之，世人不察而不知。有其知之，視予銘詞。

## 張太孺人墓誌銘

太孺人張氏，故戶侯章君注之少室，歸化令若虛宗實之母也。章氏世海虞人，若虛曾祖珪，監察御史。祖格，大理寺卿。御史四子皆登朝，二季位至九列，而大理最賢。大理生注，以貲爲某衛千戶。

始崑山之東鄙曰安亭，有楊氏，亦名族。大理故與楊翁善；遂以戶侯贅于楊氏。而楊女蚤亡。楊翁曰：「女不幸，吾不可以失章甥。」遂爲章甥娶洪氏女，如其女。戶侯以此卒居楊氏。然無子，以兄子槩爲後。太孺人在諸姬中獨後生子，卽若虛也。已而戶侯與洪孺人皆亡。太孺人抱其子日夜啼泣，遂喪其明。倚兄子爲後者。而戶侯與兩娶，皆葬安亭矣。若虛旣舉于鄉，太孺人撫几，遶而行，喜不自勝。及爲歸化令，不能之官，其孫太學生衡已能自主其家，太孺人遂與其孫歸海虞，比若虛之喪自歸化還，家人恐太孺人悲哀，不以告，竟太孺人死，猶以爲尙在歸化也。又三年，太孺人以嘉靖甲子五月二十七日卒，年八十有三。

初，太孺人十五而歸戶侯，久未有娠；他姬往往有娠不育。太孺人又十五年，年三十，始生若虛。他姬豐氏新寡，其父母欲嫁之。豐姬怒，斷其髮，哭曰：「奈何以女與人，食其茶，死，又易之茶，獨貴如此乎？」竟不能奪。太孺人其後遂迎豐姬與共處。兄子爲後者，後倅永州。先以單縣最當封，永州請移封其本生。若虛方貢在春官，意望其兄。而永州以若虛能自得之也。及若虛久不第，頗以爲慚。已調歸化，曰：「吾父母不得單縣封，當得歸化封矣。」然竟不得云。於是衡以隆慶元年三月初六日，葬於虞山拂水巖先塋之側。若虛之葬在其北。余與若虛同學，又同舉。若虛娶陸氏，故王氏也，與余妻爲姑姪，故皆在安亭，同居王氏者數年。後離居矣，不得視其母子喪，以爲憾。銘曰：

命也爲娣，又嫠而矇，傳世紹業乃其功。母之愛子望無窮，石巉水落宰木叢，猿哀虎嘯霜山空，生兮不歸死來從。

## 龔母秦孺人墓誌銘

孺人姓秦氏，諱淸，父諱璿，祖諱恭，贈刑部員外郎；其丈夫曰龔君河，字順之。順之父諱乾；祖諱紘，承事郎；曾祖諱理，山東左布政使，門人私謚爲淸惠先生者也。孺人初歸時，舅祖方伯公已歿。舅以編戶長鄉賦。正德庚午，歲大祲，縣官不爲蠲貸，盡責之長賦，舅罄其產輸不足，則盡室以逃。孺人之旁舍，追者至，時方有娠，天大暑，閉密室中，幾暍死。順之常夜雨雪中行，身被塗泥，時就縶箠楚，血漬衣，孺人私取衣澣濯之，不使其舅姑知。順之時時出外，獨黽勉事其二親，撫教其兒。孺人本儒家女，其前世皆貴顯，數更困阨，能怡然安之。晝夜紡織不怠。性端肅，雖老，見男子，常蔽茀。伯兄元氏知縣雷，修謹之士，每敬歎之。

始，龔氏自宋殿中侍御史猗渡江南來，遇異人，得枯杏枝，教以「樹之復生，則止居焉」。殿中君至崑山唆儀村，殖其樹，果復生，居六世，而杏已大數十圍矣。稍遷至十里所，曰靑墩，又五世而方伯始顯。故縣中稱龔氏之族最久。及順之之世，而靑墩之故居始失之，乃遷徙無常處。

嘉靖三十六年四月乙巳，孺人竟卒于學宮之寓舍，年七十二。子二人，邦衡、邦伯。女二人，嫁王仁、高岱。孫，男二人，女二人，曾孫男一人。邦衡，卽孺人避旁舍所妊者也。少有儁材，爲縣學生，以春秋教授鄉里縣人，尤以孺人之不逮于祿養爲恨。時殯于學宮，欲速葬，故以六月丁酉，葬小虞浦之新塋。銘曰：

殿中南徙，歷四百春。晙儀之族，始大青墩。懿茲令母，來嬪自秦。有喬者木，百歲爲薪。生無處所，歿有高墳。勒銘幽石，以俟後人。

## 季母陶碩人墓誌銘

季母，姓陶氏，崑山某里人。年二十一，歸于同縣季君。生子男三人，鎬、龍伯、鉞；女一人，適杭成樂；孫男四人，曾孫男女二人。年七十一而卒。

母少孤，鞠於其嫂，事嫂如母。及在季氏，撫其伯之孤如子。家常乏，以女工佐其費，至於充裕，母勤毖不休。龍伯讀書爲博士弟子員，諸公貴人愛其材，爭折節與交；龍伯亦數數造請，或頗誚之。然龍伯以爲士負意氣，立崖岸，不可於人，非通世之資，終直行其意不顧。其遊諸公間，禮數往來，必與之稱，門外常有長者車。客從季氏飲者，日十數人，聲皆取于母，母終不厭。龍伯以此益自喜。龍伯工於應主司之文，雖更試不第，人不謂龍伯拙，而謂其必自奮，故龍伯不以自沮，而母歲歲以望。

去年秋，母病，而龍伯婦支氏有娠。術者曰：「子丑之月，以喜衝，病有瘳乎？」母聞之悅，屈指顧支氏曰：「是已是已。」及支氏乳，而得病甚。母驚悸，撫膺曰：「吾婦賢孝，婦死，吾亦死。」頃之，支氏卒；母悲惋，踰月亦卒。噫，可傷也已！時嘉靖十八年三月己亥，遂以是年十一月庚申，葬於白馬涇之新阡。龍伯請予銘，銘曰：

質之淑兮，又修能也；榮祿弗膺兮，年不待也。育子之憫兮，命奚在也？銘以藏之，永不壞也。

## 王母孫孺人墓誌銘

太湖東北，復溢爲諸湖以十數，其東爲澱山湖，最鉅。澱山湖東北折爲溪，復小滙爲度城潭。蓋湖水之觀大矣，水欲盡而復滙，其境無窮而益勝，此吾吳之所以爲澤國，而饒於水如是。昔有隱德君子曰王復齋先生，與其子南陽先生居於潭上。父子並磊落奇偉人。予之曾大父城武公，雅善復齋先生，故至今子孫猶締婚媾之好。予歲時一至其家，多從中秋泛月湖中，或憩潭旁篁篠間，觀魚鳥之飛泳。主人爲擷嘉樹之實，采芳桂之英，瀹茗清談，指點山旁竹木之間二先生飲酒博弈之處，因登忠孝之堂，爲之慨然而歎息。潭東北，蓋王氏之世墓。墓之迤南，則南陽先生葬於是三十年矣。嘉靖二十有八年十月十三日，其子有親，始奉孫孺人祔焉。先期來請銘，而自爲狀，曰：

「先君諱懋德，是爲南陽先生。先母姓孫氏，即吾家度城之近地磧礇人也。外祖諱奎，外曾祖諱源。先祖諱某，是爲復齋先生。舉進士，試禮部，未第而卒，不及見吾先君之婚娶也。祖母凌孺人，躬自督課，遣入縣學，爲弟子員。先母來未半載，祖母即付以家事。祖母性嚴厲，鮮當其意，先母能委曲將迎，常得其懽心。晚年遘疾，宛轉牀第，幾及三載。先母親調藥食，扶持起居，終其身不倦。中年得痰疾，爲先君置妾楊氏，生一女，愛之不異己出。比先君病卒，共處一室，食則同几，臥則同衾。楊氏亦奉事惟謹，如女之事母。此人家之所難也。自先君蚤世，吾母在艱難疾病之中三十三年。於乎痛哉！」其狀云爾。

又曰：「先母八十，吾兄弟爲壽，辱吾子爲文序之。吾子又誌吾從兄邦獻之墓。知吾家者唯吾子，且又能文，茲不可以辭。」予乃銘曰：

澱山之東，度城之堧，爰有王氏，世居其間。庭有古木，堂有遺編。磧礇之孫，雲樹其連。來嬪夫子，亦婉其賢。中途背捐，疾疢纏綿。獨閱春秋，八十三年。終從厥居，何後何先。白水瀰瀰，綠草芊芊。我著斯銘，積德之阡。家其大昌，子孫其延。

# 朱母顧孺人墓誌銘

孺人姓顧氏，世爲崑山人。高祖諱大本，贈光祿大夫、柱國、少保、太子太傅、禮部尚書、武英殿大學士。曾祖諱良，祖諱恂，贈官皆同。考諱鼎臣，光祿大夫、柱國、少保、兼太子太傅、禮部尚書、武英殿大學士，贈太保，謚文康。孺人爲國子生朱君諱端禧字子求之妻。子求祖諱拭，雲南道監察御史；考諱紱，贈禮部左侍郎。正德中，文康公在翰林，子求應例陞國子，與孺人偕入京，居文康公館。會有詔，國子生年未二十者，令家食，及年以來。公意不忍子求行，卜之留，不吉；卜行，又不吉。公頗疑之。竟遣行。亡何，子求卒于家。

初，子求有一男子子，蚤殤。至是獨有一女子子。孺人撫孤事姑，再更三年喪，哀禮其至。已而女子子又亡。子求同母弟諱隆禧，禮部左侍郎，贈其考者也。先是以其仲子世揚爲孺人子。女亡而世揚又穉，乃攜入京，從文康公居。時文康公已爲吏部左侍郎，掌詹事府事。公尤憐之，曰：「吾女女而不婦。」蓋喜其嘗在側也。公日向親用，累遷，遂入殿閣。上遣中使至家，恩賜稠疊。公拜受，必呼夫人與女至，觀視嗟歎。蓋榮天子之賜，且以慰藉寡女云。夫人凝重有德，孺人絕類其母，常代夫人居中饋，家人罕見其言笑。向夕，屏居一室，獨與所攜兒，對燈火，黯然淚下。竟文康公世，凡八年。公薨，隨喪還，遂老于朱氏。卒時，年六十有七。嘉靖四十年二月七日也。

子男，即世揚。初，禮侍有長子，後亡，以世揚少育于嫂，不忍奪其母子之愛，卒定爲其兄後。男子孫一人，鶴年。女子孫三人。以其年十有二月十七日，祔子求之兆，在縣城馬鞍山之陽，襄拱字圩之先塋。文康公及第三十年間，家無死喪哭泣，獨其女蚤寡，福蓋未能全也。余嘗論之，以爲孺人當艷陽桃李之時，獨秉霜雪之操，不媿稱宰相家女云。銘曰：

夫既弱喪，又折其萌。父耶母耶？不救其傷。其命也耶？抱空依亡，懷哺其嬰。子耶孫耶？世有宗祊。其非命也耶？是爲銘。

## 沈引仁妻周氏墓誌銘

孺人姓周氏，崑山人。嫁同縣沈引仁爲妻，生子男三人，友、恭、孝。引仁亡二十三年矣，恭亦已早死。孺人年六十有五，生孫男女五人而後卒。時嘉靖二十一年四月四日。是月二十日，葬蔣涇之原，合引仁之兆。

引仁之祖，爲王安道家壻。安道者，故縣中名醫也。繇此沈氏世傳其術。引仁少孤，孺人已歸，即當家。時引仁醫未知名，甚貧窶。內有以養其寡母而外不乏者，孺人之力爲多。其後引仁醫大行，家稍裕矣，而病渴，日食斗米，肉十斤。如是病者六年，醫既廢，贍謝絕無所得，于是益困。諸所須，必于孺人，晝夜勤瘁，事引仁愈謹。引仁齒盡落，不能食，孺人嘗哺之。卽欲食婦人所忌食者，亦哺之無難色。引仁卒，竟撫二子，至于有立。二子能養矣，孺人猶自勞苦，不遺餘力。引仁先有所貸負，年久，主者往往棄責，或忘之。孺人皆疏記，次第以償。比死，棺斂之屬，悉手自整具。二子至無事可以盡其心，惟悲哀而已。

初，引仁與其兄不相能，兄數苦之，嘗夜使酒，登屋大噪，盡去其瓦。其嫂卽來謝，曰：「兄狂乃爾。今毀瓦，吾爲葺之。」其嫂固賢婦人，而孺人又賢，每事相爲和解，故引仁兄弟卒大懽也。嗚呼，孺人之所能，可謂人之所難者矣。銘曰：

嗟沈君，藝惟醫。有廢興，命與時。惟淑媛，實相之。閲百艱，勤若斯。爲女則，視銘詩。

## 唐孺人墓誌銘

太學生嘉定沈君煦之室唐孺人。其先自晉陽徙上海。四世至右副都御史瑜，其季子鎧，生三女，而兩女皆歸沈氏。其長歸監察御史灼，君之從父兄；而季卽孺人也。君同產兄弟六人，長兄刑科給事中炤，致政家居奉母。持〔三〕節率兄弟諸婦進拜堂下，孺人于其中尤稱賢孝。君卒業太學，孺人從居金陵，告歸。久之，君卒。太夫人龔氏亦卒。四月中，再遭大故，持喪有禮。子兆，方童幼，保育勤至。兆多疾，每疾作，孺人輒不食飲，焚香膜拜，以祈福祐。教令紹續前業，復遣入太學。倭奴涉内海，孺人趣辦裝走入崑山，不數日，故居悉燬。明年，寇迫崑山，遂避居金壇，轉徙白下。久之，營卒爲亂，都人恇擾，還居崑山。然卒不能至江東也，竟死崑山寓舍云。

江東者，在海上，渡吳松江而東，故土人以此爲稱。有魚鹽蒲葦之利。沈氏世居于此，數百年巨室，兵燹爲之一空。孺人生貴，爲父母鍾愛。入沈氏，又富貴。一旦失偶，嫠居四十年，老又遇寇，白首流播，可悲痛也。然自寇至，多見鹵掠，孺人獨有先識，故不及于難。臨死，勅侍婢出所御服珥，分賜旁侍者，爽然不亂。以嘉靖四十二年某月日卒，年七十有八。子男，兆也。女六人，孫男一人。

先是嘉靖某年月日，權厝君于周溪，孺人從父江西按察司副使錦爲銘。于是兆作周溪塋，啓攢，與孺人合窆焉。實嘉靖四十三年正月某日。君家世行事，具唐誌中。銘曰：

吁嗟沈君，不永其齡。孺人耄矣，所悲者生。孰是長違，而同斯壙。子則成矣，有以見君。人世哀榮，委之逝波。惟有懿行，載斯不磨。

# 毛孺人墓誌銘

余晚而知學。里中有周孺亨先生，積德累行，余師也。蓋其道行于家矣。于是將葬其配毛孺人，而手述其狀示余，請銘。

按孺人姓毛氏，世居縣西南陳家墩。曾祖諱昱；祖諱忠；父諱震，字畏之，舉辛未進士，調新昌令。到官未幾，以疾引歸。新昌有子而夭。惟一女，以許孺亨。孺亨方齠齔，往候焉，新昌執其手而訓誨之。無何，竟卒。孺亨父南京刑部侍郎諱廣，時以御史言事，再貶于沅。孺亨從居深山中，三年而後歸；始葬新昌，而受室于毛氏之館。

孺人少從女師，通古今大義，性端重而慈孝。事姑夏淑人，甚有婦道。處娣姒間，油然無間言。人以緩急告之，雖空乏，必得所欲。新昌爲後之子，于孺人爲從父弟，待之有加。嘗自悼終鮮兄弟，雖有疎屬，無所不厚。父有遺妾適人，而所適者亦死，孺人還之。孺亨以彼已自汙，意不謂然。而孺人曰：「是燕人也，以吾父故南來，忍使之流落失所乎？」卒養之終身。至于家之罷老，不事事而餼者，常十數人。人有牾逆，怡然受之。或與孺亨相顧咨嗟，曰：「是寧有此也？」終不復言。孺亨舉進士，試禮部不第還，即相從觀書，問古義，了不以得失動其心。方少年，即爲買妾，以廣繼嗣。久之未效，則增置者不一，而拊之，人人各得其所。則又曰：「胤嗣之續否，天也。君宜知保養壽命之原。」孺人先得末疾，及是，孺亨會葬他所，還而病發，已不能言。遂以嘉靖三十六年二月丁亥卒，年五十有三。夏淑人泣曰：「前二日，新婦聞釀熟，呼婢扶侍以往。首斟以奉我，詎意其至此也！」又曰：「婦能順吾志。吾老矣，望其事我。今治其後事，痛何可忍？」孺亨不事生產，孺人主調，張弛惟宜。至是殆不能以家。忽見其手書女教諸篇，因憶平日相警誡之語，悲感益甚。術者嘗謂孺亨：「子于相法當損妻。」孺亨先聘魏恭簡公女，意自謂當之矣，而竟不能免也。初，爲毛氏置後而不振。春秋祭祀，主之孺人。新昌有老母及嚴孺人，與孺人所生母，喪葬皆盡其誠焉。嗣子一人，曰邦楨。以嘉靖四十二年九月甲申，葬于先公之兆，在縣北尉遲村。孺亨，公之仲子，名士淹。嗚呼！有道者之言，余何敢殺其辭。銘曰：

周、召、毛、原，世皆數千。新昌之禋，有女以傳，而復不延。厥德之周，祿又不讐。嗚呼！生有賢哲以爲述，其奚尤？

## 魏孺人墓誌銘

太常〔四〕卿夏公昶，始事成祖文皇帝，歷官四朝，知名海內。公長子承事郎諱鉞，鉞子諱景濂，景濂子諱承恩，後更諱棨，字思紹，孺人其配也。姓魏氏，考諱璧，妣姓趙氏，宋楚王元儼之後。夏氏自太常公時，富貴雄于吳中，其後寖弱矣。而孺人兄諱校，是爲恭簡公，官亦至太常卿，爲當世大儒。兄諱庠，仕南京光祿典簿。家富貴，幾與往時夏氏埒。孺人處內外兩家興廢之間，閉門獨處，寂如也。晚年，兄與父母兄嫂相繼淪亡，日忽忽不樂，遂得疾以逝。是歲嘉靖某年月日，年若干。將葬，予表弟夏煥來請銘。

初，予之祖母爲夏公之孫，承事之女。承事沒後，外祖母張夫人依吾祖母以居，喪殯皆在吾家。祖母，思紹之姑也，故思紹與母許碩人尤往來親厚。雖孺人亦數至吾家，其後祖母謝世，吾始娶于魏；孺人，吾妻之姑也。不數年，吾妻復夭歿。自此吾與兩家，漠然無所向。回念吾祖母之亡，忽踰三紀。吾妻少矣，先孺人而亡，亦幾二十年。今而哭孺人，安得而不哀也？

孺人生子男一人，曰煥；女一人，嫁某。孫男一人。某年月日，從其夫祔于崑山城之東原太常公之兆。銘曰：

女耶婦耶，兩太常家。居太常里，從太常墓。後千百年，其藏永固。

## 葉母墓誌銘

葉裕居太湖洞庭山中。泛湖，徒步行二百里，從余遊。然又不常留。數往來江海間，所至語合意，卽止數日，飲酒高歌，甚懽，卽又去江海間，人皆以爲狂生。然與余言其母，未嘗不嗚咽流涕也。嘉靖三十二年五月十三日，母卒。且葬，來請銘，悲不能自止。予未爲銘，會有倭奴之難，裕亦去，三年不復見。予念裕平生好遊，連年兵亂，道途之梗，存亡殆不可知。一日忽復至，則又請其母之銘，悲泣如故。蓋江海間以爲狂生，而不知其於孝誠如此也。

洞庭人依山居，僅僅吳之一鄉。然好爲賈，往往天下所至，多有洞庭人。至其於父母妻子之懽，猶人也。而裕母其所遭異是，獨煢煢以終其身。裕年逾四十，尚未有室家。凡生人之所宜有者，皆無之。裕自言初生時，祖母旦夕詛咒，拜其祖之主而字之曰：「葉士貞，何不以兒去？」母患之，寄之外氏。時葉氏居在澄灣，其外家在湖沙灣，東西相望一里所。外母抱裕倚門，望西山夕烟縷起，裕思母，黯然淚下。裕每道此，尤悲也。母姓陸氏，卒時年六十五。裕後娶沈氏，生子一人。予憐其意而爲之銘曰：

五湖洞庭，於是焉生，於是焉死，我爲是銘。其尙何恨，可慰幽靈。銘辭，崑山本顚倒失韻。今從常熟本。

## 校記

〔一〕雎　原刻誤作「睢」，依詩經校改。

〔二〕杯　原刻誤作「林」，依大全集校改。

〔三〕持　疑當作「時」。

〔四〕常　原刻誤作「嘗」，依大全集校改。

# 震川先生集卷之二十二

## 權厝誌　生誌　壙誌

### 中奉大夫江西右布政使致仕雍里顧公權厝誌

公諱夢圭，字武祥，世居崑山之雍里，故以爲號。高祖諱良，曾祖諱恂，皆以文康公貴，贈光祿大夫、柱國、少保、兼太子太傅、禮部尚書、武英殿大學士。祖諱宜之，封山西道監察御史，文康公之兄也。父諱潛，監察御史，馬瑚府知府，進封中憲大夫。顧氏自中憲始登進士，文康公位至台輔，而公父子仍世登科，貴顯于時。公始入仕，年尚少，授刑部浙江司主事，改南京吏部稽勳司主事，遷驗封司郎中。會詔下求言，公上疏言六事，皆時政之要。而罷去中官鎭守，當世施行焉。高陵呂仲木、吉水鄒謙之，皆海內名流，同在郎署。一日會飲，呂公擷梅花謂公曰：「武祥如此花矣。」其見推重如此。嘗與呂公泛舟清溪，公亦忻然自以爲得焉。

擢廣東布政司參議，行部至遂溪，道暍，縣令跪獻茶瓜，公知令貪，不受，竟劾去之。海北有平江、青鶯、楊梅、樂民四珠池，詔書督採甚急。公上疏言：「海面珠池，先朝率十五六年或十年一採，始得美珠。邇者三年再採，珠已耗竭。蓋珠蚌之生息甚難，採愈數，得珠愈少。非積久，不能美碩繁夥也。每採當用舟筏兵夫萬計，往來海中，因以爲盜。近年劇賊黃山秀，蓋起於珠池也。蜑戶觸犯瘴霧腥氣輒死，尤可憫念。海北頃罹饑荒，彫瘵尤甚。勞役不止，將有他虞，非國家之福也。乞敕停罷，養寶源以寬民力。」疏入，文康公見之，愕曰：「奈何爲此驚人事耶？」下部，寢不覆奏。而二郡卒買珠以充貢。

陶都御史諧，議勦西山猺，空其地，塡以新民，引韓襄毅公故事爲比。公力言，猺不宜盡殺。且新民畏其吞噬，而土兵厭猺山之荒落，必不可居。韓公於廉州流賊殘破之餘，召新民塡其空，而廉地皆平原，非今比也。陶公卒從公言。尋遷江西左參議。丁外艱，服除，陞山東按察司副使，改提學河南。訓士先以行義，作諭高才生文，汴人稱之。會郊廟覃恩，進階中憲大夫。是年，天子駕之安陸，道河南，一省官盡出迎，而公處守。有詔，宗室惟親王朝行在所。公榜詔旨於省門，宗王以下，視常加斂戢焉。陞福建布政司左參政。閩多連山峻嶺，公觸冒炎霧，行部千餘里。寇掠連江，自浙入壽寧，壽寧萬山起伏如波濤，官兵至，賊散藏人家，欻然無迹，兵去復出。公至，譏得所匿，盡捕之。其冬，復有浙賊自車嶺入松溪，劫崇安、建陽。公至建寧，又得土賊，賊於是始平。大率閩人以爲囊橐，賊以故縱，公蓋得其要，非徒兵力所能竟云。

擢本省按察使，陞江西右布政使，行至建寧，病作。上疏懇乞致仕，得俞旨。公在閩，持憲無所撓。而高御史刻深，州縣官被按問，無免者。朝論罪之。高知公已去，遂欲劾公以自解，奏寢不報，而高竟坐貶。

公爲人敦重，言不能出口。所至闔戶讀書，絕無他好，而自奉如寒素。孝友恭遜，鄉人稱其厚德。公在汴，文康公方柄用，人皆擬其峻擢。及閩藩之命，莫不歎息，謂公不扳家勢以升也。然以年少登科，愛嗜文學，宜在淸華之地，而久滯外省，非其所樂。嘗語所親曰：「北河櫂船者邪許之聲，曰腰彎折。此今人以喻兩司官者也。」其不能無望如此。雖位崇岳牧，以强年解組，優游林麓，有子又皆才俊，能紹其業，人望之以爲不可及，然竟默默不自得以亡。

嗚呼！世之能成其志者蓋少矣，其所遭際，何可一概而論也！如公者，豈不悲哉？公卒于嘉靖三十七年十二月二十三日，年五十有九。配皇甫氏，封恭人。子男二，允默、允燾。女一，許聘李延賓。孫男女四。以歲之不利，權厝于中憲公之域，在縣北之巴城。嘉靖三十九年九月三日也。銘曰：

巴湖灝灝，東奠高原。蕭森古木，哲人藏焉。爰卜山龍，穿中有戾。聿來從之，金井浮竁。考事撰詞，識其日月。悲則有餘，匪言能發。竢于再卜，惟龜墨食。徵文列位，昭垂穹石。

## 伯妣徐孺人權厝誌

伯妣徐孺人，以嘉靖二十一年，權厝於須浦之原，曾大父城武府君墓域之外。伯父曰：「有光，汝爲之誌。」於是小子涕泣頓首曰：「纂述遺行，子弟事也，烏敢辭？」迺誌曰：

孺人姓徐氏。祖明，長壽縣教諭；父尚志，母朱氏。孺人之歸於我也，曾大父城武府君歿久矣，而高大父承事府君尚在堂。吾伯父爲嫡長曾孫，孺人爲冢婦，所事大人以十數，循謹柔和，婦道無曠，內外莫得而議之。是時遭世熙洽，家門隆盛，小大愉愉。孺人新來爲婦，而伯父爲縣學弟子有聲，方淬勵進取，孺人未嘗得一日樂也。中更賦役苛擾，門戶萎薾，孺人長持勤儉，遂以勞苦終其身。所御衣，少時所御者也；所用器物，少時所用者也。亦不至於乏。性尤靜默，歲遣二子入學，婦習女事；獨居一室，竟日不聞言笑，若無人焉。他婢妾有喧爭者，亦無所詬怒也。孺人母家，與吾家鄰比。先是，朱孺人無恙，孺人諸姊妹時時過從會集，諸母恒歎羨，以爲難得。孺人數有疾，常臥數日輒起。嘉靖十九年二月一日，乃至於大疾。年止六十。於戲痛哉！

初，先妣與孺人先後來歸。先妣少孺人七年，而先妣蚤棄有光，遙遙三十年矣。每見伯父母雙雙，意慘然淚下，以爲吾兄弟無此悲也。今又復降割於吾兄弟，欲見吾伯妣，又不可得矣。伯妣生子二人，有嘉、有慶。女二人。孫男女五人。

## 鄭君漢卿壽藏銘

鄭君漢卿年五十九，爲壽藏，請予書其家世生年月日而銘之。「蘧伯玉行年六十而六十化，未知今之所謂是之非五十九非也。」漢卿寧以今之五十九之是耶？蜚廉爲紂石槨北方，桓司馬爲石槨，君子譏之。趙太僕、司空表聖之徒，皆預爲壽藏，後世以爲達。若以爲「在上爲烏鳶食，在下爲螻蟻食」，則二子亦取譏於世矣。蓋有不可以一而論者。羊叔子登峴山而歎，杜元凱自書其功於二石，一豎峴山之上，一沉漢水之淵。二子豈爲身後之名，而登高顧盼〔一〕，周覽百世之後，歎生人之速化，其意遠矣。

予少聞長老言吾鄉先達之高致，天下太平，士大夫棄官家居，以詩、書文藝爲樂。吾外高祖太常夏公，與漢卿之祖介菴先生，生時皆有壽藏。數十年來，前輩風流，邈不可復見也。漢卿其有意慕其祖之爲者與？

漢卿名吉，字漢卿，又自號怡山。其先汴人，宋華原王居中之後。南渡，始家於崑山。

祖諱文康，正統戊戌進士，乞恩歸養，遂不復仕，鄉里高之，所謂介菴者也。父諱暠，成化戊子舉人，謁授吉水縣丞。漢卿生弘治辛亥某月某日。娶某氏，生女，嫁顧光裕；側室某氏，生子，某、某。予爲漢卿書如此。蓋予知其意欲有所述，而又不自言，予亦莫得而論也。鄭氏世傳帶下醫，有神驗。其家甚有方書，漢卿尤能變而通之，多所全活。然予問其治狀，亦不言也。曰：「活人自是醫者之事，且吾亦不知人之所以活。元凱非爲區區一時之功，吾何敢蘄爲後世之太倉公邪？」壽藏在圓明村某字圩之原。爲三穴。以十月日初度之辰封之。實嘉靖二十八年。銘曰：

天地擴擴，日月循行。星辰粲列，萬物畢形。孰謂之有，目明則明；孰謂之無，目冥則冥。以死爲尻，以生爲脊，猗與鄭君，古之達識。嘯歌高堂，樂飲玄室。我爲銘文，刻于貞石。

## 南雲翁生壙誌

嗚呼，國家以科舉之文取士，士以科舉之文升于朝，其爲人之賢不肖，及其才與不才，皆不係于此。至于得失之數，雖科舉之文，亦不係其工與拙。則司是者，豈非命也夫？

南雲翁者，少爲諸生，有聲于黌校之間。今老矣，猶能誦其科舉之文。時當正德之時，與翁同較藝于文場者，往往至今官迨九列，入爲三少；以與翁較其工拙，則未知其孰先而孰後也。使南雲當其時而得之，其爲貴顯，詎可涯量，世孰得而輕之？豈非命也夫？南雲年甫弱冠，御史與之廩食。卽不得一第，當循年資升國學，高不失爲縣令府佐，卑亦爲郡文學。而當時有司以小過例汰之。萬里之塗，出門而蹶。余獨怪夫當時之不能愛惜人才，而屑越如此也。雖然，與南雲同時而得者，使其顯榮極于九列三少，而果瘝〔三〕曠于職，苟冒于干祿，以負天子之任使，豈如南雲之脫然無所累也乎？

南雲家饒財，自爲諸生，頗自馳騁，喜音樂歌舞。其爲御史所汰以此。南雲既棄科舉之學，日從鄉先生長老爲社會。性不能飲酒，喜音樂歌舞益甚，以此傾其貲。顧猶忻忻愉愉，無日不然。蓋至是年七十有一矣。豈非所謂達生之情者哉？

翁初與家君同學，又與伯父同年生，故常往來余家。以予之謭陋，翁獨愛慕其辭，以爲可傳。求予誌其生壙者十有二年；予未能應翁之命，翁亦不怒，而請之益勤，謂予曰：「人死後而有誌，是誌者生之所不能見也。吾得子之誌，是能見其死後。願子之誌吾壙也。」翁爲人有風致，可謂翛然于生死之際。則予之所謂命者，又不足爲翁道也。翁姓龔，名某，字某，南雲者，其老而自號云。是爲誌。

## 姚生壙誌

嘉靖十九年，姚生子英自嘉定來崑山，學于余友周士洵，是時生年十七。其秋，試京闈不第。後二年，始復學于予。予一見其文，歎曰：「未有如生知予之深者也。」生居安亭東庵，病去不見者久之。以其冬十月甲辰死。

嗚呼！生未見予而知予，予于生無數月之聚，而戚戚然嘗念生，此莫知其所以然者。生之志與文，宜不止此，其天耶！生有父母。其祖尚生，且老矣。憐生依依，旦暮望其有成，生數之他郡試，試未嘗不隨也。故生死，其父母尤悲。將葬，予無以寄其哀，使生之友李汝節買石而書之，納諸壙中。

## 亡兒䎘孫壙誌

嗚呼！余生七年，先妣爲聘定先妻，而以吾姊與王氏。一年，而先妣棄余。余晚婚，初舉吾女，每談先妣時事，輒夫婦相對泣。又三年，生吾兒。先妻時已病，然甚喜，呼女婢抱以見舅氏。臨死之夕，數言二兒，時時戟二指以示余，可痛也。蓋吾祖始有曾孫，故其母字之曰曾孫。余重違其母言，又以曾孫不可以爲諱，故名䎘孫云。

時吾兒生甫三月，日夜望其長成。至於今十有六年，見吾兒丰神秀異，已能讀父作書，常自喜先妻爲不死矣。而先妣晚年之志，先妻垂絶之言，可以少慰也。不意余之不慈不孝，延禍於吾兒，使吾祖、吾父，垂白哭吾兒也。

吾兒之亡，家人無大小，哭盡哀。今母之黨，皆哭之愈於親甥。其與之游者，相聚而哭。其性仁孝，見父母若諸母，尚有乳哺之色。慈愛於人，多大人長者之言。故其死莫不哀。

始余憐吾兒，不甚督課之。或以爲言。余獨自念，如吾兒，當自不待督課也。嘗試之三史，卽能自解。諸生來問學者，余少出，令兒口傳，往往如所言。或入自外舍，輒就几旁展卷，視所讀何書。余閑居無事，學著書，每一篇成，卽持去，忻然朗誦。與之言世俗之事，不屑也。一日，余與學者說書退食，方念諸子天寒日已西，尚未午飧，使人視之，則兒已白母爲具食矣。洞庭有來學者，貧甚，余館之。兒時造其室視食飲，殷勤慰藉，其人爲之感泣。余與妻兄市宅，直已讐而求不已，兒每從容言：「舅舍大宅而居小宅，可念，吾父終當恤之，他勿論也。」余誤笞一人，兒前力爭之。余初不省，而後悔。笞者聞兒死，爲之大哭。余窮於世久矣，方圖閉門教兒子，兒能解吾意，對之口不言而心自喜，獨以此自娛；而天又奪之如此，余亦何辜于天耶？歲之十二月，余病畏寒，不能蚤起，日令兒在臥榻前誦離騷，音聲琅然，猶在吾耳也。會外氏之喪，兒有目疾，不欲行，強之而後行。蓋以己酉往，甲子死也。方至外氏，姿容粲然，見者歎異。生平素強壯無疾也。孰意出門之時，姊弟相攜，笑言滿前；歸來之時，悲哭相向，倏然獨不見吾兒也。前死二日，余往視之。兒見余夜坐，猶曰：「大人不任勞，勿以吾故不睡也。」曰：「吾母勿哭我，吾母羸弱，今三哭我矣。」又數言：「亟攜我還家。」余謂「汝病不可動」，卽顰蹙甚苦。蓋不聽兒言，欲以望兒之生也。死於外氏，非其志也。

嗚呼！孰無父母妻子？余方孺慕，天奪吾母；知有室家，而余妻死；吾兒幾成矣，而又亡。天之毒于余，何其痛耶！吾兒之孝友聰明，與其命相，皆不當死。三月而喪母，十六而棄余。天之于吾兒，何其酷耶！當〔三〕時足不踰閾外，而以旅死，其又何耶？術者曰：「外氏之喪，以甲寅呼癸巳。」吾兒，癸巳生也。青烏之書，佹瑣拘畏，常以爲不可信，其又足以移禍福於人耶？禹鼎淪沒，九黎亂德，是何白日晦冥，邪鬼鴟張，神奸俶擾，王虺封豕，長爪巨牙，暴橫於原野之間邪？何美好淸淑如吾兒，使之摧折沉埋，必蒙倛而鷙鰲者，乃享富貴而長世也？夫服仁義，稱先王，非獨世之所嗤笑，抑亦天之所嫉惡也！余煢煢世路，落落無所向。回視三稺，韓子所謂「少而強者不可保，而孩提者可冀其成立耶」？嗚呼！吾于世已矣。

按禮：「公爲適子之長殤中殤，大夫爲適子之長殤中殤。」是適子亦殤也。而春秋「伯姬卒」，傳曰：「此未適人，何以卒？許嫁矣。婦人許嫁，字而笄之，死則以成人之喪治之。」郎之戰，汪踦死，魯人欲勿殤，孔子曰：「能執干戈以衞社稷，雖欲勿殤也，不亦可乎？」先王之禮，爲之大法而已。至于因時損益輕重之宜，一聽之於人，檀弓記、曾子問諸篇可見矣。夫禮之精微，不能一一而傳也。余悲吾母之志，而先妻於是眞死矣。故字之曰子孝，而以成人之喪治之。蓋吾祖吾父之所痛，國人之所許，而先妣之志之所存也。孔子曰：「延陵季子，吳之習於禮者也。」夫延陵季子之葬子，非古有也。而孔子之所謂合禮者也。余于吾兒，欲勿殤也，其可乎！

死之四日丁卯，爲壙於縣之金潼港先高祖承事郎府君饗堂之東房。渴葬，未成葬也。書以志余之悲而已矣。嘉靖二十有七年，歲次戊申，十有二月某日。

## 女如蘭壙誌

須浦先塋之北，纍纍者，故諸殤冢也。坎方封有新土者，吾女如蘭也。死而埋之者，嘉靖乙未中秋日也。女生踰周，能呼予矣。嗚呼，母微，而生之又艱。予以其有母也，弗甚加撫，臨死，乃一抱焉。天果知其如是，而生之奚爲也？

## 女二二壙誌

女二二，生之年月，戊戌戊午，其日時又戊戌戊午，予以爲奇。今年，予在光福山中，二二不見予，輒常常呼予。一日，予自山中還，見長女能抱其妹，心甚喜。及予出門，二二尚躍入予懷中也。

既到山數日，日將晡，予方讀尙書，舉首忽見家奴在前，驚問曰：「有事乎？」奴不卽言，第言他事。徐却立曰：「二二今日四鼓時已死矣。」蓋生三百日而死。時爲嘉靖己亥三月丁酉。予既歸爲棺斂，以某月日，瘞〔四〕于城武公之墓陰。

嗚呼，予自乙未以來，多在外，吾女生既不知，而死又不及見，可哀也已！

## 寒花葬誌

婢，魏孺人媵也。嘉靖丁酉五月四日死。葬虛丘。事我而不卒，命也夫！

婢初媵時，年十歲，垂雙鬟，曳深綠布裳。一日天寒，爇火煮荸薺熟，婢削之盈甌，予入自外，取食之，婢持去不與。魏孺人笑之。孺人每令婢倚几旁飯，卽飯，目眶冉冉動，孺人又指予以爲笑。回思是時，奄忽便已十年。吁！可悲也已！

## 校記

〔一〕盼　原刻誤作「盻」，依大全集校改。

〔二〕瘝　原刻誤作「瘰」，依大全集校改。

〔三〕當　疑當作「常」。

〔四〕痓　原刻誤作「痊」，依大全集校改。

# 震川先生集卷之二十三

## 墓表

### 亡友方思曾墓表

予友方思曾之歿，適島夷來寇，權厝于某地。已而其父長史公官四方，子昇幼，不克葬。某年月日，始祔於其祖侍御府君之墓，來請其墓上之文。亦以葬未有期，不果爲。至是始畀其子昇，俾勒之于石。

蓋天之生材甚難，其所以成就之尤難。夫其生之者，率數千百人之中，得一人而已耳。其一人者果出于數千百人之中，則其所處必有以自異，而不肯同於數千百人之爲，而其所値又有以激之，是以不克安居徐行，以遽入於中庸之道。則天之所以成材者，其果尤難也。思曾少負奇逸之姿，年二十餘，以禮經爲京闈首薦。既一再試春官不利，則自叱而疑曰：「吾所爲，以爲至矣，而又不得。彼必有出於吾術之外者！」則使人具書幣走四方，求嘗已得高第者，與夫邑里之彥，悉致之於家而館餼之。其人亦有爲顯官以去者。然思曾自負其材，顧彼之術，實不能有加於吾，亦遂厭棄不能以久。方其試而未得也，則憤懣而有不屑之志。其後每偕計吏行，時時絕大江，徘徊北岸，輒返棹登金、焦二山，徜徉以歸。與其客飲酒放歌，絕不與豪貴人通　間與之相涉，視其齷齪，必以氣凌之。聞爲佛之學於臨安者，思曾往師之，作禮讚嘆，求其解説。自是遇禪者，雖其徒所謂墮龍、啞羊之流，即跪拜施舍，冀得眞乘焉。而人遂以思曾果溺於佛之説，不知其有所不得志而肆意於此。以是知古之毁服童髮，逃山林而不處，未必皆精志於其教，亦有所憤而爲之者耶！以思曾之材，有以置之，使之無憤懣之氣，其果出於是耶？然使假之以年，以至于今，又安知其憤懣不益甚，而將不出於是耶？抑彼其道空蕩，翛然不與世競，而足以消其憤懣之氣耶？抑將平其氣，無待於外，安居徐行，而至于中庸之塗也？此吾所以嘆天之成材爲難也。

思曾諱元儒，後更曰欽儒。曾祖曰麟，贈承德郎，禮部主事；祖曰鳳，朝列大夫，廣東僉事，前監察御史；父曰築，今爲唐府長史。侍御與兄鵬，同年舉進士。侍御以忤權貴出。而兄爲翰林春坊，至太常卿，亦罷歸。思曾後起，謂必光顯於前之人，而竟不得位以歿。時嘉靖某年月日也。春秋四十。娶朱氏，福建都轉運鹽使司判官希陽之女。男一人，昇；女三人，皆側出。

思曾少善余，余與今李中丞廉甫晚步城外隍橋，每望其廬，悵然而返。其相愛慕如此。後予同爲文會，又同舉於鄉。思曾治園亭田野中，至梅花開時，輒使人相召，予多不至。而思曾時乘肩輿過安亭江上，必盡醉而歸。嘗以予文示上海陸詹事子淵，有過獎之語，思曾凌曉，乘船來告。予非求知於世者，而亦有以見思曾愛予之深也。思曾之葬也，陳吉甫既爲銘。予獨痛思曾之材，使不得盡其所至，亦爲之致憾於天而已矣。

## 從叔父府君墳前石表辭

歸氏世著於吳。自唐天寶迄於同光，百八十年，以文學科名爲公卿侍從，有至令僕封王者。吳人至今紀之。宋咸淳間，湖州判官罕仁，居崑山之太倉項脊涇。洪武初，徙今附城須浦上，六世之墳墓在焉。叔度逃難，走夜郎、邛、筰間，有神人來迎將之。宜興徐文靖公爲之作傳。叔度再世爲我高祖，諱璿，承事郎。生我曾祖，諱鳳，城武縣知縣。城武公三子：長，我祖，諱紳；仲，叔祖，諱綬；季，叔祖，諱綺。府君，仲之子也，諱格，後更諱于德，字民從。弘治間，曾祖父母與叔祖，一歲中皆亡。府君少孤，吾祖教之。後常依季叔祖以居。恩勤撫育，二父之功爲多。

其後吾歸氏之在海虞白茆者，兄弟皆修學。延致府君，府君遂盡室以行。白茆瀕江海，府君築居田野中，四望寥曠。每秋風落木，慨然首丘之感。然去歸市隱隱莽蒼間。歸市，諸兄弟家也。時時相過從會集。府君是以喜曰：「吾居此，殆不乏跫然之音也。」府君雖在海虞界，與宗叔諫，猶籍崑山博士弟子。歲皆有米廩之養。諫復推其半與之。蓋白茆諸父兄弟三十餘年，睦友任恤之義可尚焉。然性曠達高簡，獨以宗門相依，他無所屈也。嘗與人友善，後其人貴顯，終身不見其面。有所得，飲酒輒盡。以是不能爲家。而少有異稟，讀書，過目輒成誦。能日寫經義百篇。人見其無所事學，而藝甚習。數試不第，會督學御史隰至，府君當貢博士。有所私持兩端上請，御史墮其計中，遂以府君爲次。還至揚子江，大風雨，連日不得渡。忽感疾，腹脹泄痢。府君母龔氏，靑縣教諭紋之女，山東左布政使淸惠先生理孫也。家世科名。府君少隨諸舅，計偕北上，至是歎曰：「吾少從舅氏觀都邑之盛。宮闕官署衙術，至今歷歷記之。天子致治中興，建明大典數事，及備禦外國，吾方壯年，不得有所試。今老矣，且將一望闕廷，而竟不得往，命也夫！」

府君卒于嘉靖三十八年十月十二日，年六十有五。娶張氏，修武縣知縣謙之孫，卒於嘉靖三十年七月初七日，年六十有二。生男四人：有恒、有倫、有守、有徵。章氏，生女一人。章氏出漢陽太守賢。孫男四人：士弘、士和、士毅、士達。城武公墓在須浦上。先祖妣及仲叔祖父母祔左，先妣先姑祔右。先姑以下無餘地。故爲新塋海虞萬歲涇之陰，南去白茆浦百武。禮：公子始來在他國者，後世爲祖，謂之別子。明有始也。又曰：「去國三世，爵祿有列於朝，出入有詔於國，若兄弟宗族猶存，則反告於宗後。」明不絕也。

嗚呼！宗門衰落，念吾先世熾宮室，族墳墓，而聯兄弟，吾叔父竟羈窮以死，能不爲之悲慟哉？其葬也，叔祖曇以下，皆自崑山往哭之。同學諸生，上其行於有司。友人陳敬純斂賻贈，而弟學顏供葬事，尤盡其力云。按章氏不言繼娶，又不言側室，疑脱漏。刻本抄本皆然。今姑闕。

## 通政使司右參議張公墓表

公姓張氏，諱寰，字允淸，世爲蘇州崑山人。曾祖諱用禮，贈奉政大夫，刑部郎中；祖諱穎；考諱安甫，祁州知州，封奉直大夫，刑部員外郎。初，奉政有四子，穎其長也。次和，中順大夫，浙江按察司提學副使。次穆，太中大夫，浙江布政司右參政。兄弟以文章節行稱於世，號二張先生。次种，濮州判官。始英宗皇帝臨軒策士，中順兄弟同舉禮部，太中名第二。及入對策，中順第一。天子使小黃門密至其邸識之，以有目眚，置二甲第一。大〔一〕中積官，當入爲都御史。會李尚書秉爲大理寺卿王槪所排，太中在李公奏中，遂罷官。而兄弟四人，惟伯與其季不爲進士。而伯實生奉直公，其季生大理評事申甫，又皆舉進士。奉直性高簡，不屑世故，爲祁州滿任，即致政。詔嘉之，增秩以歸。蓋張氏子姓不甚繁衍，而世登科甲。二張先生最有名，而公父子仍紹其美，崑山之人以是榮貴之。

公登嘉靖辛巳進士。明年，知濟寧州，至則減損戶徭，拊循流亡。州水陸二驛併，水驛須冰冱乃給陸，以省其費。修學舍，揀生徒才俊者督課之。創方正學先生祠。時奉直公就養在濟，雅不樂公居孔道，晨夜飭儲偫候望。公遂疏乞改官，調濮州。濮於濟北境而僻。公益蠲去繁苛，出庫錢以賑饑荒。水嚙州城，公新築增羊馬城。東郡有大賊，詔書名捕不得，公陰誘其豪，具得囊橐，逐捕斬之。巡撫都御史上其最。兵部以非邊功，格不行。

丁內艱，服除，補開州。州瀕河，河溢水退，多墳閼之田，豪民兼併，以虛租影射下戶。公命魚鱗比次，以絕其姦。輯二州志，修衞公子路墓。陞刑部山西清吏司員外郎。尚書以公才，令攝浙江司郎中。獨循寬法，人以無冤。

居頃之，予告歸養。奉直公春秋高，愛公甚，常同臥起，頃刻不離；年八十有四而終。公居喪廬墓，有乳燕之祥。服除，授通政司右參議。司事清閒，散衙後，即從名流賦詩。會九廟災，詔京朝官三品以上自陳。而公秩五品，往見夏學士問詔旨，欲自陳。夏公謾應之曰可。蓋素不樂公，欲誤之也。公遂自陳，得致仕，以強年坐廢，論者惜之。其後撫按先後薦，吏部特表薦，皆不行。

公之歸也，惟以圖史自娛。臨摹法書，揮翰竟日不倦。好遊名山。初嘗從奉直公觀雁蕩，登天目，父子相隨，衣冠儼雅，浙人慕之。後益得縱意，渡浙江，南抵武夷，至匡廬，還觀石鍾、小孤、釆石、九華、黄山、白嶽，足跡幾遍東南。

先是，坦上翁與名士吳琉、陸崑輩爲湖社，孫太初亦與其中。坦上翁者，前工部尚書劉公麟也。建安李尚書嘗稱「見翁峴山，了無宿具，惟以乳羊博市沽。風雨瀟瀟，欣然達夜」，高風可想。而翁獨與公善。公晚入社，而顧尚書諸名賢皆在。公春秋如期至苕上，社畢，輒遊山。然以其人夷曠多愛，所至，大吏迎將，人比之鄭莊千里不齎糧。自陽明歿後，學者稍稍離散。公嘗登其門。至是吉水鄒謙之、餘姚錢德洪，以師門高第，會講懷玉之山。公欣然赴之。欲以明年爲太嶽之遊，而遘疾不起矣。實嘉靖四十年正月二十四日，年七十有六。子男四人，恒慕、恒純、恒思、恒學；女二人。孫男六人；孫女四人。

公爲人篤于行誼，事長姊，終身孝敬不衰。置義田以贍宗族。少年有善，推奬逾分。以故多依歸之。陳主事者，分司濟寧，詿誤繫獄，公抗言使者，竟白其冤。楊太僕杖死朝堂，召故人賓客，爲棺斂。所部三州，經三十餘年，其人猶不絶問遺。其見愛如此。八或當筵有所凌忤，但坐睡，少頃欠伸，卽命肩輿去，終未嘗有所較也。晚歲惟務遊覽，在舟中之日爲多，家事一無所問。人望之，蕭然有神仙之氣。歿後，郡人有設香茗降仙者，公憑乩，自謂已得仙云。

余少辱公見愛，俾與其長子有婚媾之約。公自懷玉還，卽見過，復置酒相召。欲以文字見屬，而不竟所言，但曰：「此兒子輩事也。」不幸，公尋謝世。於是，諸子以嘉靖癸亥十月二十八日癸酉，葬公于邑東南沔川鄉七保在字圩横塘先塋之次，屬余書其墓上之石，余何敢辭焉？

# 封奉政大夫南京兵部車駕司郎中王君墓表

無錫有隱君子，曰王君，以仁孝施於其家，而訓廸其鄉之子弟。二子相繼登進士。初，朝廷用伯子官，推封爲戸部某司主事。及仲子之在駕部也，詔又以其官命之。其於世俗，榮顯矣。而君且樂嘉遯，遺利勢。聞子有美政善事，貽書慰勞，而終不喜以官封自矜眩。以爲居官者不得顧其家，而居家者不知有其官，其自殊别如此。伯子方侍養，而仲子進官廣東，以君春秋高，不忍踰嶺，亦懇疏歸。於是父子兄弟相聚。葢又承懽顔者十餘年，而君始卒。年逾大耋，見五世之孫，羣兒環繞膝下，怡怡愉愉，獨得其天性之樂。如君者，吾江南仕宦之家，不多見也。

君諱澤，字均霑。高祖諱宏，居三登里，以人材調補浙江都轉運鹽使司判官，通利鹽莢，商人惠賴。其卒也，來共致金葬之。曾祖諱惟益，祖諱經，兄弟五人，皆好任俠。宣德中，係上林苑，因破耗其家。父諱宗常，課書自給，而教子以經學。君以是明經爲人師。無錫釁舍之士，半出其門。而二子卒以經學顯。

君爲人至孝，父性嗜甘，日貯棗柿蜜餌餦餭，必恆其意；一日行仆堦下，傷其足，病至危殆，割股療之。母袁孺人，喪明。左右扶掖十餘年，目忽自明，人謂孝誠之所感。有賈人被掠，盡亡其蓄，行乞于市，且餒死。君知其湖湘間人，賈吳久矣，意憐之，厚資送，得生還其鄉。其樂施予、急人之難類如此。日閲古書傳方，又數與黃冠遊，多得禁方。爲藥齊，活貧人甚衆。居家無燕婧之容。檢御精明，不以老故自解嫚。嘗服延壽丹，形神充沃，黑髮莪莪復生。顱骨隆起，乍開乍闔。逾八十年，侍姬復乳一男子、一女子。嘉靖三十七年秋，遘疾，食漸少，氣微，目烱烱不寐，亟索枕中書，又索阿羅漢傳，欻然而逝，人尤以爲異。是歲八月十八日也。年八十九。配錢氏，吳越武肅王之後溥之女，封安人，贈宜人，先卒。子男三人：召，戶部某司員外郎；問，廣東按察司僉事；幼子怡。女二人。孫男二人，金、鑑。鑑舉進士，未廷試。孫女四人。曾玄孫男女十六人。以嘉靖三十九年十二月某日，葬馬鞍塢先塋之傍。

予數過無錫，行九龍山下，思與其賢士大夫遊，而道無由。今僉憲見屬以墓上之石，蓋余所夙仰其高風而不可卽者。因讀進士鑑所爲狀，於是乃知其子孫之能成名者，以有君也。遂摭其大略，書之於墓云。

## 懷慶府推官劉君墓表

懷慶府推官劉君，以嘉靖年月日葬於上海縣之方濱。後若干年，其子天民具狀，請余表於墓上。

劉氏之先，自大梁來居華亭，曰亨叔。亨叔生仲禮，始徙上海。仲禮生慶；慶生四子。長曰銑，次曰鈍。銑坐法，被繫京師。鈍陰乞守者，代其兄，令出得一見家人而歸死。鈍既繫而銑歸，紿其父母云：「鈍死，已得赦歸。」鈍久繫而其兄不至。京師士大夫皆知其冤，爲餽食飲。久之，赦歸。家人驚以爲鬼物，母泣曰：「兒餒欲求食，吾自祭汝，勿怖吾也。」鈍具言不死狀。乃開門納之。銑倉皇從竇中逸去，遂不知所之。鈍生玉、璵。璵爲建寧太守。玉以其家衣物寄官所，不令有擾於民。璵卒爲廉吏。玉子兗，汀州通判。兗子兆元，字德資，即君也。

君自少舉止不類凡兒。及爲諸生，常試高等。嘉靖四年，中應天府鄉試。先是，其所親有誣害君者，及君得舉，則又曰：「吾固稱德資聰明，今果然矣。」君益厚遇之。上海俗奢華，好自矜昡。君獨閉門讀書，雖兵陣、風角、占候之書，皆手自抄寫。時從野老散髮箕踞樂飲，不自表異。計偕還，渡江，登秣陵諸山，呼古人名，舉酒與相酬，不醉，不止也。嘉靖某年，選調懷慶，先太守已遷去，會中使御命，降香王屋山。民苦供應，多逃亡。君攝守，能以權宜辦濟，使者告成事而去。君嘗慮囚，一女子呼冤，君察其誣，繫獄已二十年，遂出之。武陟富人，以女許巨室，因借其資，以致大富。而壻家後貧，遂結諸豪爲證，欲離婚。君責令歸其女，而疑富人家多女婢，卽歸，恐非眞女。乃問有老嫗，嘗識其女面有黑子。已而果非眞女。君怒，欲按籍其家，竟以其女成婚。君爲人寬和，至持法，雖宗室貴人請乞，不能奪也。

尋以病去官。至淮陰道卒。臨卒於邑，曰：「吾始與唐元殊飲酒懽呼，寧知有今日耶？我死於此，無親知故人爲訣。男未成，女未嫁，負用世之志而不施，命也夫。」唐元殊者，君從父在汀州，元殊同學相好。時偕遊二老峯，皮冠挾矢，從僮奴上山，以酒自隨，酒酣，相視大笑。人莫能測也。後元殊過海上，時不見已數年，爲道平生，慷慨泣下。當炎暑，置酒，且歌且飲。酒酣，裸立池中，傳荷筒以爲戲。君既困於酒，且爲水所漬，竟以是病。一日，臥覃懷官廨，見一女子徙倚几旁，以爲其婢也，呼之取茗，恍惚不見。自是神情不怡，因請告還而卒。時嘉靖某年月日，年四十有九。

君先聘陸文裕公女，後娶瞿氏。子男二人，天民、天獻。女三人，適太學生顧從德，縣學生張時雍、張秉初。天民自傷少孤，頗爲序述君遺事，俾余書之如此。惜其獨負奇氣，自放於盃酒之間，然所施設一二，已無媿於古人；而不盡其才，可悲也已！

## 敕贈翰林院檢討許府君墓表

天厚人之有德，將以興其家，不當其世而特鍾於其子，然猶使之困窮晻鬱以歿；若是，其理有不可知也。然非其困窮晻鬱，則亦無以大發於其後。此其數詘伸消長之必然，亦其理未嘗不可知也。敕贈翰林院檢討許君之子曰國，當許君之世，已舉于鄉爲進士第一。是時國方計偕上春官，君奄然以歿。未幾，其夫人汪孺人又繼之。國既免喪，遂上春官獲第，選入翰林。隆慶元年，天子新卽位，覃恩近侍，國時爲檢討，得以其官推封。而汪夫人爲孺人。嗚呼！國亦旣顯且貴矣，君、夫人竟不及見；國之所以痛泣荷國厚恩，而抱無窮之悲也。

許氏自唐睢陽太守之孫儒，避朱梁之亂，以來江南。故其子孫多在宣、歙之間。而君今爲歙人。君諱鈇，字德威。曾祖仕聰，祖克明，父汝賢，皆有潛德。君蚤孤，依于外家。稍長，挾其資從季父行賈。有心計，舉十數年籍如指掌。季父所至，好與其士大夫遊。君悉爲存問酬報尺牘，又善書，江湖間推其文雅。季父初無子，以君同產弟鉦爲子。其後有子曰金。金幼，而季父卒於客所。君持其喪還葬。金長，盡歸其資。或搆鉦云：「金非而繼父生也，謀逐之。」金懼，言于官。鋌以不直，憤死。於是君同產諸弟藉藉向金，且魚肉之。君曰：「鋌自無理耳。死非由金，顧何罪？」爲涕泣勸解，乃已。或又說金：「若父亡時，資出兄手，非有明也。」金疑父果有餘資，君愈不自辨，輒償之。君既不勝金所求，又養諸寡母，振人之乏，遂至罄匱。乃之吳中收責。諸家又盡貧，空手來歸。入門，意憮然。晚以病居家，猶與族人月會食，訓束子弟，焚香宴坐，吟詠不輟〔三〕。嘉靖四十年九月某日卒。年六十有六。

孺人曾祖某，祖某，父憲。孺人始髫，與其姊奉觴爲壽。父愛其綽約婉善，歎曰：「吾安得此女爲吾男子子乎？」蓋汪處士自傷無子也。君久客，孺人事舅姑，撫諸叔，甚有恩禮。國生已七年，君還，始識其子。遠或十數年不歸。孺人日閔無儲，嘗大雪，擁敝絮臥乳兒。獨又經紀母家，養送其母黃媪。人謂始處士歎不能生子，然生女無媿其子也。孺人能以巫下神，往往聞神語。嘗謂君曰：「兒當貴。然吾與君不能待矣。」後竟如其言云。嘉靖四十一年九月某日卒，年六十八。

余讀王荆公所爲許氏世譜，稱大理評事規者，有旁舍客死，千里歸其骸骨，而還其金。翁雖於其家兄弟，而其事略相類。凡許氏再以陰德而再興，天之報施于人，如是其顯著耶？抑伯夷之後，其源遠流長，後世忠孝之良不絕也。天其遞興而未艾，其不止於是耶？國方爲太史，有道而文。與余遊，使余表其墓。余少愛荆公文，顧何敢廁於其譜之後？然其詞核，亦可以信許氏而示知者云。

## 貞節婦季氏墓表

嗚呼！男女之分，天地陰陽之義，並持於世，其道一而已矣。而閨門之內罕言之。亦以陰從陽，地道無成，有家之常事，故莫得而著焉。惟夫不幸而失其所天，煢然寡儷，其才下者，往往不知從一之義。先王憫焉，而勢亦莫能止也。則姑以順其愚下之性而已。故禮有異父昆弟之服。至於高明貞亮之姿，其所出有二：其一決死以狥夫，其一守貞以歿世。是皆世之所稱，而有國家者之所旌別。然由君子論之，苟非迫於一旦必出於死爲義，而出於生爲不義，是乃爲可以死之道；不然，猶爲賢智者之過焉耳。由是言之，則守貞以歿世者，固中庸之所難能也。

婦之於其夫，猶臣之於其君。君薨，世子幼，六尺之孤，百里之命，國家之責方殷，臣子之所以自致於君者，在於此時耳。三代以來，未有以臣狥君者也。以臣狥君者，秦之三良也。此黄鳥之詩所以作，而聖人之所斥也。夫不幸而死，而夫之子在，獨可以死乎？就使無子，苟有依者，亦無死可也。要於能全其節，以順天道而已矣。

常熟之文村女子季氏，爲同縣人蔣朝用之妻。少而喪夫，撫其孤世卿，比於成立。寡居二十有七年。以嘉靖某年月日卒。黎平太守夏君玉麟高其行，爲貞婦季孺人傳，獨稱其所以能敎世卿者，爲有功於蔣氏。而未有墓石，蓋季氏之祔，在虞山之陽邵家灣，其舅汝州守蔣氏之兆域也。予因世卿來請，因論著之，以表其墓上。使知女子不幸而喪其夫者，當以季氏之徒爲中道云。

## 校記

〔一〕大 依上下文意，應爲「太」。

〔二〕輟 原刻誤作「輒」依大全集校改。

# 震川先生集卷之二十四

## 碑碣

### 中憲大夫貴州思州府知府贈中議大夫贊治尹貴州按察司副使李君墓碑

嘉靖三十年，貴州𪊟陽苗爲亂。先是，思州知府李君有銅仁之役。還郡五日，苗龍許保、吳黑等，僞爲哨兵，突入城殺掠。君巷戰不勝，與其孫文炳皆被執。留郡二日，刼以歸寨。苗每執郡縣長吏，必求厚贖。院司及守將，亦幸朝廷不知也，率許之以爲常。君謂天子命吏爲賊刼質，是孰爲之開端者。書告清平鎭將石邦憲，「亟進兵，勿以我爲忌。」邦憲不應。君乘馬出盤山關，至稍寨，崖高水深，遂自投下。賊驚，共拽之出，氣息僅續，棄之途而去。思人舁還，至清浪衞而卒。

𪊟陽之苗亂已數年。自辰、沅、鎭筸、銅仁、石阡、印江，皆受其害。君初至郡，卽被檄驅馳兵間。已又城銅仁。而郡故有關隘，守兵爲攝郡者所侵削，散去。賊以是得㬰至。事聞，詔贈貴州按察司副使。廕一子。命按察司僉事戴楩，諭祭于家。賜葬融縣之高沙昌八嶺。

惟古之治馭蠻夷〔一〕，得刺史太守勇略仁惠者，可不煩兵而自戢。今知府受一郡之寄，而日使舍所事，事軍吏之役；及事敗，未嘗不委以爲守者之罪也。清平去思，僅一宿程。而太守困於賊已數日，且彼殘苗，六七百人耳。守將若不聞知，此何爲者哉？朝廷之恤死事者優矣，其於兵吏，有軼罰焉。

君諱允簡，字可大。其先貴州諸城人。元時，有爲融州路巡檢使者，因家於今柳州之融縣。高祖子贇，封奉直大夫、協正庶尹、夷陵州知州。曾祖芳，進士，雲南布政司右布政使。祖序，進士，吏科給事中。考鏞，鄉試第三人，未仕，蚤卒。季父鐸，教樂昌，君少隨之任，學成而歸。弱冠，中鄉試。明年，中會試乙榜，授潼川學正。未上，丁內艱。服除，改夷陵，攝荆門州。爲政清勤，民德之，陞知內江。公廉自持，士大夫乞請無所得。大旱，齋沐祈禱，徒步暴赤日中，令兒歌之曰：「旱既太甚，治邑非人。寧禍其身，勿病其民。」三日，霖雨大足。嘗於通津治石梁，御史題之曰壽溪。壽溪者，君所自號，御史以此旌其能得民也。

大學士茶陵張文隱公知君名，從銓部乞以爲其州守。內江民扳留之，不得，爲涕泣立石。君至茶陵，均猺〔三〕賦，剔姦蠹，豪民爲之歛跡。皇太后梓宮祔顯陵，承檄給糧芻，所過無乏，有白金文綺之賜。最上，當遷。張文隱公自往乞銓部云：「願得展一年，俟黄籍成，茶陵民受十年之賜矣。」其見重如此。

陞雲南同知，攝守徵江。君既更治民，號爲精練，凡斷獄所上，監司以爲平允。豪有奪民田者，勸令歸主。不服，再訴於朝，下法司，皆如君論。滿去，滇民泣留立石，如内江時。

尋陞思州。君既不得在郡，亦以孤城多寇，遣其帑〔三〕歸融，獨與孫文炳居。爲守餘三年，在郡六月而遇害。是歲三月初六日也。春秋五十。孫文炳之被刼者，後竟以重賄贖還之。恭人吳氏，子男一人，祝。女五人。祝，鄉試舉人，今署新昌教諭。融於中州爲遠，然龍城於今爲仕宦之邦。至李氏世有科第，子孫蟬聯不絶，而君又以死事顯。雖中州世宦之家，類此者僅僅有之。祝有志行，痛憤君之歿，請銘于余。余不可辭，而爲銘曰：

黔中之境，連絡五谿。麻陽猖狂，馭不于機。如水滔天，失在漏巵。兵吏墮武，習爲謾欺。皎皎李侯，亶明其志。奮不顧死，以絶刼質。帝嘉精忠，恩詔優至。彼亦何人，天子之吏，以身爲市，生寧不媿！彼亦何人，邊圉所寄，聞守之死，曾不睨視！自古爲文，匪以其詞。在有所表，乃永傳之。融山荒絶，我實銘此。有石嶫嶫，其詞則熾。後千百年，可配柳子。

## 何氏先塋碑

南陵何進士熢，晉孝子琦之後也。其先塋在其縣之西山。山亘數里，羣峯環其外若屛，大水縈其前若帶，何氏世葬之。熢五世祖諱海，妣項氏；曾伯祖諱銘，妣孫氏；曾祖諱銳，妣孫氏。世以昭穆爲序，而虛其高祖之位。高祖萬戶府君，諱應龍，別葬界橋山。祖諱旺，別葬栢山嶺，而祖妣章氏，葬先塋之右數十步。蓋葬三世，而祖妣異其兆焉。歷年圮廢，熢以嘉靖乙巳，加修而封樹之。以書來，請記於石。

予聞之，古者墓而不墳，後世始有墳矣；古不修墓，後世始有修墓者矣。夫禮之微難言矣。「之生〔四〕而致死之，不仁而不可爲也；之死而致生之，不智而不可爲也。」然孝子之於其親，無往而可以致死者。故禮之微難言矣。後之君子，知隆於墓事者，豈非古禮之變，而近於人情者哉？周禮：冢人「用爵等爲封土〔五〕之度，與其樹數」。觀其封，則知位秩之高卑；觀其樹，則知命數之多寡。所以使後世子孫之識之也。凡何氏之葬者，悉山澤之敦龐淳固，以忠厚世其家，而不顯於位，故無行事可紀。獨著其名諱死生，以示其後之人云。此文，崑山、常熟二本大異。崑本敘何氏先世之生卒年月，及熢之歷官較詳，而文辭不如。今從常熟本。崑本有銘辭，仍存于後。

大吉之姓，歸、有、胡、何，厥原維一。何於四宗，特世多懸，封侯外戚。汜鄉蜀郫，慎、濟陽宛，族以運撥。成陽、陽夏，潁昌〔六〕遂之，逾貴而溢。繼東海郯，廬江相望，雅道郁郁。晉興恩澤，著自廬江，文穆贊密。懿哉孝子，實維昆季，皆有名德。戾於宣城，厥縣陽谷，子孫世茁。迢迢千載，奚前之遂，而後之塞。纍纍者墳，山高水深，厥藏孔謐。想其生時，黃髮兒齒，熙然古質。蘊積之久，是生黃門，逢時濬發。松栢丸丸，石虎馬羊，青葱崛岉。凡爾後世，有孝有忠，敬視斯述。 按「大吉」字疑誤。據羅泌路史：「歸、有、胡、何四姓，皆虞舜後。此文連舉四姓，必引用路史，則當云「大舜之後」，或「有媯之後」。何氏自前漢何武，以司空封汜鄉侯。蜀郫人。後漢何進，以外戚封慎侯。進弟苗，封濟陽侯。皆宛人。武爲新莽所殺。進謀誅宦官，不克而死。漢亦隨以亡。所謂「族以運撥」也。三國何夔仕魏，封成陽亭侯。晉何曾，陽夏人。以三公封潁昌侯。陽夏之何，至曾而顯，故云「潁昌遂之」。曾日食萬錢，累世奢侈過度，所謂「逾貴而溢」也。何無忌，東海郯人。何充、廬江灊人。而宋何尚之及何點兄弟，亦皆灊人。所謂「廬江相望，雅道郁郁」也。何準之女，爲晉穆帝后，而何充以尚書令輔幼主，謚文穆。所謂「晉興恩澤，著自廬江，文穆贊密」也。何求、求弟點、胤，世稱何氏三高。而點又有孝隱士之目。所謂「懿哉孝子，實惟昆季，皆有名德」也。宋神宗時，何正臣以刑部侍郎知宣州，宣城疑指此。陽谷未詳。莊識。

## 葉文莊公墓地免租碑

吏部左侍郎葉文莊公墓，在崑山城南湓瀆之原。公以成化十年薨於位，朝廷勅葬如制，而墓地猶歲輸官租。嘉靖十六年，天子奉册寶上祖宗徽謚，推恩海內。詔前代帝王陵寢，及名臣、本朝文武大臣勅葬墳墓所在，官爲修治，置守塚，復其人税，未除者除之。時比境常熟大理寺卿章公格墓用此制，而崑山獨否。至是，民葉奉言於巡撫都御史翁公，下其事於縣。知縣陳侯子佐，移牒常熟，取章卿事以上巡撫。公曰：「文莊公當代名臣，吏宜以丁酉詔書從事。」由是，文莊公墓地始不輸官租云。

我國家正統己巳之變，幾成宋南渡之禍。世謂于肅愍公有旋乾轉坤之力。是時公在諫垣，一二日間，疏至七八上。所以裨贊廟謨者實多。信乎臺榭之榱，非一木之枝矣。其明年，皇輿旋軫。公封上匿名書，請爲河南之避。在廷之臣，無敢爲言者。然斯論所謂「百世以俟聖人而不惑」也。自虜〔七〕酋阿羅入黃河套中，虜〔八〕種遂久居不去，爲陝西邊患。議者欲驅出之，而連城屬之東勝，田作其間。公奉命往相視，獨以道險遠勞費，又春遲蚤霜，不可田，請增戍守而已。至今上時，言事者鋭意欲復河套。既而天子震怒，皆誅死。而後知公所謂時勢之難者，卓見遠識不可及也。公在廣，至今撫臣守其規模，如吳中之于周文襄公。而獨石宣府所築八城七百堡，爲邊人長久之利。公所至有所建明，而淸明直亮，望重本朝，信一代之名臣矣。

天子思股肱之臣，湛恩沾被於墟墓之間；而有司之廢格沮令如此。巡撫公祗奉明詔，修舉曠典，汲汲於師旅饑饉日不暇給之時，其風誼尤可尙矣。賢人君子之沒，遠者數千年，近者數百年，而光顯于世，常如一日。蓋賢者雖歿，而後之賢者相繼而生，故能表章崇奉之，而精神意氣之續，歷世而愈新，此世敎所以不墮也。公五世孫鄕進士恭煥，蒙荷天子之恩，感巡撫公之誼及縣侯之勤其事，因請書之于石，以告于後人。

## 安亭鎭揭主簿德政碑

安亭鎭在崑山東南偏，鎭以北三區石田，歲收於他鄕最下。往者周文襄公特爲優假，規畫縣賦，以歲布予之，務紓其力，民以樂業。其後縣官刬去歲布，斂以常額。會水利益廢不治。田高，枯不蓄水，卒然雨潦，又無所洩。屢經水旱，百姓愁苦失業。然有司習聞其貧下，凡議寬恤，猶先三區云。

正德末，吏於茲者，頗爲急政。或告以「海壖去治回遠，界入四邑，東驅則西走；賦不時輸，非由田惡，直負依抗吏治耳」。於是務窮難之，始有收解等役，與他鄕比。諸捕繫拷掠，大戶瘐死者數十人。民逃亡無數，田多荒萊矣。自是十餘年來，有司日憂三區之賦稅不起，太守以上，悉知其弊，而未有以救也。

嘉靖乙未，歲大旱，野無青草。官督賦如常，民狼顧四走，將空其地。主簿揭侯，言于太守文安王公、縣令同安楊公，爲借兌，約歲熟還之。履畝量視，諸不可墾者除其稅。立「圖頭法」。「圖頭」者，先是爲糧長一人掌稅，悉亡其家。今則圖各一人，事力省而易辨〔九〕。又檢故事免其收解，永無所與。會二公皆有勤民之心，故侯言得施行。民稍稍安業，乃相與涕泣曰：「吾人自父子祖孫，百年以來，生聚於此，幾不復以相保；乃今得有其室家，揭侯之賜也。爲立石，請紀侯之事」。

嗟夫！先王之道，量地以生人，必權其輕重而均一之。若吾縣之三區，殆宜如鰥寡孤獨而先之。彼暴橫者，獨何心耶？揭侯之職卑矣。朝有其心，而夕效焉。且一時救敗之術，僅僅止於力之所及；而民之胥悅如是。則夫瞋目以視，謂吾民難治者，亦未之思也已。侯名夔，江西南豐人。元翰林學士文安公之族孫。以太學生來調，稱良主簿，多可紀者。

## 玄朗先生墓碣

嗚呼！士之能自修飾，立功名于世以取富貴，世莫不稱述之，若是而以爲賢，不知此亦其外焉者耳。苟其中有不然，雖暴著于一時，而君子奚取焉？蓋昔孔子之門，其持己立身，不以小節而不閑，其論可謂嚴矣。而於虞仲、夷逸之徒，其人皆放於禮法之外，而孔子未嘗不深取之。蓋知其存于中者不苟然也。

昔吾亡友吳純甫，嘗稱玄朗之爲人。歷指平生之知交，而獨言玄朗有高行，多大節；以其在于隱微幽獨之間，而不可誦言于人者，此玄朗之所以爲賢，而人莫之知也。玄朗姓沈氏，諱金馬，字天行；後更諱世麟，字明用，而自號玄朗。少有俊才，爲文，率意口占而成。與吳純甫、周于岐同里，並知名。三人者，相善也。于岐宦達，位至大理寺丞；玄朗、純甫，屢困于鄉闈。純甫晚乃得薦，其後一再試南宮，復不第以歿。然二人在學校中，名聲籍甚。太末方思道爲崑山令，自負海內文學之士，而於玄朗、純甫，深所推獎；然純甫後益矜奮，治名園，與其徒講學論文，邑之才俊多歸焉。

玄朗自放于酒，無日不醉，往往對人皆醉中語也。常持胡餅，獨往來山中。或時髽髻裸袒行于市。遇不可意，卽大罵。家貧，從縣令乞貸，令亦笑與之。有郡推官迎延爲師，玄朗日與飲酒，不交一言。歲終謝去，瓶罌堆積滿庭。督學御史與之有故，檄令讀卷，玄朗不屑意，故爲妄言却之，御史莫能致也。玄朗于書強記，其後絕不觀，而架上書數千卷，指謂純甫曰：「吾神遊其間矣。」其寄興淸遠如此。玄朗以嘉靖七年二月二十二日卒，年四十有二。有子一人，曰大宗。玄朗之祖諱愚，字通理；其從祖諱魯，字誠學：兄弟皆有文名。葬在邑中馬鞍山。純甫一日與予過之，指曰：「此玄朗家墓也。異時古栢甚奇，常鬱鬱蒼翠，以此代有文人。今忽枯萎，明用其不起矣！」已而果然。沈氏至今有仕者，獨玄朗負才氣以死，人猶謂之狂生云。嘉靖某年月日，附葬于朱瀝原之祖塋。純甫曰：「我宜爲銘。」及純甫北上，大宗送之潞墅，泣以請。純甫許以南還，竟不果。於是大宗以屬之予。蓋又二十年，始爲之書於墓上，此純甫之意也。嗚呼！純甫其亦可謂深知玄朗者矣。

## 張季翁墓碣

古之言能孝者，生以致其養，死以致其哀而已。生以致其養，至於千鍾之奉，食飲饍羞百品味之物，以爲無加焉；然猶有啜菽飲水，可以盡其情者。死以致其哀，至於朱綠龍輴題湊之室，以爲無加焉；然猶有斂手足還葬，蓬顆蔽冢，可以盡其情者。凡皆先王所以盡性命之理，順萬物之情，而使人得而爲之者也。若人之行善不善，不可以責諸其子。使爲人子務揚前人之善，而親之行不能皆善，則將有誣其親者矣。故不以概於禮，而禮之所得爲者，生養死哀盡之矣。雖然，此慮其親之有不善者也。人不能皆無不善，故不以責諸其子。若其父有善而不彰，是非其子之情也。然則禮不止於生養死哀而已矣。

余識張季翁之子獻翼，嘗造其室，與之飲食，而未及見翁，然聞其賢久矣。先是季翁年六十，獻翼與其兄鳳翼，徵諸文士爲傳敍數十篇。余聞之，疑季翁以生人之懽，而豫死者之事，於是盡終矣。季翁其不久乎！明年嘉靖四十一年五月五日，季翁卒。然翁之行，卒賴諸文以顯。故以爲翁之子能盡於生養死哀之外者也。於是請余碣其墓之左。夫諸作者詳矣，余敢著其大略。

翁諱冲，字應和。其先濠州人，國初始占名數於吳。數世爲富家。翁爲人孝友，以財讓其昆弟，刲股以療父疾。嘗游燕還，受人寄千金，爲盜所掠。金主聞被盜，頗來訊。翁紿曰：「金皆在。」盡以己資償之，而卒不言。養寡姊，代其戶徭。翁好爲高髻小冠，短衣楚製，攜吳姬，度歌曲，爲蹴踘諸戲。常在吳城西山水間。人以少年輕俠目之，而其大節乃如此。至以師史之業，而好聚古書，爲子致千里客，蓋皆彬彬有文學矣。子卽鳳翼、獻翼，皆太學生。燕翼，府學生。葬在塘灣百花山，實四十二年三月六日云。

## 褚隱君墓碣

前史有孝友傳，余嘗歎之。世之善人君子，非其蹟著于朝廷，莫可得見。至于巖壑草莽之中，沒沒者多矣。其得列于史，蓋百之一二也。若榆次褚隱君者，其孝友篤行，非其子進登於朝，與當世之君子遊，亦何以稱焉？

隱君世家榆次東白一里，考諱鐄，仁善好施，畜牧於沾之重輿山間，牛羊以谷量，人稱之爲東山翁。東山翁病且死，君籲天求代，賽禱山神祠，去其家數里所，十步一膜拜，見者憐之。又爲母持佛氏盂蘭經，十五年不輟唄誦。菓蔬有鮮，必進乃敢嘗。從父兩人無子，孝養之終身。已喪葬，立其祠。爲弟更娶後妻。及其避徭之旁縣，召還，分與之田宅。縣中有大役，吏請晌免。君曰：「吾有財，不佐縣官之急，而以私吏耶？」歲租必先入。里人化之，無敢逋者。人有病死，先嘗盜禾，爲田主所笞，遂誣以毆死。君率衆白於官，爲直其事。歲饑，山莊千石穀，皆以賑。飢民猶不逞，盜其窖中藏。其黨泄之。曰：「是不能忍飢而至是，不足問也。」然家自是乏。至人有求，必屈意赴之。平生重然諾，不與人分爭。田宅財物必讓，而布衣蔬食終其身。嘗自號善菴。

榆次張先生曰：「善菴孝友忠信，今時罕見。雖暫困，天將使之有後。」其後果然。娶李氏，繼娶秦氏，最後娶賈氏，皆有賢德。君以嘉靖三十六年八月日卒，年六十有一。葬于其縣之楊安祖塋之次。先二孺人祔。子男五人：鉞、錠、鈇、鋮、鏜。女一人，適杜庭元。鈇登嘉靖四十四年進士，在京師，具狀謁余書其墓石。銘曰：

在晉之邃，畇畇原隰。草莽廣薦，羊牛瀸濕。有美伊人，仁服義襲。嶷嶷厥子，載觀其入。允矣國器，其究有立。前聞是追，公卿是爲。後將考始，其在於斯。

## 贈文林郎邵武府推官吳君墓碣

嘉靖某年，天子曰：「福建邵武府推官梁之父翰，可贈文林郎邵武府推官。母李氏，贈孺人。」命翰林儒臣撰勅命。臣梁拜捧感泣，爲焚黄於墓。而先是墓石未具，梁陞爲刑部山西司主事，於是始竪石於墓道。唯文林君之懿美，制詞所褒盡之矣。

君姓吳氏，諱翰，字某，世爲華亭人。君未有以顯於世，而幽潛之德，久而自光。率性履貞於草野之間，而遂得達於天子，而形於制詞，豈不謂之榮顯也？君之行，蓋非有求知於世，以徼爲善人之名，獨其性之所自得而已。而皆世人之所難爲者。

詩曰：「凱風自南，吹彼棘心。棘心夭夭，母氏劬勞。」子之於其母，孰無孝愛之心？而能敬爲難。君之母氏喪明，而孝養備至。有所譴責，叱令之跽，雖至竟日，母不命不起也。君之孝如此，制詞所謂「竭力盡懽」者無愧矣。

詩曰：「脊令在原，兄弟急難。雖有良朋，況也永歎。」兄之於弟，孰無友于之念？而亦不能不自顧愛。君之弟詿誤有司，匿之他所，而身被搒掠；遂脫弟於難，而成就之，卒貢於禮部，爲郡文學。君之悌如此，制詞所謂「挺身急難」無愧矣。詩曰：「彼有旨酒，又有嘉殽。洽比其鄰，昏姻孔云。」人必自裕，而可以及人。而君樂于施予，迎延賓客，瓶之罄矣，賑恤不倦。日閔無儲，尊酒不空。君之濟人愛客如此，制詞所謂「尙義樂施，屣謙秉禮」無媿矣。

凡此皆人之所難，君又非好爲之，特其性然。推君之志，雖無聞於世，亦非其意之所及，而天之報之，遂有賢子。政行於郡邑，名著於本朝，所謂立身揚名，於君爲不朽矣。余與君之子爲三十年交，因知之詳，遂不辭其請而書之。其世次生卒別有載，茲不具云。

## 泗水何隱君墓碣

何氏，世居魯泗水。君諱珍，字伯荆。高大父淸，曾大父名，大父聰。聰三子，瑄、璠，其季卽君也。世修學，不仕，則去爲耕農。伯兄爲令長子，而君與仲居田。初，縣舉君有德，爲亭長，督鄕賦。賦入而人不告病，令旌其能，以鼓吹、頟率、絳帛、金簇花，再至門犒之。後爲鄕飮酒賓者十有九年。嘉靖四十一年正月某日，無病，年若干而卒。將卒，告其子凌霄曰：「汝兄弟三人，今唯汝存。又學問孝養我。至於今獲考終，吾懼重累汝。吾死三月，卽返我亡宅。毋久殯，且怛化。」凌霄如其言，三月而葬之某鄉之先兆。娶楊氏，嘉靖二十年十一月某日卒，年六十有六。慈和祗肅，能助君爲家。先君而葬，實合葬。三子，凌漢，次卽凌霄；又次凌雲，蚤亡。二女，適張某、毛某。庶子凌斗。三女，適陳某、喬某，其一未行。凌漢子學，凌霄子問，凌雲子慮。

凌霄初倅雲中，以行能高，徙倅魏郡，今大名。而余官邢，邢、魏兩郡之守倅數往來也，故余善凌霄。又嘗同有事京師，旦暮會闕下。因爲余言其先人葬時，不及埋銘。按令得以品官樹碣其墓，因拜請爲碣銘。余諾而未果。及是，歲將終矣，自大名遣人如京師來請。銘曰：

孰智而趨，山窮水殊，舟浮而馬馳？孰愚而居，耕農釣漁，生而壯而耆？終身不出孔子之鄉；銘以揭之，此古三老之良。

## 宣節婦墓碣

節婦姓宣氏，蘇州嘉定人。同知杲之孫，濮州通判效賢之女也。節婦少有異質。生數年，濮州病，侍立床下，終夜不去。如是者數日，人以爲奇。

及爲張樹田妻，樹田與同里沈師道友善。師道妻孫氏，夫婦相愛，而樹田暴戾無人理，節婦歸見父母，父母對之泣。節婦曰：「此不足以傷父母，兒自是命也。」樹田病，節婦進藥，樹田泛之，罵曰：「若毒我乎？」節婦飲泣而退。及樹田死，節婦披髮號踊。人初見樹田狂虐，皆爲不堪；比死，則皆以爲喜。而節婦哭之極哀，非衆所擬也。是時沈師道亦死。孫氏與節婦，兩人志意相憐，數遣女奴往來。比孫氏送夫喪，過河下，因求見節婦，以死相要。頃之，同日自縊。節婦有救之，復甦。而孫烈婦竟死。其後三年，父母謀嫁之。節婦見其家竊竊私語，覺其意。登樓自縊。時嘉靖十七年十二月二十日，年二十五。

予友李瀚，好義之士。每談節婦事，慨然歎息。至是與節婦之弟應揖，請書其墓上之石。

夫捐軀狥義之士，求之於天下，少矣。嘉定在吳郡東邊海上，非大都之會，數年間，女子死節者四人：甘氏、孫氏、張氏、宣氏。張氏得禍最烈，予嘗爲記其事。若宣氏，蓋又人所難者。銘曰：

沉沉幽谷，不見日光。葵藿生之，日向嚴霜。彼童之狂，以爲存亡。綠衣、終風，自古所傷。生雖不辰，有此銘章。

## 王烈婦墓碣

余生長海濱，足跡不及於天下。然所見鄉曲之女子死其夫者數十人，皆得其事而紀述之。然天下嘗有變矣，大吏之死，僅一二見。天地之氣，豈獨偏於女婦？蓋世之君子不當其事，而當其事或非其人，故無由而見焉。

嘉靖三十三年，倭夷入寇。余所居安亭，有一女子自東南來奔。衣結束甚牢固。賊逐之至一佛舍，欲汙之，不可得。乃剖其腹，腸胃流出。里人爲藁葬北原上。竟不知其姓名。余欲爲之志其墓，而未及也。至如王烈婦之死，在姻親之間，今二十年而無一言以紀之。至是，其弟執禮始請書以勒石其墓。

蓋烈婦之夫周鎰蚤死，遺二孤。已而皆病瘮。長者七歲而死；幼者瘮愈矣，復病。病又經年，爲之廢寢食，百方求瘳之，不可得，亦七歲而死。烈婦於是自縊也。嗚呼，豈不悲哉！執禮稱：「其在室，好觀古書。父謫選卒於京師，姊每哭之，聞者莫不悽然淚下。平時撫教執禮甚至。妹嫁而恥其姑之行，不肯執婦禮，一日姊妹相聚，語及之。姊曰：『妹過矣。曷若盡孝，使之自媿而不爲也？』又言：『人於死生之際誠難，姊於是直視之甚輕。』蓋未嘗經意也。」眞可謂赴死如歸者矣。

周鎰父諱土，工部都水司主事。祖諱煒，封監察御史，太倉人。烈婦父諱可大，太學生。祖諱秩，雲南右布政使，崑山人。其卒以嘉靖十八年十月初四日。年二十有七。葬

在雙鳳里吳墟之原。〔八〕

其明年，太倉州守上其事於巡按監察御史。奏下禮部，旌其閭。國家依古格，旌表高其外門，門安綽楔，左右建臺，高一丈二尺，廣狹方正稱焉。圬以白，而赤其四角。人之過者有所觀法。不然者，以爲恥。所以扶翊世教，其意遠矣。會水部君卒，其家寢其事，未有舉者。而鎰又不置嗣。執禮時時夢見烈婦，攜其兒或長者，或幼者。蓋其精爽不亡云。

## 曹節婦碑陰

長洲蘇寶之姑，始年十八，嫁曹君綬。二十七，夫亡。寡居四十九年，以嘉靖庚子卒，春秋七十五。亡子女。寶以甲寅十二月二十四日，葬於長洲縣戴墟姸字圩之原。予爲題其墓曰：「曹綬妻蘇氏貞節之墓。」

寶又請書其碑陰，曰：「吾姑未死前三年，吾臥病。姑來視病。寶見姑老矣。因語及平生，歔欷曰：『男子壯年，何憂疾苦？今老且死。女不可不爲吾計！吾死，愼勿葬我曹氏墓。曹氏墓迫隘。自夫死後，其宗姓卒火瘞，散漫荒莽間，遙遙五十年，不復知夫處矣。苟廁諸纍纍間，殆與誰比？去此一里所，有界浦。其水清潔，死必燔我，颺灰浦中，令吾骨與此水同其清也。』寶是以營茲新兆，蓋今十有二年而克成。」噫，可悲也已！

詩云：「穀則異室，死則同穴。」傳曰：「合葬，非古也。自周公以來，未之有改也。」「衛人之祔也，離之；魯人之祔也，合之。」孔子生而叔梁紇死，葬于防山。及孔子母死，殯於五父之衢。郰人輓父之母，誨孔子父墓，然後往合葬焉。夫孔子之慎於葬母也如此，使無輓父之母，必不敢於防山。雖從古禮，其可也。蘇氏蓋得之矣。

自古女子，不幸失其所天，能守禮義，不見侵犯，見於史傳者不少。然必待備述其平日閨閫之素，而後其節始著。若寶之稱其姑，一言而已。要之與古易簀結纓，何以異哉？嗟夫！五十年高風勁節，可以想見；千載之下，當知其人其骨，與此水同其淸也。因表著之。

## 張通參次室鈕孺人墓碣

孺人姓鈕氏，其先淮陰人，父客吳中，始爲吳人。公諱寰，通政司右參議。其考諱安甫，祁州知州，封刑部員外郎。張氏世以科名顯於世。其最著者，二張先生，皆無子。祁州府君惟生公一子。而公元配王宜人，年逾三十，未有子，府君以爲憂，遂爲公取孺人，時年十五。其後四年，年十九，生子恒慕。其後諸娣更生子，乃有丈夫子四人。府君以爲螽斯之祥，兆於孺人，大加愛之。在尙書刑部，孺人留居家，爲其子延師，夜則篝燈紡績，躬督課之。比公歸，恆慕已壯大，問學有成矣。

初，府君性高曠。到官，輒自劾免歸。而公宦亦不遂。而父子皆好游名山水，不問家事。孺人獨勤於治生，故於祭祀、婚喪、飲酒、伏臘之費，不至乏絕。公常出遊，一歲中，還家率不過一二月。諸子更供養。至孺人所，尤懽。孺人爲人婉順，於姑若諸娣間，孝友無間。其治生纖嗇，而不信因果之説。吳俗尼巫〔一〇〕往往出入人家，孺人絕不與通。臨終，言不他及。獨諄諄戒其子，不得令男子與含殮而已。卒年五十有九，時嘉靖壬戌也。以卒之明年，祔於縣東南沔川鄉橫塘之先塋。

蓋古之女子，不幸而爲側室，而其賢德終不可泯者，如小星之「寔命不猶」，歸妹之「以恆相承」，聖人皆書之於經。惟張氏世有文學，二張先生之沒，郡中名士劉欽謨、楊君謙爲之表志，至於今傳之。恆慕愛尚文雅，有先世之風，不忍其賢母之沒沒於後世，既勒銘幽堂，又請於予，爲立石墓道云。

**校記**

〔一〕夷　原刻墨釘，依大全集校補。

〔二〕猺　依文意疑當爲「徭」。

〔三〕帑　古與「孥」通，今作「孥」。

〔四〕生　按禮記檀弓上作「之死而致死之」，此「生」字疑當作「死」。

〔五〕用……封土　周禮春官作「以爵等爲丘封之度」。

〔六〕穎　當作「潁」。

〔七〕〔八〕虜　原刻墨釘，依大全集校補。

〔九〕辨　依文意疑當作「辨」。

〔一〇〕巫　原刻墨釘，依大全集校補。

# 震川先生集卷之二十五

## 行狀

### 吳純甫行狀

先生姓吳氏，諱中英，字純甫。其先不知其所始，曾祖傑，自太倉來徙崑山。祖璇，父麒，母孫氏。

先生生而奇穎，好讀書。父爲致書千卷，恣其所欲觀。里中有黃應龍先生，名能古文。先生師事之，日往候其門。黃公奇先生，留與語。貧不能具飯，與啜粥，語必竟日還。先生以故無所不觀，而其古文得於黃公者爲多。先生童髫入鄉校。御史愛其文，封所試卷，檄示有司。他御史至，悉第先生高等。開化方豪來爲縣，縣有重役，召先生父。先生以書謁方侯，侯方少年，自謂有文學，莫可當意。得書，以爲奇，引與游，甚歡。其後方侯徙官四方，見所知識至吳中者，必以先生名告之。

然先生意氣自負，豪爽不拘小節。父卒，遺其貲甚厚。先生按籍，視所假貸不能償者，焚其券。好六博、擊毬、聲音、婦人，擁妓女，彈琵琶，歌謳自隨，散其家千金。久之，迺更折節自矜飾，顧不屑爲齷齪小儒。篤於孝友，急人之難，大義落落，人莫敢以利動。令有迎館先生者，欲有所贈遺，見先生，竟莫能出一語。先生之弟，嘗以事置對，令閱其姓名，疑問之，乃先生弟。先生不自言也。與其徒考古論學，庭宇灑掃潔淸，圖史盈几，觴酒相對，劇談不休。雖先儒有已成說，必反覆其所以，不爲苟同。後生有一善，忻然如己出，亟爲稱揚。里中人聞之，輒曰：「吳先生得無妄言耶？某某者皆稚子，何知也？」然往往一二年即登第去，或能自建立，知名當世。而吳先生年老猶爲諸生，進趨學宮，揖讓博士前，無慍色。年四十四，始爲南都舉人。先生益厭世事，營城東地，藝橘千株，市鬻財自給。日閉門，不復有所往還，令兒女環侍几傍，誦詩而已。少時所喜詩文，絕不爲，曰：「六經聖人之文，亦不過明此心之理。與其得於心者，則六經有不必盡求也。如今世之文，何如哉？」嘉靖戊戌，試禮部，不第。還至淮，先生故有腹疾，至是疾作，及家二日而卒。是歲四月某日也。距其生弘治戊申月日，得年五十有一。娶陸氏，蚤卒，無子。側室某氏，生子男一人，原長。女三人，長適工部主事陸師道，其次皆許聘。予于先生，相知爲深。十年前，嘗語予曰：「子將來不忘夷吾、鮑子之義，吾老死，不患無聞於後矣。」於是先生弟中材使予爲狀，不可以辭。嗚呼！先生不用於世，予所論次大略，其志意可考而知焉。

## 李南樓行狀

李府君諱玉，字廷佩，號南樓。祖某，父某，妣某氏。娶杜氏，生一子，曰憲卿，鄉進士。孫男女若干。生于成化丙午月日，卒于嘉靖乙未月日，享年五十。憲卿卜以卒之年月日，葬于新阡。先期，衰絰踵門而告余曰：「不肖不敢沒先君之行，將欲稍加撰次，求銘于里之長者。而哀荒無緒，每一舉筆，摧心裂腸，欲作復止。見吾子習太史公之書，願假手于子，吾子弗吾拒也。將爲子言其略，子其文之。求賁先君于地下，惟吾子焉賴！」余唯唯，不敢辭。

憲卿嗚咽流涕泣曰：「吾李氏居崑山之羅巷村百餘年矣。家世業農，未有顯者。先祖質菴生四子，先君最少。贅城中杜氏。學書，不就，爲縣掾〔一〕，亡何，謝去。家居垂三十年，專以不肖爲念。延致師友，惟力所及。見邑中豪俊與俱，即大喜。即不肖所與游稍不勝，終不懌。不肖素孱弱多病，心獨憐之，而口不言。爲人忠實無他腸。與人交，洞見底裏，審取重諾，尤好面折人過。先祖考妣居伯父所，時時徒走出城，往省之。或輿迎至家。値宴會，有不與，必悽然不樂。比其沒也，斂葬之具，靡不悉心營辦。所授田宅，盡以與諸父，曰：『生，吾不得盡其養；沒，吾何忍受其産耶？且諸兄貧，亦自應得耳。』嘗掌區稅，不忍于斗概間取圭撮之羨。寧自受累，乃其心所樂也。今年春，忽病作，意頗自危。而不肖尙阻水淸源，未卽歸也。心懸，謂：『吾子未至，病未卽愈，旦暮見吾子來，吾念已慰，病當去五六矣；因是令遍訪醫藥，不至爲痼疾也。』詎意延緩踰時，病與日積。五月十日，不肖方抵家，色已非舊歲人矣。亟往郡中謁醫，已不可起矣，嗚呼痛哉！先君以不肖之故，聊欲營樹產業，俾不肖無所顧于衣食，屹不自暇逸。今日不肖獲上進，冀少息肩，而背棄矣。嗚呼！吾與子言若是者，吾悲而弗詳也。」

余聞而傷之。余始與憲卿游，見其丰儀俊淸，衣裳整潔，皎然不染坋埃。時相過從，談笑竟日，醲膳豐嘉，不索而具，憲卿一無所經意。乃知府君所以縱其子遊學如此。俗今以學生得雋者，謂之有成。憲卿以去歲發解南都，府君及見其成，亦足慰矣。抑其種之之勤，穫〔三〕其實而不及于食，可悲也已！余惡夫世之撰事者弗核，故弗敢損益于憲卿之言，俾銘者考焉。

## 通議大夫都察院左副都御史李公行狀

曾祖茂。祖聰，贈通議大夫都察院左副都御史。父玉，贈承德郎、吏部驗封司主事，再贈奉政大夫、吏部驗封司郎中，三贈通議大夫、都察院左副都御史。

公諱憲卿，字廉甫。世居蘇州崑山之羅巷村，以耕農爲業；通議始入居縣城。獨生公一子，令從博士學。山陰蕭御史鳴鳳奇其姿貌，曰：「是子他日必貴，吾無事閱其卷矣。」先輩吳中英有知人鑑，每稱之以爲瑚璉之器。公雅自修飭，好交名俊，視庸輩不屑也。舉應天鄉試，試禮部，不第。丁通議憂。服闋，再試中式，賜進士出身。明年，選南京吏部驗封司主事，歷遷郎中。吏在司者，莫不懷其恩。

居九年，冢宰鄭聞公、奉新宋公，皆當世名卿，咸賞識之。陞江西布政司左參議。江右田土不相懸，而稅人多寡殊絕。如南昌、新建二縣，僅百里，多山湖，稅粮十六萬。廣信縣六，贛州縣十，粮皆六萬。南安四縣，粮二萬。三郡二十縣之粮，不及兩縣。巡撫傅都御史議均之。公在粮儲道，爲法均派折衷，最爲簡易。蓋國初以次削平僭僞，田賦往往因其舊貫。論者謂蘇州田不及淮安半，而吳賦十倍淮陰；松江二縣，粮與畿內八府百十七縣埒：其不均如此。吳郡異時嘗均田，而均止於一郡，且破壞兩稅，陰有增羨，民病之。不若江右之善，而惜不及行也。

陞山東按察司副使，兵備臨清。先是虜〔三〕薄京城，又數聲言從井陘口入掠臨清。臨清綰漕道，商賈所湊，人情恇懼，公處之宴然。或爲公地，欲移任。公曰：「詎至於此？」境上屯兵數萬，調度有方，虜〔四〕亦竟不至。師尚詔反河南，至五河，兵敗散，獨與數騎走莘縣，擒獲之。在鎮三年，商民稱其簡靜。甌寧李尚書自吏部罷還，所過頗懈慢。公勞送，禮有加。李公甚喜，歎曰：「李君非世人情，吾因以是識其人。」會召還，即日薦陞湖廣布政司右參政。

景王封在漢東，未之國，詔命德安造王府，公董其役。又以承天修祾恩殿，陞河南按察司按察使。受命四月，尋擢巡撫湖廣右僉都御史。奏水災，乞蠲貸。親行鄂渚、雲夢間，拊循之。東南用兵禦日本，軍府檄至，調保靖、容美、桑植、麻寮、鎮溪、大剌土兵三萬二千，所過牢廩無缺。公因奏，土司各有分守，兵不可多調，且無益，徒糜粮廩。其後土兵還，輒掠內地人口。公檄所至搜閱，悉送歸鄉里。顯陵大水，衝壞二紅門黃河便橋。而故邸龍飛、慶雲宮殿多隳撓。奏加修理，建立元祐宮碑亭。是時奉天殿災，勅命大臣開府江陵，總督湖廣、川貴採辦大木。工部劉侍郎方受命，以憂去。上特旨陞公左副都御史，代其任。

先是，天子稽古制，建九廟，而西苑穆清之居，歲有興造，頗寫蜀、荆之材。公至，則近水無復峻幹。乃行巴、庸、夔道，轉荆、岳，至東南川，往來督責，鈎之荒裔中。於是萬山之木稍出。然帝室紫宮，舊制瓌瑰，於永樂金柱圍長，終不能合。公奏言：「臣督率郎中張國珍、李佑，副使張正和、盧孝達，各該守巡參政游震得、副使周鎬、僉事于錦，先後深入永順、卯峒、梭梭江；參政徐霈、僉事崔都入容美；副使黃宗器入施州、金峒；參政靳學顏入永寧、迤東、蘭州、儒溪；副使劉斯潔入黎州、天全、建昌；董策入烏蒙；參政繆文龍入播州、眞州、酉陽；僉事吳仲禮入永寧、迤西、落洪、班鳩井、鎮雄；程嗣功入龍州；參政張定入銅仁、省溪；參議王重光入赤水、猴峒；僉事顧炳入思南、潮底；汪集入永寧、順崖。而湖廣巡撫右僉都御史趙炳然，巡按御史吳百朋各先後親歷荆、岳、辰、常。四川巡撫右副都御史黄光昇歷敍、馬、重、夔。巡按御史郭民敬歷邛、雅。貴州巡撫右副都御史高翀歷思、石、鎮、黎。巡按御史朱賢歷永寧、赤水。臣自趨涪州，六月上瀘、敍。而巨材所生，必於深林窮壑、崇岡絶箐、人跡不到之地，經數百年而後至合抱，又鮮不空灌。昔尚書宋禮及近時尚書樊繼祖、侍郎潘鑑，採得逾尋丈者數株而已。今三省見採丈圍以上楠杉二千餘，丈四五以上亦一百一十七，視前亦已超絶矣。第所派長巨非常，故圍圓難合。臣奉命初，恐搜索未徧。今則深入窮搜，知不可得。而先年營建，亦必別有所處。伏望皇上敕下該部計議，量材取用，庶臣等專心採辦，而大工早集矣。」

上允其奏，命求其次者。其後木亦益出。自江、淮至於京師，簰筏相接。而天子猶以皇祖時，殿災後十年始成。今未六七載，欲待得巨材，故殿建未有期，而西工驟興。漕下之木，多取以爲用。三省吏民，暴露三年，無有休息期。大臣以爲言，天子亦自憐之。將作大匠又能規削膠附，極般、爾之巧，而見材度已足用。公懇乞興工罷採，以休荆、蜀民。使者相望於道，詞旨甚哀。而工部大臣力任其事，天子從之。考卜興工有日矣。其後漕數比先所下，多有奇羨。凡得木一萬一千二百八十九章。公上最，推功於三巡撫，下至小官，莫不錄其勞。今不載。

獨載其所奏兩司涉歷採取之地曰：「四川守巡督儒溪之木，播州之木，建昌、天全之木，鎮雄、烏蒙之木，龍州、藺州之木。湖廣督容美之木，施州之木，永順、卯峒之木，靖州之木，及督行湖南購木于九嶷；荆南購木于陝西階州；武昌、漢陽、黄州購木于施州、永順；貴州則於赤水、猴峒、思南、溯底、永寧、順崖；其南出雲南金沙江云。」大抵荆楚雖廣，山木少，採伐險遠，必俟雨水而出。而施州石坡亂灘，迂迴千里。貴陽窮險，山嶺深峭，由川辰大河以達城陵磯。蜀山懸隔千里，排巖批谷，灘急漩險，經時歷月，始達會河。而吏民冒犯瘴毒，林木蒙蘢，與虺蛇虎豹錯行。萬人邪許，摧軋崩崒，鳥獸哀鳴，震天岋地。蓋出入百蠻之中，窮南紀之地，其艱如此。故附著之，俾後有考焉。昔稱雍州南山檀柘，而天水隴西多材木，故叢臺、阿房、建章、朝陽之作，皆因其所有。金源氏營汴新宮，採青峯山巨木，猶以爲漢、唐之所不能致。公乃獲之山童木遁之時，發天地之藏，助成國家億萬年之丕圖，其勤至矣。是歲冬，徵還内臺。明年，考察天下官。已而病作，請告。病益侵，乞還鄉。天子許之。行至東平安山驛而薨。嘉靖四十一年四月乙亥也。年五十有七。

公仕宦二十餘年，未嘗一日居家。山東獲賊，湖廣營造，東南平倭，累有白金文綺之賜。而提督採運之擢，旨從中下，蓋上所自簡也。祖考妣皆受誥贈。母杜氏，封太淑人。所之官，必迎養，世以爲榮。公事太淑人孝謹。每巡行，日遣人問安。還，輒拜堂下。太淑人茹素，公跽以請者數，太淑人不得已，爲之進羞膳。

平生未嘗言人過，其所敬愛，與之甚親。至其所不屑，然亦無所假借。在江陵，有所使吏遲至。公問其故，言：「方食市肆中，又無馬騎。」故事，臺所使吏廩食與馬，爲荊州奪之。公曰：「彼少年，欲立名耳。」竟不復問。周太僕還自滇南，公不出候，蓋不知也。周公，鄉里前輩，以禮相責誚。公置酒仲宣樓，深自遜謝而已。

爲人美姿容，自少衣服鮮好，及貴，益稱其志。至京師，大學士嚴公迎謂之曰：「公不獨才望逾人，丰采亦足羽儀朝廷矣。」所居官，廉潔不苟。採辦銀無慮數百萬，先時堆積堂中，公絕不使入臺門。第貯荊州府，募召商夷〔五〕，賞購過當，人皆懷之。故總督三年，地窮邊裔，而民夷〔六〕不驚。以是爲難。是歲，奉天殿文武樓告成。上製名曰皇極殿，門曰皇極門。而西宮亦不日而就。天子方加恩臣下，敍任事者之勞績，而公不逮矣。

娶顧氏，封淑人。子男五：延植，國子生；延節、延芳、延英、延實，縣學生。女四：適孟紹顏、管夢周、王世訓，其一尚幼。孫男七：世彥、官生、世良、世顯、世達，餘未名。孫女六。余與公少相知，諸子來請撰述。因就其家得所遺文字，參以所見聞，稍加論次，上之史館。謹狀。

## 敕封文林郎分宜縣知縣前同州判官許君行狀

君姓許氏，諱志學，字遜卿。其先蘇州之嘉定人；諱慶賜者，爲崑山魏氏館甥，遂爲崑山人。子文衡，文衡生琮，其季曰瓚。琮子翊，承事郎；瓚子翀，羽林衛經歷，平定州同知。承事生襄，敕授登仕佐郎，南京馴象所吏目，君之考也。

自慶賜始遷，再世而有兄弟數人，勤於治生，多蓄藏。延禮耆儒沈同菴先生於家塾，以教諸子。當是時，葉文莊公、張憲副和、張參政穆、沈憲副訥，一時名賢，皆往來其家。故許氏富而子孫多在衣冠之列。君少勤學強記，善爲文詞。登仕蓋晚而得子，憐愛之，故用貲升爲太學生。六舘之士推讓焉。累舉不第，以上舍選爲同州判官。六年，凡署州縣事五：同州、夏陽、臨晉、徵、重泉。同州以守缺，其餘諸縣，即令去，必以君攝。士大夫皆爲文紀之曰：「承上使下，悉有成度；姦軌壹跡，境內肅清；不於分外徵索以阿上官意。修黌舍，勵學者。」此朝邑之所紀者也。「釐前秕政，革浮靡，絕苞苴，儲廩給足，傅爰精明。修啓聖名宦祠」，此蒲城之所紀者也。

今世州縣官，悉簡自天朝。唯權攝則監司得自用，類前世之辟舉者。故或其人不稱，必不以攝；或少試之，旋即牒去。君之署篆，至於四五，可以知其選矣。其子給事君言，今重泉、臨晉間，民有肖像而拜祀者。又言，谿田馬公、苑洛韓公，皆關中名士，每見君，未嘗不加敬也。

既解官，則治亭圃於先塋之側而居之。歲時食新，先以奉親，然後敢嘗。與人交，不設城府；然不能容人過惡，然亦往往寡合。令有科徭及君家，君自以嘗任州縣爲七品官，與爭論無所詘。令欲重困之，會給事發解報至，以故得免。君始爲太學生遊間，及官同州沙苑，登覽華山之勝，甚自樂也。至爲鄉社會，飲酒笑謔無虛日。吳中田土沃饒，然賦稅重而俗淫侈，故罕有百年富室。雖爲大官，家不一二世輒敗。許氏自國初至今，居邑之柴巷無改也。有屋廬之美，田園市肆之入。又以詩、書紹續，及給事君而貴顯。

初，給事令分宜，已敕封如其官。及是人方賀君將更有加封之命，而不幸已矣。君卒於嘉靖己未年六月初六日，得年六十有三。娶錢氏，封太孺人。子男一人，從龍，戶科給事中。女一人，適張必顯。孫男一人，汝愚，太學生。女二人。曾孫男女二人。

有光高大父時，已與君家交好，見家中文字有顧惟誠、許鵬遠者，鵬遠即承事君。而惟誠者，太保顧文康父也。高大父是以與兩家締姻。而大父與登仕君，又皆高年爲社會。而君與家君又同社，社中君最年少。癸丑之歲，給事同余北上，道中聯轡。嘗以登仕年老爲憂念，意獨謂君壯盛未艾也。而登仕卒裁踰六年，君亦卒，僅止於中壽。給事是以痛恨焉，亟圖所以不朽者。以予知其家世，因頗采示馮翊之政，俾次其大略，存之家乘。他日墓隧銘誌之文詞，史館推封之制草，庶於斯有徵云。

按夏陽今韓城，臨晉今朝邑，徵今澄城，重泉今蒲城，皆同州屬縣。而同州，漢左馮翊也。此文于總敍歷署縣篆處，用古名。後朝邑之所紀，蒲城之所紀，則用今名。而仍云臨晉、重泉間肖像祀之，辭甚明白。後又言馮翊之政，則同州及諸屬縣皆在內。地名古今互見，文章家常事。常熟本因不得其解，遂將總序諸縣及二邑之所紀九十餘字盡删之，文字頓減精采。錢宗伯不選，當以此故。今從崑山本，仍存之。崑山本歷敍諸縣中有郃陽，今按上言署州縣事五，則夏陽以下四縣幷同州是也。若加郃陽，則六矣。况他縣皆用古名，獨郃陽是今縣名，亦無此敍法，故斷以爲衍文而去之。莊識。

## 封中憲大夫興化府知府周公行狀

公姓周氏，諱書，字存中。其先汴人。宋靖康末，扈蹕臨安。至貴一公，始家崑山之吳家橋。貴一生思聰；思聰生士賢；士賢生顒；顒生明，是爲耕樂翁，有行誼，學士吳文定公銘其墓曰「剛直君子」。生四子：長諱璿，是爲樂淸翁；次諱璣，諱玉，諱衡。衡，太學生。家世孝弟力田，至太學，始用儒雅登上舍。然兄弟並以貲雄鄉里。吳家橋在邑南千墩浦上。直橋並小溪以東，獨周氏兄弟居之；殆成聚落，無他族。其南惟有晏翁云。

樂清生四子，公其季也。母張氏。公甫冠，爲晏翁壻。雖在賓館，猶東西家也。每入定省，父母以其出壻，憐愛之，至則喜見顏色。少有志於學，爲博士弟子，益自砥礪。以病，不克卒業。其病痰喘，竟歲不瘉。即瘉，月復繼作。然性孝友恭謹，不以病廢禮。居母張碩人之憂，號毀骨立；諸兄爲之勸解，哭愈哀。惟見相隨擗踊，則稍慰，曰：「兒能助吾哀。」自是病日益深。樂清晚得末疾，不能行，又時時欲行。公旦夕扶掖，令諸兒讀書於傍，以更代。樂清謂能將迎其意，喜曰：「吾有子有孫，死不恨矣。」兄弟友愛甚篤，不忍一日相離。仲兄嘗病脹，輿舁至家，晨夕不去側，湯藥必躬調以進。其他內外宗黨，待之曲有恩禮。見耆年，特加敬讓。人有犯，輒自反，曰：「吾其有以召之也？」置不與較。自爲博士弟子不遂，居常悒悒。故尤勤於教子，延師禮費不少靳；而規範之嚴，諸子循循，未嘗識人間佻宕之習。仲子憲副君，自束髮至於貴顯，所至必與天下知名之士遊。而居官律己，當世士大夫稱之。繄公之教也。其爲興化知府，政成上計，得貤封如其官。金緋輝煌，然惴惴不敢當。自憲副君起進士，出守郡，至持憲節，專制海南，積官十餘年，依然故廬，無一瓦一椽之增焉。仲兄之歿也，公已病亟，力疾往哭甚哀，公自是遂不復起矣。

恭人姓晏氏，父諱安，母趙氏。性端重，寡言笑。與公伉儷五十年，相敬如一日。公自壯歲嬰病，迄於壽考，左右調護之功爲多。諸子自幼學時，公出外，卽爲標識書額，自督課之。其勤儉出於天性，至貴，紡績未嘗釋手。晏翁蚤世，諸孤纍纍皆庶出，恭人相其母，撫之極有恩。晏家業日圮，趙母生養死葬，悉出恭人。又與公謀，置田守翁夫婦冢，春秋祀焉。公生于成化壬寅六月六日，卒于嘉靖丁未十二月十七日，得年六十六。恭人生于成化甲辰六月二十七日，卒于嘉靖丁未閏九月十一日，得年六十四。子男四：大倫，太學生；大禮，卽憲副君；大賓，大器。女二，適姚舜卿、凌天惠。孫男女十五人。

初，憲副君之在興化也，數遣人迎養。公與恭人相謂曰：「居官以潔己愛民爲本，至彼，有甘旨之累。且往來輿馬，皆民力也。魚羹脫粟，田中獨不能自具耶？」遂堅却不往。及誥封命下，憲副君卽馳疏於朝，乞恩歸養。其略云：「自守郡以來，感激聖恩，未嘗不矢心勵行，以圖報效於萬一。不意搆成疾病，雖勉強備位，而精神消耗，日不能支。伏念臣之父母，皆年踰六十，亦時患病。相去二千餘里，山海阻隔，音問不通。誠恐旦暮客死，重貽無窮之恨。臣嘗以是具達，而巡按御史等仰體朝廷用人之意，慰留調治，遷延至今。臣憂思愈甚，乃不得已昧死哀鳴於闕下。臣竊惟爲國忘家，人臣之道，而亦臣生平之所自誓也。然病廢無用於時，則聽其偃仰於父母之旁，以親旦夕之養，實國家教人以孝之道。況若臣病卽死，則鞠躬盡瘁，臣之分願已畢。若乃反復淹綿，坐靡廩餼，臣罪益深，亦非朝廷用人之意矣。伏望陛下俯察微臣，勅下吏部，容臣致仕。幸不即塡溝壑，則扶杖進履之年，皆歌詠太平之日也。」疏奏，朝廷勉留之。尋有廣南之命，不欲行，公與恭人強之上道。甫視事，而恭人之訃至。蓋三月之間，再涉鯨波望國，而公之訃又至，憲副君以是自傷云。

有光之先妣，與公同祖，不幸蚤逝。嘗念少時之母家，羣從諸舅，每見輒哀憐慰藉，爲談先妣生平，相與泣下。至今使人有戚戚渭陽之感。而憲副君又同學相知愛，故以公、恭人之遺事，使予論次。因謂憲副君旣以卓然有立於世，而推周氏之淳德，淵源蓋有所本，以附之家乘云。

按周憲副告病疏，情詞懇惻，有李令伯之風。且憲副高堂白首，萬里遠宦，兩聞家訃，負痛終天。特載其告病疏，以見哀懇不允，不獲已而赴任，非以宦情奪其孝思者也。常熟本盡刪之，殊失作者之意。崑山本刪繁從簡，頗存梗槩，今從之。然觀鈔本，刪者不類太僕親筆。復古堂刻，與鈔本元稿同，今仍錄于左。其略曰：「自守郡以來，感激聖恩，未嘗不矢心勵行，竭力保命，以圖報效于萬一。夫何禍過災生，搆成嘔逆病症。每對飡，即作嘔流沫。盡日所食粥飯，不過一甌。外雖勉強作人步語，而精神消耗，日不能支。伏念臣父年已六十有五，臣母亦六十有三，俱時常患病，不能同赴任所。原籍相去二千餘里，山海阻隔，音問經年不通。誠恐旦暮客死，重貽父母無窮之恨。臣屢將情具達巡按御史，幷所轄布按二司，守巡等道，俱蒙察臣患病是實。但各仰體朝廷用人之至意，俯責臣子守土之常經，俱美詞慰留，冀臣調治痊可之日，仍前圖報，未蒙轉奏，遷延至今。臣憂患愈甚，疾病愈深。乃不得已，昧死哀鳴于闕下。臣竊惟爲國忘家，人臣之道，而亦臣生平自誓之初心也。然病廢無用于時，則聽其偃仰呻嚶于父母之旁，以親旦夕之養，獨非國家教人以孝者乎？况若臣病即死，則鞠躬盡瘁，臣之分願已畢。若乃反復淹綿，坐靡廩餼，臣罪益深，而于朝廷用人以安土地之意，亦大拂矣。伏望陛下俯察微臣烏鳥私情，實出中悃，勅下吏部，容臣致仕。幸不即填溝壑，則扶杖進履之年，皆歌詠太平之日也。」此文錢宗伯汰之，今仍存。莊識。

## 魏誠甫行狀

嗚呼！予娶于誠甫之女弟，而知誠甫爲深。孰謂誠甫之賢，而止于此。蓋誠甫之病久矣。自吾妻來歸，或時道其兄，輒憂其不久，至於零涕。既而吾妻死八年，誠甫諸從昆弟三人，皆壯健無疾，皆死，而後誠甫乃死；於誠甫爲幸。然以誠甫之賢，天不宜病之，又竟死，可悲也。

誠甫諱希明，姓魏氏，世爲蘇州人。始居長洲，後稍徙崑山之眞義里。曾大父諱鍾，大父諱壁，以力穡致富，甲於縣中。是生吾舅光祿典簿，而誠甫之世父太常公，以進士起家，爲當代名儒。

誠甫爲人，少而精悍，有所爲，發於其心，不可撓。其少時頗恣睢，莫能制也。已而聞太常之訓，忽焉有感，遂砥礪於學，以禮自匡飭。是時誠甫爲縣學弟子員，與其輩四五人，晨趨學舍。四五人者，常自爲羣，皆褒衣大帶，規行矩步，端拱而立。博士諸生咸目異之。

或前戲侮，誠甫不爲動。每行市中，童兒夾道譁然，而誠甫端拱自若也。誠甫生平無子弟之好，獨購書數千卷，及古法書名畫，苟欲得之，輒費不貲。其樂善慕義，常忻忻焉。以故郡中名士，多喜與誠甫交。每之郡，從之游者，率文學儒雅之流也。去其家數里，地名高墟，誠甫樂其幽勝，築別業焉。枝山祝允明作高墟賦，以著其志。誠甫補太學生，三試京闈不第，以病自廢。居家，猶日裒聚圖史。予時就誠甫宿，誠甫蚤起，移置紛然。予臥視之，笑其不自閑。誠甫亦顧予而笑，然莫能已也。雖病，對人飲食言語如平時。客至，出所藏，縹閱，比罷去，未嘗有倦容。終已不改其所好。至於生產聚畜，絕不膺於心。固承藉祖父，亦其性有以然也。

誠甫卒於嘉靖十九年十二月乙酉，年三十九。娶龔氏，裕州守天然之女。子男二人：長大順，太學生；次大化。女一人。孫男一人。

## 先妣事略

先妣周孺人，弘治元年二月十一日生。年十六，來歸。踰年，生女淑靜。淑靜者，大姊也。期而生有光；又期而生女子，殤一人，期而不育者一人；又踰年，生有尚，妊十二月；踰年，生淑順；一歲，又生有功。有功之生也，孺人比乳他子加健，然數顰蹙顧諸婢曰：「吾爲多子苦。」老嫗以杯水盛二螺進，曰：「飲此，後妊不數矣。」孺人舉之盡，喑不能言。正德八年五月二十三日，孺人卒。諸兒見家人泣，則隨之泣，然猶以爲母寢也，傷哉！於是家人延畫工畫，出二子，命之曰：「鼻以上畫有光，鼻以下畫大姊。」以二子肖母也。

孺人諱桂。外曾祖諱明，外祖諱行，太學生。母何氏。世居吳家橋，去縣城東南三十里，由千墩浦而南，直橋並小港以東，居人環聚，盡周氏也。外祖與其三兄，皆以貲雄，敦尚簡實，與人姁姁說村中語，見子弟甥姪，無不愛。孺人之吳家橋，則治木綿，入城則緝纑，燈火熒熒，每至夜分。外祖不二日，使人問遺，孺人不憂米鹽，乃勞苦若不謀夕。冬月鑪火炭屑，使婢子爲團，累累暴階下。室靡棄物，家無閒人。兒女大者攀衣，小者乳抱，手中紉綴不輟，戶內灑然。遇僮奴有恩，雖至箠楚，皆不忍有後言。吳家橋歲致魚蟹餅餌，率人人得食。家中人聞吳家橋人至，皆喜。

有光七歲，與從兄有嘉入學，每陰風細雨，從兄輒留。有光意戀戀，不得留也。孺人中夜覺寢，促有光暗誦孝經，卽熟讀無一字齟齬，乃喜。孺人卒，母何孺人亦卒。周氏家有羊狗之痾，舅母卒，四姨歸顧氏，又卒，死三十人而定，惟外祖與二舅存。

孺人死十一年，大姊歸王三接，孺人所許聘者也。十二年，有光補學官弟子，十六年而有婦，孺人所聘者也。期而抱女，撫愛之，益念孺人，中夜與其婦泣，追惟一二，彷彿如昨，餘則茫然矣。世乃有無母之人，天乎！痛哉！

## 請敕命事略

先人諱正，世爲吳中著姓。先曾祖諱鳳，中成化甲午鄉試，選調兗州城武縣知縣。先祖諱紳，縣學生，爲太常卿夏昶之孫壻。昶以文學爲一時名臣。詩、書之業，以故世有承傳。先祖家教尤嚴。先人蚤遊縣學，屢試不第，而有光後出有名，及舉鄉試，先人遂謝去。先祖於諸父有分，獨退讓處其薄。先祖以高年篤老，先人與伯父，年亦皆逾七十，侍側日忻忻然，如少年兒子，皆不知其老也。日閉門讀書，每自喜，以爲有所得。性坦率，未嘗與人有爭。與里中結社，有香山洛社之風。社中人尤敬其德，稱其別號曰岫雲，言如出岫之雲無心也。

歲壬戌，有光八上春官，不第還，先人遂以是年卒，年七十有八。又三年，始登第，而先人不及見矣，悲夫！以有光之困於久試，祖父皆以高年待之，而竟不及。及先人之方歿，而始獲一第，曾不得一日之祿養，所以爲終天之恨也。有光仕宦既不遂，獨幸以建儲詔得推封，此亦可少慰人子之情于萬一。敢敘其大略，上之史館：

先妣姓周氏，世家縣之吳家橋。先外祖諱行，太學生，家世以耕農爲業。外祖始遊成均，而後其從孫大禮始舉進士，爲河南左參政。先妣，河南之從姑也。先妣年十六，歸先君。聰明勤儉，生伯姊與有光，先後僅一年。先妣比歿，有光與姊年七八歲，已教之小學及女紅甚習。常程課不少借，先人則怡怡然也。不幸年二十六卒。所生弟妹又三人，伯姊嫁河東都轉運使王三接，其在禮部時，封伯姊爲安人。有光獨久不第，而先人春秋高，先妣墓木已拱，有無窮之感也，常默默自愧其姊云。

先妻魏氏，光祿寺典簿庠之女，太常卿謚恭簡公校之從女也。恭簡公爲當世名儒，學者稱爲莊渠先生云。先妻少長富貴家，及來歸，甘澹薄，親自操作。時節歸寧外家，以有光門第之舊，而先妻未嘗自言，以爲能可以自給。及病，妻母遣人日來省視，始歎息，以爲姐何素不自言，不知其貧之如此也。嘗謂有光曰：「吾日觀君，殆非今世人。丈夫當自立，何憂目前貧困乎？」事舅及繼姑孝敬，閨門內外大小之人，無不得其懽。人以爲有德如此，不宜夭歿。而生一子，甚俊慧，又夭。僅存一女。天道竟不可知矣！

繼妻王氏。吳中王氏，多自以爲太原之後，然實無考。獨先妻家譜系最明，遠有承傳。曾祖盆，讀書吳淞江上，時海虞大理寺卿章公格及吏部左侍郎葉文莊公，皆當世名卿，以文字往來，爲締姻好。屬再世壯男子死，家又苦役，先妻少喪父，妻母教之甚脩謹。年十八來歸，不失婦道。撫前子，愛甚己子。前子死時，哭之悲，病遂亟。其聰明慈愛，蓋天性也。魏氏生時，有光方年少爲諸生，及王氏，方鄉舉，家益貧。歷歲歲北上辦裝及下第之窮愁。有光自歎，生平於世無所得意，獨有兩妻之賢，此亦釋家所謂隨意眷屬者也。今蒙恩封贈，例當封妻前一人，與最後一人，而恩詔乃許移封。今妻費氏，亦願推讓王氏，則泉壤之下，亦被希世之曠典矣。後以例不准移封，仍封費孺人。莊識。

予自臨安辭謝臺省，還過弁山，午飯後，舟中無事，因書此。當卽遣人赴京受勅。雖簡略數語，下筆輒爲哽咽。人生之痛，無以加矣！

## 校記

〔一〕掾　原刻誤作「椽」，依大全集校改。

〔二〕穫　原刻作「獲」。

〔三〕〔四〕虜　原刻墨釘，依大全集校補。

〔五〕〔六〕夷　原刻墨釘，依大全集校補。

# 震川先生集卷之二十六

## 傳

### 歸氏二孝子傳

歸氏二孝子，予既列之家乘矣。以其行之卓而身微賤，獨其宗親鄰里知之，於是思以廣其傳焉。

孝子諱鉞，字汝威。早喪母，父更娶後妻，生子，孝子由是失愛。父提孝子，輒索大杖與之，曰：「毋徒手傷乃力也。」家貧，食不足以贍，炊將熟，即諓諓罪過孝子，父大怒逐之，於是母子得以飽食。孝子數困，匍匐道中。比歸，父母相與言曰：「有子不居家，在外作賊耳。」又復杖之，屢瀕於死。方孝子依依户外，欲入不敢，俯首竊淚下，鄰里莫不憐也。父卒，母獨與其子居。孝子擯不見，因販鹽市中，時私其弟，問母飲食，致甘鮮焉。正德庚午，大饑，母不能自活。孝子往涕泣奉迎，母内自慚，終感孝子誠懇，從之。孝子得食，先母、弟，而已有饑色。弟尋死，終身怡然。孝子少饑餓，面黄而體瘠小，族人呼爲菜大人。嘉靖壬辰，孝子鉞無疾而卒。孝子既老且死，終不言其後母事也。

繡，字華伯。孝子之族子，亦販鹽以養母。已又坐市舍中賣廡。與弟紋、緯，友愛無間。緯以事坐繫，華伯力爲營救。緯又不自檢，犯者數四。華伯所轉賣者，計常終歲無他故，才給蔬食，一經吏卒過門輒耗，終始無愠容。華伯妻朱氏，每製衣，必三襲，令兄弟均平，曰：「二叔無室，豈可使君獨被完潔邪？」叔某亡，妻有遺子，撫愛之，如己出。然華伯人見之，以爲市人也。

贊曰：二孝子出沒市販之間，生平不識詩、書，而能以純懿之行，自飭于無人之地，遭罹屯變，無恒產以自潤而不困折，斯亦難矣！華伯夫婦如鼓瑟，汝威卒變頑嚚，考其終皆有以自達。由是言之，士之獨行而憂寡和者，視此可愧也！此文參用崑山、常熟本。

## 張自新傳

張自新，初名鴻，字子賓，蘇州崑山人。自新少讀書，敏慧絕出。古經中疑義，羣子弟屹屹未有所得，自新隨口而應，若素了者。性方簡，無文飾。見之者莫不訕笑，目爲鄉里人。同舍生夜讀，倦睡去，自新以燈檠投之，油汚滿几，正色切責，若老師然。髫齔喪父，家計不能支，母曰：「吾見人家讀書，如捕風影，期望青紫，萬不得一。且命已至此，何以書爲？」自新涕泣長跪，曰：「亡父以此命鴻，且死，未聞有他語，鴻何敢忘〔一〕？且鴻寧以衣食憂吾母耶？」與其兄耕田度日，帶笠荷鋤，面色黧黑。夜歸，則正襟危坐，嘯歌古人，飄飄然若在世外，不知貧賤之爲戚也。

兄爲里長，里多逃亡，輸納無所出。每歲終，官府催科，搒掠無完膚。自新輒詣縣自代，而匿其兄他所。縣吏怪其意氣，方授杖，輒止之，曰：「而何人者？」自新曰：「里長，實書生也。」試之文，立就，慰而免之。弱冠，授徒他所。歲歸省三四，敝衣草履，徒步往返，爲其母具酒食，兄弟酣笑，以爲大樂。

自新視豪勢，眇然不爲意。吳中子弟多輕儇，冶鮮好衣服，相聚集，以褻語戲笑，自新一切不省。與之語，不答。議論古今，意氣慷慨。酒酣，大聲曰：「宰天下竟何如？」目直上視，氣勃勃若怒，羣兒至欲毆之。補學官弟子員，學官索贄金甚急，自新實無所出，數召笞辱，意忽忽不樂，欲棄去。俄得疾卒。

自新爲文，博雅而有奇氣，人無知之者。予嘗以示吳純甫，純甫好奬士類，然其中所許可者，不過一二人，顧獨稱自新。自新之卒也，純甫買棺葬焉。

歸子曰：余與自新遊最久，見其面斥人過，使人無所容。儕人廣坐間，出一語，未嘗視人顏色。笑駡紛集，殊不爲意。其自信如此。以自新之才，使之有所用，必有以自見者。

淪汝至此，乃可問邪？世之乘時得勢，意氣揚揚，自謂已能者，亦可以省矣。語曰：「叢蘭欲茂，秋風敗之。」余悲自新之死，爲之敍列其事。自新家在新洋江口，風雨之夜，江濤有聲，震動數里。野老相語，以爲自新不亡云。

## 顧隱君傳

隱君諱啓明，字時顯，世居崑山之北浦塘，今爲太倉人。相傳晉司空和之後。散居浦之南者，其族分而爲三，故世稱其地曰三顧村云。宋末有諱中二者，兵燹之後，盡喪其貲。有田數頃，遺其子公康，公康生愚，好濂洛之學，讀書常憑一几，几有刓處，人以比之管幼安，是爲原魯先生。原魯生五子，其季爽，贅居塘北，又爲塘北顧氏。爽生謨，謨生昊。昊生四子，寅，以明經爲始興教諭；其次，即隱君也。隱君有子曰存仁，舉嘉靖十一年進士，選調餘姚知縣。以最，入爲禮科給事中。皇太子生，覃恩近侍，封隱君如其官。

隱君爲人敦樸，巖率任眞，尤不能與俗競。平生不識官府。會里中有徭役事，隱君爲之賦鴻雁之詩，戾止于吳門。君故生長海上，言語衣服，猶故時海上人也。無纖毫城市媮靡之習，及貴，愈自斂約。就養餘姚，以力自隨，獨夜至官舍，縣中人無知者。敕受章服，閉門不交州郡。郡太守行鄉飲酒禮，到門迎請，終不一往。每旦，焚香拜闕，一飲一食，必以手加額，曰：「微天子恩，不得此。」居常讀書，有所當意，每抉摘向人談說不休，曰：「吾不信今人非古人也。」故平生未嘗愛財，未嘗疑人。

季弟鍾，蚤世。先屬意隱君子爲後，隱君固讓其兄子。在餘姚，見家人持官物，即槌碎，加詬責焉。雖流離顛沛之際，孜孜以濟人爲務。有乞貸，分貲予之，知其人必負，業已許之，不變也。或僞指隱君賺人金，隱君曰：「吾不知金，而金實爲我。」卒償之而不自言。里有州大夫建綽楔，使人送其直，送者詭曰：「此吾贖金也，而非其罪。」隱君惻然，遽還之。里有某宅某墓地相隣比，有某橋道未修，有某死未殮葬，以告，必得所欲。至其所自奉，布衣蔬食而已。瀕海多逋稅，置役田以恤其里人。嘗曰：「海上吾故鄉，吾不能一日亡首丘之志。」故自號海隱居士。時時往廬于墓側，從始興君遊，年老兄弟相樂也。竟自海上得疾以歸，而卒。

初，隱君未六十，爲教曰：「古人葬以掩形，務從朴實，靚美何益？吾葬不拘忌，棺必油杉，有一不然，是爲逆命。」因乞始興君書之，勒石于墓。存仁爲禮科給事中，以言事忤旨，謫居保安州。保安州在居庸關外，自稱居庸山人。

贊曰：顧氏自丞相肅侯始著于吳錄。司馬氏渡江，顧、賀、紀、薛，號稱世胄高門，蓋其來久矣。正德、嘉靖間，溱、濟兄弟一時起海上，竝爲給事中，最後山人繼之。即所謂三顧族也。余少從山人遊，至貴顯，終始不改其操，可謂純篤君子矣。及觀隱君行事，考論其家世，蓋有以哉。冢宰玉峯朱公，以碩德元老爲之銘，可以不愧。而通參張先生之狀，尤爲詳覈。余得而論次之云。

## 元忠張君家傳

元忠既歿之三年，其子士淪葬之縣東南；以爲墓銘所以藏諸幽也，將欲發揚先人之德，莫如傳。昔太史公贊留侯云：見其圖，狀貌如婦人好女。其論田橫，則恨無不善畫者，莫能圖。今二子之畫無有也，而尚猶想見其人，豈不以傳哉？古之孝子，色不忘乎目，聲不忘乎耳，心志嗜欲不忘乎心。士淪之見吾先人者，安敢忘諸？遂以其所撰先人事數百言，乞予爲傳。予讀而悲之，爲敍次其語，作張元忠家傳。

元忠名廷臣，字元忠，其先汴人。宋南渡，徙家于蘇州之崑山。弘治間，割崑山之東爲太倉，故今爲州人。而其家猶在崑山之治城。高祖能，新城知縣；曾祖注，潮陽訓導；祖鑾，封承德郎刑部主事；父寬，舉進士，歷官至廣東僉事。

元忠生而敏慧，僉憲公奇愛之。初爲錢塘令，元忠方五六歲，攜以之官。每僚佐宴集，必呼與俱。應對機警，禮容秩然，人咸異之。時有詐爲臺檄者，元忠從旁辯其誣，已而果然，縣中老吏皆驚愕。年十九，補學官弟子員，尋例貢太學。祭酒增城湛公亟稱之。未幾，中南都鄉試。學士內江張公，尤加賞識。

元忠少尫弱多疾，藥餌不絕於口。又宦家子弟，然自力於學，蚤歲得舉。而尤能治家。其遇事強敏精悍，總理操切，無所縱貸。僉憲公其始宦遊在外，迨其罷歸，獨日召故人賓客飲酒而已。故與僉憲公交者，皆稱其有子，而自以爲不可及云。自初舉至其卒，凡六試南宮，不第。卒時年四十三。元忠爲人楚楚，門內外斬然。雖盛暑燕坐，未嘗解帶，與人語，纚纚不止也。

贊曰：予聞元忠之將死，縣有郁君善相人，元忠聞其在所親家飲酒，使人詗之，曰：「是必談我。」已而酒次，郁君果言元忠必不可起。明日，元忠召郁君，與對坐啜粥，談論竟日。其精強自持類如此。自以蚤歲發解，進士可必得。以其所爲家者，施于吏事，優然有餘。而卒困蹶，此其所以有遺恨也。

## 章永州家傳

君姓章氏，諱臬，字宗肅，世爲海虞人。曾祖珪，宣德中舉賢良方正，拜監察御史，論三楊學士，有直聲。生四子：儀，國子助教；表，廣西布政司右參議；格，南京大理寺卿；

律，都察院左都御史。大理有高節，致仕家居，縣令楊名父以其清貧，買田給之，謝不受。名父爲構亭虞山上，獨時時邀與登覽，相對飲酒。名其亭曰仰高云。大理生沐，贈單縣知縣，君之父也。

君爲人孝友，入縣學，以德行爲博士所稱舉。嘗從鄉先生都御史陳公遊，後中南京鄉試，入南太學。是時增城湛公、高陵呂公，並以八座居留都，開門講道，學者雲集。君兩遊其門。屢上春官，不第。選調單縣知縣。單瀕河，而地窪下。每歲桃花水發，河南人夜過河，盜決隄防，民患苦之。君至，適盜決者水將泛，率丁夫伐木增樁，晝夜捍禦，卒以無虞。少年爲胥卒，趨走縣庭，候伺短長，規爲不法。或以爲言，君曰：「是於我無顯迹，不宜豫逆之。」撫以恩信，皆感激思爲用。山東盜賊，多逃入單縣界中，單人爲囊橐，積不能得。於是諸少年爲君耳目，盡獲之。院司所下逐盜文符，無慮百數，君一日條具申報，上官以爲能。田賦法弊，乃詢民所欲，而畝斂以錢，民便之。齊魯間皆推用其法。有胡〔二〕兵自寧武關趨太原，聲言欲向山東。都御史議兵事，部署將帥，獨留單縣令轅門。會虜〔三〕信不至而罷。

陞安吉州知州。歲旱民饑，殫力賑救，多所全活。其民好訟，恒以理解之。有匿稅者，爲案籍人人閱之，鞭扑不用，而逋負悉出。君歎曰：「此豈古頭會法也？吾以救弊而已。」州所治孝豐，迄君去，一無所擾。其縣人至不知有州焉。遷永州府同知。永州在楚、越間，號無事。太守日閉門高臥，以郡事委君。君亦優游而已。上疏乞休，方治行而卒。此其弟宗實之所稱者云爾。宗實父涯，君之從父。初無子，以君爲子。晚得宗實，君撫而教之，今爲鄉貢進士。

歸子曰：大理公與予外高祖太常公有姻，予少時數從祖母之外家，蓋聞章卿云。及登虞山，求所謂仰高亭者，已蕪沒於空烟翠樹間矣。於是識永州君，恂恂然君子人也。往予試南宮，君自安吉來朝，過予邸舍，懽飲，上馬去。予顧其弟言，君近形神不偕，久官勞悴而致然耶，抑有所不自得者？而竟死永州。悲夫！仕雖不遂，論其行事，可以不愧於先人矣。

## 戴錦衣家傳

戴錦衣者，父文潤，其先湖州之德清人，後爲安陸人。安陸，今之承天府也。文潤家州郭外，爲興府良醫，事睿宗皇帝。父戴隱君歿，文潤以毀滅性，郢中人以孟子之語題其廬曰「終慕」。故錦衣家有終慕之堂。

夫人徐氏，夫亡時，年二十九。子經，甫七歲，卽錦衣也。家貧，克勵淸操，以拊其孤，及錦衣貴，終不改其淡泊。故錦衣家有高節之堂。

今皇帝以親藩入繼大統，國中舊臣，皆用恩澤升。錦衣年甚少，補環衛，積功勞至指揮使錦衣之職。於上十二衛最親貴，兼領詔獄。士大夫被逮者，多見掠辱，少有全者。而錦衣恂恂然，爲人尤仁恕。凡被繫者，往往從其人問學，常保護之。御史楊爵、給事中周怡、員外郎劉魁，禁繫累年。三人已赦出，相謂曰：「微戴君，吾等安得生至今日乎？」聶尚書豹亦在繫，甚稱錦衣之德。謝都御史存儒，巡撫河南，以師尚詔反，錦衣奉駕帖往逮。行數千里，衣破弊，謝公以一縑贈之，卻不受。錦衣今謝事家居，門庭寂然，其清素如此。錦衣名經，字伯常。

歸子曰：余寓京師南薰坊，錦衣時過從，示余以家所藏文字，爲芟其蕪而歸之質，作戴錦衣家傳。然余讀華亭楊奉常之論終慕，有旨哉！有旨哉！

## 京兆尹王公傳

京兆尹王公震，字威遠。曾祖景賢，初自燕南徙任縣，遂占籍于邢，今爲邢臺人。祖疊，宣德間，以鄉進士爲平度州同知，抗中使，謫戍灤州數歲，病思歸，子整上疏代父。整戍又二十八年，始赦還。整妻亦死於戍。後妻生公，體貌豐偉，善騎射，博涉經史。弘治癸丑進士，觀政大理，授戶部主事，奉使部送犒軍銀于西夏，至紅城堡，後又使雲中，至陽和堡，猝爲虜〔四〕圍，公皆率衆守禦，虜〔五〕以解去。正德初，榷九江税。劉瑾愛幸蒼頭奴唐英、王俊至，多所誅求，公絶不爲禮。時瑾怙權，流毒天下士大夫，二人還欲訴于瑾，皆病死於道，人以爲公幸。

遷員外郎。尚書韓文，爲瑾陷下獄，罰贖二千石。公率其僚捐三年俸，贖韓尚書得出。庚午，川、湖盗劉烈起，猖獗甚。上命兵部尚書洪鍾討之。洪尚書奏公知兵，請以爲鄖陽守。迄平寇，甚得鄖陽之力。歷陞河南左右參政。潁川盗小張虎嘯聚，公往捕之。不四月，小張虎就擒戮。小張虎餘黨全活甚衆，潁川人感其德，立祠祀之。

嘉靖初，陞河南左布政。是年冬，陞應天府尹，奏罷上元、江寧花園夫千餘人，省諸官寺獄具銀千餘兩，覈江灘蘆葦千餘頃，以佐赤縣里甲費。尋上書乞骸骨歸。

初，公舉進士，二親皆在堂。未幾，相繼卒。所至扁其居爲永感。長沙李文正公率館閣諸公爲賦詩，趙郡石文隱公爲之序。自是每陟一官，必悲思其親，自在部，已獲推贈，及爲京兆，得贈三世皆如其官。

公天性純孝，有厚德，嘗在京師，鄖人張得才爲部從事，病死，妻子貧不能歸。公聞之愴然，捐金助其喪還。後其子寅中鄉舉，來謝。言其父喪前至金陵，欲寄其鄉人舟，鄉人負約，遂寄他舟。經小孤山，鄉人之舟覆。過吉水，欲寓山寺，寺僧固拒不納。經夕而寺焚。

以公之施惠孤嫠，與神明符也。公既歸，所蓄書數千卷，悉輦送郡學，以資學者講習。家居杜門，足跡不至公府。今邢州士大夫，雖隆貴，門第不改布素，至以造官府爲恥；子弟斂戢，市無綺紈之遊，繇公之化也。嘉靖辛丑，年八十二卒，訃聞，賜葬祭。子某。

贊曰：予至邢，訪其先賢士大夫，近代皆稱王京兆。京兆所居官，其條教方略，無文字可考。僅僅得其家狀履歷。然今邢中風俗之厚，本於王京兆。予數過學宮，取其遺書讀之，爲之歎息。其高風可仰矣，予以是論次之。

## 洧南居士傳

洧南居士者，姓杜氏，名孟乾。其先自魏滑徙扶溝，邑居洧水南，故以爲號。曾祖清，以明經任大同經歷；祖璿，贈戶部主事；父紹，進士，官戶部主事。居士少爲諸生，已有名，歲大比，督學第其文爲首，而戶部乃次居四。時戶部得舉，人曰：「此子不欲先其父耳。」久之，竟不第。

貢入太學，選調清苑主簿，庀馬政。卻禮幣之贈，數言利病於太守。又欲開郎山煤，導九河，諸所條畫，皆切於時。太守嗟異之。會創蘆溝河橋，雷尚書檄入郡選其才，得清苑主簿而委任焉。然苑人愛其仁恕，及聞居士之孫化中舉於鄉，喜相謂曰：「固知吾杜母之有後也。」陞瀘州經歷，丁內艱，服闋，改犂昌。至則陳茶馬利病，太守器其能，郡事多咨焉。竟卒於官，年五十。

居士爲學精博，尤長於詩。所交皆知名士。平生尚氣輕財，收恤姻黨，字孤寡，不憚分產界之。縣中有事，皆來取決。伉直不容人之過，族人子弟，往往遭撻楚。然未嘗宿留於中，皆敬服，而怨讟者鮮矣。

初，洧水東折，歲久，衝淤轉而北。居士力言於令，改濬以達於河。扶溝人賴其利，爲之語曰：「洧水淤，老幼啼。洧水通，賴杜公。」居士於家事不訾省，聞有善書，多方購之。建書樓，且戒子孫善保守，刻石以記。所著有洧南文集、洧南詩集、北上藁、南歸藁、西行藁、五經韵語、書經馴駁，彙集醫方若干卷。

君既沒，其從父弟孟詩狀其行如此。嘉靖四十四年，化中登進士，明年，爲邢州司理。隆慶三年，吳郡歸有光，化中同年進士也，來爲司馬，因採孟詩語，著之其家傳。

歸子曰：大梁固多奇士，尤以詩名。吾讀洧南詩，意其人必超然埃壒之表。及爲小官，似非所屑，顧必欲有以自見。乃知古人之志行所存，不可測也。視世之規規譾譾，無居士之高情逸興，雖爲官，豈能辨治哉？化中蓋深以予言爲然云。

# 周封君傳

周封君者，廣東按察司副使周美濟叔之父也。其先海虞人，後徙崑山之茆涇。祖父好道家言，人稱爲玄本公。封君自茆涇入居縣城馬鞍山陽。馬鞍山，里俗所謂玉山者也，故自號玉川云。

濟叔少時，封君口授以書。比數歲，遣從師學。暮歸，輒燃膏，令從旁讀誦，夜分乃寢，率以爲常。及濟叔入郡學，念已自能進取，遂不復閱省。日取醫卜、地理、星命書觀之，尤精小兒痘疹，決死生，晷刻不爽。晨起，焚香拜神。忌日祭祀，常感傷悲泣。其爲人誠樸任眞，子貴，猶淡食布衣，與人諄諄皆平生語，人尤以是敬之。自推命數，年七十九。適生日値其所生年甲子，喜曰：吾當增壽一紀，可得八十九。至期，設祭祠訣祖考，無疾而終。

初，濟叔爲尙書秋官郎，封君就養在京師。秩滿受封，父子相隨奉天門謝恩，觀者歎息。內侍引入禁苑，徧觀玉堂、神明、漸臺、泰液之勝，餉以內珍，曰：「封君謝恩者蓋少，況年逾八十，健爽如此者乎？」掖送出長安門而別。及濟叔出僉湖憲，封君尙隨居蘄、黃間也。比徙蜀藩，送至長橋，曰：「吾老矣，不能從兒行也，且暮遲汝歸耳。」濟叔至官，奉敕督理黃籍。邅迴二載，及海南命下，卽上疏歸養，下隴坻，倍道行。至家逾月，而封君歿。

歸子曰：濟叔嘗爲余言，在蜀時，按行所部，經邛郲九折阪，又登峩眉山，雲霞飛湧其下，下視東吳，何啻萬里。詩有之：「陟彼岵兮，瞻望父兮。」「夙夜無已」，「猶來無止」。余論周封君事，蓋傷人子之志云。

## 東園翁家傳

東園翁馬勗者，字文遠，長洲甫里人。翁蚤孤，事其母甚謹，出入必告。初好內典，有賣餳者勸令讀儒書，遂通詩、易、史傳。洪武中，涼國公得罪，尸於市。翁時遊京師，哀之，往觀歎焉，幾爲邏卒所縛。大理寺少卿胡槩，巡撫蘇州，翁爲鄉老。胡卿對衆有譴語，翁諫，以爲非大人在上者所宜，胡卿乃謝之。邑民虞宗蠻，以豪當簿錄。時巡撫無行院，居瑞光寺，胡卿雅善其僧，僧特爲宗蠻請。胡卿曰：「當問馬者。」胡卿重翁，不名而呼其姓也。僧乃私許翁百金。翁起便旋，搖其首。僧以爲少也，益之千金，翁竟不許，遂沒宗蠻家。他郡送囚至，皆已論死，翁知有冤，不及白，意常恨之。臨安關吏苛留人，翁從胡卿入，抗言之，關吏誅死。胡卿養鶴，市兒不知，擊死之，逮及其父母。翁以市兒爲家僮，攜之入見。胡卿乃以死鶴予市兒。嘗爲胡卿規建書院，卽今巡撫行院治所也。

翁與人有讐，會舉鄉老，其人慮翁居其間，置酒試翁。翁大言曰：「是宜爲鄉老。」其人側耳於壁間聽，因喜躍出，曰：「翁不計吾怨。」遂與交好。翁蓋謂其才能堪之也。其不私類如此。

翁雖以鄉老時時從胡卿，而好讀書，築精舍于眠牛涇，遠近來賀，至以囷貯菓。郡別駕張大猷登拜於堂，扁之曰東園，故甫里至今稱東園翁云。翁與徵士周谷賓、鄱陽令趙宗文交善，皆甫里人。谷賓，姚少師薦至京師，以跛辭歸。宗文，洪武間舉人材，辭以母老；永樂三年，翰林典籍梁用行薦爲鄱陽令，嘗爲翁作翠雲朵歌。翠雲朵者，東園石也。

翁三子，望、企、行。望子，杲、昂、杲。望嘗相其三子，曰：「伯有錢而無權；仲蠶眼，有錢；季鵝行鴨步，當以萬計。」其後皆如其言。杲爲楊氏贅壻，不爲舅所禮。夫婦空手不持一錢而出。卒自奮，積貲鉅萬。馬氏蓋興於成化間，後諸子皆能繼其業，遂甲於甫里，爲長洲著姓。諸孫淮，以太學生調官海南。還，七十餘，好學不倦。瀚，太學生，好尚文雅。用拯爲諸生，通史學。曾孫致遠，南京鄉貢進士。

贊曰：余論東園翁，悉載用拯之詞，蓋以爲其家傳不得而略焉。用拯，余女弟夫也。余聞吳故有大理卿熊槩巡撫，類以沒人產爲事，吳民寃痛。今馬氏書謂「熊」爲「胡」，誤也。以槩之酷，東園翁事之，觀死鶴事，其所匡救豈少哉？是必有陰德，宜其子孫之盛也。

考大臣年表及江西人物志，皆作熊槩。何喬遠名山藏云：宣德初，使大理卿胡槩巡視應天諸郡。槩，豐城人，本姓熊，以從母適胡，因胡姓，官終右都御史。後復姓，亦載馬勗事，與馬氏書合。諸書記事，從其已復之姓，先太僕據之，故稱熊槩。馬氏書但知其撫吳時之姓，故稱胡槩，皆不爲誤。莊識。

## 何長者傳

何長者名緒，字克承，家會昌之白埠，倚蕭帝巖爲居。長者父卒，兄纓與其子亦蚤卒，遺孤孫，而長者庶弟方十歲，皆撫育以至成人。長者既善治生産，於其父業贏數十倍。弟約與其兄孫，請與長者分。長者會其貲以爲三，兄弟平受之。不以祖父貽與己所創爲區別也。人有急，求鬻田，長者與之價過當。其後事已，輒悔其田。長者還之，不責償。年既老，鄉里高其行，縣爲請鄉飲酒，固謝，終不肯與。而會昌人皆稱以爲何長者云。

長者妻劉氏。會昌城遡流南八十里曰湘鄉，鄉有九田之屬，平川沃壤，多富人；而白埠有何氏，小田有劉氏，爲甲族，故長者與爲姻。長者所以能撫孤造家，四世同居無間言，世謂家人之離，起于婦人，凡長者之美，類劉氏助成之也。劉孺人事姑尤孝。姑年八十六，奉養備至，爲人平恕，有夜胠其篋者，物色之，得其人，家人欲聞之官。問孺人所亡金若干，孺人曰：「金無多，無用窮詰爲也。」竟不言，盜遂獲免。會昌人皆云：「不獨何君，乃其婦亦長者也。」故爲作何長者傳。

歸子曰：長者之子渭，與余同在六館。今來佐縣，民有德焉。至觀長者之行，宜有子哉。何侯以事至南都，見其鄉大宗伯尹公，尹公題其堂曰「永慕」。而何侯之於其先，對人未嘗不流涕言之也。

## 筠溪翁傳

余居安亭。一日，有來告云：「北五六里溪上，草舍三四楹，有筠溪翁居其間，日吟哦，數童子侍側，足未嘗出戶外。」余往省之。見翁，頎然皙白，延余坐，瀹茗以進，舉架上書悉以相贈，殆數百卷。余謝而還。久之，遂不相聞。然余逢人輒問筠溪翁所在。有見之者，皆云翁無恙。每展所予書，未嘗不思翁也。今年春，張西卿從江上來，言翁居南潾浦，年已七十，神氣益清，編摩殆不去手。侍婢生子，方呱呱。西卿狀翁貌，如余十年前所見加少，亦異矣哉！

噫！余見翁時，歲暮，天風憭慄，野草枯黃。日將晡，余循去徑還家。媪、兒子以遠客至，具酒。見余挾書還，則皆喜。一二年，妻兒皆亡。而翁與余別，每勞人問死生。余雖不見翁，而獨念翁常在宇宙間，視吾家之溘然而盡者，翁殆如千歲人。

昔東坡先生爲方山子傳，其事多奇。余以爲古之得道者，常遊行人間，不必有異，而人自不之見。若筠溪翁，固在吳淞烟水間，豈方山子之謂哉？或曰：筠溪翁非神僊家者流，抑巖處之高士也歟？

## 可茶小傳

可茶爲秦越人之術，醫者稱工焉。始，可茶有賢母，蚤寡，家貧，欲爲縣書獄。母曰：「爲是者多辱。苟貧不能業，獨不可賣蚊烟、凉篷遣日乎？」可茶願爲醫。其女兄之夫沈氏顱顖在練城，世有傳業，可茶日往記數方，還錄之。又觀其製劑和丸，皆得之。乃爲醫。方坐肆，有求療者，饋紅菱青葱。母喜曰：「是子醫必效。饋鮮菱者，如僊靈也。方言以家饒裕爲從容，是葱之兆耶？」可茶醫果日進，求者屨滿戶外。可茶或自外歸，酒醉，母卽怒責之。可茶善候顏色，母少有不樂，未嘗不長跪。母旣責其飲酒醉，卽終身飲未嘗敢醉。其他事，受教戒皆如此。母所不嗜食物，卽終身不食。每至生辰，長齋數日。中歲無子，欲買妾。母恐其家失和，意不欲買妾，卽不買妾。寡姊有一子，因以爲己子。而養其姊三十餘年，至今無恙。其孝友如此。至于醫，貧者徒施藥與之，雖富，亦不望報。以故縣中士大夫皆愛敬之。

嘉靖四十年冬，予兒子患疹。可茶爲撤己事，來自練城三十里，晝夜調視，兒竟獲安。

不獨其技然，而其爲人慈愛，使人感歎。余與可茶論小兒疹，前世稱陳文中「異攻散」，施於江、淮間，無不效。今醫家以爲不可用，時其危急，死而復生之，其所製劑，多秘不言，以爲有神術。竊窺之，卽陳氏方也。然可茶守丹溪之說，自謂恒得中醫。至自比李英公用兵，不大勝，亦不大敗云。可茶名卿，姓蘇氏。

贊曰：孔子稱「人而無恒，不可以作巫醫。」古之醫師疾醫，皆士大夫也。以可茶之孝，施之于醫，其活人可勝道哉？

## 鹿野翁傳

鹿野翁，姓李氏，名元壽。少工書，嘗書諸經、四書小本，楷法精善。三原王端毅公巡撫江南，見而愛之，呼爲李生。使侍舟中，無事，輒令李生朗誦大禹謨、咎繇篇，斂袵以聽焉。又嘗爲顧御史寫進本奏書，天子以其書爲善。

鹿野翁爲人淳篤，其訓子弟有法，而又善書，以是爲搢紳所重。邑中有文字，必經鹿野翁手，相爲推引。往往他州碑石，多鹿野翁所書也。

歸子曰：余少聞邑東門有李元壽善書云。然余故不識元壽，元壽書，余亦未之見也。其子始出所藏文字，求余論之。夫書於學者事，末矣。而今人未有能追古人者。邑里之中如鹿野翁，其亦足稱哉！

## 校記

〔一〕忘　原刻作「亡」，依大全集校改。

〔二〕胡　原刻墨釘，依大全集校補。

〔三〕〔四〕〔五〕虜　原刻墨釘，依大全集校補。

# 震川先生集卷之二十七

## 傳

### 王烈婦傳

王烈婦，陸氏，其夫王士，家崑山之西盆瀆村。崑故有薛烈婦、彭節婦嘗居其地，舍傍今有薛冢焉。百六十年間，三烈婦相望也。自烈婦入王士門，其墓園枯竹更青。三年，三生芝，皆雙莖。比四年，芝已不生，而烈婦死。世謂芝爲瑞草，芝之應，恆於壽考貴富康寧，而於烈婦以死，是可以觀天道也已。

時王士病且死，自憐貧無子，難爲其婦計。烈婦指心以誓。士目瞑，爲絕水漿。家人作糜強進之，烈婦不得已，一舉，輒顰蹙曰：「視吾如此，能食否？」俯視地，喀喀吐出。每涕泣呼天，欲與俱去。家人頗目屬私語，然謂新死悲甚，不深疑。更八日，其舅他出，家無人。諸婦女在竈下，烈婦焚楮作禮，俛首竊淚下，闇然向夫語。見漆工塗棺，曰：「善爲之。」徐步入房，聞闔戶聲，縊死矣。痲葛重襲，面土尸也。

歸子曰：王士之祖父，舊爲吾家比鄰，世通遊好。予髫年從師，士亦來，長與案等耳。不謂其後迺有賢婦，異哉！一女子感慨自決，精通於鬼神。其舅云：「新婦故淑婉仁孝人也。」嗟乎，是固然無疑，然予不暇論，論其大者。

## 韋節婦傳

韋節婦，九江德化人，姓許氏，爲同縣韋起妻。節婦歸韋氏八年，夫死。生子甫八月，父母憐之，意欲令改適。然見其悲哀，終不敢言也。夫亡後，有所遺貲，復失之。貧甚，幾無以自存，而節操愈厲。尤善哭其夫，哭必極哀。蓋二十餘年，其哭如初喪之日。以故年四十而衰，髮盡白，口中無齒，如七十餘歲人。

初，所生八月兒多病，死者數矣。節婦謂其姑曰：「兒病如此，奈何？吾所以不死，乃以此兒。今如是，悔不從死！」因仰天呼曰：「天乎！不能爲韋氏延此一息乎？」兒不食，即節婦亦不食，歲歲如是。至六七歲，猶病。後乃得無恙。既長，教之學，名曰必榮。已而爲郡學弟子員，始有廩米之養。自未入郡學，無廩米之養，非紡績不給食也。議者以謂節婦之所處，視他婦人守節者，艱難蓋百倍之。至于終身而毀，其誠蓋出於天性，尤所難者。節婦既沒，必榮以貢廷試，選爲蘇州嘉定學官。

贊曰：予嘗從韋先生游，問洞庭、彭蠡江水所匯處，及廬山白鹿洞；想見昔賢之遺跡。而後乃聞韋夫人之節。然先生恂恂儒者，其夫人之敎耶！

## 陶節婦傳

陶節婦，方氏，崑山人，陶子舸之妻。歸陶氏期年，而子舸死，婦悲哀欲自經。或責以姑在，因俛默久之，遂不復言死，而事姑日謹。姑亦寡居，同處一室，夜則同衾而寢，姑婦相憐甚。然欲死其夫，不能一日忘也。

爲子舸卜葬地，名淸水灣。術者言其不利，婦曰：「淸水名美，何爲不可以葬？」時夫弟之西山買石，議獨爲子舸穴。婦卽自買磚，穴其旁。已而姑病痢，六十餘日，晝夜不去側。時尙秋暑，穢不可聞。常取中裙廁牏，自浣洒之。家人有顧而吐，婦曰：「果臭耶？吾日在側，誠不自覺。」然聞病人溺臭可得生，因自喜。及姑病日殆，度不可起，先悲哭不食者五日，姑死，含殮畢。先是子舸兄弟三人，仲弟子舫亦前死，尙有少弟。於是諸婦在喪次，子舫妻言，姑亡後，不知所以爲身計。婦曰：「吾與若易處耳。獨小嬸共叔主祭，持陶氏門戶，歲月遙遙不可知，此可念也。」因相向悲泣。

頃之入室，屑金和水服之，不死；欲投井，井口隘，不能下。夜二鼓，呼小婢隨行至舍西，紿婢還，自投水。水淺，乍沉乍浮。月明中，婢從草間望見之。既死，家人得其屍，以面沒水，色如生。兩手持茭根，牢甚不可解也。婦年十八嫁子舸，十九喪夫，事姑九年，而與其姑同日死。卒葬之清水灣，在縣南千墩浦上。

贊曰：婦以從夫爲義。假令節婦遂隨子舸死，而世猶將賢之。獨濡忍以俟其母之終，其誠孝，槩之於古人何媿哉？初，婦父玉嵩爲蘄水令，將之官。時子舸已病，卜嫁之，大吉，遂歸焉。人特以婦爲不幸。卒其所成爲門戶之光，豈非所謂吉祥者耶？

## 計烈婦傳

計烈婦，柳州馬平人，平遠知縣王化妻。嘉靖四十三年，先是南詔山賊流刼江西湖東西，殺虜〔一〕憲臣，三省騷動者數年。已降而復叛去。王君受命爲平遠，平遠時新建，王君開除荒萊，招撫流亡，規造新邑。會田坑賊突起，將過江、閩爲患。時初縣，城櫓未立。王君以其孥寄壽昌，與賊戰黃沙石子嶺，多有殺獲。已，復擣仙花峒，擒斬賊首。復與賊戰，爲其所困。賊因遣間至會昌曰：「王知縣死矣。」烈婦聞之，即沐浴更衣，告天曰：「吾夫爲國死，吾義不忍獨生。」因指六歲兒曰：「天乎！願保此一息，以延王氏血食。」以兒抱置妾懷中，磨笄自殺。有司以聞。王君亦以平賊功，超拜廣東按察司副使。詔婦所在，春秋奉祠。

初，王君父尙學，嘉靖二十九年爲兵部職方郎中。虜〔三〕薄都城，王郎中力贊出兵。而丁尙書爲權臣所誤，不出兵，因以論死。王郎中當隨坐，丁尙書獨自引罪，以故得減死論。丁尙書在西市，見王君，呼曰：「爾父得無坐耶？果爾，可謂有天道。吾死不恨矣。」王郎中故在部中，守法，能敢爲，而王君有父風。

烈婦父某，潮州通判。弟坤亨，國子博士；謙亨，嘉靖四十四年進士。兩人皆在京師。謙亨與余同榜，而博士先教崑山，與余善，余故知烈婦事爲詳。蓋兩家詩書禮義之族，而烈婦天姿懿淑，其死非一時感慨者所同也。要之，王君蒙峻擢，顯名於世，雖以立功，實亦因烈婦之死爲之增重云。

## 沈節婦傳

沈節婦者，湖州安吉孝豐人，吳祥九之妻。節婦歸吳氏時，年十六，而祥九年十八。間歲，祥九病劇，節婦割股以進，不瘉，祥九竟死。節婦每哭，輒死復生，見者皆爲流涕。終日不離殯所，比葬，設几筵，居幃中哭泣，如初殯時。舅姑憐之，爲好言勸解，皆不答。久之，父母謀奪其志，卽大慟，閉戶，引刀截髮自誓。居三日，忽晨起出戶，走數里，之祥九墓。山深無人，多虎狼。獨居塚間，哭不絕聲。諸大人從求得之，乃皆相謂曰：「始謂婦少年難守，故計令他適，今其志如此，殆不可復強。」因爲置後，節婦遂安之。祥九與其弟有分，節婦獨取田數畝，才足自贍而已，曰：「叔子衆，吾不可以多取。」舅姑死，喪之六年，如禮。吳氏大族，其尊與舅姑等者，事之如舅姑。蓋年十八而寡，至七十二而終。爲祥九後者，弟之子曰惟一。隆慶二年冬，其從子維京倅蘇州，爲予言其事。

贊曰：予聞沈節婦不獨其志行也，至推分其叔，抑亦退讓逡逡有禮矣。余官雉城，往來苕溪，欲泝苕水，上天目山，過訪孝豐吳氏，會遷，不果。蓋其家富貴，多巨公長者矣。至如節婦之高行，亦安可少哉？亦安可少哉？

## 蔡孺人傳

蔡孺人眞眞，福州太守朱公豹之妻也。父蔡翁，多女而無子。因語蔡媪，後毋舉女。及蔡媪有娠，父夢異人授之玉玦十五。至十五月而生女，以爲奇，乃舉之。卽蔡孺人也。孺人生而端重，寡言笑，能讀孝經、列女傳。及歸朱公，朱公時爲諸生，貧，孺人躬操作以資給之。朱公父母在堂，兄弟五人皆同爨，孝睦之譽，洽於閭里。朱公爲御史，受誥封，被服布素，如其夫爲諸生時。

始，朱公舉進士，令奉化，再調餘姚，其後爲二千石，皆以清廉著聞。福州廨中有鵁鶄二，其子寀卿愛弄之，欲持歸。孺人曰：「爾父未嘗持官物，二鳥亦官物也。」竟不許。朱公卒時，寀卿九歲，其女七歲。孺人泣語人曰：「女，吾出，然終爲他家婦，此子若不立，何以承朱氏宗祊？」故於寀卿，教之甚嚴。每夜，篝燈火，令從旁誦讀。時或加笞，已復流涕，中心實憐愛之也。出入必令老僕隨之，戒毋與輕俠遊。

朱公前妻有瞽女，孺人爲取壻，終身養之。女死，復收恤其孤。嘗寄人黄金，其家遭變，倉卒不知其鎰，但以枚數，使二嫗舁來。及歸時，或勸鎔之而藏其羸，孺人不許，遂完歸之。寀卿已成立，孺人曰：「吾死，可以下見汝父矣。」

孺人年五十，奉佛道齋疏十有六年，臨死，召戚屬，分釵衣辭訣。謂寀卿及其女曰：「吾死，毋遽哭我以怛化。」俄頃，整襟而逝。

歸子曰：余至上海，過寀卿所，讀其先世遺集。自元仲云先生以來三百年，世有文學。而朱公所至官，著風節。及觀蔡孺人之事，海上稱詩書禮義之家，有以哉？寀卿復攻文有孝行，不媿賢母之教云。

## 俞楫甫妻傳

俞允濟楫甫妻周孺人，生而令淑明敏，其死，楫甫哭之悲甚。女子死，不以色愛，而使丈夫悲之，未有如孺人者也。

孺人祖倫，刑部尚書康僖公；父鳳鳴，大理寺左寺丞。母顧氏，封宜人。孺人少通孝經、小學，歘見奇警。大理公曰：「吾得生男子，如此女足矣。」有以錦綺來市，心欲之而不敢言。大理公知之，謂顧宜人曰：「壻家貧，女須荆釵布裙，無用此也。」孺人慚，後常却袨麗不御。

初，楫甫父璋與大理同進士。卒官評事，官〔三〕不遂。而周氏父子官顯，門戶赫奕，而楫甫近衰落。孺人恬然，不知爲尚書家女。姑病，日侍湯藥，喪之盡哀。楫甫有兩兄，同居三十年，娣姒間絶無嫌間。楫甫從父官嶺南，觸瘴霧，獨遺一女子還。孺人育養齎嫁，尋死，復爲治葬具。治家，儲偫米鹽，賓客張具，必盡其能。見里媪慰姁，未嘗以色加。時縣胥以稅糧爲奸利，巧設方，故以疑誤人，謂之改兑。楫甫亦惑而從之，孺人曰：「此雖獲少贏，後必悔。」未幾，事敗。楫甫甚不樂。孺人曰：「事豈可復悔耶？第償之而已。」大理既歿，家大有疑事，顧宜人輒就問其女。蓋推其明識也。卒年四十三。

贊曰：余聞楫甫稱其婦如此。問其姻戚，良然。女子賢異於丈夫，而行顧不外聞，人以是輒不信。余嘗再失婦，有楫甫之悲，而不能以告人。其悲也，獨自知之而已。昔雍門子吟，而孟嘗於邑，事固有相感者。悲夫！悲夫！

**校記**

〔一〕〔三〕虜　原刻墨釘，依大全集校補。

〔三〕宦　原刻作「宧」，依大全集校改。

# 震川先生集卷之二十八

## 譜　世家

### 夏氏世譜

禹之先出於黄帝，而别氏，姓姒氏，其後分封，以國爲姓，有夏后氏。夏，今陜州夏縣，禹所都，因以爲有天下之號者也。殷湯時有夏革；衞有夏戊、夏期；而陳别有夏氏，以王父字，所謂少西氏嬀姓之後也。楚、漢之際，陳餘爲代王。以趙王弱，國初定，自傅之，夏説爲相國，守代。漢易太子，夏黄公避秦而隱，留侯招之出，卒定漢嗣。夏寛，從申公齊、魯間受詩，事武帝爲陽城内史，以廉節稱。夏恭，蒙陰人，習韓詩、孟氏易，光武拜爲郎中，遷泰山都尉，從學者常千人，門人私謚曰宣明。其子牙，舉孝廉，鄉人稱爲文德先生。而夏勤官至司空。夏馥，陳留圉人，與范滂、張儉同被詔捕，爲黨魁。變形入林慮山中。夏統者，不事司馬晋，傲睨王公。賈充見於洛水而異之。夏方者，少喪父母，負土爲墳，虎豹皆來馴擾其傍。爲五官中郎將，除高山令。統、方，皆會稽永興人也。夏孝先，極廬人，嘗廬墓，有野火延燒近墓，孝先悲繞號慟，鳥獸羣以毛羽濡水撲滅之。

宋夏遇，幷州榆次人，爲武騎將軍，與契丹戰歿。子守恩，天雄、泰寧、武寧節度使；守贇，同知樞密院事，贈太尉，謚忠僖公。守贇子隨，都總管，沿邊招討副使，贈昭信軍節度使，謚莊恪公。並寵顯於眞宗、仁宗之世，任西北邊帥。夏承皓，江州德安人，以右侍戰歿於契丹。子竦，同中書門下平章事、侍中、鄭國公，謚文莊公；子安期，龍圖閣學士，兼侍讀，知延州。竦有文學才術，而安期亦以才居邊任。夏執中，袁州宜春人。姊，宋孝宗成恭皇后，以恩澤官奉國軍節度使，提舉萬壽觀，加少保，循守禮法，不以外戚干政。

初，秦莊襄王母夏太后，宋成恭皇后，國朝武宗莊肅皇后，夏氏爲皇后者三人。莊肅皇后，洛陽人也。宋末，夏士林爲簽書樞密院事，夏貴爲樞密副使、兩淮宣撫大使。貴竟以兩淮歸元，爲淮西安撫使；而元軍入皖城，通判夏猗死焉。國朝，高皇帝起兵定天下，夏氏爲元帥總管，功在太常者五六人。刑部尚書夏恕，洛陽人；而夏元吉爲戶部尚書，輔佐五朝，當世以爲名臣，贈特進光祿大夫、太師，謚忠靖公。忠靖公，湘陰人，其先自會稽徙也。

蓋禹之後，別爲姓以百數。有扈、有男、斟尋、彤城、褒、費、杞、繒、辛、冥、斟戈，此其章章者。禹以明聖爲天下山川神主，聲教訖于海外。故自周武王封杞，後亡，而越勾踐興。其後有閩越王無諸、粵東海王搖，至餘善滅國，而緐王股等猶爲萬戶侯。而桀子淳維，居於北陲，世爲北狄主，雖在蠻夷，皆爲君長。則禹之遺烈遠矣。初，禹崩會稽，杼封以爲世祀，二十餘世至勾踐。及無疆滅於楚，楚盡取吳地至浙江，越以此散。爲君王居海濱。無疆之長王去瑯琊，無諸保泉上。漢旣郡兩粵，而姑粵、區、句章、吳門、餘後、黃林、餘不、甌、鄮，猶皆越之餘也。故夏之著者在會稽。

今吳郡夏氏，當方谷珍之亂，其家殲焉。亮方孩，母抱以逃。後適海虞雙鳳里朱氏，因冒其姓。夏氏之老姑，自滇南來，尋訪其家，獲亮，告以其故。亮始知其先居崑山之太倉。曾祖曰景芳，祖曰君實，父曰文通。亮後以子貴，封中書舍人，贈中憲大夫、太常寺少卿，葬馬鞍山。四子：昺、昹、杲、晟。昺，字孟暘，以薦入中書，授河南永寧縣丞，逡徙天壽山，坐事，謫隆慶；復召爲中書舍人。昹，字仲昭，少爲諸生，事訓導盧從龍。太守姚善死國難，株連黨與，及從龍。諸生逃散，昹獨不忍去，人高其義。舉進士，選翰林院庶吉士。太宗皇帝愛其書，日被顧問。上嘗以其名昶，云日當居上，改昶爲昹，故世以「昶」字皆作「昹」云。仁宗皇帝在靑宮，與舍人朱孔易、秀才凌晏如並直東華門。時尙書蹇義、學士楊士奇贊機密，昹預焉。詔昹書北京宮殿榜。會脩釋典，集翰士及天下名僧書，上親第昹書第一，授中書舍人，直文淵閣，進考功主事。正統中，纂脩仁、宣二廟實錄，書御覽諸書，及皇陵碑，知瑞州，入爲太常寺少卿，遷本寺卿，後累加正議大夫、資治尹、中奉大夫，杲善寫墨竹，妙絶一時。海外朝鮮、日本、暹羅諸國，爭重購之。爲人灑落，篤於倫誼。初，昺戍隆慶，杲亦從坐。昺從步往省，脫杲於難。後言于院長，薦昺，授中書舍人。杲居翰林二十餘年。其子文振，復從中書。父子兄弟，世掌絲綸，當世以爲榮。而吳中稱富貴孝友之家，必曰夏太常。賜葬迎鐘浦。昺二子：欽，字克承，葬齊禮坊，二子寅、辰；錦，字德文，一子津，字時濟，鄉進士，知象山、昌化二縣，病還，昌化民遮道泣留之。津有孝行，嘗作夏氏譜。杲子三人：鉞，字德威，承事郎，以蔭讓其弟，太常既老，善娛奉之，極亭館花木之盛，爲人有義俠風。三子景淵、景濂、景湘；鐸，字文振，以字行，杲進其書，景皇帝命入中書，累官舍人，大理寺右寺正，六子景澄、景瀾、景潤、景洪、景淮、景清；鎡，字德年，蔭補南京光祿寺署丞，葬白馬涇。三子景淳、景灝、景瀚；杲，字季明，子一人錡，無後；晟字季章，子一人鎰，二子：天恩、天宥。寅之孫璋，復爲族譜。今序止太常之孫。其後支庶，並詳於譜圖。

歸子曰：余譜夏氏，有夏后氏，而又有夏氏，蓋后之省也。世謂周成王封夏公，余考之，不然。二王之後杞爲公，疑夏公卽杞公也。世代縣邈，子孫播散四方，不可復紀。惟越守禹塚，祀會稽，千餘歲不絶。故言江南之夏繇會稽，近之矣。

# 歸氏世譜

歸氏，其先胡子，國於汝陰。魯昭公十四年，胡子始見于春秋。而昭公母夫人，歸氏也。當是時，荆楚憑陵中夏，暴横江、淮間。胡小國，不能自立，與江、淮、沈、頓，相隨服屬于楚。嘗從楚伐吳，敗于雞父。其後亦時從諸侯侵楚。定公十五年，楚子滅胡，以胡子豹歸。太史公以其微，不爲世家言，故莫知其得姓所始於古帝王功臣何祖也。

胡既亡，子孫散在他國。或以國氏，或仍歸姓。歸姓歷秦、漢、魏、晉至于隋，無紀。唐天寶中，崇敬舉博通墳典科，對策第一，爲史館脩撰。代宗幸陝召問，極言生人疲弊，當率天下以儉，富國迺可以用兵。大曆初，使新羅，贈遺無所受，當世傳其淸德。崇敬治禮家學，尤爲諸儒所服。累遷翰林學士，兵部尙書，封餘姚郡公，謚曰宣。子登，事後母篤孝，舉孝廉，復以賢良對策，拜右拾遺，抗論裴延齡。及爲起居舍人，十五年不遷，澹如也。順宗時，爲皇太子諸王侍讀，獻龍樓箴以諷。憲宗每咨政理，登所對，中外傳以爲讜言。官至工部尙書，封長洲縣男，謚曰憲。子融，元和中進士，歷官翰林學士，御史中丞，劾奏湖南之進羨錢者，官至兵部尙書，太子少傅，封晉陵郡公。會昌中少儒者，朝廷禮典，多本融議。融五子：仁晦、仁翰、仁憲、仁紹、仁澤。皆舉進士，至達官。仁澤以第一人，至列曹尙書觀察使。子藹，亦舉進士，拜侍御史，爲朱全忠所怒，貶登州司戶參軍。同光初，爲尚書左丞，吏部侍郎，太子賓客，致仕。藹子係，復舉進士第一人，官至禮部侍郎，而後至于宋，無紀。元有已暘者，至順初，舉進士，同知潁州。年少精敏，能擊斷。河南有大賊，殺行省官爲亂，劫暘守黃河已，暘守死不從，由是名聞天下，拜監察御史。入朝，順帝加獎，賜以上尊，累官刑部尚書、集賢學士、國子祭酒。蓋自秦至于唐，而得宣公一人。傳子至孫。自唐至于元，而得集賢一人，以歸氏數千年來，所紀者如此，亦可慨矣。

或曰：盛德必百世祀。原歸氏所起者微，故其後莫顯。夫史之闕久矣。唐、虞之際十有一八者，垂、益、夔、龍，不知所封。咎繇之後，英、六無譜。咎繇、垂、益、夔、龍，豈其微者哉？

或曰：歸氏自亡國後，世居於吳，未嘗遠徙。故吳中相傳謂之著姓。然自宣公累世貴盛，爲吳人，而集賢寔居汴梁，不知汴梁是何別也？今他處亦頗有歸氏，而惟吳中爲多。

吳中之歸，皆宗宣公。有光之所可知者，始自湖州判官罕仁。罕仁而上十五世，至太子賓客藹，其譜失亡。罕仁生道隆，居崑山之項脊涇，今太倉州也。道隆生廉訪使德甫，德甫生子富。子富以洪武六年，徙崑山治城之東南門。子富以下，崑山之族可得而詳焉。其別者居吳縣，或居太倉，或居嘉定，或居湖州。其在長洲者，居婁門，或居沙湖。在常熟者居白茆。

## 歸氏世譜後

吾歸氏之譜既亡，吾祖之高祖，始志其里居世次，而曰：「高祖罕仁，唐太子賓客讜之十五世孫。宋末，任湖州判官。以此知吾家本於宣公，而不得其世次名諱，不可譜也。」又曰：「曾祖道隆，自號居士。祖德甫，仕河南廉訪使。天下亂，失官，稱提領生。考子富，洪武六年，徙崑山之東南門，此其所可考者。其他行事莫詳也。」

吾祖之高祖，諱度，字彥則。少喪父，而所生母亦已先亡。事嫡母甚孝，處兄弟有恩。弱冠，坐事亡命，走西南萬山中，經辰水、麻合山、烏江、紫梢、蠻峒數處，幾死，常有神人護之。自播州轉入丁山。丁山之神，夜來與語，其貌甚偉，曰：「吾姓褚氏。」導以如巴中。巴人以爲神，相與敬愛之。居九年，赦歸，時洪武三十年也。將渡江，又有戴笠者，若云江不可渡。是日大風，諸渡者盡溺死，以此獨免。永樂中，以人材徵，辭不就。初，高祖兄弟三人，高祖獨有七子，子孫最繁衍矣。高祖治家有法，年老，益精明。每鷄鳴，子壻方巾布袍，揖而受事。及暮復命，亦如之。諸婦小有言，卽曰：「兄弟所以失愛者，皆婦人之爲也。」使謝過，乃已。作遺訓數百言。又爲書云：「吾少聞先考之言，吾家自高曾以來，累世未嘗分異。傳至于今，先考所生吾兄弟姊五人，吾邈父存日遺言，切切不能忘也。爲吾子孫，而私其妻子求析生者，以爲不孝，不可以列于歸氏。」其所以訓如此，亦可以見吾歸氏之紀雖不詳，而家法相承之厚也。

吾祖之曾祖，諱仁，字克愛，爲人剛毅，必行己之志，不爲勢力所怵，以高年賜冠服。吾高祖諱璿，字文美，例受承事郎。生而奇偉磊落，然自尊奉，每飯未嘗不鳴鼓也。好飲酒，恆至達旦。賓客往往自失，亡去，高祖儼然無倦容。明有天下，至成化、弘治之間，休養滋息，殆百餘年，號稱極盛。吾歸氏雖無位於朝，而居於鄉者甚樂。縣城東南，列第相望。賓客過從飲酒無虚日，而歸氏世世爲縣人所服。時人爲之語曰：「縣官印，不如歸家信。」高祖同時諸昆弟並馳騁，因爲武斷者，或有也。高祖與諸弟出，常乘馬，行者爲之避道。其後縣令方豪，年少負氣，士大夫多爲所陵，然曰：「惟歸氏得乘馬，餘人安可哉？」高祖歿於正德三年，有光已生三年矣。

吾曾祖諱鳳，字應韶。曾祖美姿容，恂恂愛人長者。治尚書，精誦，雖奏廁不輟。成化十年，中南京鄉試。北上，人有居京師者，其家寄遺以百金，曾祖中途遇掠，盡以己貲與之，竟完金以歸其人。弘治二年，選調城武縣知縣，務休息其民。兗州太守龔弘，御吏嚴明，少當其意。顧獨愛曾祖。然曾祖雅不喜爲吏，每公退，輒擲其冠，曰：「安用此自苦？」亡何，以病免歸。曾祖母林氏，世宦族。祖鍾，爲山東參政，有名。曾祖母歸歸氏，事上撫下，曲有恩禮，宗黨稱之。曾祖嘗夜臥，聞枕間有鐘鼓聲。及卒，柩上有聲如鶴。曾祖母未幾亦卒。

有光受命於吾祖，而其述止此。時嘉靖之二十年也。

## 興安伯世家

興安伯徐祥，興國大冶人。初爲陳氏萬戶。至正辛丑，江州附，隸傅友德軍。與從征黃梅、東勝，數有功。洪武八年，由西安護衛馬軍小旗，除金吾左衛百戶。從征松花江、黑山、乃兒不花、塔灘里，陞副千戶。己卯，燕兵起，祥首議帥師奪九門。克居庸關，陞燕山左護衛指揮僉事，尋改左衛指揮僉事。援兵懷來，破雄縣，按兵月樣橋，追敗大軍於莫州，復敗之於眞定，出劉家口，破大寧，敗齊尙書軍於鄭村壩。陞指揮同知，尋陞北平指揮僉事。破廣昌。庚辰，克蔚州，攻大同，大戰於白溝，攻濟南，陞指揮同知。辛巳，敗長園軍於雄縣，敗大軍於夾河；大戰藁城，復敗之；攻順德，至彰德，破保定西水寨，敗援軍。壬午，破東阿、東平、汶上，至鳳陽，奪河南橋、小河壩、鳳凰山，與大軍戰於齊眉山。敗漕軍於靈壁，復敗大軍於營寨。取泗州、盱眙。渡江，入金川門。

是歲冬，封功臣。皇帝制曰：「昔我皇考太祖高皇帝，峻德廣運，格於皇天。光天之下，用集大成。亦有熊羆之士，不貳心之臣，庸作股肱心膂，左右弼成。悉視功載，懋之官賞，列爵崇報，萬世有辭。皇考升遐，建文即位，自絕於天，改更成憲，屢造大愆，圖任側媚。咸劉宗親，禍延於朕。朕不獲已，以爾有衆，底天之罰。咨爾都指揮使徐祥，事朕藩邸，首獲奸宄。內奪九門，外攻居庸；追戰莫州、眞定，應援永平，走遼東兵；從下大寧，捷於壩上；白溝大戰，遂取滄洲、威、深、夾河、藁城、西水、小河、靈璧，每有功能，克堪用武，輔成大勳。疇咨於衆，惟良顯哉！是用授爾奉天翊衛宣力武臣，特進榮祿大夫柱國興安伯，食祿一千石。子孫世世承襲，乃與爾誓。除逆謀不宥，其餘若犯死罪，爾免二死，子免一死，以報爾功。於戲！位不期驕，祿不期侈。其益遜乃志，弘乃量，以持乃祿位。朕無忌爾功，爾亦無忘朕訓。常以暇逸，思其艱難；常以富貴，思其貧賤。欽哉！惟克永世。」

永樂二年，興安伯祥卒。孫亨嗣。十一年，亨從駕北征，至紅山嘴，敗瓦剌於蒼崖峽。二十年，至渠列兒河、天城等地。二十一年，至陰山。二十二年，至半邊山西路，奉駕南還。宣德二年，與黔國公征交趾，失利。正統九年，征兀良哈三衞。出界嶺口、河北川，敗賊師，多鹵獲。賜誥券，進封興安侯。

興安侯常守關中。侯弟愷，居京師。一日，天子集諸武臣及子弟馳騎，命懸本爵牙牌，奪得公者與公，奪得侯者與侯。愷直馳豐城侯，奪其牌。豐城初不覺，既而請於侯，侯顧愷解還之，人多其不競。天順四年，興安武襄侯卒。子賢嗣爲興安伯。賢卒，子盛嗣。盛卒，從弟良嗣。

良祖母，故小妻也。良父既生，而其祖繼娶定襄伯女。及是，郭氏之孫與良爭襲，朝議以郭氏初嘗適人，法不得爲正嫡。良竟得襲。良年五十，猶日於大中橋受雇爲人汲水，比都督府求爲興安伯嗣，乃謝其鄰而去。良僉南京中軍都督府事，奏請給其祖父母誥命；尙書楊一清議，以私親不宜干大宗，不許。嘉靖癸巳，良卒。子勳嗣。乙未，勳卒。先是，賢以跛足免朝參，革去半俸。劉瑾時，革去折色二百石，才得食祿三百石，折色五百石。迄良之世，不能復也。

祥季子麟，金吾衞指揮同知。洪武末，胡〔一〕騎臨城，內外震恐。麟挺身出，閉午門，亦以功，世官南京。

**贊曰**：予至南京，嘗館于興安伯家。觀太祖、太宗所賜鐵榜板榜，其于功臣訓戒切矣。河山帶礪之盟，宜與國長久，而當時封爵存者十二三。興安雖式微，其世次頗可敍述云。

按諸刻及抄本敍事甲子，皆誤以燕兵起爲庚辰，以克蔚州爲辛巳，敗長圍軍爲壬午，破東阿至入金川門爲癸未，與國史皆差一年。未知爲其家文字之誤，先太僕仍之而未及詳考歟？抑抄寫者之誤歟？今據國史正之。贊語，諸本各異。

崑山刻本以興安伯勳贇金入京求嗣事作結，常熟本有興安伯死子幼門第荒涼等語，今皆不用。獨從家藏抄本。

## 記壬午功臣

壬午封爵之稱有四：曰輔運，曰翊運，曰靖難，曰翊衞。或因或革，而三等之祿，又各自有差次。其間或襲或降，或止其身，又有不同焉。凡封爵有三十，嘉靖時存者成國、鎭遠、永康、武安、泰寧、保定、隆平、興安、應城、忻城、襄城、新寧、平江，一公，六侯，六伯云。

公二

靖

成國朱能　五千二百石　淇國丘福　二千五百石

附舊爵增祿一

輔　原封

曹國李景隆　加一千石

侯十有四

靖

永康徐忠　武安鄭亨　成陽張武　同安火眞

一千二百石

運

武城王聰　泰寧陳圭　保定孟善　鎭遠顧成

靖　輔　靖

靖安王忠　永春王寧　武定郭亮　隆平張信

一千石　一千二百石世伯　一千石世伯

安平李遠　思恩房寬

世伯　八百石世指揮使

伯十有四

衛

雲陽陳旭　武康徐理　興安徐祥　應城孫巖

一千石　都指揮同知淵之子

忻城趙彝　信安張輔　襄城李濬　新寧譚忠

運　　衞

順昌王佐 一千石世指揮使　　平汪陳瑄 世指揮使　　新昌唐雲 世指揮使　　富昌房勝 世指揮使

運　兵部尚書

廣恩劉才 九百石世指揮同知　　忠誠茹瑺 一千石不世

附

驃騎將軍都督僉事張興

驃騎將軍都指揮使張成

## 校記

〔一〕胡　原刻墨釘，依大全集校補。

# 震川先生集卷之二十九

## 銘頌贊

### 爲善居銘

崑山之俗，自昔號爲淳朴。葉文莊公嘗稱：「鄉先達自吏部尚書余公熪、盧兗州熊、林參政鍾、呂沁州昭、其子僉事旦、朱舍人吉、范御史從文七人者，其孝弟忠誠，足以爲鄉里表式。後生小子有所憚而不敢爲非。」然當文莊公在時，已憂老成彫謝，而典刑之日遠矣。況今去文莊之世又遠，鄉之亂俗者，如蘇明允之所謂「其輿馬赫奕，婢妾靚麗，足以蕩惑里巷之小人；官爵貨力，足以摇動府縣；獝詐修飾，足以欺罔君子，爲鄉里之大盜者」，往往而然也。

予幼及見饒州通判陶先生，於文莊公時猶近。其人安貧自足，無營於世，卒窮困以沒。嘗自爲生誌曰：「曾大父始居崑山，五傳至予，更其舊廬。然自宦饒還，歲典衣以供薪粟，卒又易主。僦居三年，始定今居。自正德丁卯鄉薦，丁丑除授寧波府學訓導，己卯福建同考試官。嘉靖六年丁亥，九載秩滿，陞饒州府通判。上任甫三月，內舍幼子夭折之戚，外受風寒跋涉之勞，病眩氣鬱，良久而呼吸僅屬。累乞致仕，上官抑不以聞。爲御史劾，當改調，幸遂歸志。乙未秋，得末疾，杜門不出，待終于家。自念居常無駭俗之行，遊宦無出衆之能，恐沒後乞銘於人，少譽之過情，秖資識者談笑。乃備述履歷，刻諸壙石。昔漢東平王蒼，嘗曰『爲善最樂。』每愛其言，學而未能也。愧無以遺後人，而不敢不爲善，實吾之所遺也。」

予讀其辭，眞質可愛，信乎其爲有德君子耶。先生沒後十有四年，子秉端即其室，扁之曰爲善居。觀其所以能遵其乃考之訓，益見先生之所以遺之者厚矣。如明允所謂者，身且未歿，積不善之殃，昭著目前，尙不覺悟，方猶眩耀於鄉里之人，不媿先生也哉？銘曰：

玉山之闉，婁江之垠。山明水秀，其民屯屯。自古先哲，抱朴含淳。彼何人斯，汨其彝倫。爲夔魍魎，白日見形。自彼小人，駭惑逡巡。流俗奔化，俱爲風塵。于車上舞，芬華日陳。維是令門，子孫循循。究其德音，厥考是遵。「爲善最樂」，我懷其人。

## 素節堂銘

天地萬物之初，皆起於素。窮人情之欲好智慮，而趨於文。先王爲之禮，備其鼎俎，設其家腊、酒醴、黼黻、文綉、莞簟、丹漆、彫幾之美，然必明水、疏布、蒲越、稾秸、素車之尚。東漢之時，崇用悃愊，三公皆敝車羸馬，布衣瓦器。其時天下多高節，後世莫及。晉泰始以後，競以侈靡放誕，致胡羯之亂。則士大夫之好尚，顧可不慎與？

刑部尚書周康僖公，懸車之日，建堂於崑山之里第，而榜其額曰素節。當公之時，國家已一百七十餘年，天下亦少文矣。今仲子太僕君，尤以謹飭，能世其家。嘉靖三十九年九月望日，余飲酒於其堂，追感公之志，而嘉太僕之善繼，爲之銘曰：

顯允康僖，弼我明時。歸老于家，素節以居。羔羊之詩，揭我堂廬。豈于其家，蓋著厥志；大臣之志，其以慮世。維古之初，曷云其季！俗化日流，滔濫靡制。逡逡太僕，克茂厥祉。庶其萬年，貽爾孫子。

## 鎮平王府大奉國將軍孝門銘

太祖高皇帝之子曰周定王，定王之子曰鎮平恭靖王。恭靖王生七鎮國將軍子㺯。鎮國生三輔國將軍同鍇。輔國生大奉國將軍安河。國制，王庶子子孫遞降爲將軍中尉，世饗祿入。蓋皆漢之王子侯也。周定王，成祖文皇帝同母弟，最爲親睦。永樂間，王獵于鈞州，得神獸以獻，蓋騶虞云。故周藩代有明德，而恭靖之後，尤以書、禮著稱。

奉國生而穎異，通諸經史，天性至孝。母賈夫人患瘵，日夕侍湯藥，不解衣帶；嘗便甘苦，以伺其劇差。賈夫人欲食野禽肉，奉國泣往求之，復刲股以進，病是以蘇。其後賈夫人歿，哀毁骨立，廬居三年。及輔國病，亦如侍賈夫人，而日夜籲天，乞以身代。病良已，有烏千數，集於庭樹，飛鳴不去。王聞，上其事。已而巡撫河南都御史又交上其事。天子異之，使中書舍人扈永通，錫璽書褒奬焉。是歲嘉靖十一年也。於是汴有司奉以從事，建旌孝之門。

奉國好文，尊禮賢士大夫，而長中尉睦㰁，益修學，知名當世。議者以恭靖之族，比漢紅侯及北海王睦，迨向、歆騶駼，累世文學，奉國父子無忝矣。至於以孝行受旌主上，二族所未有也。嗚呼懿哉！銘曰：

太昭廿餘，周次以五。分王諸子，咸實同母。賑膰之國，親睦無伍。麟趾流化，騶虞前覩。兆祥集祉，施于鎭平。鎭平綿綿，孫子淑清。奉國克孝，性由天成。懿德美行，昭我皇明。天地人貴，人行孝大。自天顯異，光賁億代。於穆皇風，自家而國。錫汝蒸民，罔不保極。按紅侯乃楚元王之後，向、歆之先世也，名富。舊刻誤作紅陽侯，紅陽侯乃王立，王氏五侯之一也。

## 聖井銘〔一〕

余讀金史，皇統二年，使「劉筈以衮冕玉册〔二〕，册宋康王爲帝」，「以臣宋告中外。」嗟乎！中國於是不得爲中國矣。紹興君臣，萬世之罪人也。昔晉永嘉之亂，其禍不異靖康。然江左世守正朔，歷五代至於陳亡，以其力不足與中原抗，而未嘗少屈也。孔子曰：「微管仲，吾其被髮左衽矣！」五代之君，其功豈在管仲之下哉！

陳高祖平侯景之亂，卒禪梁祚。恭儉勤勞，志度弘遠，江左諸帝，號爲最賢。余遊長城，遊下箬里，觀其故宅。相傳其始生時，井中〔三〕沸涌，出以浴帝。今其井尚如故。慨然而歎，令人去蔽翳而出之，作亭於其上。銘曰：

帝王之生，靈感幽贊。鬵沸水〔四〕泉，浴帝始誕。流虹瑤月，應時則滅。惟不改井，於今不竭。我尋華渚，翳桑之處。寒泉古甃，如見其沸。赫赫陳祖，大業光燦。寂寞沛鄉，吾茲感歎。嗟後之王，荒墜厥緒。麗華辱井，建康所記。

## 書齋銘

齋，故市廛也，恆市人居之。鄰左右，亦惟市人也。前臨大衢，衢之行，又市人爲多也。挾策而居者，自項脊生始。無何，同志者亦稍稍來集，與項脊生俱。無中庭，以衢爲庭。門半開，過者側立凝視。故與市人爲買賣者，熟舊地，目不暇舉，信足及門，始覺而去。已乃爲藩籬，衷以脩扉，用息人影。然耳邊聲閧然。每至深夜，鼓鼙鼙，坐者欲睡，行者不止。寧静之趣，得之目而又失之耳也。

項脊生曰：「余聞朱文公欲於羅浮山静坐十年，蓋昔之名人高士，其學多得之長山大谷之中，人跡之所不至，以其氣清神凝而不亂也。夫莽蒼之際，小丘卷石，古樹數株，花落水流，令人神思爽然。況天閟地藏，神區鬼奥邪？其亦不可謂無助也已。然吳中名山，東亘巨海，西浸林屋、洞庭，類非人世，皆可宿舂遊者。今遙望者幾年矣，尙不得一至。即今欲稍離市廛，去之尋丈，不可得也。蓋君子之學，有不能屑屑於是者矣。」

管寧與華歆讀書，戶外有乘軒者，歆就視之，寧弗爲顧。狄梁公對俗吏，不暇與偶語。此三人者，其亦若今之居也。而寧與歆之辨，又在此而不在彼也。項脊生曰：「書齋可以市廛，市廛亦書齋也。」銘曰：

深山大澤，實產蛇龍。哲人靜觀，亦寧其宮。余居于喧，市肆紛那。欲逃空虚，地少天多。日出事起，萬衆憧憧。形聲變幻，時時不同。蚊之聲雷，蠅之聲雨，無微不聞，吾惡吾耳。曷敢懷居？學顏之志。高堂靜居，何與吾事！彼美室者，不美厥身。或靜於外，不靜於心。余茲是懼，惕焉靡寧。左圖右書，念念兢兢。人心之精，通於神聖。何必羅浮，能敬斯靜。魚龍萬怪，海波自清。火熱水濡，深夜亦驚。能識鳶魚，物物道眞。我無公朝，安有市人。是內非外，爲道爲釋。內外兩忘，聖賢之極。目之畏尖，荆棘滿室。厥恐惴惴，危堦是習。余少好僻，居如處女。見人若驚，噤不能語。出應世事，有如束縛。所養若斯，形穢心忸。矧伊同胞，舉目可惻。藩籬已多，去之何適？皇風既邈，淳風日漓。誰任其責，吾心孔悲。人輕人類，不滿一瞬。孰塗之人，而非堯、舜？

## 清泉銘

崑山司訓袁先生，宜春人，名豐，字某，别自號清泉子，蓋其居地名馬領清泉云。予考袁郡圖經，有大袁山、小袁山，相傳漢高士袁京隱於其下，後人以名其山。又别有袁嶺，以爲袁閎嘗所隱處。閎，汝南公族，無繇至此。史稱其晦迹亂世，自投深林。其至袁嶺，或當在延熹以前耶？世謂袁州之袁，皆京之後世子孫也。今先生自托於清泉，夫安知數百年後，清泉不復姓袁也耶？何豫章山水之多袁也？

先生云：「清泉發馬領，演迤而東，過其居之南，出虎狠東岡。岡之南爲石鏡雲峰。峰之東爲南峰。南峰隔清泉，道適與其居相對。而馬領在其西，往往有庵院林木，泉水流布，灌田數百頃。」予愛其清泉之名，爲之銘曰：

天一生水，地六成之。動溶無形，孰能識窺？泚泚之泉，見於山下。我儀其德，宿汚以化。

## 几銘

嘉靖三十六年丁巳上元，于世美堂，以皇慶舊材作。惟九經諸史，先聖賢所傳。少而習焉，老而彌專，是皆吾心之所固然，是以樂之不知其歲年。

## 順德府几銘

余爲邢州司馬，無所事事。署中無几案可以讀書。會大風拔木，城外倒柳無數。因于太守乞得一株，以製是几。銘曰：

問治天下，何異牧馬？挾册而狂，自同亡羊。噫嘻，非熊無夢，獲麟有書。吕望老矣，尼父吾師。

## 太行石銘

余有事黄寺。道中得巧石二，高者近二尺，庳者尺餘。慕東坡先生之高致，攜歸，買盆貯水供之，而爲銘：

聞昔大士，坐此巖龕。西海之西，東海之東，雲車徜徉，吾安所從？我慕東坡，願作此供。以四海水，貯於盆中。

其　二

是石尺餘，太行之遺。置一几間，分山東西。

西山石銘

余得西山石五：竪其一於郡齋，其小者二株，貯盆中，爲几案之供，其二猶倒臥壁間。皆勒銘其背。余將行，不忍棄去，攜其四以歸。蓋嘗時至淸河，涉江、淮，舟苦風飄，須石以鎭之。雖米南宮之癖不可療，亦復慕吾郡陸鬱林之高風云。

中央古帝久已死，日鑿一竅不肯已。儵兮忽兮尙嫪嫪，吾學老龍惟隱几。

其　二

太行崔嵬摩高穹，沫流碎濺沙土中。混沌古色巧嵌空，宛如東南花石同。始知大塊一氣融，山川萬里常相通。誰將玉井芙蓉供，移置吾家五湖東。

## 松江新建行省頌

自諸侯爲郡縣，古牧伯之制已不復存。漢稍置十三州部刺史，刺史秩輕位下，故有州牧之改建。漢末，並自九卿出領，位任益重。魏、晉以來，有持節都督之號。然天下州道，大抵無慮數人而已。蓋自唐之開元、天寶，宋之熙寧、元豐，監司莫盛于此時焉。元有天下，外省與內宰相並建。凡行省官，皆宰相職也。今制官名雖異，而建置實同。參政之名，卽參知政事之舊也，猶宰相職也。近者朝廷以東南財賦事重，設山東行省於蘇州，以藩屛重臣分司圻甸，自此始。

書曰：「王朝步自宗周，至於豐。以成周之衆，命畢公保釐東郊。」猶宰相職也。嘉靖某年，翁公實來涖任，適海上有倭寇之警。公敭歷中外，望實俱隆，簡在帝心。時松江古秀州華亭之境，被寇尤劇。詔俾公移治焉。議者謂公以畢公之德，而有南仲之威，以保釐之職，而兼往城之寄者也。蝦蛦小醜，不日蕩平，以紓我天子南顧之憂矣。

小子不佞，辱荷甄陶，使與執經之末。又念吾東南之民，父子兄弟，將出之塗炭，而措之衽席之上。因松江新建行省，知太平有日。迺考古官制，推公之職事，卽古之牧伯與宰相之任，天下所以繫公者不淺也。遂作頌曰：

明明皇祖，定鼎初載。分畫郊圻，亘于大海。百八十年，帝命不改。蠢爾島夷〔五〕，竊山阻餧。來求衣食，生此罪悔。天子曰咨，命我元宰。汝往作牧，于夷所在。惟此松江，湖海之滙。公來至止，萬民所待。衣其輕裘，匪甲伊鎧。我民之饑，勞徠不怠。我賦之逋，公無我罪。冥海波濤，風雲埃暟。曜然四除，萬里光彩。孰是番鬼，敢作奇侅？省府巍巍，公德磊磊。願公千歲，爲天子宰。公之勳庸，銘于鼎鼐。

## 巡撫都御史翁公壽頌

章皇帝初命大臣六人，分巡天下。時周文襄公以工部右侍郎巡撫江南，巡撫之名始此。其後在邊任者，兼戎馬之務；江南畿輔地，歲漕所仰，領財賦而已。自頃倭夷爲患，朝廷并敕以閫外之事，寄任滋隆焉。

倭國前世爲寇絶少，國初有之。故備倭之衞，起自遼海，接於閩、廣，首尾聯絡，祖宗制馭之法甚詳。百餘年來，中國宴然。頃歲忽肆憑陵，學士大夫策之詳矣。愚嘗讀史。魏正始中，夫餘爲勿吉所逐，涉羅并於百濟，兩國之貢不至。宣武帝於東堂引見高句麗使者，面諭以連率征討綏懷之略。謂海外九夷〔六〕黠虜〔七〕，唯高麗能制之也。今世朝鮮國最號恭順，倭奴侵犯，此事宜可以責之。不然，當申中國之威，如前世慕容皝、陳稜、李勣、蘇定方，未嘗不得志於海外。或以元人五龍之潰爲創，此自由將帥之失耳。然是二者，草野籌之，廟堂之議不及于此。豈以天下之根本在内不在外，故惟慎選撫臣，爲安内攘外之長策也！

大中丞姚江翁公，弱冠登第，由省郎出爲兩司，才望鬱然。今自山東左方伯陟內臺，膺巡撫之命。是歲適海波清宴，夷〔六〕氛不作，識者已知公之福德矣。先是，吳地荒旱，民無宿儲。然且北轉三邊之輸，南增兩海之戍，邑里蕭然，時事孔棘。公憂國愛民之心，屢形於奏牘。方將減戍輕徭，省漕蠲逋，以蘇編氓之困。允矣仁人之言，宜國家委寄東南之重，而億萬生靈恃之以爲命也。巡撫舊治南都，今命移治姑蘇。公度海瀕州縣道里之中，建治古婁江之上。

于是三月某日，公降誕之辰。江南司府州縣官吏，諸生耆老，咸來上壽。公辭不敢當。則又以南山有臺之詩，愛君子之德音，而祝之以眉壽黃耉，發于咏歌，人情之所不容已者，公其何以辭！頌曰：

於皇宣祖，纘運休明。閔是元元，肇簡拊循。于時文襄，卓爲名卿。前有忠靖，玄圭告成。配食于吳，寢廟奕新。惟申與吕，自嶽降精。巖巖我公，聿追前聞。江海之壖，世樂耕耘。蠻夷〔九〕恍惚，陵水來侵。天子曰俞，咨我元臣。寇匪外至，孽由內生。吏蠹民偷，狎于太寧。其撫吾人，毋訖於兵。公拜稽首，天子是承。是諏是詢，悉其呻吟。封章屢上，仁言諄諄。庶其可績，協是休聲。迢迢東海，依公爲城。願公百年，永保我民。

## 魁星贊

魁枕參首，星官之書。圖厥怪形，畫史之愚。吾所知者，犖犖天間。日月並麗，萬古常然。

## 葉文莊公像贊 幷序

文莊公之從孫女，王子敬之外姑也。故得此像於內家。子敬大父爲廣東參議時，布政使王公用兼，參議盛公思禹，皆公同縣人。見嶺南人語及公，往往流涕。而子敬外大父顧太守孔昭，嘗以御史督學京畿，有口外試士懷公之作。其後欲圖公與孫秋官像，出入拜之。秋官，亦吾鄉之先賢也。子敬少聞此言，於是以公像示予，請代爲之贊：

孰傳斯像，蓋有所自。猗與文莊，妻之外氏。高風遺烈，嶺海塞垣。焚香拜之，二祖有言。

## 弘玄先生自序贊

贊曰：弘玄先生老而貧，日以著述爲事；出無輿從，一童子挾書自隨，步履如飛。間以所序生平示予者如此，可以知其志之所存矣。先生以國子上舍生，倅霍邑、夷陵。今世爲官，恥不出進士，不肯爲盡力。人亦以非進士待之，雖有志，終不獲見。故予復述先生爲兩州之迹，其志有足悲者。使爲進士，豈非世之所稱才賢者哉？

初，山西旱饑，命先生賑河東芮、陸、猗、夏、蒲、解三十州縣，使一武官輦致銀數萬兩。而懷仁王府祿米久逋，王使人簒入府，已剖鞘出銀。先生使人言曰：「天子憐晉人飢，故空帑藏以活之。今民旦暮死，王奈何取以爲己奉？卽天子聞，王何以處？」王大慚懼，完鞘還武官。至，則出銀堆排卓上，吏兩旁立，稱停裹紙，各書其人姓名，壹不涉手。以次俵散，民歡呼歌舞，晉人以甦。敕下行省，有羊酒文綺之賜。王府在霍城中，宗室常數百人來索祿米。乘垣騎危，呼曰：「今日不得米，飢死矣。」先生與之言，氣和而剛。諸儀賓或曰：「判官言是也。盍少去，待司符下，給我米矣。」宗室皆曰「然」。相牽攜而去。霍有荒田三千餘頃，歲責逋賦里甲。先生發庾粟千石，予里甲代耕，歲大熟，收麥數千。監司詬之曰：「若何等官也，遂自擅命發廩耶？」然而鈎考籍記甚明，不能加罪也。至今霍無逋賦，且人得私其鸁以爲利焉。

夷陵三四月多火災。火發，有類若烏者，羣飛銜火至他屋，處處皆焚。山海經所謂畢方者也。然非如鶴一足，赤文而白喙者。柳子厚逐畢方文，蓋未嘗見，先生所見，實烏也。先生夜夢一人，白袍烏巾，翹右足，旁有一人言曰：「此白將軍也。」旦日，民列狀請建火神廟。先生曰：「吾夜夢，乃秦武安君耳。」先是州有四綽楔，通衢四出，皆已燔。先生建三重樓，設鐘簴樓中，爲武安君像而祀之，火患遂息。豈白起數千年，尙燒夷陵耶？然神怪不可究。知子産實沈、臺駘、黃熊之論，非誣也。樓上望西陵、石鼻、天柱諸山，層巒疊巘如翠屛，李太白所謂「巫山夾青天」者，可以憑檻得之。而飛帆蕩槳，出沒于蓮沱漩島之間，極荆楚之勝觀矣。秭歸治楚臺山上。久雨，水壞石土，危城欲墜，議欲遷州。先生時攝守，爲之刋山麓，決沮洳，自陡波溝縱横而出之水，工費而人不疲，州遂不遷。白將軍樓、歸州街渠記，皆先生自爲文。車駕南巡，省檄統領輂夫萬人。上居飛龍殿，每一念至，卽如陵上，不以朝暮，聞礮聲輒發，輂夫皆集，無失期。諸貴人率來取役輂夫，先生小冠匿他所，諸貴人皆不得取。送駕至樊城，大鴻臚揭簿呼名，先生與郡太守以下皆先歸。有旨，事過界不問。會天子已至鄧，故免譴。其後，有按察司官責先生以避事，官實後代，不知此時事。先生具言，統領輂夫時，常懼不免死。官爲默然。

一日，被檄至施州治獄。施去江陵數千里，南出夜郎，平時於郡但以文書羈縻，無官長來見者，其帥以百鎰金置苞苴中餽，却之。夜宿僧寺，蕭然賦詩，有「暗室如白晝」之語。都御史顧公璘，聞而歎獎之。夷陵故有黃陵廟，而城北夾河亦有風濤之阨，先生爲作黃陵行祠。按黃陵在今巴陵，所謂瀟湘之尾，洞庭之口。而歐陽公但有黃牛峽祠詩。故東坡述公丁元珍之夢，及「石馬繫祠門」之句，勒石祠下。而先生云：「特黃陵廟旁有黃牛祠耳。」蓋不知何年而變也。

會陞開建令，不肯赴，僦舟還吳。以舟輕，夷陵人舁大石鎮之。先生意忻然，以自擬吳鬱林太守云。

## 王氏畫贊 幷序

余妻太原王氏，嘉靖三十年五月二十九日卒。余哀念之至，恨無善畫者。因記唐人有云：「景暖風暄，霜嚴冰淨。」此爲吾妻畫也。又流涕誦楊子雲之詞云：「春木之芚兮，援余手之鶉兮。去之百歲，其人若存兮。」

後二月，門人許進士使其弟來畫。余口授之，許默然良久，爲作此畫。家人見之，莫不悲慟。以示諸姨，皆流涕。小姨以爲眞是吾姊，但不言耳。然如余所稱楊子雲、虞伯施語，未能畫也。涕泣而爲作贊曰：

哀窈窕，思關雎〔一〇〕，杳不見，乘雲霓。墮明月，遺輕裾。風蕭蕭，慘別離。來陳寶，景帝珠。何珊珊，是耶非？「景帝珠」，不可曉，疑有誤。

## 校記

〔一〕吳承恩書此銘石本「銘」下旁注「并敍」二字，見文物一九七九年第五期。

〔二〕玉冊　石本同，金史作「圭冊」。

〔三〕井中　石本作「井水」。

〔四〕水　石本作「井」，義似長。

〔五〕〔六〕〔八〕〔九〕夷　原刻墨釘，依大全集校補。

〔七〕虜　原刻墨釘，依大全集校補。

〔一〇〕雎　原刻誤作「睢」，依詩經改。

# 震川先生集卷之三十

## 祭文　哀誄

### 祭方御史文

嗚呼！庚子歲，有光與公孫元儒，聯名薦書。是年九月，同榜之士，使予爲文以壽公。予序公爲兩京御史時，猶見古所謂柱後惠文冠者，因略論數年間天下之事。詹事陸文裕公讀之，以爲知言。

今俛仰又二十年矣。公孫蠖屈於南宫之試，予亦瓠落於東海之濱。當是時，公蓋相期以天下之士，而今何如也？

嗚呼！富貴壽考，公則已矣。後生小子，嘆歲月之如流，而長年者之不能待，所以不知其涕之無從也。尚饗！

### 祭王方伯文

惟公早歲，奮跡甲科。踔厲風發，令聞孔多。始涖永康，民載其德。疆理其田，石不可泐。分部南都，以釐餘皇。奔走江湖，啓處不遑。武寧王家，勳貴無二；獨繩其私，卒屈以義。于越之臬，遂視南海，蹉政既通，黎亦知悔。受節章貢，威稜日著。帝用簡在，命端臺敍。

公起諸儒，武服之共。愛人下士，所向有功。桃源、華林，大帽狂猘。旌旗一麾，首駢頸繫。帝嘉其休，俾籓於滇。乃以將父，弗究其年。

自公之歿，垂四十載。士習選愞，孰知敵愾。海島小夷，敢齮我疆。於今九年，我武未揚。故老流涕，思得公等。適會里社，薦公彝鼎。惟公孝友，宗黨所稱。況復才傑，起慕後人！公有令孫，辱之交游。敬進斯文，以侑醪羞。尙享。

## 祭王儀部文

嗚呼先生，早歲而孤。懿惟賢母，以訓以謨。年踰弱冠，飛翔南都。大音不諧，連城屢刖。七上春官，每進踟躕。鄉里輕儇，見謂爲迂。先生弗顧，猶來于于。遂被首薦，冠絕羣儒。向之嗤者，自愧觳雛。

吾崑名邑，世產瑾瑜。南都大魁，陸與張、瞿，先生接跡，夢兆前符。貢于大廷，夏璉商瑚。清華之職，奉常所需。稍陟儀曹，廓然天衢。天胡中道，頓蹶駒駼！

嗚呼先生，今也則亡。人生之變，旦異夕殊。惟我吳、越，山海隩區。二百年來，不聞鼓桴。一朝海上，有此倭奴。先生過家，仗節紆朱。方榮晝錦，忽聞惕呼。捐金散糈，以恤荷殳。厲志循城，卒全其郛。衆口鑠金，武夫睢盱。先生仗義，往明其辜。遂罹毒暴，俄焉告徂。八年輦下，首丘於吳。莫逃者數，天其可呼！

歲之正月，歸先公墟。凡我親交，出祖於婁。有肉在俎，有酒在壺。先生有知，啜此清沽。嗚呼，尚享！錢宗伯不選，今仍存。

## 祭朱恭靖公文

孝皇御極，十有八年。覆冒區宇，其仁如天。思遲多士，六策臨軒。唯崑爲縣，僻在海壖。三選六魁，公出其間。豐芑之遺，于今再傳。皆爲公相，燦爛星躔。公獨難老，齒德莫先。

公之初登，屬世休明。在漢廷中，年如賈生。濟濟振鷺，談道虞、黃。石渠、天祿，經史志程。公守純質，不競於榮。卒以資敘，乃躋六卿。既長天官，居於洛京。召公之誥，未老而行。永賁丘園，令譽日隆。海內企望，天子臨雍。升歌鹿鳴，下管新宮。三朝禮建，比古榮躬。云胡不慭，遽爾告終！

帝用震悼，贈恤賓崇。人臣之寵，其有始終。哲人云亡，朝野所恫。奠此湑酒，以告殯宫。尚享。

## 祭顧方伯文

有光於公，少荷許與。迺以濩落，有負相知。昔卷衣之復，方當計吏之偕，不得致撫棺之情；今葬紼之發，適拘巫史之忌，不能供復土之役。然生辱委重，俾論序其文章。歿又僭踰，獲撰次其行事。穆叔有云，是三不朽。於以答公，亦無愧矣。敬陳洞酌，告訣堂筵。庶幾明靈，鑒此享侑。

## 祭周孺亨文

昔恭簡公倡道於星溪，而一時學者之雲集。曾日月之無幾，而微言之頓息。唯先生發揮遺旨，儼師門之典則。公以先生之少恢廓，而屢箴其微窄。然自公之云亡，門人學徒何啻五侯倍譎，而先生依繩循矩以無失。蓋終以有所至，而無間於參魯與商也之不及。唯先生之孝友温良，眞鄉里之矜式。讀書養親，歲不出於戶閾。與古之篤行君子，實並駕而無慚色。中耿耿欲有所爲，外靖恭而簡默。使之立乎廟廊，雖不出一語，猶足以儀刑其德。何天命之不佑，而使之老於行役！

今歲之春，吾邑同黨之士蓋二十餘人，並哀然以北。既無拔茅彙征之期，而有北風「攜手同行」之戚。孰知先生中道而返，而又罹此極！嗚呼！先生之不幸，蓋有繫於邦國。而身世之可悲，又何異於一吷！睹旨酒之在尊，共陳詞而灑泣。嗚呼哀哉！尚享。

## 祭沈養吾仲常文

嗚呼！人亦有云，子門貴顯。五年之中，忽焉淪殄。養吾少俊，仲常順婉。言念相從，懷之罥罥。人生富貴，如花之妍；朝露方晞，夕已萎焉。人皆痛子，蓋莫不然。所爭蚤晚，何足相憐？念子兄弟，托余墓石。狼跋東歸，吾廬未葺。敢忘此言，以負平昔。嗚呼痛哉！尚享。

## 祭居守齋文

嗚呼！君于世人，居聲利間。混混與衆，如玉與硃。彼市道交，朝醜暮妍。春花秋草，君無變遷。君之教子，一經是專。「是穮是蔉」，不知豐年。憶子之試，君嘗居先。子出父俱，言往必連。昔在陽羨，不遇收甄。風雨淒其，旅泊蕭然。子爲父泣，父爲子憐。二年前事，猶在眼前。子戓有待，君胡溘然？後乃萬鍾，何及當年。凡爲子者，誰不痛焉？

## 祭唐虔伯文 代

嗚呼！黄鵠摩天，一舉千里。蜩與鷽鳩，榆枋而已。孰云不然，兩易其處。先生之志，而止于此。顧視童嬰，淩空出羽。嗚呼哀哉！

昔在學宮，侃侃斷斷。行則方履，語則正襟。邈然孤特，高步士林。排難立節，義色必形。諸生後學，退讓逡巡。州牧邦伯，來咨來詢。千木之廬，過者則欽。衆所指目，玳瑁南金。胡以白首，獨抱遺經？積日累月，旅貢在庭。一命之榮，道殞彭城。嗚呼哀哉！

吁我同門，夙承奧旨。歲月荏苒，慚德無似。三年不見，夢寐京邸。聞有歸音，相告以喜。瞻望城西，素旐來止。其誰與歸，九原莫起！臨觴一慟，薦于筵几。嗚呼哀哉！

## 祭劉縣丞廷運父文

唯翁氏唐，別姓以劉。赫赫太宰，世仰厥休。太史振挺，式紹芳猷。翁潛弗耀，高于鄉州。歲時升賓，拜至獻酬。宜受多祉，胡以彌留？嗚呼哀哉！

生我賢丞，奕奕清修。周視原野，十夫有溝。從者告饑，日坐孤舟。蓁蕪萬畝，惟民之憂。言于太史，欲去其蝥。民方恃賴，罹茲家尤。嗚呼哀哉！天靳翁壽，奪我賢侯。奔喪之禮，世莫能繇。移其訃日，炫服事賕。竄吏仍踵，罔以爲羞。丞則見星，蹈禮莫偷。其仁其孝，翁敎之周。惟昔國僑，鄉校不仇。儒者之道，所聞必幽。敬述民謠，以侑牢羞。

## 祭張封君文

嗚呼！九隆既晢，七綰亦墜。昆明不閉，鄒魯同致。淸河綿綿，以燕後昆。年耄行獨，爲鄉禮賓。有子登朝，不遑將父。終朝永歎，三復陟岵。嗚呼哀哉！大疾奄及，靡聞歲月。銅魚使至，傳言恍惚。訊之果然，悲痛存沒。嗚呼哀哉！昔也越巂，萬里燕臺。今也乘化，風雲徘徊。鑒茲嘉旨，魂兮歸來。尙享。

## 同年祭陳封君文

嗚呼！乙丑之歲，登於南宮，吾邑四人，鄭州爲榮。言念生我，高堂半空。鄭州二親，祿養獨隆。府君之年，方進未窮。胡以長逝，濛汜忽終！

於維府君，世承文學。其祖博士，卓爲先覺。校文省中，所得卓犖。府君傳業，遭時齟齬。以遺令子，方發其璞。衎衎飲食，珪璋有渥。

於呼！人之生世，何者能全？傷哉貧也，每食泫然。府君於子，欻見高軒。天若厚之，又靳其年。悠悠江水，有鬱新阡。葬以大夫，亦顯孝賢。嗚呼！尚享。

## 祭外舅魏光祿文

有光七歲，爲公之壻。不幸先妣蚤逝，中間多故，婚姻失時。以公之仲女之賢淑，周旋六年，遽從先妣於地下。藐然二孤，置之今妻之懷抱，以撫以育，辛勤萬端。而婚姻往來，如先妻之存，未嘗有間。可謂邢遷如歸，衞國忘亡也。蓋死生之際難矣。重以不肖連蹇困頓，自辛丑以來，四殿南宮，鄉里親戚，以爲嗤笑。公慰藉懇懇，未嘗不以遠大爲期！至於生平迂拙，不能與世俛仰，而數十年中，屏居野處，隔越百里，造請或不以時。公未嘗責望禮節，幾微見於辭色也。公可謂淳德君子矣。

去年冬，雨雪中，公使人至江上，遺以綿炭。今年四月，人自公所來，言公聞吾妻病，方開龜視吉凶。又聞公疾革，數問吾妻。其見念如此也。不意間一月，而公之訃至。吾夫妻相對泣下。然吾妻死者數矣，以是先令女甥，星夜奔公之喪。而吾妻尋亦至於大疾。

如剡之痛，旦暮日新。加以形體羸弱，死殤相繼，疾病憂虞。比聞公之變，則又驚悼痛怛，以至於今，不勝哀苦。氣息奄奄，行五六步，忽自僵仆。獨念公之卒，踰二月矣。禮：有殯聞喪，「將往哭之，則服其服而往」。所以至於踰月者，病也。扁舟百里，勉強匍匐，以拜公之前。冀公一舉吾之觴而已矣。哀哉！尚享。

## 祭顧文康公夫人文

嗚呼！女婦之職，不出閨中。及其崇貴，與皇家通。維文康公，大科奮跡，四十年間，遂躋崇極。富壽康寧，當世所少。夫人配之，與之偕老。赫赫我皇，統壹聖眞。考禮肆樂，制作紛紜。既秩殷典，百神咸侑。文康雍雍，在帝左右。猗與夫人，象服是宜。朝于兩宮，從后之居。太室穆穆，佐上册寶。金章玉牒，夫人是導。西苑膴膴，庀其蠶事。鞠衣翟車，夫人則侍。邈然千載，大禮曠墮。夫人際之，見所未覯。匹婦之微，一命爲多。有美夫人，如山如河。生有誥命，一品之貴。薨有奏訃，賜之葬祭。潭山之原，從文康止。天子之賜，恩榮極矣。凡厥富貴，莫不有終。維我生人，誰能不恫！尚饗。

## 祭葉夫人王氏暨世德夫婦文

嗚呼！夫人以司馬之愛女，衡州之賢配，宜膺受多祉而壽康。以石野之才賢，宜紹文莊公之休光。而孺人之慈孝，有以奉姑相夫子，以觀其後之繁昌也。三十年間，庭內雍雍。人曰「文莊公之門，尚有典刑」。一朝變故，搆此痛寃。萱堂旣空，蕙帳靡存。奄及主鬯，懷寶沉淪。遂以窀穸之事，貽厥嗣孫。嗚呼哀哉！

峥嵘霜天，千里玄沍。慘慘令母，攜持子婦。惟轎相屬，往卽長路。吁嗟造物，爲幻羣庶。人生婉好，誰不樂處。回首百年，皆非其素。如一葉飛，千林空樹。惟是積德，可以相付。我懷文莊，聿起遐慕。猶有孫謀，永世無斁。尚享。

## 祭張貞女文

自古女子之見於史傳者多矣。或自閑於安平無事之時，或蹈難於感慨卒然之頃。惟貞婦之所遭，殆人生之未有。以淫姑之內主，値兇徒之參會。魑魅魍魎，見形於淸晝之中；豺狼虎豹，聚毒於深夜之際。入地無穴，叫天不聞。備百端之荼毒，竟一死以自明。

惟彼兇徒，漫天之惡。恃其多財，力能使鬼。懸千金於市中，謂三尺之可賣。豈知神明之吏，緣夢寐以求形；童髫之女，坐公庭而辨貌。實人心之共憤，信天網之難逃。

嗚呼哀哉！死何酷烈，生何艱辛！獨任綱常，孑然一身。沉沉昏夜，炯炯者存。謂其不然，彼亦何人。誰無室家，誰無此心！

## 弔何氏婦文 幷序

何氏婦，鄒平王教授周君女也。始，鄒平君教長興，婦與何生隨家長興。何生病，婦潛自割肱，合椒湯進之，良愈。鄒平君既遷官，生夫婦還崑山。一日婦病死。生與予亡妻有兄弟之戚，爲童子時，嘗來予家。予妻死，生亦不來。不意數年間，生亦有妻已死。見生言之，潸然淚下，爲文以弔之。

惟孝子之獨行兮，世或議其爲奇。苟毁身以全親兮，又何乖於民彝？斯前世之所傳兮，在人子固有之。至于今而創見兮，婦爲夫而自刲。夫與父其一道兮，夫孰謂其非宜？殘肢體以事君子兮，謂白首其相隨。胡淑婉之速化兮，忽自背而先馳。致夫君之徬徨兮，形枯槁而面黧。且出門而難歸兮，夜涕泣於空帷。惟夫病之可念兮，尙無愛於玉肌。何遐舉而不顧兮，乃又遺之以離悲。自今其被疾而致羸兮，又誰爲之憂危？彼萬族之相托兮，各得其偶以嬉嬉。夫人生之有妃匹兮，固百年以爲期。何中道而自失兮，行忽歎其仳離？予昔嘗歷此變兮，悅日遠而星移。憶何生之垂髫兮，悼往昔而傷咨。況同事而相感兮，不知夫涕淚之淋灕。

## 祭外姑文

昔吾亡妻，能孝於吾父母，友于吾女兄弟，知夫人之能教也；飁食之養，未嘗不甘，知夫人之儉也；婢僕之御，未嘗有疾言厲色，知夫人之仁也。癸巳之歲，秋冬之交，忽遘危疾，氣息掇掇。猶日念母，扶而歸寧。疾既大作，又扶以東。沿流二十里，如不能至。十月庚子，將絕之夕，問侍者曰：「二鼓矣。」聞戶外風淅淅，曰：「天寒，風且作，吾母其不能來乎？吾其不能待乎？」嗚呼！顚危困頓，臨死垂絕之時，母子之情何如也。甲午丙申三歲中，有光應有司之貢，馳走二京。提攜二孤，屬之外母。夫人撫之，未嘗不泣。自是每見之必泣也。

嗚呼！及今兒女幾有成矣，夫人奄忽長逝。聞訃之日，有光寓松江之上，相去百里，戴星而往，則就木矣。悲夫！吾妻當夫人之生，既以遺夫人之悲，而死又無以悲夫人。夫人五女，撫棺而泣者，獨無一人焉。今茲歲輴車將次于墓門。嗚呼！死者有知，母子相聚，復已三年也。哀哉！尚享。

## 祭妻祖父母文

橘泉先生、趙氏夫人，既葬之後三日，孫壻歸有光始獲奔祭於墓，泣而言曰：嗚呼！吾妻之歸予蓋晚，而事公與夫人最久，於諸孫中，特加憐愛。吾妻嘗言公、夫人所以勤閟以昌厥家者，甚詳。癸巳之歲，吾妻遘罹屯疾，屬公、夫人之歸輋將駕，猶扶擕至家。迨疾轉亟，一日九死，乃始舁歸。沼沼至家二十里，懼不能至而死於中塗，且以不得送其祖父母爲恨。今歲，吾舅始爲公、夫人啓攢即窆，忽忽七年矣。於乎！人生離合，倏焉而來，倏焉而去。方其數盡，何有於壯，何有於老，同返於冥漠之鄉。高墟之原，公、夫人藏焉。馬鬣新封，草芽已茁。樵夫晝歌，猿狖夜號。公、夫人不能起，吾妻又不能歸。已乎傷哉，千古之恨。

## 謁宋文貞公墓文

維年月日，具官歸有光，謹以瓣香，拜謁唐宰相宋文貞公之墓。唐有天下三百年，惟貞觀、開元，號爲盛治。賢相並稱姚、宋，而屹然正直之氣，可與公媿者,獨始興文獻公而已。有光自初束髮,知讀唐史。嘆天寶以後,何其亂也!生民之禍極矣!使公與曲江尚在,匡持之,唐之國祚,歷年豈可量哉?信乎,國以一人而興也。今者備員茲土,下車之初,以吏事過南和,聞公墓在此鄉,而魯公碑刻尚存。因迂道齋宿縣邸,來致景仰之私。嗟夫!公之直道,有國者一日而無此,則相率靡靡以馴至於亂亡而不覺。三季之後,若同一軌。此予心之耿耿,徘徊於公之墓下而不忍去也。謹告。

## 祭楊忠愍公文

維年月日,具官歸有光,謹以清酌庶羞之奠,致祭於贈太常寺少卿謚忠愍楊公之靈,曰:昔我世皇,繼天作后。多歷年所,疇咨左右。中歲好道,穆然在宥。有臣怙寵,咨爲姦宄。父子持權,瀆亂天下。一旦殘夷,天威不假。天下以此,感嘆先皇,神武雄決,蓋代之英。在古權姦,鮮不害國。今則自斃,緊皇不惑。天亦助明,與古異勢。社稷之福,可保萬世。

惟忠愍公,撲其方熾。誠款懇惻,辭引主器。冀以覺悟,惘不顧避。賊臣切齒,文〔一〕致死地。臨命賦詩,時在俄頃。季子就醢,冠纓必整。叔夜彈琴,顧視日影。公何從容,造境愈靜。亦維前歲,虜〔二〕薄都城。犬羊虓呼,噬嗑生氓。廟議失策,以冀綏師。公亦抗疏，慨然論之。爭國重輕，利害必明。抵掌鳴劍，志絶殊庭。時已犯忤，重被考掠。折指鍥骨，曾不畏爍。間關萬里，諤諤不已。志士求仁，必趣於死。先皇之英，亦自公啓。龍駕欻忽，未及褒美。天子明聖，思繼先志。恩綸首建，加官賜謚。俾延世賞，勵其後人。剖心封墓，天下歸仁。

嗚呼！自古正士，常見愴嫉。邪人害正，千古若一。方公侘傺，遠集何日？觀彼踥蹀，嘿嘿自吒。不忍大姦，因時發憤。遂震聾耳，如雷之聞。雖彼黨人，稱公忠義。衆口相和，誰敢云異！房子之邑，公之所生。奕奕新廟，薦祀馨香。公言不亡，公有詩章。報恩皇家，猶有英靈。摛詞告祭，以寫吾誠。嗚呼哀哉！尙享。

## 告祭崑山縣山神文

某等少聞長老言，昔時方谷珍之亂，神有顯應。遥見山之草木皆兵，賊以畏懼而遁，然無文字可考。獨以民間每歲四月十五日爲賽會，奉神以王者之儀。比年官府間歲有禁，而秩祭如一日也。

自至元間迄今二百年，復見海水沸騰，吾民肝腦塗地。而有司嬰城以自守，境外無蚍蜉之援。民既無所恃賴，則所以日夜皇皇，獨依於神而已。願假神靈默佑，於冥冥之中，殄此妖孽，使吾民復得安其田里。父子祖孫，世世如前二百年報謝於神，則神之休亦永無窮也。尚享。

## 告崑山縣城隍神文

惟神不獨保護縣邑，又以爲能司禍福之柄，故民之趨走奉祭，無虚日焉。今倭寇臨境，虔劉我民，其慘毒極矣。神必思所以庇覆之。吾邑人孝弟力田，鄉里齒讓，於吴郡七邑之中，號爲淳古。而比年以來，風俗日漓。相劘相刃，以至於今，殆有不忍言者。識者已預知必有今日之事矣。然神聰明正直，福善禍淫，神之所司。豈其假手於犬羊，以縱其噬嚙，而淫及於無辜之良善耶？民之事神勤矣。纖芥之事，無不有求於神。今縱其犬羊以噬嚙於民，而神不聞知，此神之所恥也！惟神鑒之。

## 祭長興縣城隍廟文

承乏宰縣，典司神祠。宇廟弗稱，瞻仰太息。歲則不易，未遑鼎搆。聊爾塗塈，以飾厥觀。庀工卜吉，敢用昭告。尚饗。

# 祈雨文

維此雉城，卓爲名邑。邇者人心不古，吏道多端，遂以禮義之邦，化爲夷鬼之俗。帝用不懌，降此旱殃。有光自惟帥帥者之不賢，願以一身當其罪罰。而小民之嗷嗷，實爲可矜。神其降鑒，特賜一日之澤，以慰三農之望。

# 謝雨祭城隍神文

値此農時，山川如滌。令實閔雨，有禱於神。荷神降臨，惠澤霶霈。萬民懽喜，循省獨慙。實上天之愛人，豈微誠之能感也？蒙神之力，敢不報謝！更祈終惠，永荷神休。尚饗。

# 再祈雨文

有光不敏不明，不知世俗所以爲吏之事。獨遵孔氏之訓，其於治民事神，不敢不盡其心。所恃以鑑臨者，惟神而已。

前五月不雨，爲民乞哀於神，神即賜之甘霖。四野沾溉，綠疇彌望，萬人胥悅。今復竟六月不雨，爲民乞哀於神，神未之許。爲此焦勞靡寧，瞻仰何里，願神之終惠之也。吏以數易之故，不能久以事神。然一日在位，亦不忍忘乎民。惟神永享民之報祀於無窮，其何可以不念也！

## 祀厲告城隍神文

具官歸有光，於今日祀厲，卽於壇所，哀告於城隍之神，曰：自六月以來，雨澤不降，田禾焦枯。令有遷徙之命，民被催科之急。沴氣上干，祈禱莫應。闔境憂惶，莫知所爲。令今候代，猶有一日司民之責；適今祀厲，敢復瀝懇於神。令宰牧三年，饗祀無失，哀矜鰥寡，對越在天。神其毋以世人之見棄，而亦不肯惠顧。若能督率萬鬼，呼吸風雷，頃刻以至，猶能使歲半熟，以慰此嗷嗷之民也。敢告。

## 御史中丞李公哀詞

嘉靖四十一年四月乙亥，御史中丞李公先是以病請告還鄉，是日行次鄆州之安民山而薨。

公爲人和易修潔，爰自登朝，敭歷內外，二十餘年，未嘗有所摧挫，以至爲大官。會天子新建紫宮，載度弘規，及西苑、平臺、神仙、長年之殿，公連歲採運，大工迄成。召歸院中，登庸始峻。而遽殞逝，朝廷莫不痛惜之。大宗伯太常方將請恤典，定謚議，而喪還於吳。

余與公少親善，同志業。公治五經之餘，獨好司馬遷、班固書。以余之騃稚樸陋，而公常傾鄉之。每得一語，忻然誦之，以爲有會於心。雖世所競俳優軋茁，銑谿虬戶，爭爲古文名高者，了然獨能辨之。議者以公爲善處世，以能至大官，余獨知公蓋有得于古，而直用文雅緣飾之。是以人望之而敬，與之處而親也。公久官，余介居江海，隔越二紀，僅一再見。見所嘗見於公者，必道公語。今年春，余試南宮，見所嘗見於公者，公益貴，余益困，而語稱益加。公方在告，余一往不見。初謂公貴人，不願往也。公顧亟呼余從人至榻前，勞問慇懃。手書兩及，墨跡猶新，不謂遂爾永別！余未渡淮時，再夢見公。覺而訊之，以爲不祥，不意其果然也。迺始以數年之別，不一見公爲恨。雖公之書亦云。

昔子產與申徒嘉同學於伯昏瞀人，嘉謂子產倚其相於夫子之門。今公乃與余遊於形骸之內，而余反索公於形骸之外。公賢子產，而余媿申徒矣。

嗟夫！士於顯晦之際，固不能無情。公今已矣，世之所謂利勢者，今則廓然漠然，而獨公之知我者，炯然在也。余可不致其哀乎？余方遭先府君之喪。古者朋友有緦麻之服，以其服哭之，禮也。其詞曰：

昔甯戚歌于牛口兮，桓公舉火于昏夕。瞷明踞踏于堂下兮，以何道而能識？管夷吾之見逐兮，鮑子終不謂其無能而致黜。信精志之日通兮，何顯晦之殊職？歷星紀之屢周兮，誠款款其如昔。豈若以人言爲毁譽兮，忽朝云而暮易。彼其中有然者兮，寧狥世而拘迹？嗟天道之難測兮，公遂與化而俱寂。余唯窮老而恂愁兮，莽馳騖而不知其所極。年洋洋以日往兮，將誰使乎宗之？奈何乎古之人不作兮，恍不知涕之無從。宋人嘗譏作文喜換字者，以「金谷」爲「銑谿」，「龍門」爲「虯戶」。崑山本「谿」作「鋊」，常熟本作「鎔」，皆誤。今正之。

## 思質王公誄

思質王公，諱忬，字民應，吳郡太倉人，南京兵部右侍郎倬之次子。歷官至兵部右侍郎，兼都察院右僉都御史，總督遼、薊軍務。嘉靖三十八年，以吏兵之辭有連，其明年十月朔，被禍京師。長子山東按察使司副使世貞，次子進士世懋，並解官號踊，寃痛數絶。明年春，喪還吳，吳士大夫哀之，僉謂余宜爲詞，載于素旂，迺作誄曰：

粤昔姬代，徂靈而衰。子晉登假，厥有支遺。緊王垂姓，綿世洪丕。秦翦、魏錯，奮鉞秉麾。漢庸、吉、駿，名賢纍纍。睢陵貴胄，仍晉台司。惟始興公，邁勳江左。六代輝華，鳴玉襲組。將門相門，世無與伍。逖矣朐封，迄唐踵武。瑯琊之別，分水有譜。夢聲廣學，爲吳始祖。洎先司馬，連理擢英。兩枝之胤，繩繩科名。惟先司馬，懿行徽聲。佐時嘉績，樹位九卿。分祿養族，逮及孤矜。鄉歸其厚，沒世稱仁。

公生神秀，先公愛子。早馳俊譽，克紹休美。羽儀初升，牙角欻起。天馬騰翔，不限疆里。峻陟大僚，日緝王旅。公之勤功，先公之施。天之報之，宜厚其祉。命也如何，猝見傾圮。嗚呼哀哉！

初爲大行，主諸〔三〕有經。有國之恤，言共其旌。廞車告虔，抒帝哀誠。惠文嶽嶽，大璫怵懲。聿巡南楚，去吏蝥螟。察理冤獄，活者千人。滔滔江、漢，千里風生。神州攬轡，獨當虜〔四〕兵。完其危堞，奠我帝京。遂參中臺，東山拊循。攝機而謀，建立三城。咸寧逆節，折其勾萌。帝警海魚，命之南征。洪波血戰，渤海朱腥。越氓煦德，布路泣行。迺帥雲中，遏虜〔五〕修亭。營有新竈，旁見烟青。帝曰汝忓，常在行間。惟汝賢勞，其週我邊。閃閃朱旗，戾於薊門。殺獲首虜〔六〕，歲有報聞。罔不應格，茅社宜分。疇邑未及，罹此大屯。嗚呼哀哉！

歲之暮春，犬羊犯威。軼我郊圻，疾如風雷。繼褢糧盡，翳翳窮壘。師以左次，時其氣衰。嗚呼哀哉！疆場之事，何歲不有？命也如何，公罹其咎。我思盛衰，如轉圜走。先公鼎貴，公仍其後。兩世同官，復逡其右。繼以二嗣，才猷日茂。鬼神忌之，誰能無詬。嗚呼哀哉！惟帝惟天，命之攸制。亦既惠之，又復蹶之；亦既珮之，又復劃之；其始榮之，復乃悴之；榮則萃之，悴忽墜之。昔也何順，今也何盭？誰爲推之，誰爲擠之？誰獨徘徊，誰當横厲？蒼天茫茫，莫詰所謂。大運斡流，隨之以逝。公之許國，致命則遂。有子纘承，不隕其世。必復其始，其有以慰。嗚呼哀哉！

## 招張貞女辭 并序

二十三年五月十六日夜，嘉定縣男子羣入張貞女室，以椎梃亂擊，膚肉寸斷，不死，乞死；乃用屠豕法縶手足，刺頸，宛轉久之，血出盡，乃死。貞女居亂家，姑引羣賊日闖帷幍間，志意皎然，卒及于難。時年十九。楊台州作招貞女辭，用以風司土者。予訪其意，而殊其辭云：

魂兮歸來乎！北有高樓，連昏姻兮。憶昔二八，爰來嬪兮。魂獨守此，甘苦辛兮。夫雖不夫，寧敢嗔兮？房櫳空虚，月西淪兮。機杼軋軋，靡昏晨兮。胡爲委棄，苔生菌兮。蟲絲罥戶，滿埃塵兮。床頭刀尺，纖手親兮。遺掛在壁，皆所珍兮。魂兮歸來乎！

魂兮歸來乎！南有列屋，父焉居兮。少小攜持，事遨嬉兮。母爲剪髮，親畫眉兮。出門辭母，行道遲兮。丁寧汚澣，莫後時兮。小妹呼姊，泣仳離兮。倚閭今過，黃昏期兮。當年翦采，猶在笥兮。羅襦粲若，嫁時遺兮。烏違故林，何所如兮？魂兮歸來乎！

魂兮歸來乎！夫門淪喪，慘傷神兮。閨房腥臊，走鹿麏兮。父母恩勤，養我身兮。修容姱質，徒悲辛兮。旁皇中野，誰爲鄰兮？白日黯慘，玄雲屯兮。青草漫漫，不見人兮。羣鬼啾啾，亂流燐兮。柔軀雅步，忽逡巡兮。眇眇默默，將安遵兮？魂兮歸來乎！

魂兮歸來乎！東有穹祠，門廉肅兮。朱火粲粲，麗文木兮。黃金鎧甲，光煜煜兮。雲中鼓樂，來逆復兮。神女迅衆，齊懽睦兮。靡顏盛鬋，被綺縠兮。芳馨雜糅，紛郁郁兮。遨遊閶闔，鶩輕轂兮。邑宰敬恭，虔尸祝兮。閒安弘靚，永宜屋兮。魂兮歸來乎！

**校記**

〔一〕文　原刻墨釘，依大全集校補。

〔二〕〔四〕〔五〕〔六〕虜　原刻墨釘，依大全集校補。

〔三〕主諸　原刻墨釘，依大全集校補。

# 震川先生別集卷之一

## 應制論

### 士立朝以正直忠厚爲本 以下諸生課試作

天下之治，繫乎人臣之有其德，而才不與焉。夫天下之才，未嘗無也。所賴以致至治者，非其才之難，而所以用其才者難也。能用其才，係乎人臣之有其德而已矣。所謂德者，必其資性之純，而心術之正。是故其氣剛以毅，出于正直，而必不至于佞；其心寬以恕，出于忠厚，而必不至于薄。如此，可謂有其德矣。而後以其才用之，故天下服其正直之氣，而樂其忠厚之化，而人心世道實係之。夫才者，行於一時，則固一時之善而已也；行于一事，則固一事之善而已也。惟正直忠厚之道，其用爲不窮。士之立朝而不以此，則餘無可取矣。善乎豫章羅氏之言：「士立朝之道，不爲驚世可喜，煒然赫然，以爲人臣之偉節，惟以正直忠厚爲本。」儒者之論，何其切近而篤實也！

夫所謂本者，言士之用世，其所施爲措置，蓋未暇論，而不可窮之業，實根底于此也。

夫木之有本，本既撥，則枝葉無所寄託矣；士之有德，德既隳，則才猷無所附麗矣。蓋有其德，而後其才可以成天下之事；無其德，則才之所用，適足以僨天下之事而已矣。

夫人君治四海之衆，一人不能獨爲，而與海內之士共之。士之欲行其志者，輻輳並進，而歸命天子。三公九卿，百司庶府，設官分職如此其衆也。天下之才，惟天子所以使之。蓋自一命以上，無虛位也，無乏人也，則人人盡其才，因其職以自效。舉目前之事，則既能辦飭矣。夫正直也，忠厚也，士無此二者，皆能任天下之事，皆能治天下之民，皆能建天下之功，皆能興天下之業，然有利焉，不勝其害也；有得焉，不勝其失也。天下幸而無事，人臣安享祿位，以爲才如是足矣，不知其俗之漸靡積習而不可挽也。故士必本之以正直忠厚。其大者固已磊落卓犖，自立于世，然後隨其所受之職，皆能不違于道。是故與之任天下之事而事必集；與之治天下之民而民必安；與之建天下之功，興天下之業，功成業廣，而後無患。嗚呼！此正直忠厚之道所以爲本也。

且所謂正直者，何也？氣之剛以毅也，其質近乎義，而心術之正，必不苟爲佞。天子欲有所爲，而不敢以或阿；羣臣皆以爲然，而不肯以或同。天子有失，必規；羣臣有姦，必發；事有庇于民，益于國，爭之而必行；有病于民，害于國，爭之而必不行。可與爲善，而不可與爲不善；可與爲義，而不可與爲不義。萬鈞之重不爲慴，雷霆之威不爲怵。諤諤乎無所隱也，蹇蹇乎無所避也，侃侃乎無所撓也，亹亹乎必致之也。人主爲之改容，姦萌爲之弭息，四夷〔二〕聞之而不敢窺伺，此正直之臣也。其在于古，若排闥、折檻、引裾、壞麻之類，皆可以言正直也。其大者，如汲黯、蕭望之、李固、宋璟、張九齡、陸贄、李沆、范仲淹、李綱之徒是也。

所謂忠厚者何也？心之寬以恕也，其質近于仁，而心術之厚，必不苟爲薄。輔天子而以寬仁，與羣臣處而不求爲異。天子有過，而非心逸志爲之潛消而不知；人臣有失，務包容其小，而愛惜其才；可以裨國，而不便于民，不行；可以取名，而無益于國，不舉。如泰山之安而不搖，如深淵之靜而莫測。休休乎其無所不容也，粥粥乎若無所能也，渾渾乎若無辨也，與與乎其可即也。君德賴以培養，生民賴以滋息，社稷賴以鎭定，此忠厚之臣也。其在于古，若償金、脫驂、翻羹、唾面之類，皆可以言忠厚也。其大者，則如曹參、周勃、丙吉、狄仁傑、郭子儀、裴度、呂端、王旦、韓琦之徒是也。

或者曰：「正直近于伉厲，容有激天下之變。」是固有之。然刓方爲圓以規世好，君子終不避伉厲之譏而出于此也。「忠厚近于無能，容有以養天下之弊。」是固有之。然鍥厚爲薄以索人情，君子終不避不能之誚而出于此也。大抵由于質性之美，而原于心術之正，則正直而不至於伉厲，忠厚而不至于無能，此自然之理。故士而舍此，欲以委隨變化而謂之通，凌誶盡察而謂之能，此則天下之所謂才，而非士之所貴也。

唐、虞之盛，其臣皆有神聖之姿，其功與天地並，若非人之所能爲者也。然君臣之相勉戒，不過曰「直淸」，曰「弼直」，曰「予違汝弼，汝無面從，退有後言」，曰「臨下以簡，御衆以寬」，何其近于人情也？古之聖賢所以佐其君者，不過如此而已矣。廸知忱恂，夏之所以有室大競也；惟茲有陳，商之所以格于皇天也；秉德廸知，周之所以怙冒聞于上帝也。夫其正直如此，忠厚如此，故能循道履信，而功業所至，乃與天地並。成王之命君陳曰：「予曰辟，爾惟勿辟；予曰宥，爾惟勿宥。」此告之以正直也。曰：「無忿疾于頑，無求備於一人〔三〕。必有忍，乃有濟。有容，德乃大。」此告之以忠厚也。

天下之勢，欲其直，常趨于佞；欲其厚，常趨于薄：世道之不可挽如此。是以不惟士之所貴者如此，而有國家者務培養之，以伸抗直之氣，而全忠厚之體。孔子生于周末，褒史魚之直，惡祝鮀之佞，思史之闕文，而稱周公之訓，其所感者深矣。夫相噓以成風，相吹而成俗，隆沍之時，一人噓之不能爲熱也；炎赫之景，一人吹之不能爲寒也。天下有一正直者，崇獎之，而不抑之以伉厲，若文帝之信申屠嘉也；有一忠厚者，敦尚之，而不嗤之以無能，若光武之封卓茂也。如此，則天下知所慕效矣。此在天子與公卿大臣之事，誠如此，則百僚師師，皆忱恂于九德之行，而羔羊之正直，行葦之忠厚，可以遠追于成周之盛也。

謹論。

## 太極在先天範圍之内

天下之道，不可以象求也。以象求道，則道局于象而有所不該；以言求象，則象滯于言而有所不盡。嗟夫！古之聖賢，本以天下之道不著，而以象該天下之道；本以天下之象不詳，而以言盡天下之象。卒之象立言設，而反有所不該不盡，則聖賢之心，于是乎窮。雖然，聖賢固非逞奇眩異，苟爲制作以駭于天下，則其始之爲象也，將謂其足以該道也；其後之爲言也，將謂其足以盡象也。象有不該之道，而言有不盡之象，則聖賢不輕以爲之名。由此言之，則天下之道，不可無聖賢之象；而天下之象，不可無聖賢之言。

先天之圖，伏羲之象也；太極之圖與説，周子之言也。天下無異道，則無異象；無異象，則無異言。奮乎千百世之上，而常符于千百世之下；奮乎千百世之下，而常符于千百世之上。是先天之與太極也。豈可以先後大小而區别之耶？

然謂太極在先天範圍之内者，何也？天下之道，太極而已矣；太極之動静，陰陽而已矣；陰陽之變合，五行而已矣；五行之化生，男女善惡萬物萬事而已矣；聖人、愚人、君子、小人之别，動静修違之間而已矣。而太極圖者，爲數言以括之而未始遺也。則夫先天雖上古聖人之作，寧能有以加乎？周子之書，六十四卦，三百八十四爻，周還布列，寧有出于太極、陰陽、五行、男女、善惡、萬事、萬物、聖人、君子、小人之外，而曰範圍焉者，固非以不該不盡爲周子病，而獨爲夫周子之未離乎言也。未離乎言，則固不若先天之籠統包括，淵涵渾淪于忘言之天也。聖賢之始爲說于天下，固謂可以盡象而該道；而明言曉告，以振斯世之聾聵。孰知夫象之所不該者，象不能盡，而言之所不盡者，非言之所喻也？

上古之初，文字未立，易之道渾渾焉流行於天地之間。俯仰遠近，巨細高卑，往來升降，浮沉飛躍，有目者皆得之而爲象。天下未嘗有易，而爲易者未嘗亡。迨夫羲皇有作，始爲先天之圖，天下之道，一切寓之于方圓奇偶之間，如明鑑設而姸媸形，淵水澄而毛髮燭。然而失之者，猶不免狥象之病，則天下固已恨其未能歸于無象之天；而孰謂其生于聖遠言湮之後，建圖屬書，嘵嘵然指其何者爲太極，爲陰陽，爲五行，爲男女善惡萬物萬事，爲聖人、君子、小人，其言如此之詳也，而可同于無言之教耶？故曰：「圖雖無文，終日言之而不盡也。」噫！惟其無文，故言之而不盡，而言之所可盡者，有言故也。

故自先天之易，羲皇未嘗以一言告天下，而千古聖人，紛紛有作，舉莫出其範圍。以艮爲首，夏之連山也，而不能易先天之艮也。以坤爲首，商之歸藏也，而不能易先天之坤也。取八卦而更置之，周之周易也，而不能易先天之八卦也。暢皇極而衍大法，而有取夫表裏之説;觀璿璣以察時變,而有取夫順逆之數。作經法天,而必始于文字之祖。備物制用,立成器以爲天下利,而必尙夫十三卦之象。未始爲聲音也,而言律吕者推之;未始爲曆象也,而言十二辰、十六會、三千六百年者推之;未始爲寒暑晝夜風雨露雷也,而言天地之變化者推之;未始爲性情形體走飛草木也,而言萬物之感應者推之;未始爲元會運世歲月日辰也,而言天地之始終者推之;未始爲皇帝王伯易、書、詩、春秋也,而言聖賢之事業者推之。形器已具,而其理無眹,則太極之立也;剛柔相摩,八卦相盪,則動靜之機也。乾、兑、離、震,居左而爲天卦;巽、坎、艮、坤,居右而爲地卦;所以分陰分陽而立兩儀也。乾、坤交巳,天地之戶,陰陽所以互藏其宅也;否、泰寅申,人鬼之方,天地相交,生生之所以不息也,以消長求之,而動靜見;以淑慝求之,而聖人、君子、小人分。先天未嘗言太極也,而太極無所不該;太極言太極,則亦太極之説耳。是故無言者不假言以傳,而有以盡天下之所不言;有言者待言以明,而不能盡天下之言。自羲皇而下,所以敷衍先天之説者愈詳,而卒不能自爲一説,自立一義,以出六十四卦之外。譬之子孫雖多,而皆本于祖宗之一體。故太極者,先天之子孫也。

雖然,有先天,則太極可以無作,而周子豈若斯之贅也?蓋天下不知道,聖賢不得不托于象;天下不知象,聖賢不得不詳于言。于是始抉天地之秘以洩之,自文王已不能無言。

而易有太極，孔子亦不能自默于韋編三絶之餘矣。大饗尚玄酒，而醴酒之用也；食先黍稷，而稻粱之飯也；祭先太羹，而庶羞之飽也。嗚呼！亦其勢之所趨也。

## 泰伯至德

聖人者，能盡乎天下之至情者也。夫以物與人，情之所安，則必受，受之而安焉；情之所不安，則必不受，雖受之而必不慊焉。人之喜怒發于心，不待聲色笑貌而喻。而意之所在，有望而知者。故受物于人，不在乎與不與之迹，而在于安與不安之間，此天下之情也。天下之情，天下之所同，而濡滯迂緩，貪昧隱忍，將有不得盡其情者；惟聖人之心爲至公而無累，故有以盡乎天下之至情。

論語之書，不以讓訓天下，而言讓者二：伯夷稱賢人，泰伯稱至德是已。夫讓，非聖人之所貴也，苟以異于頑鈍無恥之徒而已矣。而好名喜異，人之所同患，使天下相率慕之，而爲琦魁之行，則天下將有不勝其弊者。春秋之時，魯隱、宋穆親挈其國以與人，而弑衄之禍，不在其身，則在其子，國内大亂者再世。吳延陵季子，可謂行義不顧者矣。然親見王僚之弑，卒不能出一計以定其禍，身死之後，僅三十年，而吳國爲沼，以延陵季子而猶不能無憾者。故讓之而不得其情，其禍甚于爭；苟得其情，則武王之爭，可以同于伯夷。故聖人之貴得其情也。伯夷、叔齊，天下之義士也。伯夷順其父之志，而以國與其弟。然終於叔齊之不敢受，而父之志終不遂矣。夫家人父子之間，豈無幾微見于顔色，必待君終無嫡嗣之日，相與褰裳而去之，異乎「民無得而稱」者矣。故聖人以爲賢人而已，蓋至于泰伯，而後爲天下之至德也。古今之讓，未有如泰伯之曲盡其情者。蓋有伯夷之心，而無伯夷之迹；有泰伯之事，而後可以遂伯夷之心。故泰伯之德不可及矣。

自太史公好爲異論，以爲太王有翦商之心，將遂傳季歷，以及文王。鄭康成、何晏之徒，祖而述之。世之説者，遂以爲雖以國讓，而實以天下讓，不以其盡父子之情，而以其全君臣之義，故孔子大之。夫湯、武之所以爲聖人者，以其無私於天下，天下歸之而不辭也。使其家密相付授，陰謀傾奪，雖世嗣亦以是定，則何以異于曹操、司馬懿之徒也？太王迫于戎狄〔三〕，奔亡救敗之餘，又當武丁朝諸侯之世，雖欲狡焉以窺大物，其志亦無由萌矣。就使泰伯逆覩百年未至之兆，而舉他人之物爲讓，此亦好名不情之甚，亦非孔子之所取。聖人無「意、必、固、我」之私，須臾之間，常不能以預定，而曰百年之必至于此，不幾于怪誕而不經耶？蓋翦商之事，先儒嘗以辨之，而論語之注，釐革之未盡者也。説者徒以太王溺愛少子而有此，此晉獻公、漢高祖中人以下之所爲，而太王必不至于是，故以傳歷及昌爲有天下之大計。殊不知兒女之情，賢者之所不免也。篡逆之惡，中人之所不爲也。詩云：「爰及姜女，來朝走馬。」孟子以爲太王之好色也。詩人之意未必然，而孟子之言亦不爲過。太王固不勝其區區之私以與其季子，泰伯能順而成之，此泰伯所以爲能讓也。泰伯之去，不于傳位之日，而于採藥之時，此泰伯之讓所以無得而稱也。使太王有其意，而吾與之並立于此，太王賢者，亦終勝其邪心以與我也。吾于是明言而公讓之，則太王終于不忍言，而其弟終于不忍受，是亦如夷、齊之終不遂其父之志而已矣。

張子房教四皓以羽翼太子，其事近正，而終于傷父之心。申生徘徊不去，其心則恭，而陷父于殺嫡之罪。故成而爲惠帝，不成而爲申生，皆非也。惟泰伯不可及矣。孔子所謂以天下讓者，國與天下，常言之通稱也。苟得其讓，奚辨于國與天下也？苟盡其道，奚擇于君臣父子也？讓其自有之國則不信，而求其讓于所未有之天下；舍家庭父子之愛，剿百年以後君臣之事而爲之說；是孤竹不爲賢，而必箕、潁以爲大；歷山不爲孝，而必首陽以爲高：諸儒之論之謬也。夫先意承志，孝子之至也，泰伯能得之。故泰伯之所爲，迺匹夫匹婦之所爲當然者。夫惟匹夫匹婦以爲當然，是天下之至情也。

## 忠恕違道不遠

天下不求道於有，而求道于無。求道於無，而道始荒矣。求道于有，而道始存矣。求道者，非求其無也。求其無者，非求也。蓋道根諸心，心所自有，奚庸之他！故求道於有者，求諸心之謂也。自堯、舜、禹、湯之迹遠，文、武、周公之學荒，世之論道者不勝其說，而求道者不勝其塗；汶汶紛紛，孔氏之門辭而闢之，曰不足也，而爲之説曰忠恕，則足以近道。夫天下方苦于道之難求，其說宏遠恣肆，窮天極地，嘵嘵焉唯恐其言之不詳，萃其終身之力，白首有不得其源者，而孔氏之徒一言以蔽之，何其言之簡而功之徑也！

嗟乎！道固然也，非孔氏之徒爲之也。天下之患，在于不知道。知其物而後能取之，知其途而後能由之，知其的而後能射之；夫然後取之而獲，由之而至，射之而中也。不知其道而求之，何怪其言愈多，力愈勤，而愈不至也。嗟乎！亦取之心而已。謂道爲遠人，而心亦遠人乎？天命之謂性，率是性而爲道，心卽道也。舍心以言道，則爲荒遠，荒遠非道。舍道以言心，則爲形軀，形軀非心。道也者，無所不盡，而心者，道之舍也。故曰：天聰天明，照知四方。天精天粹，萬物作類。可以爲堯、舜、禹、湯、文、武，可以作禮樂，可以齊萬物，可以一天地日月四時鬼神，前之而莫測其所以始，後之而莫既其所以終，游乎無窮，而莫知其方，此心之所以爲心者也。

心以會道，而私或漓之；心以通道，而私或間之。心失其所以爲心，故道失其所以爲道。詩曰：「視爾不臧，我思不遠。」嗚呼！亦反之心而已矣。忠恕者，反諸其心，淳漓去間之道也。性者則無事乎此矣，一焉者可勉也。匹夫懷千金之璧，途而失之，烏得不從其途而求之也？物我之未融，形骸之未化，不能與天地萬物爲一體，融而化之，體烏有不一乎？故自聖人以下，未嘗不勉勉于茲也。爲人子者，以父之心爲心，則何患乎不孝？爲人臣者，以君之心爲心，則何患乎不忠？居乎前後左右者，而以前後左右之心爲心，則何患乎上下四方之不均？故忠恕非有所增益之也，求吾之心也。翳去而目明，垢去而鑑明，私去而心明，心明而道在是矣。故曰：「心之精神是謂聖。」故曰：「夫子之道，忠恕而已矣。」故曰：「神而明之，存乎其人。」神而明之，言此心也。愚智之障去，而聖賢可爲；中和之性流，而禮樂可作；形骸之窒通，而萬物可育；天人之界徹，而天地日月四時鬼神可一。孔氏之學，何其簡而易，徑而要也！

抑此所謂忠恕者，先儒以爲學者之忠恕耳。嘗試推之，程子之言曰：充拓之，則天地變化，草木蕃。天地萬物一也。宇宙會合，由忠恕之故；宇宙澆漓，由不忠恕之故。秦、漢以來，上下之分嚴，君臣之情塞，失均于貧富，奔命于征求，駢死于誅罰，匹夫匹婦，不獲自盡者多矣。長人者可無意于斯乎！

## 君子尊德性而道問學

道散于天下，而君子會諸心；而猶有待于外者，理一故也。夫心，無待于外者也；待于外，非心也。何者？勢有心迹之判，而理無內外之殊；道通天下之故，而心極宇宙之量。天下信心而疑耳目，其説是內而非外，自謂其心之大也，而不知心之大而拒于其外，則有所不包。天下狥耳目而遺心，其説則狥象而拘迹，自謂其用之妙也，而不知用之妙而沮于其內，則有所不達。合外以爲內，而後知心之大也；由內以爲外，而後知用之妙也。

子思子曰：「君子尊德性而道問學。」學者疑之，以爲德性所以爲內也，問學所以爲外也；事于外則苦于支離之弊，專于內則馳于玄妙之歸；大者窮極高虛而無所底止，小者役役焉汩沒以終身；外之于內，若是其相戾也；德性之與問學，若是其相悖也；尊德性之與道問學，若是其不相侔也。嗟乎！夫孰知子思之言，合內外而一其散于天下者而會諸其心乎？今夫人之所以爲人者，何爲者也？苟徒形骸而已耳，飲食動作而已耳，則與夫蜎飛蠕動者，奚以異也？而乃超然異于羣生，爲萬物之靈？而天下之尊，莫尊于人，則以其德性之尊而已。二五搆精，造化萬有，皆同于天，而會其精于人。人而會其精于心，至清而不滓也，至純而不瑕也，至貴而不敵也，至富而不倫也。得之而爲德，生之而爲性。德性之有，貫乎天地矣，冒乎羣生矣，紀乎萬用矣，磅礴乎無端無紀，而周流乎至靜至正矣。故謂之降衷，謂之明命，謂之受中，謂之立極，皆取尊名焉。尊于天而賤于人，與之者之重而受之者之輕，是橫恣戾于道，而委珪組以逐屠沽也。折枝之命，受之者不敢委；抱關之位，居之者不敢懈。而況吾受諸天而不偶然者，而褻天棄天而甘心焉，謂之何哉？故君子欲以盡其爲人者，其道在于尊德性；而其所以致其德性之尊者，其詳在于問學而已。

尊德性者，非以專于內而不兼乎外；而道問學者，非以徒騖乎外而忘其內也。德性不離于事物，則尊之者不離于問學矣。散于天下而一于心，尊吾心，則天下之理會；不出乎一心，而不外乎天下。道問學，則天下之理熟；萬者熟，而后一者純也。易曰：「惟深也，故能通天下之志；惟幾也，故能成天下之務。」書曰：「安汝止，惟幾惟康。」聖人以爲深于志，止于心，足以三矣，而必幾焉康焉。研審而不遺，思惟而不怠，誠以辨于務而深可達，審于幾康而止可安也。使百九十二之爻無用于揲，則所謂受命如響者果何物？而一日二日之幾，不兢兢焉，而堯、舜之道或幾乎息矣。故知者，德性之通也，通天地萬物與人焉。盡精微焉，知新焉，所以通之也。行者，德性之體也，而體天地萬物與人焉。道中庸焉，崇禮焉，所以體之也。雖其戒謹恐懼以立天下之大本者，固不待于物感事變之交。然而知崇禮卑，窮理踐實，要之亦不失吾高明廣大之體，以究其溫故敦厚之功而已矣。故曰：「智周萬物，而道濟天下。」周物而不過乎性之智，濟世而不外乎性之仁。天下之理，無出于德性之外，而道問學，所以盡尊德性之功。射藝之游，非拳捷之逞也；洒掃之末，固精義之學也；徐行之微，罔堯、舜之道也；經史之業，非亡羊之路也。本末源流，一以貫之矣。舜之命曰：「惟精惟一。」虺之誥曰：「制事制心。」孔之教曰：「博文約禮。」精以歸一，義以全禮，博以致約，千聖相傳之秘，其在茲乎！

吳文正以爲道問學之功有六，而尊德性之功一而已矣。斯言可謂發越無餘矣。由是而言，則知外德性以爲問學者，狥知化物；世之所謂博洽之學，雕蟲之技，傳經之家，若司馬遷、劉向、鄭玄、王弼之流也。外學問而爲尊德性者，馳空入幻，世之所謂頓悟之習，玄牝之學，明心之說，若關尹、老聃、瞿曇、鳩摩之屬也。

自漢以來，出彼入此，吾道不墮如髮。至關、洛數子者出，得子思之緒于殘篇，亦已燦然指世之迷途矣。然議者猶謂新安、金谿之異旨，德性問學之專門，徒泥鵞湖是非之辨，而不知相里勤、五侯各立門戶之非。嗚呼！德性吾所有也，學問我所事也，爲之而自知之矣。不知論此，而徒欲起大儒于九原，辨聚訟于兩家，乃所謂「道在邇而求諸遠」也。噫！

此首第一行，疑有脫誤。

## 六言六蔽

天下之理，盡于學矣。而天之所與者，不可恃也。何也？限于氣也。限于氣，則有所偏。猶其偏而不求至其中，則往往遂其性之所近。其偏者日以重，而其不能者終懵焉而莫之知，卒以自陷于偏詖邪遁之歸，而不適乎大中至正之矩。其美也，祇所以爲蔽也。天之所與，果可恃也哉？故夫求至于中者，莫如學也。

疏之則通，拭之則明，矯之則直，砥勵之則精密，培養之則成遂。夫物則亦有然也，而況于人乎？況于學乎？學也者，以明理也。理明則德全，德全則氣不能爲之限，夫是之謂能成其天。故氣質之用小，而學問之功大。糠粃眯目，則天地爲之易位。彼美質之爲尤物也，豈直糠粃之謂哉？今夫仁、智、信、直、勇、剛，是六者，世之所美也。夫人而能好之，則固可以謂之君子。而世之所指稱者，若是焉亦足矣。聖人曰：是六者皆有蔽，惟好學爲無蔽。非六者之足恃，而好學者之足恃也。夫豈以六者之不美哉？天以是理全畀于人，固不以人人殊也。是故有溫良慈愛之懿，有辨別剖析之明，有眞實無妄之誠，有順理無罔之心，有強毅果敢之氣。殘忍之不足以勝吾仁，眩瞀之不足以勝吾智，詐僞之不足以勝吾信，回互之不足以勝吾直，懦怯之不足以勝吾剛勇，其性則然也。然而氣之參錯不齊，而五行之分數有多寡，則恃〔四〕其偏重者而勝焉。偏而好，好而不學，則蔽。蔽于有餘，而不能以自裒；蔽于不足，而不能以自益。「仁者見之謂之仁，智者見之謂之智。」信者以執滯用，直者以攻訐用，剛勇者以強戾用。彼固以沾沾自喜，而不知去道也日遠矣。是以聖人不恃乎天，而求備于人；不恃乎天，所以去其蔽；求備于人，所以全其美。

皋陶言九德，皆以其氣質之性，而濟之變化進修之學；而夔之典樂，亦不外乎直溫寬栗之數語。晏嬰曰：「以水濟水，誰能食之？琴瑟之專壹，誰能聽之？」馬或奔踶而致千里，謂其能偃然以就吾之鞭策也。調習之不馴，泛駕之不止，則百里之不致。昔夫子之門，固皆天下之英也。參之魯，可以謂之確。柴之愚，可以謂之厚。師之辟，可以謂之文。由之喭，可以謂之直。而夫子則謂之魯焉而已矣，愚焉而已矣，辟且喭焉而已矣；略其所美，而稽其所蔽，美者不足恃，而其蔽者深可憂也。是以君子知天之所以畀吾者，恐恐焉若有所負也，汲汲焉不能自已也，退退焉不敢自謂已足也，我惟理之求而已。于是有探索考究之學，于是有沉潛默識之功，于是有省察克治之力，于是有去偏救弊之術，于是有深造極詣之方，于是有消融渾化之妙，過者以損，不及者以益，夫然後有以得其理而無所蔽。

愛人，仁也；而惡不肖亦仁也。不可罔，智也；而可欺亦智也。踐言，信也；而變通亦信也。無隱，直也；而委曲亦直也。無所不伸，無所不爲，剛勇也；而有所不伸，有所不爲，亦剛勇也。惟好學，故仁；惟仁，故智；而信直、剛勇皆舉之矣。若一元而司四氣之運，若中央而觀四方之至。有六者之用，而無六者之蔽。是六者性，而我無加焉；是六者質也，而矯克振勵之功爲不少矣。

大哉，學之道乎！夫子與子路蓋每每言之，而伉直自用，卒無改于冠鷄起舞之習。去就不明，汝汝以沒，悲夫！美之爲蔽，乃至于此。自昔聰明絶異者爲不少，而卒自叛于道，而爲天下之罪人者，其始皆由于質之美。蓋以其聰明絶異之資，而自信其不該不偏之見，以成其偏倚詭僻之行，則將何所不至！故曰：老子有見于屈，無見于伸。愼子有見于後，無見于先。宋子有見于少，無見于多。墨子有見于齊，無見于畸。莊子有見于天，無見于人。有所見而有所不見，此美之所以爲蔽也。由是言之：椎魯朴鈍，非學者之患也；聰明絶異，學者之深患也。

## 聖人之心公天下

聖人能順諸天下之理而已矣。天下之理不容于偏，故聖人之心，亦不容以有偏，夫惟不容以有偏，而後足以盡天下之理。大哉，聖人之心乎！人皆曰聖人之心有是非，吾則曰聖人之心無是非；人皆曰聖人之心有好惡，吾則曰聖人之心無好惡；人皆曰聖人之心有褒貶，吾則曰聖人之心無褒貶。因物而有是非，是非者，聖人之明；因明而有好惡，好惡者，聖人之情；因情而有褒貶，褒貶者，聖人之言。言生于情，情生于明，明固緣諸物而已。天下之物，固有可是非之理，固有可好惡之理，固有可褒貶之理。取而進之不加增，抑而退之不加損。稱之爲善而非譽，訾之爲惡而非毁。聖人順因其理，無所于是，無所于非，無所于好，無所于惡，無所于褒，無所于貶，遷移變化，進退伸縮，惟其所遇，不可端倪。曰是非、好惡、褒貶云者，吾姑以是觀聖人之心之著而已，非以爲聖人之心泥于是也。何者？順因諸理也。理故一，一故無所不公。而彼區區有爲之應迹，固其所謂塵垢、粃糠、糟粕、煨燼云者，而奚足以芥蔕于聖人之心也哉？

今夫理之散于天下，其是非曲直，可否輕重，隨物而在，無不分曉。其遇于情而偏之也，天下之物，于是而始不得其平；天下之心，至是而始不得其公。專而不咸，隘而不宏，藏匿而不化，膠固而不解，紛擾焉而不釋，日以其情與天下相角。執其先以應其後，舉乎彼以該乎此，攻其瑕而忘其堅，愛而不知其惡，憎而不知其美，強立而不返，終其身焉，其于愛憎取舍，若枘鑿焉不相易也。是何也？以情勝也。情勝，則有我而無物，其不能公天下之心固也　夫天下之物，以天下之理處之而已，而曷容有我于其間哉？故惟無我而後爲聖人，而後其心能公天下。

嗟乎！聖人之心猶天也。陽舒而陰慘，旦明而暮晦，生長肅殺，不一其職，風雨露雷，不一其施，而萬物之巨者細者，高者下者，栽者傾者，成遂者，夭閼者，變易者，流遷者，枯偃而憔悴者，壯盛而猥大者，仆而起者，息而消者，彼固以隨乎氣之所至。在萬物爲適當耳，造物者則何所私哉？是故聖人順因天下之理，不累于有我之情。天下之人，所謂聰明仁聖，德充而業完者，固未可以人人求也。而人又什百千萬之，不可以一律齊也。固有能于此而不能通于彼，失于早而圖之于末，百不可覩而一有可取，世之所謂小人者猶有所長，而賢者或難于十全也。故聖人亦以天下之情與天下而已矣。故曰：孔子大管仲之功，而小其器。聖人之心公天下也，夫獨管仲乎哉？管仲者，固其一事也。言天者無端也，指其昭昭之多。曰天之大若是而已矣。言聖人者無象也，指其稱管仲之事，曰聖人之公若是而已矣。故此一管仲也，世之汩溺者，孰不艷慕之？其德與學固可略也。至于鄙賤之甚者，則擯絕之不以入于耳，而奚功之足云？聖人曰：「管仲之器小哉！」又曰：「管仲，人也」。「如其仁！如其仁！」方其稱也，不知其貶也；方其貶也，不知其稱也。管仲之所爲若二人焉，聖人亦曰若二人焉。是非在仲也，好惡在仲也，褒貶在仲也，聖人不知也。

是故羽山之放，百揆之宅，鯀出禹入，不以爲疑。鹿臺之誅，三監之設，紂滅庚封，不以爲忌。故使鯀能自變，司空之職可復；紂能改創，孟津之師無舉。聖人固未嘗有怒也。朝而放諸野，夕而升諸朝。罪大者不以議其功，罪輕者不以蓋其善。順諸其理，而何有于我也？彼世之瞽者、刖者、宮者，莫不以爲棄人也。聖人曰：吾使汝爲樂，吾使汝爲閽，吾使汝爲守。嗚呼！聖人之心之公，固如是也。春秋之書，嚴于大一統，而王之出狩，不容于無貶。明于尊有爵，而諸侯或稱人。重于辨華夷〔五〕，而夷〔六〕狄或有稱子。書載二帝三王之文，而秦穆公何人者也？乃以廁之篇末！吾于是眞見聖人之心如天也。使夫人之有過者，不容以自阻；而小善者，亦有以自遂。見容于聖人者，不敢不勉；而得罪于聖人者，惴惴焉不敢自安。是又聖人之教之也。嗚呼！聖人之功大矣。

## 史稱安隗素行何如

將以圖天下之變，而所以自治者不可不嚴也。夫士君子以其身任天下之事，而適當其潰敗决裂之際，而天下之事之變，不可以急返而力拯之也。天下之小人，方乘時肆志，逞其所欲，而其氣之薰灼熾豔，凌轢震盪，勃焉有不可遏之勢。而君子者，以其弱植之身，惴惴焉而日與之角。以吾之衰，敵彼之强；以吾之寡，敵彼之衆；以吾之明白疎濶，洞然無防閑之設，立彼閃忽詭詐之中，機智陷穽之區。斯時也，勢不足恃也，恃吾之有道而已。夫道有時而不能勝勢，然而循理以須其未定之天，而或勝焉，或不勝焉，猶足以持之也。設使吾之所自立者，已自陷于頗僻，則小人之投間抵巇，其將何所不至哉？吾既無所恃，而吾之所恃又亡，而輕試于小人之鋒，卒之名隳業墮，而身與之俱斃焉。由是言之，小人得志于天下，非盡小人之罪也，君子亦與有責焉耳矣。

愚讀漢史，未嘗不嘆安、隗所處之眞善，而又以嘉范曄之知言也。夫不曰小人之不加害于君子，而特曰安、隗素行高，亦未有以害之。誠有以見君子得持勝之道也。嘗謂天下之所以稱爲君子小人者，非生而有是名也。蹈道而行之，謂之君子；背道而行之，謂之小人。所謂蹈道而行者，素行必嚴；嚴者，非爲小人而設也，以其君子之道固然也。背道而行者，則淫佚放縱，無所不爲矣。夫其淫逸放縱者，亦非爲害君子而設也，以其小人之道固然也。此淑慝之大分，自古邪正之所以相軋，而世道之所以升降者係此也。小人固挾其所以爲小人者以恣其惡，而君子者不知其所以爲君子而制之，則君子小人之分，吾亦無以定其極矣。而又安能取勝負于其間哉？是故君子所以成功者，勢也；所以定勢者，道也。勢有所待于外而不可必，道固吾之所挾以常伸者。易言陰陽之義備矣。消長進退，損益盈虛，每以時運爲之變化，而辭亦因之屢遷，而至其所謂道者，則無往而不著其然。以明君子之所行者，有常而不易，至一而無二，立乎是非利害之途，而獨守其貞，不以消而亡，不以長而存，不以進而滿，不以退而缺，不以損而隕，不以益而茁，不以盈而耀，不以虛而約，一之于天而已。天者，君子所以定其極也。而物何與焉？小人何與焉？小人之能害與不能害何與焉？

天道當揫斂肅殺之候，其所以爲生生者，宜剝盡而不存矣。而完聚凝固，不至于陰之盛而喪其所以生生者，故卒之太和回斡，勃焉盎焉，變而爲朱明長贏之氣。君子當小人之時，亦唯無喪其所以爲君子者而已矣；無喪其所以爲君子者，亦唯無喪其素行而已矣。素行嚴，則守不放；守不放，則節無毀；節無毀，則道常伸。如兩敵對壘，雖未得殄滅之會，而所以禦其游兵，防其鈔掠者，不可一息而弛也。不然，則移晷瞬目之間，而彼已伺其便而乘其隙矣。故曰：不恃敵之可勝，而恃吾有以勝之。勝之者，非求勝于彼也。勝于所以爲我者而已矣。怒眥裂目，非君子之勇也；擐甲厲兵，非王者之師也；冠帶佩劍而高談仁義，是所以化強暴之術。

東漢之世，外戚宦豎之禍，纏綿糾結而不可解。一時賢人君子，相與勞心焦思，感慨發憤，正色于巖廊，清議于田野，求其有以少紓一旦之禍，適足以磨虎之牙，更相枕籍駢首而死者，不可勝計。然而考其素行，非其過于忤物，則其失于防閑者也。陳、竇一代之英，以身排難，而至于貪天之功，親戚子弟，帶紱裂土，布在有位，内不足以遠權勢，外不足以孚人心；張奐，北州之豪士，猶不能使之相信，而爲羣閹所賣，吁，亦可悲矣！名爲天下之君子，而以其不純乎君子者，而與羣小較力，是所以齎寇兵而助之攻也。是以君子有危言之時，而無毀行之日，所以持天下邪正相軋之機，而直以道勝之耳。故曰：春秋之義，以貴治賤，以賢治不肖，不以亂治亂也。召陵之師，不足以折水濱之對；文王之道，不足以救於泓之敗。而楚圍之討，不能不反慶封之辭。自漢以來，任人國家，如向、猛之制于恭、顯，訓、注之因于仇、王，二李之遞爲出入，五王之自相魚肉，欲以去小人，而失于持勝者多矣。君子所以重有取于安、隗也。

雖然，二子亦自守焉而已耳，蓋無益于天下之變也。豈非其節有餘而權不足，回斡大運、撥亂反正之才有所短耶？抑光武奪三公之權，崇階美號，徒擁虛器，政權一無所關，二子亦無能爲力矣。吾獨惜夫撫天下之權，而行不足以自守，才不足以經世，而反以激天下之變。此吾所以歎息于二公也。

## 孟子敍道統而不及周公顏子

古之聖賢，有遺言而無遺意。得聖賢之意，則可以知聖賢之言；知聖賢之言，則可以明道統之說。夫其有詳有略也，而非有去取也；有先有後也，而非有牴牾也。論其人焉，論其世焉，合其異焉，會其同焉，此所謂意也。苟狥其辭，執其一，以求其紛紜異同之論，則聖賢之言將有所不達。故以言觀言，則有遺言；以意觀言，則無遺意。雖然，亦謂之無遺言可也。愚于是知周公、顏子無異道，而孔子、孟子無異説矣。

今夫斯道之流行，其用在天下，其傳在聖賢。由堯、舜以至于孟軻，中更數千載，可指而數者，如斯而已矣。疑有闕文。則已若比肩矣。其不與者，聖賢不得而與也；其與焉者，聖賢不得而廢也。堯不得以與丹朱，而瞽瞍不得奪諸舜者，蓋謂此也。聖賢之論，至孔子而定。繼孔子者，孟子也。孔、孟，親有之而親見之者也。後之學者，當據之以爲定，而豈可因之以爲疑哉？

當文王之時，周公以元聖而受緝熙之傳，制禮作樂，有身致太平之功；達而在上，使聖人之道大行于天下者，周公其人也。是以東周之夢，爲之惓惓，而易、詩、書、春秋、禮、樂之删述，蓋自以爲得繼于周公，而忻慕之者亦至矣。夫何孟子獨得而不與之？當孔子之時，顔子以大賢之才而承博約之訓，墮體黜聰，示不違如愚之教；窮而在下，使聖賢之道大明于天下者，顔子其人也。是以孔子喪予之嘆，痛惜尤深，而殆庶之稱，蓋眞以其得聞乎斯道，而許與之者亦深矣！夫何孟子獨得而輕廢之？嗚呼！此孟子所以爲與之者也。太公望、散宜生可以爲見知，則周公不居其下矣。孟子以此自任，則顔子不在其後矣。純佑作德而修和之所由賴，敬怠義欲而戒書之所由作，呂、散謂之見知，非過也。然而虎踞鷹揚，視夫欣欣休休之氣象何如也？其不敍周公者，夫亦以文王言之，則周公之所師，卽敬止之家學，其視文王若一人焉。父子一道，擧乎此，可以該乎彼矣。易作于羲、文、周、孔，而班固曰「易更三聖」；至于談之與遷，同稱太史；彪之與固，同號班書：蓋昔人之恒辭也。苟執其辭焉，則武王何以不舉乎？他日稱三王而繼之以思兼，孟子之意可知也。性善時中之論，義利王伯之辨，孟子之自任以道，非僭也。然而泰山巖巖，視夫和風慶雲之氣象何如也？其不敍顏子者，夫亦以在我者言之，則孟子之私淑，蓋自附于及門，其視顏子猶儕輩焉。彼此一道，方自論，則不暇于及人矣。

周有亂臣十人，而君奭曰「惟茲四人」。至于序大孝則稱曾子，論好學則獨予顏淵，蓋昔人之專辭也。苟執其辭焉，則曾子、子思又何以不舉乎？他日論禹、稷而歸之于同道，孟子之意可知也。雖然，周公無敵矣，論顏子者，往往有異說焉。則以其年之不永，遺言之不見，造詣之未極也。殊不知夔、益、稷、皐，初無文字，而禹、湯、文、武，分量亦有不同者。先儒謂顏子發聖人之蘊，而優于湯、武，此定論也。事有當于吾心，則自吾可以起千古之議論，而況古人之已發者哉？世之人惟不敢以顏子自處，故不敢以聖人處顏子云耳。

厥後宋儒周子，默契道統，得不傳之正，而世猶以中庸序、明道墓表不及爲疑，意亦類此。大抵古人之言多濶略，而後世之辭多謹嚴；以此之心，求彼之說，其相戾者固多，而論說之紛紜，亦無怪也。嗚呼！道統之傳，自孟子之後，得宋儒而愈白；自宋儒之沒，而愈晦矣。章縫之士，耳剽目采，孰不曰周、孔，孰不曰顏、孟，言之日似，行之日遠。斯道之眞，亡滅壞爛，幾于不振，此則有志者之所深恥也；主張斯文者，所以爲深憂也。

## 乞醯 十歲作

天下之理，自然而已，無容于矯。何者？理無矯也，無容于有待矣。有所謂乞者，斯矯矣，有待矣。夫我所無而求人，謂之乞。求人而望其與，謂之乞。理者，天下之人所有，天下之人所不相及者也。當取當與，各全其天，而何乞之云？彼醯可乞也，直可乞乎？直者，天地生人之至理也。奈之何以微生之直，亂天地生人之直乎？彼天地生人之直何如也？在父則慈，在子則孝，在臣則忠，在弟則敬，在交友則信。蓋天下之直，而非吾之直，吾之直而非人之直也。是者是之，非者非之，有者有之，無者無之，如斯而已，何有于我？苟有我焉，則物本非而是之，是我是而非物是也；物本無而有之，是我有而非物有也。既有我于其間，而必因物以成乎我，使必得是物，而後我之理始得焉。嗚呼！理之云乎，若是其勞矣乎？彼勞也，非直也。高之意則以爲苟可以得直，雖勞無辭也。方其人之乞醯，高果有也，可以爲惠；不幸而無，高之心已恨不能以及人，于是而乞諸其鄰。不與之以無，而與之以有，使彼受者曰：高可謂天下之直矣，無且如此，况于有耶？小且如此，况于大耶？是一事之微，可以納交也，可以爲惠也，可以使人稱我也。高爲是矯險之事，而不知天下無矯險之直，因是事而爲是直，亦愚矣。

彼意夫直之猶醯也，醯尙可以乞人爲己有，直亦可以假物爲己名也。獨不因其自然而思之，彼醯固有也，非我之醯也，鄰之醯也。彼乞我，而非乞鄰也。我與人，而非鄰與人也。我以其我，鄰以其鄰，惡用是假借哉？猶幸魯人所求者醯也；假使求于高曰：汝與我千駟萬鍾。高何以待之？又有求于高者曰：汝與吾以天下。又何以待之？高將曰有耶無耶，亦將乞諸其鄰耶？吁，至是而高之直窮矣。

故天下之理，求之于我恆不窮，求之于物恆有盡。順之以天恆有餘，矯之以人恆不足。蓋理在我而不在物，理有天而無人也。是以奪人之物則爲盜，取人之有則爲襲，假無而有則爲僞。盜乎，襲乎，僞乎？高之謂也。從高之道，則天下之爲善者亦艱矣。夫與人必待于物，則一介不與，伊其吝矣。推之至于待富而孝，則簞食瓢飲，顏其餒矣。待功而後爲忠，則身死功隳，孔明其窮矣。夫其必物也，必富也，必功也，則伊必至于取人之有，顏必至于奪人之財，孔明必生而不死，而後可也。信如是，是使天下父不得而慈，子不得而孝，臣不得而忠，弟不得而敬，交友不得而信，事事乞于人，物物乞于人，有如醯者，乃克有濟，則何時得盡吾人道哉？是其人道輕而醯重也。未乞醯之時，本無直也；旣乞醯之後，而始有直也。鄰無醯，則我無直矣。則直之于醯有得矣。由是以爲奇爲高，則竊父之逃，不如證攘之直，歷山之耕，不如割股之孝，首陽之餓，不如於陵之廉，而天地生人之直，果不如微生之直矣。誰謂直者如此哉！

彼之求直在于此，而吾謂之不直亦在于此。不知彼之爲是勞者，欲直耶，欲不直耶？雖然，高猶幸也。世方謂高爲直而奔慕之，夫子獨曰：「孰謂微生高直？」使矯飾止于高，而天下必直，天下必不爲矯飾，亦無有曰：其如此者，是高之流禍也。嗚呼！高于是不與楊、墨同爲害矣。此謂高幸而遇夫子。

## 聖人之心無窮 嘉靖庚戌會試

聖人之所以治天下者，心也。而天下之不能盡歸于聖人之治者，勢也。聖人之治天下，不能不因于天下之勢。勢之所不能，則吾治病矣，而聖人之心，于是乎窮。夫以聖人之心，運天下之治，而吾心果爲勢之所窮，囂囂然自得曰：吾治如是足矣。聖人果如是耶？蓋有時而窮者，勢也；不可得而窮者，心也。勢不能勝乎心，而心不窮于勢。謂聖人之世無不得所之民者，非聖人之心也；以有窮之心量聖人者也。謂聖人之世有不得所之民者，此聖人之心也。聖人之心所以無窮者也。書曰：「惟天生民有欲，無主乃亂。惟天生聰明時乂。」又曰：「亶聰明，作元后。元后作民父母。」又曰：「天子作民父母，爲天下王。」蓋聖人以其身爲億兆生民之主，自謂天之所以命我，而天下之人皆寄命于我，其無所辭于天下如此，則其以天下爲心，誠有不得已者矣。而憂天下之心，如之何而能釋也？

雖然，天下之不治，吾憂之。天下已治矣，而聖人之憂終不能一日而釋，則非有所深憂過計，而亦天下之勢有不得不然者。聖人果不能必其無一民一物之不得其所也，則天下已治矣，聖人之心，何嘗一日自以爲天下之治。惟其未嘗見天下之治，而其憂愈無窮者，此聖人之心也。且其始，天下之民不得其所者多矣。聖人爲之焦思于廊廟之上，殫其心慮，竭其耳目，修其法制，陳其軌則，導其善利，而除其菑害，其所以仁之者，固已勤矣，亦期于使天下無一物不得其所而已矣。然四海之廣，兆民之衆，風氣之異，嗜好之不同，剛柔善惡之殊性，其勢有不能盡一者，聖人亦且奈之何哉？爲人父母者，爲其赤子，慮其飢餓而乳哺之，或不能盡得其所欲。況周天下之人，而欲人人而衣之，食之，而教之，求其無一人之不食不衣，而不至于敗度而斁倫者，聖人果可以自必耶？故不可必者，天下之勢也；不容已者，聖人之心也。以其所不容已，而思其不可必，則聖人之心何時而窮也？

堯、舜、禹、湯、文、武之際，何其盛也！協和萬邦矣，而驩兜、共工之屬，猶在明良之列也。率舞百獸矣，而有苗、宗膾、胥敖之屬，則猶鰲干羽之化也。敷于四海矣，而下車而泣之四，猶迷象刑之治也。十一征無敵矣，而舍我穡事之徒，猶勤畏帝之誥也。順帝之則矣，猶迄崇墉之師也。垂拱而天下治矣，而大誥、康誥、酒誥之訓，保釐之命，淮夷三監之征，再世未已也。是以聖人相與咨嗟于一堂之上，一則曰「疇咨」，二則曰「疇咨」，曰「思日孜孜」，曰「予畏上帝」，曰「自朝至于日中昃，不遑暇食」，曰「不敢康，夙夜基命宥密」，可以見聖人之心矣。

蓋政也者，聖人所以致天下之治者也；心也者，聖人所以運天下之政者也。靜處于大庭之中，而周流于寰海之外；端拱于深宮之中，而昭徹于宇宙之表；培養于瞬息之頃，而繼續于千萬世之遠。丘甸、井牧、里居以安其生矣，而勞民勸相之未已也；訾宗、廪米、詩書、絃誦以時其教矣，而格懲庸威之未已也；六典、八法、八則、九貢、九賦、九式與夫祭祀、喪紀、師田、行役，下至登魚、取龜、擉鱉、繪畫、刮摩之屬，以盡其制矣，而維清緝熙之未已也。其無所不及，無所不達者，政也；不能無所不及，無所不達者，勢也；憂其勢，盡其政者，心也。苟心自以爲無不及，則有所不及矣；以爲無不達，則有所不達矣。心有一息之間，政必有所不盡，而天下之治荒矣。

或者曰：「聖人之治天下，必無一人之不得其所，而其所以如此者，特其不自滿足之心耳。」嗟乎！此不惟不知天下之勢，而亦不達聖人之心者也。使天下果無一人之不得其所，聖人亦何爲是無窮之憂也哉？天地之大也，猶有所憾；而聖人亦有所不能。聖人惟深知其如此，故一日二日〔七〕萬幾，惟幾惟康，與天同其不息也。大抵聖人之心，與天同運。天之道，氣以噓之，萬物以生。窮于午矣，而未嘗已也，而陰已生矣。氣以吸之，萬物以成。

窮于子矣，而未嘗已也，而陽已生矣。故天道運而不窮，以生萬物；聖心運而不息，以生萬民。然天亦烏能使萬物之皆得其所哉？殰者、殈者、夭閼者、枯槁者，大造之內，何所不有，此亦勢也。惟夫不以其勢之所窮，而使吾心之有窮，此所以爲聖人之心也。

## 王天下有三重　嘉靖癸丑會試

天下之法，非聖人不能制也。聖人所以能制天下之法者，謂其能盡夫法之理也。法之制出于聖人之心，而法之理在天下。蓋其理如是，而吾之爲法者不得不如是，而後知夫法者，道之所不能已也。聖人以道重天下，故不得不重夫法也。道在，則法治；道不在，則法亡；有法，則道行；無法，則道廢。故聖人之于天下，非能強率之以就吾法；而所謂法者，又未嘗以吾之意爲之，有見夫天下之理有固然者，從而條理區畫于其間，而盡其精微之至者也。則夫聖人之法，豈曰區區于後世繁文靡飾、過制曲防、苟簡濶略，而不由夫道者乎？故王者之法，卽道也。

後之人徒見夫繁文靡飾、過制曲防、苟簡疎略之爲法也，因以疑王者亦何重于此！而不知王者之法，非後世之所謂法也。惟天生民有欲，無主乃亂，天生聰明時乂，天祐下民，作之君，作之師，惟曰其助上帝，寵之四方，蓋王者之責，其重如此。其所以上承天命之重，下思四海生民之衆，求其所以順天之理，遂民之生，有一日不能自寧者矣。

夫天之生是人也，其相與羣然而生也。生之所存者，性也；性之所稟者，命也。發乎其心，著乎其動作，而施于相與羣然之際，而道之大用，無所不著。惟夫由之而不能自知，知之而不能盡，于是乎血氣心知勝，而道幾乎晦。聖人受天下之重，思以生之治之教之，而法之設，于是乎不容已。故法者，凡所以觀天下之所爲而制之而已矣。觀天下之所爲而制之者，出乎道而已矣。是故道形于事，不可以無禮，于是乎禮重；道形于禮，不可以無度，于是乎度重；道形于禮度，無書文字，性靈不通，于是乎文重：是三者，天地之所生也，生人之所立也，萬物之所紀也。一不重，則道斁；二不重，則道悖；三不重，則道弊。蓋自上古之時，其民吁吁怡怡，莫不愛其所以生我者，尊其所以長我者，樂其所以與我者，是其禮然也。有老者則處其安焉，有尊者則處其多焉，是其度然也。人之所存，發于其聲，聲之所出，而音韻自成，是又其文然也。此皆夫人所能也。然非王者，不能知天下之自然者而爲之法。王者有法以行其道，俾天下自行其禮，自遵其度，自識其文，而後知王者之制所以通萬世而無弊者，皆其道之所不能自已者也。使王者恃其崇高之勢，徒以其勢力法制，謂天下可以就我之範圍，而率己之意以爲之，則亦何取于王者之法！是故朝覲以明君臣之義，聘問以使諸侯相敬，喪祭以明臣子之恩，鄉飲酒以明長幼之序，婚姻以明男女之別，天下不可一日無禮也。雕鏤文章，黼黻袞帶，鼎俎豕腊，宗廟居節，衣服宮室，天下不可一日無度也。明其約契，正其會要，定其時日，通其言語，達其情志，天下不可一日無文也。

故卑而不可不因者，民也；賤而不可不任者，物也；匿而不可不爲者，事也；麤而不可不陳者，法也。聖人通于天下之情而知其理，達于萬物之變而知其時，精之至也。故度長短者，不失毫釐；量多少者，不失圭撮；權輕重者，不失累黍；吾心之禮，與天下之禮一也，而禮出焉。故自子事父母，朝諸侯于明堂，至于冠婚、喪祭、燕射、士相見之禮，可得而議也，所以周旋裼襲，升降俯仰者，聖人能議之而不能爲之也。吾心之度，與天下之度一也，而度出焉。故自天子七廟，諸侯五、大夫三、士二，至于龍袞黼黻、玄衣纁裳、冕朱綠藻、十有二旒之度，可得而制也；所以多寡輕重、隆殺大小者，聖人能制之而不能爲之也。吾心之文，與天下之文一也，而文出焉。故自天府之所藏，象魏之所懸，與夫達之四方同書文字，可得而考也；所以橫斜曲直、平正倒仄、開發呼斂、清濁高下者，聖人能考之而不能爲之也。故曰：聖法道，道法天。君子之道，所以考三王而不謬，建天地而不悖，質鬼神而無疑，俟後聖而不惑者，此也。

不然，以相接則不得其體，亦緹縵之禮而已，何重于王者之禮？以相臨則不得其分，亦凌悖之度而已，何重于王者之度？以相諭則不得其志，亦寄象鞮譯之音而已，何重于王者之文。故曰：王者制事立法，一稟于律，繼天順地，序氣成物，統八卦，調八風，理八政，正八節，諧八音，舞八佾，監八方，被八荒，以終天地之功。所謂律者，卽天下之理也。其理本然，如以規應圓，以矩應方，而莫之易也。是王者之律也。故曰：大禮必易，大樂必簡〔八〕。以天產作陰德，以中禮防之；以地產作陽德，以和樂防之。以禮樂合天地之化，百物之產，以事鬼神，以諧萬民，以致百物。豈非作者之聖歟？

或曰：王者之制如此，宜萬世不可易。而何孔子論禮則曰：「夏禮吾能言之，杞不足徵也；殷禮吾能言之，宋不足徵也。」「吾學周禮。」記禮者則謂「有虞氏之旂，夏后氏之綏，殷之太白，周之太赤」〔九〕，毋〔一〇〕追，夏后氏之冠，如周弁、殷冔、夏收，其不同如此。若夫書文，自河流天苞，洛出地符之後，世傳又有龍書、鳥書、龜書、魚書、蟲穗之書，自蒼頡至于史籀，又不知凡幾變也。豈以聖人之制，猶有所未盡耶？蓋天下之變無窮，而王者有隨時制作之義。孔子蓋曰：「所損益可知矣。」理之在天下可變耶？後世不達其意，妄取先王之法而盡廢之，自朝廷以至于閭閻，皆爲一切之政，無非衰世苟且之習，民之所以養生送死者，無一能盡其道。世之君子，又從而附會之，曰：「五帝不相襲禮，三王不相沿樂。」嗟夫！所謂禮樂，果何在也？吾獨怪夫文、武、周公之法，至秦而遂絕，而李斯、程邈謬妄之制，至于今更數千載而不能易也。

## 明君恭己而成功 嘉靖乙丑會試

天下之任，至不易也。明主獨能致天下之治者，亦惟得人以任之而已矣。以天下之大，而責于人主之一身，是故不可以一息而自暇自逸者，而明主獨能恭己以致之，是豈有他道哉？誠以天下之任之不易，而吾以一人之身而爲之，其明必有所不周，其勢必有所不給。將必舉天下之事，皆萃于吾身，是以吾身與天下日戰于擾擾之中，而聰明智慮，與之俱困。是知天下而欲以一人爲之，固無是理也。故明主致天下之治，非得人不可也。蓋以天下之事，與天下之賢者共之，是所以獨操其要，以御其機，而非苟樂于優游無爲也。以天下之賢者，任天下之事，使各竭其力，以周其務，而明主端委以責成焉，此固天下之勢也。

今夫有器于此，一人之力足以舉之矣，以其器輕也。其有重于此者，其舉之必數人焉。又有重于此者，其舉之必數百人焉。其器愈重，其舉之者愈衆。夫以衆人任之，故雖千鈞之重，可不勞而移也。大器非一人任也，使一人者自恃其力，而欲以專百人之任，其亦必無是理也。天下，大器也，非一人之爲也。世之人主，亦有恃一己之智力，而欲以攬天下之權，而天下之事，日以紛然。蓋自以其術足以持之，盡天下之人，無有出于我者，舉其人皆不可以任吾之事，必吾之身一一自爲之。蓋前世人主有其術出于此者，未有不至于亂也。故明主者，豈樂于暇逸者哉？夫亦深見夫治天下之道，未有以易于此者也。

人之耳能聽，而目能視，其視聽不出帷墻之外，有蔽之矣。任天下之耳，則聽無所不聞；任天下之目，則明無所不見。以天下之耳爲耳，以天下之目爲目，故四海之外，莫不照徹焉。夫一人之身，其分固有限矣。夫以天下付之人主，盡一世之人而制命焉，其聰明神智，必有以兼乎天下之人者，固宜其一身而爲之可也。所謂聰明神智者，亦以能用乎天下而已矣。所以用乎天下者，非苟自暇逸之謂也。蓋其聰明神智所以運乎天下者也。運吾聰明神智于天下，是以朝廷公卿，百司庶府，其命之必得其任，其任之必得其人。得其人以爲之，不必吾之侵其官，而天下之官，皆人主之爲也。謂其自暇逸，不可也。

當堯之時，天下之故多矣。洪水方割矣，民未粒食而阻飢矣，五品不遜矣，五刑未明矣，草木鳥獸未若矣，禮樂未興矣，共工、驩兜之徒，猶在朝也。而堯首命羲和「欽若昊天」而已。堯豈爲是迂緩不切之謀哉？誠以人主之所當爲者，獨有事天之責。使天道少有不順，而愆忒或見于上，吾心所以悚惕者，當無敢少寧者矣。是以舜遵行其道，而「在璇璣玉衡以齊七政」，以窺察天道，而觀其意之順與否也。若乃其時天下誠有未得其安者，而堯咨之，不過一二言而已。至于得舜，而其事已矣。舜從而任之九官十二牧，而天下之務，無不翕然悉舉。故孔子稱之曰：「大哉，堯之爲君。」又曰：「無爲而治者，其舜也與！恭己正南面而已矣。」嗚呼，此堯、舜所以恭己而成功者也。夫以堯、舜之聖，如此其至，堯、舜之治天下，如此其無爲，而當時急于得人而任之，蓋其所以無爲者也。吾以見聖人之心，有不自暇逸者矣，非宴然恭己而已也。堯之所以經天下之慮，在于得舜；舜之所以經天下之慮，在于任九官、十二牧。

吾于是知古之聖人無爲之道也。公卿大夫贊襄于上，百官有司奔走于下，人主垂衣搢笏，不動聲色，端居于九重之上。公卿大臣，日宣其謨也；百官有司，日靖其務也；六卿日率其屬，以倡九牧也。其徼至于鄉遂都鄙之吏，其遠至于荒徼之外，人主罔不致其人以爲之治焉。要之明主之所謂恭己者，其事一無所爲，而其神運而以天隨者，亦無時而無所不爲。如天之運，其神無不在也。神故不息，不息故無爲。故公卿大臣宣矣，明主之神，在公卿大臣也；百官有司靖矣，明主之神，在百官有司也；六卿倡九牧矣，明主之神，在六卿九牧也。神者無爲而無不爲也。人主之神一不至，天下之務息矣。故神無一日不運于天下。故天下之賢才任，而天下之庶務成。淵蜎蠖伏之中，深宮宥密之地，俯仰之間，而撫四海之外，豈其疲智慮于一人之耳目哉？故人主恭己無爲，所以養其神也；人主任天下之賢，所以成其功也。不能恭己，不能任天下之賢；不能養其神，不能成其功。故天子之車，大路越席，所以養其體也；側載臭茝，所以養其鼻也；前有錯衡，所以養其目也；和鸞之聲，步中采齊，行中肆夏，所以養其耳也；龍旂九旒，所以養其性也；寢兕持虎，鮫韅彌龍，所以養其威也。凡以天下之大以養之，不欲累之以天下之故，所以尊之也。其養之尊之，所以得以神運天下也。故曰：「大樂必易，大禮必簡。」易故不怨，簡故不爭，四海之內，莫不係統，故能帝也。雖然，人主亦何以得賢才以任之，其成功如此之逸哉？其養之必有其道，其求之必有其方，其任之必有其宜。養之不以其道，則才不成；求之不以其方，則才不至；任之不以其宜，則無以使之効其用。嗚呼！欲得天下之賢而任之，而又其難如此。然後知明主之所以成功者，非苟然也。

## 校記

〔一〕〔五〕〔六〕夷　原刻墨釘，依大全集校補。
〔二〕一人　尙書君陳作「一夫」。
〔三〕狄　原刻墨釘，依大全集校補。
〔四〕恃　原缺，依大全集校補。
〔七〕二日　原刻誤作「二幾」，依尙書及大全集校改。
〔八〕禮記樂記作「大樂必易，大禮必簡」。七三一頁同。此處「禮」、「樂」二字疑誤倒。
〔九〕太　禮記明堂位兩「太」字皆作「大」。
〔一〇〕毋　原刻誤作「母」，依儀禮士冠禮校改。

# 震川先生別集卷之二上

## 應制策

### 嘉靖庚子科鄉試對策五道

#### 第一問

夫闡揚帝王之烈者，必假於文以傳。文者，所以讚述往古，傳示來裔，著之不刊，垂之無極者也。蓋帝王爲可繼之道，而未必其後世之能繼；其所託以傳者，典册紀載而已。典册紀載而不文，則不足以傳。故曰：「言之無文，行之不遠。」由此言之，則帝王所以衍萬世無疆之休者，其創立在我，而其纂述而揚厲之者，在于後人。一代之文不具，則一代之道德經制，亦幾乎泯矣。故古之帝王所恃以爲不泯，而使其子孫世世有考焉者，託之于文也。

我國家列聖相承，代有作述，所以闡揚祖功宗德者，亦既備矣。如一統志、會典之作，皆在于前朝文盛之世，以昭混一之盛、經綸之迹者，執事以下詢末學，愚生槩乎未之知也。至于考制度，審憲章，博聞而强識之，又非所及也。夫金匱、石室之藏，蘭臺、祕閣之載，艸野賤人，無所得覩記。惟二書傳誦於天下已久，愚生可以端拜而論乎。

荀卿子曰：「欲觀聖王之迹，於其燦然者矣。」所謂燦然者，豈非聖人之制作布之天下，迪之後世者也？虞、夏、商、周之盛可考已。當時之所謂典章經制者，皆聖人之作，而又有聖人者以播揚之，故其言語文章，著于天下，大者事天饗帝，小者至于虧互蟲豸，靡不纖悉，王府則有以咸正無缺，豈非其盛歟？漢以後，其德固已不逮于古，而當時文章之盛，猶彷彿于三代。故太史公八書之撰，班固諸志之述，猶足以備一家之言。至于唐之六典，宋之會要，元之經世大典，則其文章氣勢，愈趨於下。而說者謂三代之後，惟唐制爲盡善，而六典建官之法，足以上追姬周，則其亦未可輕訾者。而比于典、謨，則有間矣。蓋虞、夏、商、周，有帝王之制，而又有帝王之文。漢之文可矣，而制不備；唐、宋則文與制均之未至也。若今一統志、會典之作，欲以比隆于典、謨，而豈可與漢、唐、宋例論哉？

然愚獨恨當時儒臣奉命，不能深明聖意，究述作之至，以勒一代之鉅典，而容有采緝補綴，疎略牴牾于其間。蓋一統志出于睿皇帝之命，而大學士李賢等爲之者也。會典出于敬皇帝之命，而大學士李東陽等爲之者也。是二者若以爲聖人之制，則何敢議？出于二臣之手，誠不能無疵者。蓋祖宗之功烈過漢、唐，亦宜有比隆三代之文，不宜猥瑣于末議，牽制于文詞。而賢等所載沿革、郡名、人物古蹟，往往剽摘書傳字句，詩人組繪之語，不足以稱王者之制。而職司事例，又多務簡省，一代之因革，漫不可考。夫以祖宗之土宇，自古所未有；而祖宗之制述，亦自古所未有。而漫以若此，則二臣之過也。

今天子中興，邁志憲古，已嘗勅所司重修會典，則一統志亦將以次而及之矣。開局秉筆，固皆一代之長材茂學，必有所見，以廣聖意者。愚猶以爲彰往緒，揚休烈，以紹諸無窮，當屬諸一代之宗工。而其體裁，宜依彷禹貢、周官之書，序山川必先其原委，于田土物貢，尤必著其詳。而民風土俗，則略用漢地里志及後世圖經之法。序官職必先其體統，于建廢沿革，悉皆存其故。至于臣下論建，亦如歷代書志、通考之類，兼存而並志之。又竊謂修書之臣，高帝之時多延天下有文學者，如梁寅、徐一夔之徒，皆以儒士在局。今拘于科目，一不可也。蘇洵修禮書，必欲明實錄以昭來世。今動有避諱，使人無從考實，二不可也。自古爲書者，多出一手。今局務既開，議論紛沓，分門著撰，文體不一，三不可也。古之文章，必先體制；今之文章，馳騁浸淫極矣，而不要于古雅體裁不明，義例不立，四不可也。明興以來百七十年，豈無遷、固之徒，以勒成一代之典哉？愚生狂僭及此，惟執事寬之。

## 第二問

王者既以其身致天下之治，尤必思所以繼其治，而詒以燕世之業。故天下之本，在于太子。太子之教，不可不豫也。三代尚矣，其遺法至今猶存。禹有典則，而啓敬承；湯有風愆，而太甲終允德；文、武有謨訓，而成、康代爲有周之令主。誠以天下之大，生民之衆，天命之隆替，祖宗之繼襲，咸有賴于一人。故曰：「一人元良，萬邦以貞。」太子之謂也。太子之教，萬世之所係也。

恭惟皇天光佑，我皇上篤生元子，正東宮之號；螽斯繁衍，廣藩輔之封。皇子賴天能勝衣，將出閣講讀。宗社休嘉，臣庶均慶。遠稽古典，近考制度，斟酌損益，以適萬世之中，以裨我皇上盛德至意者，不獨文學法從之臣有是心，而亦江湖之士之所同也。愚所望于今日者，固三代之事而已，漢、唐、宋其何足以云？今者六傅之設，賓客之制，崇文、崇賢府坊館局之建，官則備矣，而非古之三公三少之舊也。帝範之書，戒子之篇，元良之述，承華要略之制，教則詳矣，而非古之典則之詒也。

古法之存于今者，惟周制爲詳。其可考者，在二戴之記及所稱明堂青史氏之記。古者胎教，王后腹之七日，而就宴室。太史持銅，御戶左。太宰持升，御戶右。比及三月，王后所求聲音非禮樂，太師緼瑟而稱不習；所求滋味非正味，太宰倚升而言曰：不敢以待王太子。太子生，有士負之禮，有擇于諸母之禮，有知妃色就學之禮，有記過之史，有徹膳之宰，有誹謗之木，有敢諫之鼓。工誦箴，瞽誦詩，百工執藝事以諫。有三公三少：保，保其身體；

傅，傅之德義；師，道之教訓。故成王之生，仁者養之，孝者繦之，四賢傍之，而德成也。後世官非三代之官，而教非三代之教，始以爲之法者，既無周密詳悉之慮，而其爲言，又無躬行心得爲之本。而官僚竝建，辭旨諄復，徒一時之美觀耳。漢高祖、文帝之盛，所崇用者，叔孫生、晁錯之徒，卒使惠以懦怯廢事，景以任刻殘物。武帝開置博望苑，以通賓客，賓客多以異術進者，而太子後遭巫蠱之禍。唐太宗教其子者甚悉，而聚麀之耻，實以身誨之。宋時家法雖嚴，而其所以爲教，亦不切于身心性情之實。夫漢、唐、宋所爲天下計者，未嘗不甚詳，而根本之地，如此其曠略，此宜其立國僅僅至此。

我太祖高皇帝創業垂統，洪謨遠慮，莫非三代之法，而萬世之計。立國之初，庶務倥傯，首建大本堂，圖史充牣其中，招延四方名賢，爲太子講論經理，敷陳治道。又爲昭鑒錄，使知前代太子諸王之善可爲法，而惡可爲鑒。而成祖文皇帝又爲文華寶鑑，蓋爲學而不知先代之故，則不足以有所感發而懲創。成祖之書，一本太祖之意，雖一事之善惡，皆在所錄者。固以身爲天下之所係，善惡發于幾微，而治忽之端在于此，尤不可以不嚴也。

今日欲舉三代之典，繼祖宗之志，亦宜有可言者矣。愚敢條其所當急者：其一曰選宮僚。昔太祖不設專官，而以公卿兼領，以防後世離間之患。夫銜雖列于朝班，職則專于訓導，不宜徒取文學，而用道德可爲師表者。家丞庶子，皆宜選用吉士，以備其職。二曰愼與處。雖有宮官，而其所常與處者，則保姆、內侍、小黃門之屬。女子、小人，導以非心，尤宜防慮。擇其淳德謹厚者，而使之漸涵灌漬于德義而不知。三曰禮師傅。夫尊卑之分懸隔，則官屬不得盡其忠。昔懿文太子之於宋濂，仁宗、宣宗之于楊士奇，其相親禮，往復辨論如家人父子。蓋太子有子道臣道，不宜濶略相師友之禮，以成乖隔之患。其四曰明實學。世儒率謂天子之學，與韋布不同。文華進講，不過採摭經中數條，以備故事，夫豈所以深探聖奧？必先專一經，以次而及其餘。五曰辨儀等。蓋富貴之極，惟其所欲，故周官有王后、世子會不會之文，所以樽節，使之不過。今宜飲食衣服，悉有制度，又使太子諸王，禮秩必異，所以防微杜漸，固萬年之基。蓋天下之事，莫大于此者。執事幸採而聞之于上。

## 第三問

三代之樂，不傳於世。見於遺經，僅有可考者。君子追尋缺軼于千百載之下，因其辭以求其意，得其意而後足以會其辭。然必其有以深探古人之心，而會本末源流于一；而後可以斟酌古今，擬議制度，以爲復古之漸，而未易言也。

當天下無事之時，世之君子，輒言曰興禮樂。夫禮樂豈易興哉？自漢以至于今，數千百年，明君良臣，相與咨嗟太息，講求掇拾，卒無有復三代之舊者。而儒者又從而卑其說，以爲禮以養人爲本，少有過差，是過而養人也。蓋謂隨世可以制作，而不必盡合于三代。而不知三代之禮樂舍焉，則天下無所謂禮樂者。蓋三代之制，皆非一世之事，自其初累世相因以爲治，而馴至于大備。雖代有變革，而不過進退損益于其間。故異世而不可不襲者，禮也；其所不相襲者，禮之末也。殊時而不可不沿者，樂也；其所不相沿者，樂之末也。夫以三代之聖人，皆因于累世之故，故其樂易舉而可行。至于後世蕩然矣，又無聖人者以起之。而欲稽考于既廢之後，豈不難哉！

樂之所從來久矣。黄帝使伶倫斷大夏之竹兩節而吹之，以爲黄鍾之宫。制十二筩，以聽鳳鳴。比黄鍾之宫而生之，以爲律本。故後世皆宗黄帝之樂。周禮大司樂以樂舞教國子，舞雲門、大卷、大咸、大韶、大濩、大武之舞。分樂而序之，奏黄鍾、歌大吕、舞雲門，以祀天神；奏太簇、歌應鍾、舞咸池，以祀地祇；奏姑洗、歌南吕、舞大韶，以祀四望；奏蕤賓、歌函鍾、舞大夏，以祭山川；奏夷則、歌小吕、舞大濩，以享先妣；奏無射、歌夾鍾、舞大武，以享先祖。以九變而致天神、地示、人鬼。固九韶、六英、六列之遺也。黄帝之清角、英、招，其本聲固在于此。世人自莫能察，而徒知求太古之音于洞庭之野。而不知周家之盛，固已備六代之樂，而周官豈其僞書哉？

説者謂其所序「圜鍾爲宫，黄鍾爲角，太簇爲徵，姑洗爲羽」，此律之相吹者也。「函鍾爲宮，太簇爲角，姑洗爲徵，南呂爲羽」，此律之相生者也。「黄鍾爲宮，大呂爲角，太簇爲徵，應鍾爲羽」，此律之相合者也。樂之變數，皆用其宮之本數。黄鍾在子，子數九，故九變而終。夾鍾在卯，卯數六，故六變而畢。林鍾在未，未數八，故八變而止。其究以感天神地示人鬼焉者，非如昔人天社虛危類求之説也。至和之氣，寓諸器而託諸聲，感應自然之理，無所不通，分天地人者，所從言之異也。虞書、商頌，推之固有合焉者矣。文中子曰：「化至九變，王道其明乎？故樂至九變而淳氣洽矣。鳳凰何爲而藏乎？」蓋聖人之制，隨時不同，而非截然爲數代之樂。成周兼而用之，以六代之樂配十二調，每樂二調，以一陰一陽相對而爲之合。其感動神示，自有不容已者。故曰：天之與人，有以相通，如影之象形，響之應聲。爲善者，天報之以福；爲惡者，天降之以殃，其自然者也。他書所載，師文、師開之鼓琴，師涓之寫濮上元聲，其感薄陰陽，通於物類，要其理有不可誣者。

惜乎，周衰，王者不作，天地之氣不應，而淫過凶嫚之聲，競以相誇。浸淫于後世，先王之制，遂不可考。漢之制氏，「僅能得其鏗鏘鼓舞，而不能言其義。」其後河間獻王所得雅樂，天子但令太常以時存肄，不令奏郊廟。其郊廟及所奏御，皆俗樂淫聲。西漢一代文章之盛，名卿才士輩出，而卒莫有能興禮樂者。而亡國新聲，代變日增。自此以往，豈復可冀耶？前世號知樂者，如荀勗、阮咸、張文收、萬寶常、王朴諸人，卒亦未有以見之于用。而牛弘、何妥、鄭譯、李照、阮逸、范鎮、司馬光之徒，紛紛莫決。而士大夫之議，常與工師之說相悖，固有所謂訂正雖詳，而鏗鏘不協韻；辨析可聽，而考擊不成聲；倀倀焉如瞽無目，而以手模指索，狀物之形難矣。此無他，先王之制既廢，後之人雖欲罄心思而測度摹擬于千百載之上，不可得也。故樂者，漢以前有司掌之，無不知其義；漢以後儒者求之，而卒莫得其數。有傳與無傳之異，又無先王以制之也。

雖然，樂者千世一理而已矣，不以有傳而存，不以無傳而亡。其始在於人心；人心之動，物使之然也。情動于中而發于聲，聲成文，謂之音。比音而樂之，及干戚羽旄，謂之樂。千古之人心不亡，則千古之人皆可以制樂。而世之論樂者，不求夫樂之本，而區區于樂之數。夫其數可知也，其義難知也。知其義，而本末一以貫之矣。後之人不察，而殫精于壁羨尺度之間，較量于累黍多寡之際，致竅于鍾律洪殺之節，紛紜于五聲十二律變宮變徵之異。夫樂誠不可以舍器數，而沒于氣〔一〕數之中，則其力愈勞，而其數愈失。

盍亦反其本矣。太史公曰：「神使氣，氣就形，細若氣，微若聲，聖人因神而存之，雖妙必效。」莊周曰：「奏之以天，徵之以人，行之以禮義，建之以人情」〔二〕；「天機不張，而五官皆備，此之謂樂〔三〕，無言而心悅」者也。古者百姓太和，萬物咸若聲律身度。五音，天音也；八聲，天化也；七始，天統也；秋養耆老而冬食孤子，勃然招榮與大鹿之野。然則明君在上，休養生民，陶以太和，萬物之生各得，而天地之沴不作。然後吹律以生尺，命神瞽以寫中聲，以黄鍾爲聲氣之元，則太和薰蒸、八風順序、鳳儀獸舞之治，可復追矣。不然，雖使置局設官，招選天下知音之士，以研究律吕之精，無不符于先王。此爲瞽史之事，而非治天下之本也。

第四問

王者之興，必有一代之臣，以輔翼天下之治，而成弘濟之功。夫有是君而無是臣，則上常患于不得其下，而君之事無所寄；有是臣而無是君，則下常患于不遇其上，而下之才無所展。然天將以開一代之治，而啓其明良之會，既生是君，使之致摧陷廓清之功；則必生是臣，以致協謀參贊之力。蓋天下之勢，亂極而治，天之愛民之深，必不使之終于此也。故聖人之生，以安民也。而聖人之於天下，又非一手一足之烈也；必得是人足以辦吾事者，故賢臣之生，以佐聖也。自古大亂之世，未有無聖人而可以致治者，亦未有無賢臣而可以弘化者。如雲龍風虎，氣類自應，相須而成，相待而合，而烏知其所以然哉？

堯以前，如風后、力牧、常先、大鴻之徒，非經所見，不可得而論矣。虞書所載九官十二牧，班班可考者。三代而下，以革命而有天下：則有如成湯有一德之伊尹，而後有升陑之師；武王有鷹揚之太公，而後有牧野之會。至于畢、散、周、召之徒，皆以聖人之德，奔走後先，禦侮疏附，詩、書所稱，有大功以配享于先王，暨其子孫，藉其休以有國者數百年，蓋其盛不可及矣。

三代而下，漢高起布衣，誅秦蹙項，以有天下。而淮陰、絳、灌之徒，摧鋒陷陣，以致其百戰之功，而其時稱蕭何、韓信、張良，此三人者爲尤烈。光武承王莽之亂，奮迹南陽，恢復舊物，則有鄧禹、吳漢、賈復、寇恂、馬援、馮異、岑彭〔四〕、來歙之徒宣其力。唐太宗舉兵晉陽，平隋之亂，則有劉弘基、李勣、李靖、房玄齡、杜如晦之流致其勳。宋太祖受周之禪，去五代戰爭之患，致天下于太平，則有趙普、潘美、曹彬之輩殫其謀。天下不可以無君，故立之君；立之君，不可以無臣，故生之臣以佐之。有堯、舜、三代之君，則必有堯、舜、三代之臣；有漢、唐、宋之君，則必有漢、唐、宋之臣。天之愛民久矣，不如是，何以戡定禍亂，克成太平耶？

慨自胡〔五〕元入主中國，天下腥羶者垂百年。既而運窮數極，天閔斯人之亂，於是生我太祖高皇帝于淮甸，以淸中原之戎，拯天下之禍，而援生民之溺。數年之間，定金陵，平吳會，克荆、襄、閩、廣，胡虜〔六〕不戰而竄息于狼望之北。固宇宙以來所未有之勳，而聖人獨稟全智，功高萬古，神謨廟筭，有非他人所能贊其萬一者。而一時諸臣應運而生，皆起于淮甸之間，乘機遘會，以成不世之勳，有若高祖之豐沛，光武之南陽者，此豈人之所爲哉？蓋將以開我國家億萬年無疆之治，故聖祖龍興于上，而諸臣景附于下，乘風雲之會，依日月之光，而昭諸鼎彝，銘諸策府，有非一時之所能殫述者。其大勳光宣炳烺于天地之間，如中山武寧王以下六王者，其功尤烈。天下之人至今能道之。他如朱文正、李文忠咸以內外之親，而郭子興、郭英、吳良禎、廖永忠、永安之徒，則以父子兄弟，後先致力效死于其間。大抵數總大軍，以不殺爲威，而沉毅好謀，定大事于一言，武寧之功爲大。而開平之窮虜于漠北，黔寧之收功于滇南，此方面之功之最著者。其他或撫一城，或定一方，或專城而秉鉞，或分閫而受寄，或敵愾以怒寇，或殄滅以爲期，孰非體天地好生之德，勤皇祖安集之命，有功于方夏，而惠于元元者乎？國史之所紀載者，固莫得而覩。而往往見於儒臣銘章碑志之間，此愚生之所竊識其萬一者。因念百六七十年，父子兄弟長養太平之世，方內無兵革之禍，戎虜之警者，固我高皇帝天覆地載之功；諸臣匡持輔協之力，不可少也。

書曰：「丕顯文、武，克愼明德。昭升于上，敷聞于下。惟時上帝，集厥命于文王。亦惟先正，克左右昭事厥辟。越小大謀猷，罔不率從。」此之謂乎！今太廟既已配享，而功臣廟又有特祠，金書鐵券，山河帶礪之盟，于今不替。邇者皇上又興滅繼絕，開廟藏，覽舊記，以昭元功之侯籍，使開平、寧河、岐陽、誠意之賞，復延于世。我國家之酬諸臣者，可以無憾矣。顧承平日久，爲其子孫者，或驕溢于富貴，而不能體乃祖乃父之心，時陷法禁。從而棄之，又所不忍，而未免有「厚德掩息，遴柬布章」之譏。則高皇帝之大誥武臣，文皇帝之鐵榜訓戒，今日誠不可不申明而訓勑之也。書曰：「古我先王，暨乃祖乃父，胥及逸勤，予敢動用非罰。世選爾勞，予不掩爾善，予〔七〕大享于先王，爾祖其從與享之。作福作災，予不敢動用非德。」敬以爲今日獻。

第五問

古之爲天下者，養民之生；後之爲天下者，聽民之自生。夫聽民之自生可也，又從而取之；取之可也，而不求所以爲可繼之道，則我之取者無窮，而民之生日蹶。民蹶而我之取者將不我應，國計民生，兩困而俱傷，其何以善其後？是不可不深思而熟慮之也。

我國家建都北平，歲輸東南之粟以入京師者數百萬。舳艫相銜，接于江、淮。加以方物土貢，金帛錦繡，以供大官王服者，歲常不絕。其取于民不少矣。而比年以來，民生日瘁，國課日虧，水旱薦告，有司常患莫知所以爲計。然惟知取于民，而未知所以救菑捍患、與民莫大之利也。大抵西北之田，其水旱常聽于天；而東南之田，其水旱常制于人。蓋其地有三江、五湖之灌注，而東南又竝海，有隄防蓄泄，雖恒雨恒暘，而可以無虞。故昔之言水利者先焉。

禹貢：「三江既入，震澤底定。」震澤卽今太湖。周禮所謂具區、五湖，蓋地一而名異也。爾雅：「具區。」郭景純云：「吳、越之間有具區，周五百里，故曰五湖也。」其言五湖，猶江之言九江爾。春秋越與吳戰于五湖，豈太湖之外復有四哉？其所謂具區、洮隔、彭蠡、青艸、洞庭，及季氏圖彭蠡、洞庭、巢湖、太湖、鑑湖爲五湖者，非也。禹治揚州之水，西偏莫大于彭蠡，而東偏莫大于震澤。欲寧震澤之水，在於疏其下流。三江入于海，而後震澤無泛濫之虞。震澤固吐納衆水者也。西北有宣、歙、蕪湖、荆溪、宜興、溧陽、溧水數郡之水，西南有天目、富陽、分水、湖州、杭州諸山諸溪奔注之水，瀦聚于湖。而由震澤、吳江長橋，東入松江青龍江而入海。溧陽之上，古有五堰以節宣、歙、金陵、九陽江之水。宜興之下，有百瀆以疏荆溪所受之水。江陰而東，有運河泄水以入江。宜興而西，有夾苧、干興、塘口、大吳等瀆泄四水。此治其原委之法也。三江，東南泄水之尾閭也；三江之流不疾，則海潮逆上，日至淤塞，而下流不通。此吳淞江之疏導，不可不先，而凡太湖以下諸江之入于海者，皆不可以不加之意也。

昔宋單鍔嘗疏東南水利書，蘇文忠以爲有利于民，條其事于朝，而亦莫能行之者，大抵承平日久，人習于苟安，稍有建國家之計，必以爲迂遠動衆而不可用；故經國之慮，每至于格而不行。夫自漢以來，天下之用，不盡于東南。至唐、宋，而東南之民始出其力以給天下之用。然自吳、越竊據于此，乃能修水利以自給。外以奉事大國，而內不乏於朝府之用。是以其國不困，而民猶足以支。及天下全盛，江南不熟，則取于浙右；浙右不熟，則取于淮南。于是圩田河塘，因循隳廢，而坐失東南之大利，以至于今。夫錢氏以一方用之，惟其治之也專，故常足于用；今以天下用之，惟其治之也泛，故常不足于用。嗚呼！以天下之大而無賴于東南，則可以坐視而莫爲之所；以天下之大而專仰給于東南，其又何可不考其利病而熟圖之也？

先朝周文襄公、夏忠靖公治之常有成績矣。然百餘年來，已非其故。有司案行修舉故事，已漫然莫知其故迹之所存矣。至又委之國貧民困。夫國貧民困已矣，任其困而貧也，則將何時而已乎？夫亦延訪故老，徧考昔人之論，而求今日之所宜；又不必專泥于古之迹，而惟視夫水勢之所順。蓋古今天時地勢，陵谷丘淵，代有變移，必欲鑿空以尋故迹，吾恐力愈勞，費愈廣，而迄不可就，反爲苟安目前者之所嗤笑。禹之行水，行其所無事而已矣。五堰百瀆，可復則復之；白蜆、安亭、青龍江，可開則開之。或爲縱浦；或爲橫塘；或置沿海堽身，堽置斗門，使渠河之通海者，不湮于潮泥；堤塘之捍患者，不至于摧壞。而又督成水利之官，常時相視，禁富人豪家碾磑蘆葦茭荷陂塘，壅礙上流。而倣錢氏遺法，收圖回之利，養撩清之卒，更番迭役以浚之。而後利興而可久，害革而民不困。不然，如近者嘗浚白茆，曾幾何時，漸就湮塞，此可懲也。今夫富人有良田美莊，猶不使之荒蕪而加意焉，況東南以供天下之費乎？

抑是法也，非特可以行之東南也。齊、魯之地，非古之中原乎？數日不雨，禾俱槁死；黄茅白葦，一望千里。父子兄弟，束手坐視，相率而爲溝中之瘠。凡以溝渠之制廢也。謂宜少倣古匠人溝洫之法，募江南無田之民以業之。蓋于古吳則通三江、五湖；于齊則通菑、濟之間；滎陽下引河，東南爲洪溝，以通宋、鄭、陳、蔡、曹、衞，與濟、汝、淮、泗會；而朔方、兩河、河西、酒泉皆引河；關中，湋渠、靈軹引諸水；東海引鉅定；泰山下引汶水：皆穿渠溉田萬餘頃。豈獨三江、五湖之爲利哉？舉而行之，不但可興西北之利，而東南之運亦少省矣。天下之事，在乎其人。毋徒委之氣數，而以論事者爲迂也。此文，諸家選本皆顚倒舛訛不可讀。今從錢牧齋先生藏本。

## 隆慶元年浙江程策四道

按隆慶元年丁卯浙江鄉試時，太僕府君以長興令入外簾，此乃主考委代作者。

問：自昔帝王立極垂統，爲後世計，如禹有典則，湯有風愆，文、武有謨烈，其子孫能敬承之，故夏、商皆饗國長世，周過其曆至于八百年。漢、唐而下，蓋莫能比隆焉。我太祖高皇帝受天明命，誕受多方。在御日久，萬幾之暇，輒親著述。睿思玄覽，自身心以至於天下國家，無一事不有垂教。而祖訓一書，爲聖子神孫慮，尤諄悉矣。其大經大法，世世遵守，昭如日月，固不待贅述也。乃若徵言至論，爲今日聖天子之繹思者，可得而詳言之歟？我世宗肅皇帝憑几之言，告戒深切。皇上孝思罔極，遵承末命，改元一詔，風行雷動。乃至荒陬絶徼，含齒戴髮之民，靡不拭目以觀德化。伏讀詔旨，稱郊社等禮，各稽祖宗舊典，斟酌改正，有以仰窺聖天子法祖之盛心矣。詔條所列，固首奉皇考之教。中間與皇祖之訓相符契者，亦可述其槩歟！夫臣子爲君父陳烈祖之訓，蓋忠愛之至也。卽有大美而弗彰，何以仰答鴻庥于萬一乎？諸士子具悉以對。將爲爾聞于當宁。

帝王之御天下也，欲垂萬世之統者，必欲其謀慮之遠；欲保萬世之業者，必致其嗣守之勤。謀慮以垂統，仁之周也；嗣守以保業，敬之至也。是故德業光昭，而心源繼續；顯承丕大，而佑啓無疆。自古有天下者，其祖宗肇之于前，而子孫繼之於後，所以長世而不替者，用此道也。請因明問而陳之：

昔唐、虞之際，以天下相授受，而示之以精一執中之旨。彼其平時都俞吁咈，相告語于一堂之上者，無非此道。然猶咨命之諄諄者，誠以天下重器，不能不爲之長慮也。故以天下與人，而并以治之之道與之，斯知所以與天下矣；受人之天下，而并其治之之道受之，斯知所以受天下矣。不然，徒以天下相傳，則非堯之所以授舜，舜之所以授禹也。夫三聖人面相授受，而猶如此，況祖宗之天下，傳之子孫，而能不爲之長慮乎？誠念今日得之之難，而他日保之之尤難，故垂訓以爲子孫計者，不容不詳且切焉。是「故聖有謨訓，明徵定保」，禹惟有是訓也，而其子孫能敬承之；有夏之曆至四百年。「聖謨洋洋，嘉言孔彰」，湯惟有是訓也，而其子孫能克從之；有商之曆至六百年。文、武「宣重光，奠麗陳教」，故子孫嗣守大訓，無敢昏逾；有周之曆至八百年。蓋禹、湯、文、武爲其子孫慮天下者，如此其周；而啓、太甲、成、康，所以保天下者，如此其至也。

我太祖高皇帝受命自天，奄有函夏。聖武神文，天經地緯。削平僭亂，海宇乂寧。登天下之賢俊，相與修明政刑。暇則又親灑宸翰，睿思所及，動輯成書。如存心、省躬諸錄，以至孝慈、女戒、昭鑑，其大者，如三編大誥、資世通訓、洪範之註及又以意命羣臣纂修寶訓、律誥、職掌、集禮諸書，自古帝王著作之盛，未有如此之富也。若祖訓錄，特爲聖子神孫深遠之慮，尤詳且切矣。嘗自敍以爲「創業之初，備嘗艱苦，人之情僞，亦頗知之。自平武昌以來，豫定律令，頒而行之。至于開導後人，復爲祖訓一篇，立爲定法。大書揭于西廡，朝夕觀覽，以求至當。首尾六年，凡七謄稿而定。我子孫欽奉朕命，不負朕垂訓之意，天地祖宗，亦將孚佑于無窮矣。」于是頒賜諸王，且錄于謹身殿、乾清宮、東宮壁。因顧侍臣曰：「朕著祖訓錄，所以垂訓子孫。朕更歷世故，創業艱難，常慮子孫不知所守，故爲此書。日夜以思，具悉周至。抽繹六年，始克成編。後世子孫守之，則永保天祿。」大哉皇言！誠萬世聖子神孫，所宜欽承而敬守之者也。

是書之目，有曰聖訓首章，又有曰持守，曰嚴祭祀，曰謹出入，曰愼國政，曰禮儀，曰法律，曰內令，曰內官，曰職制，曰兵衞，曰營繕，曰供用。其篇袠簡要，而條貫靡遺；綱領宏大，而精微具悉。歷世保之，以爲大訓。至于朝廷之典章，百官有司之所行，有不待盡述者。請舉一二明言之。

有曰：「凡古帝王，以天下爲憂。守成之君，常存敬畏，以祖宗憂天下爲心，則宜永受天之眷顧。」夫聖祖起自布衣，同時僭王叛國，芟夷殆盡，海內曠然，尤且惴惴然懼天下之起而相軋也。況自古承平之久，無常靜之國。而南面之奉，可以娛耳目，悅心意者，交引于前，人主能時懷警懼，而淵涓蠖濩之中，此心卓然淸明，則宴安之欲不生，而慮周于天下，釁孽之萌無所作矣。今日之所當繹思者此也。

又謂：「憂常在心，則民安國固。」蓋惟望風雨以時，田禾豐稔，使民得遂其生。又謂：

「四方水旱，當驗國之所積，優免稅糧。歲雖無災，擇地瘦民貧，亦優免之。」夫聖祖雖在深宮之中，乃至祁寒暑雨，靡不關心。當時庶事草創，建都封邑，征伐四方，用度廣矣。而免租之詔，無歲不下。今天下宴然，而大司農往往告乏。歲一不登，議改折帶徵，有司且相顧以爲曠恩矣。使閭閻不被免租之惠，民何以聊生！聖主顧畏民嵒，思小民之依，簡劭農之官，廣蠲貸之澤，則海內之民樂生矣。今日之所當繹思者此也。

又謂：「帝王居安，常懷警備。動止必詳人事，審服用。仰觀天道，俯察地理，皆無災變，然後運用。」疑有闕文。夫聖祖躬擐甲胄，出入兵間。及爲天子，猶謹備之如此。人主必當儼神明之居，愼出入之際，端拱穆淸，正容謹儀。和鸞之節，淸道而行；開延英閣，以登魁磊耆艾之士，朝夕燕見，抽繹顧問，考古驗今，則聖德日脩，天眷日隆，亦不勞心于非意之防矣。今日之所當繹思者此也。

又謂：「平日持身之道，無優伶近狎之失，無酣歌夜飲之歡。正宮無自縱之權，妃嬪無窺恣之專。」又謂：「內府飲食常用之物，設局于內，職名旣定，要在遵守。」故當時日曆聖政記所稱，后妃居中，不預一髮之政；外戚亦循理畏法，無敢恃寵以病民。寺人之徒，惟給掃除之役。本朝家法，超絕前代如此。至今陰教修明，后宮順序，尤望體聖祖述周禮設局之義，修掖庭永巷之職，使戴金貂之飾者，有濟濟謹孚之美，無戲敖驕恣之過。左右勅正，則王爵天憲不至旁落矣。今日之所當繹思者此也。

又謂：「四方諸戎，得其地不足以供給；得其民，不足以使令。吾恐後世子孫，倚中國富強，無故興兵，致傷人命。但胡〔八〕戎與西北邊境，至相密邇，累世戰爭，必選將練兵，以謹備之。」今日禦西北之虜〔九〕，其上策在于不攻，其無策在於不善守。謹備邊塞，驅而出之中國，禦之之道，惟此而已。若欲開邊隙以快心于狼望之北，必無幸矣。聖祖嘗戒諸王遠出開平，謂：「守邊之要，未嘗不以先謀爲急，故朕于北鄙之虜〔一〇〕，尤加愼密。」今日之所當繹思者此也。

我世宗肅皇帝導揚末命，告戒深切。我皇上改元一詔，實奉皇考之教。明詔所謂「仰惟末命之昭垂，深望繼述之兼善」者也。夫郊社等禮，所以遵祖訓者，莫大于此。若夫言官加恤錄之恩，方士致左道之辟，宗室解甸人之繫，若盧施寬釋之仁，百司嚴黜陟之典，銓選破資格之條，冗員申裁省之令，郡縣別望緊之差，沒虜〔一一〕布招懷之惠，殪敵速上功之簿；至于重貪墨之罰，督勘覈之報，舉大臣之贈謚，加閒散之名服，聽監司之薦辟，所謂推類以盡義，通變以宜時，有難盡述者。

明詔又曰：「各地方官以武備爲不急，以玩寇爲苟安，將賊盜妖逆，隱蔽縱容，不早撲滅，往往釀成大患。」祖訓所謂憂天下者，明詔得之矣。又曰：「天下軍民，十分窮困，國用雖詘，豈忍照常徵派。」四方聞之，孰不感泣！田租逋負，改折蠲免，與夫大官之所增派，尙方之所趣辦，繕部之竹木，兵曹之子粒，多所停罷，則祖訓所謂憂民者，明詔得之矣。又曰：「內府各衙門供應錢糧，朕加意節省，自有餘。」又令戶工二部科道，稽查各監局庫段疋軍器香蠟等物，祖訓所謂內府設局，與周禮天官之義合者，明詔得之矣。若夫求賢納諫，不一而足。凡可以正士習，糾官邪，安民生，足國用等項長策，仍許諸人直言無隱。此即祖訓所謂防壅蔽而通下情也。然則與皇祖之訓，蓋無不相符契者。宜天下之人，如蹶而起，如聵而聞，含齒戴髮，靡不拭目以觀德化之成也。顧愚生猶惓惓于皇上之繹思者，實臣子忠愛之忱不容已耳。書曰：「我受天命，丕若有夏歷年，式勿替有殷歷年。欲王以小民受天永命。」愚竊以爲今日聖天子頌焉。

問：我祖宗列聖，世有實錄。表年紀事，撰述功德，以爲信史。邇者皇上深詔近臣，纂修世宗肅皇帝實錄，載筆之臣，必能仰體宸衷，勒成鉅典。然竊以先皇帝享國最久，年載曠悠，又無前代記註之書，編摩搜輯，成一家之言，若有未易然者矣。夫實錄之名，何所起歟？抑古之論史，每難其事。昔劉子玄與宰相言二史不注起居，而歐陽永叔論日曆之廢，蓋近代爲史之通患。而子玄又謂史有三長。至曾子固序南齊書，其論美矣。二子之言，後世多稱之，可得而備述歟？茲者先皇帝彙進史館，方當下之學官，諸士子皆得而與知者。宜以所聞著之于篇，其毋讓焉！

經綸世道者，立一時之功；纂述先猷者，垂百世之訓。大哉國史，所從來久矣。上古帝王，繼天立極，功德與天地同流，其不可傳者，與化而往矣；其可傳者，獨賴有史以存之。故巍然煥然之迹，亦與天地而同久。雖在千百世之下，而神明之號，天下之人皆得指而稱之，何者？其托于史者無窮也。夫垂徽名而記往號，昭邃古而示方來，史之所繫，其重如此。邇者明詔纂修我世宗肅皇帝實錄，通行海內，博採遺事。明問特舉以策諸生，敢不具述所聞以對：

夫左右史以記言動，自夏、殷以前已有之。周官大史、小史、內史、外史、御史，皆史官之職事。而諸侯各有國史。迄于戰國紛爭，秦滅典籍，而史官尙存。漢武帝以司馬氏爲太史。東京則班固爲蘭臺令史，劉珍等著述東觀，皆天下之選。故史記、兩漢書，冠絕後代。自後史館著作，莫不妙簡其人，雖其文辭不能方駕前古，亦各一時之美。而陳壽以下，悉倣漢書之體，往往類萃諸家別錄，而斷代以爲正史。正史之外，自唐武德間，房〔三〕玄齡、許敬宗、敬播等，相與立編年之體，而實錄之名自此始。太宗以下十五帝，每至易位，必纂實錄。惟獨宣、懿之後，以亂故缺。然及五季、宋、元，皆因之。而後之爲史者，以之爲依據。至我朝列聖相承，一如前代故事，每世必命纂修。固已敷宣景耀，崇闡大猷，金匱之藏，永世作典。祖宗之洪業，眞與天地永久矣。

我皇上嗣登寶位，甫當朝廟之日，即降綸音，特命纂修實錄，天下皆仰聖人孝思罔極，繼志述事之大也。洪惟我世宗肅皇帝以上聖之資，撫中興之運，上比列聖二祖五宗，饗國獨爲長久。嘉靖以來四十五年，振古之事，曠世之勳，特異疇昔。包括旁羅，錯綜銓次，在于今日，實爲重難。嘗考國初猶設起居注。而大明日曆、聖政記，則學士宋濂所撰。其序以爲幸得日侍燕閒，十有餘年，書之頗爲得實。使他日修實錄者，有所採掇，以傳信于來世。自起居之官不設，而史館論撰亦鮮，則今之修史，可以藉手者蓋寥寥矣。夫千金之裘，非一狐之腋也；臺榭之榱，非一木之枝也。史家所因，惟有博採。自司馬氏猶取左氏、國語、世本、戰國策；班書則世皆以爲司馬遷、王商、揚雄、歆、向之筆。自古以來，未有不哀聚衆家而成者。故唐宰相撰時政記，史官撰日曆。而宋則宰相主監修，學士主修撰，兩府撰時政，三館修起居注。此等之類，今並廢缺，而欲以責成于一旦，蓋因仍者之易爲力，而創造者之難爲功也。

我先皇帝大制作，大建置，固昭然揭諸日月，天下之人所共知之。若夫深宮祕庭，動靜起居，羣臣不能記也。聖性之淵懿，聖德之精微，如堯之安安，如舜之濬哲，羣臣不能測也。至于類取諸司供報，博採羣臣墓銘家狀，夫進退百官，剖決章奏，裁處萬幾，錢穀甲兵四夷之事，百官有司典籍雖在，視諸故府，似乎有徵，然曹分局别，歲殊月改，綴緝穿聯，欲無牴牾，固亦勞矣。而一時臣工人品之淑慝，心迹之疑似，殊功偉德非常之事，姦宄凶慝檮杌鬼蜮之形，墓誌家狀不足盡也。蓋古之爲史者，易於有所因；雖遷、固之才，不能無因而爲也。今之爲史者，難于無所述；雖有遷、固之才，無以自見矣。

當唐、宋之世，史官尚未放失。而劉子玄爲蕭至忠言五不可，其一謂漢郡國上計太史，以其副上丞相，後漢羣臣所撰，先集公府，乃上蘭臺，故史官載事爲廣；今史臣惟自詢采，二史不注起居，百家弗通行狀。若今之起居廢失，得無如劉子玄之所論乎？歐陽修以爲史官職廢，其所撰述簡略，百不存一，至于事關大體，沒而不書，加以時政、日曆、起居注，例皆積滯相因，故追修前事，歲月既遠，遺失莫存，聖人典法，遂成廢墜。若今之追修積滯，得無如歐陽修之所論者乎？

然則所貴良史裁酌體例，旁采異聞，考求眞是，發憤討論，使歸于一。古人有言：「所見異詞，所聞異詞，所傳聞異詞。」先朝之事，尚在所見，則已異于所聞與所傳聞遠矣。抑嘗讀武帝本紀、諸志、表、傳，皆史遷當時撰述。而班固、陳宗、尹敏、孟冀，共成光武本紀，後漢列傳、載記。當時紀志，蓋不廢也。自實錄〔三〕專行，則紀志殆廢。此尤史家之闕典。竊以爲實錄之外，宜用擬古遷、固之書，此不當待後世而定也。先皇帝大禮、郊祀、九廟、明堂、先聖祀典、籍田、親蠶、章服、禮儀、河渠、刑法，諸所興建，散入紀年，難以會通。當令首尾貫串，包絡彙萃，可倣司馬遷八書而爲之。宰相百官，報罷不常，可倣公卿志、表爲之。羣臣之善惡，四夷之叛服，則列傳、載記皆不可廢。此卽一代之史，非直俟數百年之後而爲也。徒恃實錄一書，所軼多矣。此方今史館之所當議者也。

愚又謂漢史成于班固，唐曆緝于吳兢、柳芳、崔龜，唐書成于吳兢、韋述、于休烈、令狐峘，宋國史凡三書，後洪邁復請合爲九朝，而續通鑑長編，成于李燾。本朝二百年，歷列聖而未有統會之史。此亦方今史館之所當議者也。

抑劉子玄又云：「史有三長，才、學、識。有學無才，如愚賈操金而不能殖貨；有才無學，如巧匠無楩楠斧斤，不能成室；善惡必書，使亂臣賊子知懼，此爲無可加者。」曾子固爲南齊書目錄序云：「古之所謂良史者，其明必足以周萬事之理，其道必足以適天下之用，其智必足以通難知之意，其文必足以發難顯之情，而後其任可得而稱也。」噫！能如子玄之論，得爲良史矣；若子固所稱，則又追遷、固而上之，蓋唐、虞、三代之史官也。茲者明詔採取遺事，諸生幸得躬逢其盛。惟時金馬、石渠之彥，宜有其人。愚生草茅下士，獨能誦習舊聞而已。述作大義，何敢僭及之！

問：古者國有大事，必合天下之議，所以集衆思也。王通氏著續書，嘗曰：「議，其盡天下之公平？夫黃帝有合宮之聽，堯有衢室之問，舜有總章之訪，皆議之謂也。」黃帝、堯、舜尚矣！三代以下，惟漢近古。請舉漢之議者，其或是或非，或罷或行，亦有可論者乎？夫匡衡、張譚郊社之說何據？貢禹、韋玄成祖廟之議何本？董仲舒、師丹之請建限田，何罷而不行？祝生、唐生之請罷鹽鐵，何議而不用？公孫卿、壺遂、司馬遷改朔之議何取？賈讓、關竝、韓牧、王橫治河之策孰得？先誅先零之謀，何以卒從趙充國？罷邊塞置吏卒之請，何以卒用侯應？此皆漢之大事，而有國家者之所當考。昔韓退之「非三代、兩漢之文不敢觀」，諸士子皆通經學古，以待有司之求，必有能及之者。請言之以觀所學。

欲盡天下之理者，必并天下之智；欲并天下之智者，必兼天下之謀。并智合謀，而天下之公盡矣；天下之公盡，而天下之理得矣。故古者國有大事，常令議臣集議，不專于一人，不狥于一說，惟其當而已。是故大臣之言必用，小臣之論必庸，衆思之集必繹，一夫之見必伸。故丘山積卑而爲高，江河合水而爲大，大人合併而爲公。此古之帝王所以用天下之議也。王通氏論帝制恢恢乎無所不容，天下之危，與天下安之；天下之失，與天下正之。千變萬化，而吾守中焉。故曰：「議，其盡天下之公乎？」漢制，大夫掌論議事。有疑未決，則合中朝之士雜議之。自兩府大臣，下至博士議郎，皆得盡其所見，而不嫌于以小臣與大臣抗衡，其道公矣。若明問所及，皆一時朝廷之大務。然非當時能詢採博議，盡天下所欲言，何以粲然著于簡策如此。請爲執事言其略：

古之帝王，郊祀天地，以冬日至，于地上之圜丘，以降天神。夏日至，于澤中之方丘，以出地祇。故祭天于南郊，就陽位也；祭地于北郊，卽陰之義也。漢之郊祀，多襲秦故。武帝巡祭天地諸神名山，金泥石記，淫誣甚矣。成帝初，匡衡、張譚始建南北郊之議。以甘泉、河東之祠，非神靈之所饗，宜就正陽太陰之處。于是始作長安南北郊，罷甘泉、汾陰祠。漢二百年間，郊祀不經。文帝賢主，猶拜灞、渭之會。相如文士，獨留封禪之書。匡衡能本周禮，正一代之大典，論者或恨其不能盡復三代郊祀明堂配天之文，然其所論建亦偉矣。

禮王者受命，爲太祖以下五廟，而迭毁。毁廟之主，藏之太祖之廟。五年而再殷祭，則毁廟未毁廟之主，合食于太祖。父爲昭，而子爲穆，孫又爲昭。王者禘其祖之所自出，而以祖配之。以其始受命而王，故尊以配天。而不爲立廟，親盡也。太祖以下五廟，則親盡迭毁，示有終也。漢之祖廟，至元始之際，大禮未備。貢禹始發之。韋玄成已議罷郡國廟，又本禮經所云，而建議如此。惟獨以高帝爲太祖之廟，而孝文以後，皆以承後屬盡宜毁。故許嘉、劉向更議以文、武皆爲宗。漢二百年間，祖廟無准。賈生通達，不著宣室之對；劉向博雅，附會家人之語。玄成能依古義，垂一代之大法，論者猶疑其五廟七廟廟數之殊，然其所考據亦正矣。

自秦用商君之法，開阡陌，除井田之制。漢初不爲限制。累世承平，豪富吏民，訾數鉅萬，而貧弱愈困。故董仲舒欲稍近古，限民名田，以塞兼并之路。師丹言古之聖王，莫不設井田，然後可致太平。今未可詳，請略爲限。武帝方事四夷，內興功利，宜未及此。而丁傅、董賢，隆貴用事，詔書雖下，亦寢不行。然至後魏孝文獨用李安世均田之法，則仲舒、師丹之說其果泥乎？後之有天下者，能知此意，則井田雖未可復，而均田之法亦可少倣也。

自齊用管子之術，正鹽筴，斂山澤之利。漢初以屬少府。武帝用東郭咸陽、孔僅筦其利，郡國多不便。昭帝始詔賢良文學之士，問民所疾苦、敎化之要。九江祝生等抗言，皆願罷鹽鐵酒榷均輸，毋與天下爭利，示以儉約。而桑弘羊獨以爲國家大業，所以制四夷〔四〕安邊足用之本，竟不果罷。自此迄于永平，尋罷尋復。然後魏宣武嘗釆甄琛弛禁之表，則賢良文學之議其果迂乎？後之有天下者，能知此意，則鹽筴雖未可廢，而取利之法亦不當甚密也。

漢自襲秦正朔，晦朔月見，弦望滿虧多非是。張蒼明習曆，而仍水德之謬；公孫臣建改朔，而信黃龍之誕；百年曆紀之廢甚矣。司馬遷、倪寬等，始謂帝王創業，改制不復用傳序，則今夏時也。三代之統，絕而不序。請定考天地四時之極，則順陰陽，以定大明之制，爲萬世則。于是招致方士唐都，分其天部，洛下閎運筭轉曆，然後日辰之度與夏正同。昔孔子論爲邦，言「行夏之時」，馬遷之議，實本于此。此古今治曆者之不能易也。

漢自武帝塞瓠子，其後河復數決，大爲東郡害。平當領河堤，奏賈讓之策；桓譚典羣議，集關竝、韓牧、王横之論。一代治河之説備矣。賈讓謂：古者立國居民，疆理土地，必遺川澤之分，度水勢之所不及。大川無防，小水得入；陂障卑下，以爲汙澤；使水有所休息。因欲徙冀州之民當水衝者，決黎陽遮害亭，放河使北入海。河西薄大山，東薄金堤，勢不能復遠汎濫。讓之此策，視諸説最高。昔大禹治洪水，惟順水之道，此古今治河者之所當知也。

夫中國之御夷〔二五〕狄，非以極兵勢也，誠盡謀而已。西羌之反，朝廷發兵及屯田者六萬人。酒泉太守辛武賢，欲分兵竝出張掖、酒泉，合擊罕幵。趙充國獨以爲虜〔二六〕即據前險，守浚阸，必有傷危之憂。獨欲捐罕幵之罪，先行先零之誅以震動之。方是時，公卿議者不同。而充國獨守便宜，璽書切責，堅不爲動。卒不煩兵而自解散諸羌，罷騎兵，留屯田，以待其敝。大抵西羌之反，其萌在于解仇。充國急赴罕幵之約，使先零不得先其約，此所以坐而得勝筭也。故制夷〔二七〕之要，若使夷〔二八〕狄得締其交，非中國之利也。

漢自單于入朝，加賜皆倍于黃龍時。既自以親好，願保塞上谷以西至燉煌，請罷邊備塞，以休天子人民。時羣臣以爲便。而侯應以爲北邊塞至遼東，外有陰山，東西千里，草木茂盛。本冒頓依阻其中，來出爲寇。至武帝斥奪此地，攘之于幕北，設屯戍以守之。如罷備邊戍卒，示夷〔二九〕狄之大利。夫雁海、龍堆，天之所以紀華夏也；炎方朔漠，地之所以限內外也。國家苟與夷〔三〇〕狄共地利，而無藩籬之限，則中國坐而受其困。由此言之，中國之要害，所當固守而不可失也。

夫郊祀、宗廟、井田、鹽鐵、曆律、河渠、夷〔三一〕狄舉漢之大事，而崇論竑議，槩具于此。今廟堂方有郊社宗廟之議，而天下田賦未均，鹽課折閱，曆紀漸差授時之度，徐沛歲有治河之役，兀良哈之屬夷〔三二〕翻爲外應，受降城之故地，棄爲虜〔三三〕巢，則此數者正今日之所宜考。毋謂漢卑而不足法，因是，而亦可以略追三代之遺文古義。所謂法後王者，謂此也。

問：六經之教，未嘗專以仁爲言，至論語一書，孔門之論仁始詳。今觀孔子之答問者數矣，而皆不同，何歟？夫若然者，則仁宜可以人人而至也。然孔子之所許者蓋鮮矣。當時惟稱顏子「三月不違」。若仲弓、冉有、子貢、公西華，門人之高第，令尹子文、陳文子，春秋之賢大夫，孔子槪稱之，而獨不許以仁。顧惟于微子、箕子、比干而謂之「三仁」。于伯夷、叔齊而稱爲「得仁」。至管夷吾伯者之佐，而亦曰「如其仁」。抑又何歟？夫以仁之難造如此，而又謂博施濟衆，何事于仁，必也聖乎。則仁與聖猶有等歟？後之學者，皆以爲孔子未嘗言仁，而特與弟子言其用功之方耳。其果然歟？如此，則果何以謂之仁乎？士人自知學，即讀論語，而不求其意，祗見諸說之紛紛，而無所取衷也。茲欲會而通之，必有至當不易之論。試言其大旨，以觀自得之學。

甚矣，仁之難言也！非言之難，而體會之難。能體會之而自得之于心，則能以其所不同，而求其所同，以其所言，而知其所不言。雖聖人之於學者，隨人異施，不可以一端求；會而通之，而至精至粹之理，一而已矣。夫惟天下之論仁者，病于不能自得之于心，而徒言之求，是以若彼其紛紛而不一也。執事發策，以孔子之言仁爲問，欲觀學者自得之學，愚生何知焉？雖然，論語一書，童而習之，敢不摭拾以對！

昔孔子傳堯、舜、禹、湯、文、武、周公之道，志欲有所爲于天下，而時不能用。退而追述三代之禮樂，序詩、書、易、春秋，以備王道，成六藝。夫子自以爲教天下如此盡矣。夫子既沒，而門人記其微言，以爲論語。顧若稍不盡同于前古聖人者，蓋其平日獨以仁之一言爲教，則皆先聖人之所未嘗數數然者。雖其孫子思傳之，亦不盡用其說。孟子稍稍言之，而復以仁義對舉，又非若夫子當時之獨指而專言之也。

蓋嘗思之：夫子以仁聖竝稱，而又有仁人之號，則其所謂仁者，夫亦以其人品之至精至粹而已矣。夫如是，故以仁聖竝言之。而當時學者，雖其才器不同，而其學于聖人，固其志舉欲造于至精至粹之地。是以諸子之問仁特詳，而夫子之告之不一，要其因才成就，而使之造于至精至粹之地者，則一而已矣。世之君子，見諸子之問，而夫子告之其不同如此，遂疑其所謂仁者，支離而難合，散漫而不可求，而不知其所以至之者一也。

惟其才器不同，引而進之各異。譬之于水，其可以導之于江者，引之以至于江；導之于河者，引之以至于河；導之爲淮、漢者，引之以至于淮、漢。及其不已而至于海，一也。夫子之門，顔子、仲弓、子貢、子張、樊遲、司馬牛，人見其皆入聞夫子之道，而不知其才器相去遠矣。然夫子皆不逆之，隨人以爲之成就，使此數子者能遵其教，而莫不可至于仁。是乃夫子之善教也。使是數子者，夫子獨舉其一而皆告之，是使樊遲而欲爲顔子，夫子必不若是之誣也。

然而此數子者，亦皆可至于至精至粹之地者，何也？若孟子之所謂「伯夷聖之清，伊尹聖之任，柳下惠聖之和，孔子聖之時」也。伯夷、伊尹、柳下惠，夫豈方于孔子？顧謂之聖，則亦造于至精至粹之地而已矣。譬之于玉，爲玫爲瑰爲琳爲珉之不同，而追琢之成器一也。故夫子于微子、箕子、比干、伯夷、叔齊而皆謂之仁，豈可同哉？管夷吾者，能以功利之術使諸侯歸齊，而不能勉其君至王也。而以爲「如其仁」，管仲之仁，豈又與微子諸人可同日論哉？夫子之門人，可與語聖人者惟顏子，與夫子皆步皆趨皆言皆辨皆馳矣，而獨所謂「仰之彌高，鑽之彌堅；瞻之在前，忽焉在後」，未能與化爲一也。然亦已進于仁矣。夫子以「用之則行，舍之則藏」，與之同其出處，則所謂「克己復禮」者，蓋以有天下之事告之，故以爲「天下歸仁」也。若仲弓，出門使民，而至于邦家無怨，則南面諸侯之任而已。顏子與仲弓，同居德行，而相遠如此，其爲仁者不同如此，而况子貢以下哉？子貢之聘于諸侯，所以有大夫士之交也。子張之問政，所以言「恭、寬、信、敏、惠」也。樊遲之不知禮義信以成德，所以言先難後獲也。司馬牛多言而躁，所以言訒言也。然于是數者而進之，豈不亦皆至于仁哉？

　　夫人之才器有大小，至于至精至粹之地爲難。故孟子以伯夷、伊尹、柳下惠爲聖，而夫子亦以微子、箕子、比干、伯夷、叔齊爲仁；夫子之所謂仁，孟子之所謂聖也。然數子者，夫子告之則如此，而造而至之實難。故雖果如子路，藝如冉有，不佞如雍，禮儀如赤，使之治國家，理人民，立朝著，夫子皆許之，而不許以仁。以其至于至精至粹之地爲難也。當時之大夫，忠如子文，清如文子，使之事伯朝，去亂國，夫子皆許之，而不許以仁。以其至于至精至粹之地爲難也。若夷、齊讓國逃隱，微子、箕子、比干之或去或奴或死，積仁潔行，以自靖自獻于先王，豈不至于至精至粹之地哉？管子者，聖人蓋未之許，若曰其于仁者之功，特如之而已。然則是數子者，夫子特進之而已，終莫能至也。

夫仁之精微，與聖同極。而他日子貢問博施濟衆，乃以爲何事于仁，而必以聖當之。似若夫子之優聖而劣仁；而不知其意蓋以爲博施濟衆者，聖人身外之事業，立人達人者，仁者切己之實功。子貢未可驟以唐、虞之事許之，亦勉以忠恕而已矣。故曰：「賜也，非爾所及也。」雖然，夫子之于仁也，豈終日爲學者瀆言之如此，蓋皆因其有問，隨其人而告之，孟子之所謂答問者也。當時高弟弟子，如顔子之外，曾子未嘗問仁，而一貫之唯，豈不亦謂之仁哉？

而後之儒者，又謂夫子平日蓋未嘗言仁也，特言其所以爲仁者而已。然則夫子之論仁，當見于何書？曰：夫子于繫易曰：「大哉乾元，萬物資始，乃統天。」又曰：「元者，善之長也。」此夫子之所謂仁者也。雖然，夫子豈有隱哉？凡平日之所以問答者，皆此理也。宋張敬夫嘗類聚夫子之論仁，以爲洙泗言仁錄。朱子不取，謂聖人之言，隨其所在，皆有至理，不當區區以言語類求之。可謂得其旨矣。後之學者，去聖愈遠，其尊聖人爲太過。至或舍其終日應用，與所以進德修業之實，而欲于虛空想像之中，求所謂仁者而名狀之。夫天下皆知佛、老爲空虛之說以惑世。而後之儒者，不求切實之功，舍夫子之所謂仁，而於空虛想像之中求所謂仁，此亦何以異于佛、老之說也？

## 校記

〔一〕氣　依上文當作「器」。
〔二〕人情　莊子天運作「大情」。
〔三〕樂　莊子天運作「天樂」。
〔四〕岑彭　原刊誤作「彭岑」，依後漢書乙正。
〔五〕〔八〕胡　原刻墨釘，依大全集校補。
〔六〕胡虜　原刻墨釘，依大全集校補。
〔七〕予　尚書盤庚作「茲予」。
〔九〕〔一〇〕〔一一〕〔一六〕〔二三〕虜　原刻墨釘，依大全集校補。
〔一二〕房　原刻誤作「唐」，依大全集校改。
〔一三〕實　原刻誤作「寳」，依大全集校改。
〔一四〕〔一五〕〔一七〕〔一八〕〔一九〕〔二〇〕〔二一〕〔二二〕夷　原刻墨釘，依大全集校補。

# 震川先生別集卷之二下

## 應制策

### 浙省策問對二道

問：今之浙省，古會稽并鄞郡之境。儒林之盛，著於前史。古未暇論。自洛學浸被東南，而浙士有親及程氏之門，與受業于其門人者，其人果可稱歟？朱子集諸儒之大成，陸子靜崛起江右，二家門人傳受之緒，其可述歟？其與朱子並時而起者，果亦有聞于道歟？其能纂述朱氏之學，亦有可言歟？其以文章名世者，于道亦有所得歟？諸士子生長斯地，景行先哲久矣。頌相與論之。

執事先生以浙中道學之傳，下問承學；顧愚非其人，何敢與聞于斯？然古者祀先聖先師于學，所謂先師，即其國之賢者，明有所嚮仰也。浙之諸君子愚生亦竊識之矣。昔楚威王有問于莫敖子華，子華對以楚之先令尹子文，以至蒙穀五臣之事，楚王太息，嘉其能善語其國之故。吾浙之儒者，所謂齊、魯諸儒于文學，自古以來，其天性也。敢無述焉？

蓋嘗謂士之所以自成者，莫貴于學；學莫貴于聞道。知所以求道矣，而後知其所以爲學；知其所以爲學矣，而後能有以自成。其于修身、齊家、治國、平天下不難也。秦、漢以下，其經學文章，功業節行，稱于天下，代不乏人。而大要歸于不知道，而以氣質用事，故其所就，不能庶幾于三代。蓋千五百年，而宋河南程氏起而紹明之，其澤流被于閩、粵間，此朱子所由以得其傳者也。至于兩浙，又河、洛、關、粵所漸被者也。然程子之門，惟游、楊、謝號稱高第弟子。而吾浙之士及門者，周行己能發明中庸之道，浙中始知有伊洛之學。而劉安節、戴述知求成己之方，以文行推重。而元承天資近道，敏于問學。此門人之尤章著者也。自龜山載道東南，學者多從之遊，而宋之才能得程氏正脈。楡樗推明中庸、大學、論語之旨，王師愈從受易論。朱子稱其有本有文，德望爲東州之冠。此受業于程氏之門人者也。自羅從彦從學于龜山，再傳而爲李侗，侗授之朱子，學者以爲程氏正宗。陸九淵起于江西，超然有得于孟子「先立乎其大者」之旨。二家議論，初有不合。其全體大用之盛，皆能不謬于聖人。其學皆行于浙中。

輔廣、徐僑初事呂祖謙，後從朱子。僞學之禁，學者解散，廣不爲動，而五經解、詩童子問多所發明。僑以朱子之書滿天下，不過割裂掇拾以爲進取之資，求其專精篤實，能得其所以言者蓋鮮。其學一以眞實踐履爲本。葉味道對策，率本程子，告人主以帝王傳心之要。然朱子門人黃幹爲最著。何基師事幹，得聞淵源之義。王栢捐去俗學，從何基，基告以立志居敬之旨。金履祥事王栢，從登何基之門。論者以爲基之清介純實似尹和靖，栢之高明剛正似謝上蔡，而履祥親得之二氏，而並充于己者也。其後許謙學于履祥，其學益振。及門之士，著錄者千餘人。自基以下，學者所謂婺之四先生，以爲朱子之正適者也。

子靜之門人，則楊簡篤學力行，爲治設施，皆可爲後世法。清明高遠，人所不及。而袁燮端粹專精，每言人心與天地一本，能精思愼守，則與天地相似。舒璘刻苦磨勵，改過遷善。沈煥人品高明，不苟自恕。朱子嘗言與子靜學者遊，往往令人自得。蓋浙中尤尊陸氏之學，而慈湖其倡也。二家門人相傳之緒，于婺之四先生，四明之楊氏，可謂光明俊偉，能紹其傳者矣。雖末流門戶各異，而朱子所謂子靜平日所以自任，欲身率學者一于天理，而不以一毫人欲雜于其間者，其爲夐出千古，不可誣也。

今推原程子之學，自龜山至于朱子，朱子之後，爲婺之四先生。象山之學，雖行于江西，而慈湖爲最著。則伊洛、閩、粵、江西之學，豈復有盛于吾浙中者哉？虞集有云：汝南周氏，繼顔子之絶學，傳之程伯淳氏。而正叔氏又深有取于曾子之學，以成己而教人。而張子厚氏，又多得于孟子者也。顔、曾之學，均出于夫子，豈有異哉？因其資之所及，而用力有不同焉者耳。然則所謂道統者，其可妄議哉？此可以爲二家傳授之定論也。

呂東萊以關、洛爲宗，變化氣質，其所講畫，將以開物成務。陳傅良于古人經制治法，討論精博。陳亮才氣高邁，心存經濟。王褘以爲考亭朱子集諸儒之大成，而廣漢張子、東萊呂子皆同心勠力，以閑先聖之道。而當其時，江西有易簡之學，永嘉有經制之學，永康有事功之學，雖其爲說不能有同，而要皆不詭于道者，豈不皆可謂聖賢之學矣乎？此與朱子並時而起，皆有得于道者也。至于項安世、黄震、方逢時、史伯璿之徒，無慮數十人，皆發明朱子之道者也。至于以文章名世，如黄溍、吳師道、吳萊、柳貫皆爲一代之儒宗。而貫與師道，皆學于許文懿公。而文獻公巋然獨任斯文之重，見諸論著，一本乎六藝以羽翼聖道，謂文辭必原于學術，揆之聖賢之道無媿也。宋景濂實出文獻公之門，遂爲本朝文字之宗。而國初設禮賢館，景濂與麗水葉琛、龍泉章溢，浙右儒者皆在焉。國朝崇尚理學，實于是始。則今日論先正之有功于斯道者，豈可分道學、文藝爲二科哉？

抑士之相與爲斯學者，非苟爲名也，欲以明道也。故天下貴之。道苟明，施之于世，特舉而措之耳。宋之君子不能大有爲于世，蓋天命不欲興三代之治，而世莫能究其用也。而景濂獨謂諸儒後先相繼，推明闡抉，疏闢扶持，理無不章，事無不格，雖聖賢復生于後世，無以加矣；卒未有能繇其說而大有爲于天下，以爲其有志者鮮也。夫豈盡然耶？愚生特于浙中道學之傳，敢因明問及之。而道統之傳，尚未之悉也。伏惟進教焉。

問：禹之跡遠矣。尙書獨載九州所至，蓋已周四海之外。而昔人乃云，禹治水，益主記異物，海外山表，無遠不至，以所聞見，作山海經，非禹行遠，不能造也。及學者言禹事，多奇怪。史稱禹蓋會諸侯江南，計功會稽。及杜元凱注左傳，以塗山在壽春。會稽與塗山，豈二事歟？會稽固今浙江之境也。至少康封其庶子于此，以奉禹祀，號爲於越。由此越世世爲君王矣。果眞禹之遺烈耶？入其地，有覩河、洛而興思者。諸士子皆越產，必知其國之故。請言之。

昔之聖人，開闢宇宙，以濟生人，萬世之下，皆仰賴其功德而思慕之。況禹治水，造地平天，成萬世永賴之功，而含氣之屬，雖在四海之外，猶知慕之，況當時會羣后之地，子孫封守之國，有不知誦述之者乎？夫人之景慕，有同地而知思之者矣；有百里之外而思之者矣；有數千里之外而思之者矣；是其人之德之相去之遠也。雖然，以其人足爲數千里之外思之，而又同地，則其思之何如也！

昔唐人都河東，殷人都河內，周人都河南。三河，天下之中，帝王之跡多在焉。後世之人，考尋其故，紀載其事，惟恐失之。太史公西至崆峒，北過涿鹿，東漸于海，南浮江、淮，至長老皆各稱堯、舜之處，風敎固殊焉。又南登廬山，觀禹跡九江，遂至于會稽，上姑蘇，望五湖，東窺洛汭、大邳，逆河行淮、泗、濟、漯、洛渠，西瞻蜀之岷山及離碓，北自龍門至于朔方。壯哉，子長之遊，其所感慨有餘思矣。宜其爲書能馳騁古今，上下數千載，成一家之言也。

夫唐虞堯舜之處，今去之數千載，而天下之人皆能識之，以其功德之盛，利天下于無窮也。則夫遊觀聖人之地者，雖數千載，宜不能無感也。自黄帝以來，帝王莫不有都。軒轅之都涿鹿，顓頊之都帝丘，高辛之都偃師，帝堯之都平陽，帝舜之都蒲阪；禹興于西羌，湯起于亳，周之王也以豐、鎬。而黄帝披山通道，未常寧居。東自岱宗，北逐獯鬻，西至崆峒，南登熊湘，往往無常處。及尚書載舜「五載一巡狩」，至周猶因之。則三代天子，其遊常徧于五嶽矣。蒼梧、九疑之間，紀舜之跡尤著。歷世久遠，而前古聖人之跡具在，而帝王世紀、皇覽之書，其述備矣。

禹受治水之命，披九山，通九澤，決九河，定九州，行跡所至，蓋周四海之外。而世之論者，乃以爲山海經皆禹之所親至，而紀述之。以爲東至轉木、日出、九津、青羌之野，攢樹之所，撍天之山，鳥谷、青山之鄉，窮髮、帶方之國；南至交趾、孫濮、續樠之域，丹粟、沸水之際，南族、黄支之堵，不死之望；西過三危之阸，巫山之下，飲露之民，奇肱之國；北至大正之谷，夏海之窮，祝栗之界，禺疆之里，積水、積石之山：此皆荒誕不可稽考。張騫之窮河源，班勇之記西域，不能覩也。大抵上古久遠，故作者不經之論多託之，而學者言禹事尤奇怪。羽淵之龍紀其父，石紐之生本其初，台桑之合著其配，觀河伯而受括地，見六子而獲玉匱，得黑書于臨朐，覩綠字于濁水，桐栢有鬼神之書，宛委出五符之要，秦籔著陽行之跡，應龍有尾畫之詭，其荒唐不根甚矣。而屈子猶勤其問，郭璞直信其眞。不知洪範錫禹九疇，禹乃取其陰陽之數，自一至九之序耳。豈實有神人爲之手授乎？

惟會稽之會，雖不載于書，而經、傳猶有所據。蓋禹會諸侯，江南計功，非五載巡狩之常典也。傳稱禹望九山之南苑、宛中者，則意在此久矣。故爲是非常之會也。而禹之事終于此，故百姓哀慕之至今。而左傳：「會于塗山，執玉帛者萬國。」杜預以爲塗山在壽春北。酈道元以禹會諸侯，防風氏後至，禹殺之。王肅家語，塗山有會稽之名。則杜預之說非矣。而羅泌路史，乃謂致羣臣于鍾山。今會稽有禹村墟也。」又云：「禹捄水，至大越，上茅山，朝羣臣，乃更名會稽。晉灼言：「會稽茅山。」故越絕春秋言：「禹登茅山，朝羣臣，乃更名會稽。今會稽有禹村墟也。」又云：「禹捄水，至大越，上茅山。」今會稽在越中，而防風氏之國在今武康。則會稽亦非茅山矣。禹之會羣臣，非今之所謂會稽乎？然云至大越而上茅山，豈今之會稽卽古之名茅山，而非建康之茅山也？吳錄云：「本名茅山，一名覆釜。」蓋禹改之爲今名也。括地志云：「石箐山，一名玉筍，又名宛委山，卽會稽一峯也。在今會稽縣之東。」而太史公言：「上會稽，探禹穴。」所謂禹穴，卽在會稽山中。而近世解者，乃曠絕數千里而取巴蜀之禹穴，亦誤矣。

禹既終于會稽，故會稽之人思之。是以少康封其庶子于此，以奉守禹之祀，號爲於越。此越之有國所以始也。然傳至十數，而中間國絶，民復奉而君之，是爲甌越、東越。故越北界有禦兒鄉。萬歲曆之說，其事亦頗怪。蓋越人之慕思禹，而欲得其子孫之爲君如此。其後勾踐爲王，而與吳戰；夫椒之敗，保棲會稽。得范蠡、大夫種爲之臣，乘夫差之驕，黄池之會，以兵襲其國都，卒復棲吳王于姑蘇之山。故春秋「於越入吳」。當是時，越小國，幾霸天下。越垂絶而復興者，亦以越人之慕思禹而欲其子孫之不亡如此。其後王子搜患爲君，而逃乎丹穴。越國無君，求王子搜，不得，從之丹穴。王子搜不肯出，越人薰之以艾，乘以王輿。王子搜之丹穴，即禹穴也。方吳、越之戰，迎之檇李，敗之姑蘇，敗之夫椒，棲之甬東。檇李，即嘉興之醉李城也；夫椒，即太湖椒山也；甬東，即勾章之東海中洲也。後數世，王無疆爲楚所滅，盡取故吳地至浙江，越以此散。諸族子爭立，或爲王，或爲君，濱于南海上。蓋越人之慕思禹，雖敗散，而猶戴之爲王爲君也。南海，今台州之南海也。無疆之長子後去瑯琊，其次子蹄守歐餘之陽，猶受楚封焉。無諸保泉山，漢立爲閩越王。其季餘善，與孫搖，又以海東隅地稱王。號三越。其地猶在今會稽之域。則雖至漢世，而越人之慕思禹而猶戴之爲君也。

太史公序越事，蓋反覆嘆禹之功大矣，滌九川，定九州，至于今諸夏乂安。乃苗裔勾踐，苦身焦思，終滅強國，北觀兵中國；而推稱禹之遺烈。其論東越列傳，則謂越雖蠻夷，其先豈嘗有大功于民哉，何其久也！歷數代常爲君王，勾踐一戰稱伯，至餘善滅國而其苗裔繇王居股等，猶尚封爲萬戶侯，由此知越世世爲公侯矣；而又嘆禹之餘烈。蓋越之世祀，視三代之後最爲久長，實以神禹治水之功在萬世，子長之論，不可誣也。

愚生生長越中，覽臨安之勝，觀錢塘之江潮，思宋建炎百五十年都會之盛，每慨然太息。況思禹之績，有吾其爲魚之歎乎？承明問，敢述所聞。要之其所懷者遠矣，非誇胥臣之多聞，子產之博物也。謹對。

## 河南策問對二道

問：古之君子，因時會，竭忠讜，建竑論，卓然有稱於世，紀諸史傳多矣。今不暇槩舉，姑取其最著者，與諸士子論之。或舉世共稱，而不無疵議；或一時救弊，而未爲通方；或言可經常，而足以行之後代；或意義深遠，可爲世主法誡者。夫通達國體矣，而其學出于申、商；潛心大業矣，而其術流於災異。經明少雙者，被阿諛之譏；然其言可廢歟？博物洽聞者，泥五行之傳；然亦有可采歟？語當世理亂，晁錯之徒不能過；其果然歟？志在獻替，其所論辨通見政體，可備述歟？至于竭誠奉國，而理歸切要，僞之政論爲孰是？論諫本仁義，而炳若丹青，平生力學所得，而爲世龜鑑，方之中鑒孰優？夫學者稱道古昔，所以規摹當世也。數子之書繁矣。抑可以擷取一二，足以爲警誡而備世務者。庶幾于魏相條陳晁、董之對，蘇軾進讀陸贄之言，用以觀經世之學。

論天下之士，非才不足以達當世之務，非識不足以周事物之情，非誠不足以攄獻納之忠。務不達，則其幾莫能中也；情不周，則其致莫能極也；忠不攄，則矯激以沽名，懷隱而多避，狥私而少公，怯懦而不盡，其言莫能信也。甚矣，人臣之于君，于其得言之時，亦莫不有言，而嘗失之是三者。猖狂叫號，以自試于萬乘之前而不自度，且以售其欺冒之姦。「故井鼃不可語于海者，拘于虛也；夏蟲不可語于冰者，篤于時也；曲士不可語于道者，束于教也。」持寸梃以撞萬鈞之鐘，必不振矣。世之說者曰：諫之道，天下之難爲。欲以觀其所易，而閑其所難，然後上下恬然而雍睦。又以爲臣能諫，而必能使君之納諫，而後爲能諫之臣。此與韓非之說而憂其不合者，何以異？是皆懼攖人主之逆鱗，而天下無忠義之言矣。要之君子遭時遘會，立人之朝，其才足以達是，其識足以周是，其忍不爲明主言之？故知而不言，言而不盡者，非所以立人之朝者也。是所謂謂吾君之不能爲堯、舜者也。執事發策，舉前代之論諫者以爲問。

夫一世之君，則一世之臣不知其幾也。當時陳說者蓋多矣，而史之所載，彰彰者僅是。以史之所載，累而積之蓋多矣；而執事所舉者又僅是。雖然，言而中其幾，極其致，而忠誠足以感移人主，垂法後世者，又少也。如執事之所舉，皆其人也。

夫謂舉世共稱，不無疵議者，豈不以賈誼通達國體而出于申、商；董仲舒潛心大業而流于災異；匡衡被阿諛之譏，劉向泥五行之傳乎？漢高祖時，同姓寡少，尊王子弟，大啓九國，諸侯王僭擬逾制，匈奴數盜邊。賈誼陳治安之策，皆當世切務。而或謂其明申、商之學者，獨以論諸侯王宜用權勢法制耳。然衆建諸侯，實事之當然也，與晁錯削七國異矣。本三代之所以長久，謂天下之命，懸于太子，太子之善，在于蚤諭教與選左右，教得而左右正，太子正矣。或謂誼與晁錯皆明申、韓。而錯則以人主之所以尊顯，功名揚于後世者，以知術數也，而以術數教太子。若保傅之篇，使後世知三代教太子法者，誼啓之也。豈可與錯同論乎？漢初，制度疏濶。誼欲改正朔，易服色，正官名，興禮樂。謂湯、武置天下于仁義禮樂而德澤洽，秦置天下于法令刑罰而德澤無一有；移風易俗，使天下回心而鄉道，類非俗吏之所能爲。夫刀筆筐篋之間，非徒漢事然也，雖後至今數千年如此矣。劉向稱誼言三代與秦治亂之意，其論甚美，通達國體，雖古伊、管未能遠過。可不謂然乎？

武帝舉賢良文學之士，仲舒以賢良對策，皆傳經義，本天道。曰：「王者欲有所爲，宜求其端于天，故聖人法天以立道。天地之性人爲貴，知自貴于物。」又曰：「勉強學問，則聞見博而知益明；勉強行道，則德日起而大有功。尊其所聞，則高明矣；行其所知，則光大矣。」此孔氏之遺言，七十子之後莫能述也。論聖王之禮樂教化，欲令當世人主改絃而更張之，與賈生之旨不異，而仲舒之淵源深矣。

自漢興以來，天子與其大臣，皆好尙黃、老。至孝武，始興文學。罷黜百家，表章六經，實自仲舒發之。故諸不在六藝之科、孔子之術者，皆絕其道，勿使並進。至於今，學者守之。雖然，自恣苟簡之治，百世未能變也。道同六藝，用世操術則異者，又未必軌于聖人也。班固稱仲舒遭漢承秦滅學之後，六經離析，下帷發憤，潛心大業，令後學者有所統一，爲羣儒首。其不謂然乎？

漢儒傳經，皆有家法。而匡衡明經說詩，當世少雙。所以其論奏，粹然儒者之言，曰：「朝廷者，天下之楨幹也。公卿大夫相與循禮恭讓，則民不爭；好仁樂施，則下不暴；上義高節，則民興行；寬仁和惠，則衆相愛。」曰：「治性之道，必審己之所有餘，而強其所不足。聰明疏通者，戒於太察；寡聞少見者，戒于壅蔽；勇猛剛強者，戒於太暴；仁愛温良者，戒於無斷；湛靜安舒者，戒于後時；廣心浩大者，戒于遺忘。」曰：「妃匹之際，生民之始，萬化之原。婚姻之禮正，然後品物遂而天命全。」曰：「審六藝之旨，則天人之理可得。」「聖王之自爲，動靜周旋，奉天承親，臨朝羣臣，動有節文，以章人倫。」夫端本、養性、審藝、治內、正儀，皆人主之大法也。衡能爲此言，而史譏其持祿保位，被阿諛之旨，與孔光等同譏。以爲恭、顯用事，不能犯顏直諫則然也。然傳先王語，其醞藉亦足稱賢矣。

劉向博聞，通達古今。作洪範論，發明大傳，著天人之應。七略剖判藝文，綜百家之緒。三統歷譜，考步日月五星之度。與孟軻、荀況、司馬遷、董仲舒、揚雄並稱。而譏切王氏，尤發于至誠。蓋自恭、顯之世，其忠懇已見于封事矣。曰：「衆賢和于朝，則萬物和于野。覽歷世之治亂，必以和氣致祥，乖氣致異。」因論當世人主開三代之業，招文學之士，優游寬容，使得並進，章交公車，人滿北軍，朝臣舛午，繆戾乖剌，文書紛糾，毀譽混亂，熒惑耳目，感移心意，不可勝載。是時恭、顯用事，善類蒙僇。永光之詔，亦自謂邪説空進，事亡成功。公卿大夫好惡不同，孝元固已自知之。卒以優游不斷，墮宣帝之業，可爲來世之永鑑矣。向之學，在洪範傳。推迹行事，比類相從，緣箕子之意，著天人之應，世儒亦未可妄論也。

夫謂一時救弊未爲通方者，豈不以崔寔語當世理亂，而有政論之作也？漢之儒者言教化，自賈誼、董仲舒、匡衡、劉向皆極論之。而王吉亦謂俗吏所以牧民者，非有禮義科指，可世世行也。以意穿鑿，各取一切，而質樸日衰，恩愛寖薄。東京以後，尤競察察。鍾離意、宋均、魯恭、第五倫之徒，常以爲言。而杜林亦譏後世不能以德，而勤於法。吹毛求疵，詆欺無限，桃李之饋，集以成罪。家無全行，國無廉夫，而仁義之風替矣。崔寔獨著論，謂漢承百王之敝，數世以來，政多恩貸，馭委其轡，皇路傾險。欲峻法以求治，以此爲亂世之藥石。仲長統稱其書，以爲人主宜寫一通，置之座右。將不以其達權救弊，爲一時之所急耳？若以此施于宦戚縱横之日，是固其宜也。寔之政論，夫豈通方之論耶？

夫謂言可經常，可以行之後代者，豈不以荀悦志在獻替，而有申鑒之作也？當建安之時，政移曹氏，天子拱手。而悦自以時無所用，作申鑒五篇。其所論辨，通見政體。謂「致政之術，先屏四惡，乃崇五政」。而以「僞亂俗，私壞法，放越軌，奢敗制」爲四惡。「興農桑以養其性，審好惡以正其俗，宣文教以章其化，立武備以秉其威，明賞罰以統其法」，爲五政。悦之論，非所以施于漢末。顧自以抱王略而不得志，爲奏以發之。要其所施設，皆平世法也。可謂言簡而事該矣。考其正俗之論，謂君子之所以動天地，應神明，正萬物，而成王化者，必乎貞定而已。在上者審定好醜，善惡要乎功罪，毀譽效於準驗，聽言責事，舉文察實，無惑詐僞以蕩衆志，故事無不覈，物無不功，善無不顯，惡無不章；百姓上下覩利害之存乎己也，肅恭其心，愼修其行，而民志平矣。漢氏所以凌遲，恣戚宦之權，成鈎黨之禍，夫豈不由於此？卽匡衡言四方楨幹，劉向譏朝廷舛午，皆此意也。悦之申鑒，豈非經常之法耶？

晉初，士大夫祖述何晏老莊之論，朝廷皆以浮誕爲美。武帝創業，法度廢弛。劉頌竭誠奉公，每有論奏，該覈政體。謂法禁寬縱，積之有素，未可一旦以直繩下。然至于矯世救敝，自宜漸就清肅，如行舟雖不横截迅流，然當漸靡而往，稍向所趨，然後得濟也。其救時矯世，非急迫之論，異于徒事一切敢于斷割者矣。又謂聖王之化，執要于己，委務于下，居事始以別能否，因成敗以分功罪，而羣下無所逃其誅賞。尙書統領大綱，歲終校簿，賞罰黜陟之。今權不歸于上，事功不建，不知所責也。細過繆妄，人情之所必有，而悉糾以法，則朝無立人矣。爲監司者，類大綱不振，而微過必舉，謹密網以羅微罪，奏劾相接，狀似盡公，而撓法實在其中也。故聖王不善碎密之按，而責凶猾之奏。頌之斯言，實末世通患。所以然者，彼持天下之衡，而未能公天下之大觀，以爲如此足以塞區區之責也，亦類俗吏之所爲耳。由此言之，頌欲矯弊而不必任嚴切之法，所以爲賢于寔者也。儗之政論，則頌爲是矣。

唐德宗時，陸贄上言諫諍之道有九弊：以「好勝人，恥聞過，騁辨給，衒聰明，厲威嚴，恣彊〔一〕愎」，爲君上之弊；以「諂諛，顧望，畏愞」爲臣下之弊。論朝廷之乏人，其患有七：不澄源而防末流，不考實而務博訪，求精太過，嫉惡太甚，程試乖方，取舍違理，循故事而不擇可否。而覈才馭吏之三術，則拔擢以旌其異能，貶黜以糾其失職，序進以謹其守常。其欲人主悔禍新化，要在捨己從衆，違欲遵道，遠憸佞而親忠直，推至誠而去逆詐，杜讒沮之路，廣諫諍之門，掃求利之法，務息人之術。其道易知而易行，在約之于心焉耳。唐史稱其論諫數十百篇，譏陳時病，皆本仁義，可爲後世法，炳如丹青。蘇軾以爲進苦口之藥石，鍼害身之膏肓。如贄之言，開卷了然，聚古人之精英，爲治亂之龜鑑者也。雖房、杜、姚、宋，克致清平，考其道德仁義之旨，蓋過之矣。其論興亡之際，謂天所視聽，皆因于人。天降災祥，皆考于德。非人事之外，別有天命也。而時之否泰，事之損益，萬化所繫，必因人情。情有通塞，故否泰生。情有厚薄，故損益生。聖王之居人上也，必以其心從天下之欲，不以天下之人從其欲。乃至兢兢業業，一日二日萬幾。幾者，事之微也。信哉！孔子讀易至于損、益，喟然嘆曰：「損、益其王者之道歟！」贄于天命人情之際，可謂論之剴切者矣。

宋嘉祐間，司馬光上言：人君之大德有三：仁、明、武。以興教化，修政治，養百姓，利萬物，爲人君之仁；知道誼，識安危，別賢愚，辨是非，爲人君之明；唯道所在，斷之不疑，姦不能惑，佞不能移，爲人君之武。其論御臣之道有三：曰任官、信賞、必罰。謂國家采名不采實，誅文不誅意，故天下飾名以求功，巧文以逃罪。欲博選在位之臣，各當其任：有功則增秩而勿徙其官；無功則降黜而更求能者；有罪則流竄刑誅而勿加寬貸。又以祖宗開業之艱難，國家致治之光美，難得而易失，作保業。隆平之基，因而安之者易爲功，從而救之者難爲力，作惜時。無遠慮，必有近憂，作遠謀。燎原之火，生于熒熒，作謹微〔三〕。華而不實，無益于治，作務實。合而言之，謂之五規。光自謂獲事三朝，皆以此六言獻，平生所學，盡在是矣。又謂五規皆守邦之要道，當世之切務也。宋之仁宗，可謂漢、唐以來之令主矣，當此時，韓琦爲宰相，君臣皆賢，迄不能如光所言。豈以其分量有所止，雖四十年深仁厚澤，無以進于三代之隆，爲可惜也。蓋嘗讀其保業之規，言天下得之至艱，守之尤至艱。自周以來，離而合，合而復離，五代生民之類不盡者幾希，太祖始建太平之基。上下一千七百餘年，天下一統，五百餘年而已。承祖宗艱難之業，奄有四海，傳祚萬世，可不重哉！人主撫全盛之運，知易離難合之天下，土崩瓦解之勢，常伏于至全至安之中；誠不可一日而不兢兢業業者也。唐自失河北，以天下之力，終不能取。燕、雲十六州沒于契丹，宋南北遂至抗衡，迄不能自支，折而入于北。若奄有唐、宋所不能有之土，其不爲尤重也哉！所謂「尺地莫非其有，一民莫非其人」也。其所以愛吾人，保吾土，誠不可一念自放者矣。

夫陸贄、司馬光，其言固皆可以爲萬世之所取法，而申鑒之言，亦不能易也。文有博有約，固不得以優劣論矣。執事欲取數子之書，爲可垂警誡而備世務者，愚于前所陳，蓋亦得其略矣。昔者嘗誦而論之。雖其言散見于史傳，而天人性命之理出焉，詩、書、禮、樂之道存焉，治性正身之則著焉，端本善俗之幾昭焉。朝廷之所以順治，百官之所以得職，王化之所以隆，國是之所以定，天命去留，人心向背，皆繫于此也。夫謂意義深遠，可爲法誡，則劉向山陵之奏，與陸贄、司馬光論天命保業，此其尤諄切者也。至于財賦兵農夷〔三〕狄之大務，諸疏皆有之，以明問之所未及，亦未暇盡述也。

夫此數子者，固皆一代之偉人，其論議著于本朝，載于後世；視小儒齷齪暖姝，勉強綴論，而中無所有者，眞秋蟲之鳴也。夫大人之言遠，小人之言隘；正人之言直，邪人之言慝；仁人之言恕，賊人之言刻；智人之言明，昧人之言窒。米鹽博辨，非當施于人主之前也；銖稱寸度，非可以規天下之大也；蓼菜成行，瓶甌有堤，量粟而舂，數米而炊，非治萬乘之國也。如此之類，常形于奏牘，則人主之聽覽眊〔四〕矣。故「梁麗可以衝城，而不可以窒穴，言殊器也；騏驥騂騮一日千里，捕鼠不如狸狌，言殊伎也；鴟休夜撮蚤，察毫末，晝出瞋目而不見丘山，言殊性也」。故非有天下之才，與天下之識，而忠足以犯人主者，其言必不文，而其行必不遠。噫！安得起諸君子而與之言天下之事哉！

愚生狂愚，亦頗有感于今世之務，顧不敢以言未及而言之。然竊有慕於魏相、蘇軾之條陳進讀，不勝忠愛之惓惓也。

問：今河南置省大梁，包鄭、衛、梁、楚、潁川、南陽之地。前代人才之盛，難以盡舉。姑取當時任事爲豫、冀之產者，各舉其槩，與諸士子論之。俱逢角逐之秋矣，或運籌帷幄，辭萬戶之封；或崇明王略，拒九錫之議：其心跡何似？並遇戚豎之驀矣，或依違順旨，定左祖之功；或守正嫉邪，嬰滅頂之禍：其道誼孰得？負蒼生之望均也，一以致山桑之衄，一以致淮、淝之捷：其名實孰當？際中興之遲同也，一以成述作之能，一以成應變之務：其功名孰優？屬時多難，或負高志，而不能免陳濤斜之敗；或有膽略，而不能拒封丘門之入：其才略孰勝？遭世治平，識量英偉，定社稷之策；臨時果斷，有大臣之風：其德業孰隆？諸士子尙論古人，凡此者固所宜究心，況其鄉之先哲乎？其悉述以對。

任天下之事，貴乎善應天下之變；而非其才德之全，不足以當之。才德純備，是以能受之至大而不驚，納之至繁而不亂；以輔世成治，能使天下不傾，而自居其身于安全之地。其在我者則然，而使其所遭之數有不然者，是固君子之所不能必也。書曰：「若有一个臣，斷斷兮無他技。」此德之有以兼乎才者也。徒德而已，則椎魯樸鄙之徒也，不可以語才。書又曰：「不敢替厥義德，率惟謀從容德。」此才之本乎德者也。徒才而已，則輕儇疾捷之徒也，不可以語德。夫欲以任天下之事，出于是二者，皆不足以有成。世因以爲才德不足以集天下之事，而又求夫小才凉德用之，何怪乎天下事日以廢壞而不振也？

昔成周作洛，宅于土中，謂天地之所合也，四時之所交也，風雨之所會也，陰陽之所和也。詩曰：「嵩高維嶽，峻極于天。維嶽降神，生甫及申。」人才之盛，固有以哉！如伊尹、太公、申伯、仲山甫，卓然爲王者之佐；而管仲、子產、百里奚、孫叔敖皆有聞于世，孔、孟蓋論之矣。今特因明問，略舉漢以來遭時遇主，經綸世故，史傳所記者，謹掇拾以對：

張子房當秦、楚之際，以家世相韓，爲韓報仇，擇可以委身者，遂從高帝。漢之天下已定矣，子房不受萬戶之封，願從赤松子遊。或謂子房不終事漢者，爲韓也。夫誅秦滅項，子房之志已畢，移以事漢，何損于義而必去之？獨其爲道恬澹，薄視人世之功名，而有飄然遠舉之志耳。荀文若遭漢室之亂，間關河、冀，以從曹氏，奉迎鑾駕，徙都于許。魏之大業垂成矣，文若不從九錫之議，畢命壽春。或謂文若之死，非爲漢也。夫士之死，亦非容易，使其甘爲曹氏佐命，何以輕于殺身？獨其爲才所役，度天下無可以盡其用者，而自托非所，昧明哲之智耳！蓋世之于子房也，病于予之過；其于文若也，病于絕之深。善乎，史氏之言曰：「智算有所研踈，原始未必要終，取其歸正而已。亦殺身成仁之義也。」其論當矣。

陳丞相傾側擾攘楚、魏之間，卒歸高祖，常出奇計，以救紛糾之難。迨諸呂擅王，無能有所匡正，而阿意順旨，呂氏之權，由此以起。然能將相合謀，因間而發，遂定宗廟。蓋其從高祖在兵間，不憚爲詐，卒以此成功，可謂應變合權矣。夫所貴于成天下之事，使皆若王陵之言，未必能逆折其勢，不過謝疾杜門而已，其後將何以有爲哉？陳仲舉處桓、靈之時，有清世之志，樹立風聲，抗論惛俗，爲天下正人所依歸。而宦豎操弄國權，濁亂海内；仲舉與聞喜合謀誅廢，以清朝廷，天下雄俊，莫不延頸企踵，以思奮其智力。而謀之不遠，致太后有雲臺之遷，凶豎得志，士大夫皆喪其氣，而邦國殄瘁矣。徒能死天下之事，而智不足稱也。夫戶牖功成，而不免于謫；仲舉身殞，而不失于正。善乎，史氏之言曰：「以仁爲己任，功雖不終，然其信義足以攜持民心，漢世亂而不亡百餘年，數公之力也。」其論卓矣。

殷深源識度清遠，爲風流談論所宗。屏居不就徵辟，而時人擬之管、葛，以其出處卜江左興亡。及其入秉國鈞，乘季龍之殂歿，實關河蕩平之機也。而出領中軍，師次山桑，曾無禦虜〔五〕之策，覆國喪師，華夏鼎沸。豈非名之浮于實者乎？謝安石高臥東山，本無處世之意。而諸人每恨其不出，爲蒼生憂。及見登用，鎮以和靜，禦以長算。苻氏率衆百萬，次于淮、淝，京師震恐，夷然無懼色。指授將帥，大致克捷，勁寇土崩，中州席卷，江左奠安。豈非實之能副其名者乎？雖然，深源之清徽雅量，固自爲衆議所歸。而桓溫尤忌之。溫亦謂人曰：「浩有德有言，向使作令僕，足以儀刑百揆，朝廷用違其才耳。」斯言不誣矣。或以安石比王導則誠然，而以深源並王衍，不無少貶也。

張燕公于玄宗，最爲有德。及太平用事，納忠惓惓，所與祕謀密計甚衆。朝廷大述作，多出其手。善用人之長，引天下知名士，以佐佑王化，粉澤典章，成一王法。天子尊尚儒術，開置學士，修太宗之政，皆公有以倡之。開元文物彬彬，公之力居多，故天下稱其文。

姚元之尤長吏道，決事無淹思。三爲宰相，常兼兵部，屯戍斥堠，士馬儲械，無不諳記。帝方躬萬機，朝夕詢逮，他宰相畏威謙憚，惟獨元之佐裁決，以得專任。承權戚干政之後，紀綱大壞，而能先有司罷冗職，修制度，擇百官各當其才，故天下稱其通。雖然，元之雖善應變，以成天下之務，然天資權譎，計出張說于相州，罷魏知古爲尚書，而東都壞廟之對，幾于佞矣。故燕、許並稱，其文章眞爲無媿，而姚、宋齊名，君子不容無優劣也。

房琯自成都奉册靈武，亟見任用。以天下爲己任，知無不爲，參決機務，諸將相莫敢望。既而以賀蘭之譖，分軍討賊，師敗于咸陽。唐世名儒皆稱其有王佐之材，然將兵固非所長，一與賊遇，遂至喪師。前史稱其「遭時承平，從容帷幄，不失爲名宰；而用違所長，遂陷浮虛比周之罪」。

桑維翰事晉，當草創之初，藩鎭多不服。維翰勸其主推誠棄怨以撫之，訓卒繕兵，務農通商，以安中國。羽檄從横，從容指畫，神色自若。當時齊王捨維翰之謀，信景延廣之狂策，遂被俘虜。抑維翰屈意事虜，所謂毛羽未成，不可以高飛，蓋其勢不得不然耳。又嘗讀唐史，稱瑄之廢，朝臣多言瑄謀包文武，可復用。雖瑄亦謂當柄任，爲天子立功。其喪師，亦以監軍之促戰，非其罪也。惜夫一跌而遂不復振，人比之王衍、陸機，謬矣！桑維翰兩秉朝政，出楊光遠、景延廣于外，一制指揮，節度使十五人無敢違者。使居平世，都將相，其勛業豈小哉？嗚呼！士之不幸，遭逢阨會，身名俱殞者，則房、桑二子是也。

宋自仁宗之世，天下號稱治平。韓、富二公，與范希文、歐陽永叔，一時並用，世謂之韓、范、富、歐。魏公嘉祐、治平間，再决大策，以安社稷。當朝廷多故，處危疑之際，知無不爲，而與范、歐同心輔政，百官奉法循理，朝廷稱治。富鄭公爲相，守典故，行故事，傅以公議，無心于其間，而百官稱職，天下無事。史臣稱魏公相三朝，立二帝，垂紳正笏，不動聲氣，措天下于泰山之安，可謂社稷之臣矣。又稱國家當隆盛之時，其大臣必有耆艾之福，推其有餘，足芘當世。富公再盟契丹，能使南北之民數十年不見兵革，與文潞公皆享高壽于承平之秋；至和以來，共定大計，功成退去，朝野倚重。由此言之，二公之功名，蓋相當矣。嗚呼！士之幸而遭際太平，福德俱全者，則韓、富二公是也。

抑中州之人才，此特因執事所問及者言之。若賈生之通達，蔡邕之文學，張衡之精思，卓茂之循良，李膺之高節，黄憲之雅度，鄧禹之功勳，有不可一二數者。孔子嘗在衞，則衞多君子；光武起南陽，則南陽多功臣。至如程氏兩夫子，傳千載不傳之道統；而許文正公自得伊洛之學，有開世太平之功，皆今河南境內之產也。詩曰：「高山仰止，景行行止。」願因程氏以求觀聖人之道，而志伊尹之所志也。謹對。

## 校記

〔一〕彊　原刻誤作「疆」，依陸宣公集校改。

〔二〕謹徵　按溫國文正司馬公文集卷十八作「重徵」。

〔三〕夷　原刻墨釘，依大全集校補。

〔四〕既　原刻誤作「旣」，依大全集校改。

〔五〕膂　原刻墨釘，依大全集校補。

# 震川先生別集卷之三

## 制誥　奏疏　策問

### 先任太子太保禮部尚書文淵閣大學士張治賜謚文毅誥文 初謚文隱

制曰：朕於國家之事，凡臣下有所建白，苟有可采，咸賜施行。實以付之公議，而不私焉。故太子太保、禮部尚書、文淵閣大學士張治，孕靈湘、漢，際會風雲。擢掄魁於鴻漸之辰，獲利見於龍飛之歲。遂官翰苑，事我先皇帝三十餘年。往殿南都，以長六卿；尋被召還，置之丞弼。忠誠直亮，庶幾有爲，而弗永其年。然隆恩厚恤，君臣之義，可謂有終始矣。

間於媢嫉之臣，易名未當。頃有言者，朕下之禮官，考論其世。以爾詞尚理要，制作渾雄；心存世務，議論慷慨。考文章以知人，如陸贄之識韓愈；因公正而發憤，若汲黯之斥張湯。引以同升，悉爲今日之宰輔；與之異趣，實乃當時之大姦。是以朝廷服其節槩，天下想其風采。

昔我先正，良用懷思。不有嘉名，曷稱輿論？是用謚爾文毅。蓋公議久而後定，非樂於有所改，亦必歸於是而後已也。爾其不昧，尚克享此！

諭祭贈資政大夫南京禮部尚書裴爵并配贈夫人楊氏封太夫人部氏文

維爾性含淳質，家承素風。有子爲文學之臣，進位膺秩宗之命。贈封薦被，伉儷偕榮。考其積衆之原，實由善德之致。再稽令式，憫恤宜厚於厥終；爰軫疏聞，寵數特申於併錫。賁茲新誥，祭以共牢。尚其冥靈，歆此嘉饗！

諭祭提督福建等處軍務都察院右僉都御史塗澤民文

惟爾蚤占科名，歷躋通顯。屢經任使，積效賢勞。自頃粵寇稽誅，蔓延三省。生民受毒，徵發連年。爲我中國之憂，貽朕南顧之慮。爾當閫寄，畀此簡書。協謀進兵，共成犄角。鯨鯢就殄，嶺海漸清。方茲念功，遽聞奄逝。豈以山川之險，遂犯霧露之危？朕用惻然，遣官諭祭。靈其如在，尚克歆承！

## 諭祭山西巡撫都察院右副都御史毛鵬文

惟爾初由俊造，薦服仕官。遺惠愛于桐鄉，肅紀法于栢府。超陞太僕，尋陟中丞。屬玁狁之匪茹，迺朔方之攸寄。斬首捕鹵，捷音屢聞；繕塞保城，勞績可紀。方中移閫之命，亟上養痾之章。未究厥施，奄罹大疾。疆場多故，朕用拊髀；人才實難，予所哀念。特遣諭祭，以慰幽魂。爾若有知，其克歆此！

## 諭祭原任南京兵部右侍郎劉畿文

惟爾世族名家，接武科第；清塗華轍，薦歷寺臺。昔從內庭，曾董紫宮之役；晚撫全浙，永寧滄海之波。顯有譽聞，方深委寄。蘭橑桂棟，最勞績于考工；鶴列魚書，上鹵獲于幕府。恩貤嗣子，位正陪卿。在告養痾，奄忽長逝。用錫祭葬，以厚厥終。靈其有知，尚克歆服！

## 封朝鮮國王妃朴氏誥文

制曰：我祖宗誕膺天命，統御萬方。睠惟東藩，恪修方貢。奕世休饗，恩賚有加。朕嗣守丕基，率遵先典。迺國君繼祚，旣遣使以疏封；肆婦爵從夫，復並隆其命數。爾朝鮮國王李昖妻朴氏，出自元宗，夙閑方訓；爰膺妙選，作配名邦。方嗣位免喪之時，協令居燕譽之吉。適覽來表，良副佇懷。特封爾爲朝鮮國王妃。於戲！宜爾室家，繫一國之風化；共承祭祀，衍百代之雲仍。無隳令儀，以逕多福。欽哉！

## 進香疏

某官某等謹奏，爲大喪禮事：仰惟大行皇帝宮車遠馭，奄棄萬方，四海之內，含氣之屬，靡不哀慕。况如臣等，荷恩深重，其於悲戀，尤倍恆情。謹備降香一炷，具本，專差某官齎進，謹以奏聞。

## 奉慰疏

奏爲奉慰事：某年月日，接到大行皇帝遺詔，以某年月日，龍馭上賓，普天同慕，攀號靡及。仰惟皇帝陛下聖孝天性，方當諒闇之時，哀慕至切，臣等不勝悲愴，無以爲情。伏念大行皇帝受天明命，纘紹丕圖，覆露羣生，四十五年，享國長久，近古罕比。又以聖人爲之子，顧命之日，爲天下得人，朝不改署，市不易肆，海內晏然。大行皇帝在天之靈，殆無遺憾矣。天下神器，帝王大統，陛下膺茲付托之重，伏乞仰遵遺詔，節哀忍性，愛精育神，以繫華夏、蠻貊之望，爲天地神人之主，綿國家億萬年無疆之曆。所以荅揚光訓，永世克孝，實在於此。臣等瞻戀闕廷，不勝大願。

## 乞改調疏

爲乞恩改調，以圖報効事：臣於嘉靖四十四年，會試中式，蒙先皇帝收錄，賜臣同進士出身，除授浙江湖州府長興縣知縣。自以平生受國家養育之恩，亦欲少竭涓埃，以圖報稱於萬一。念百里之寄，實非容易。臣謹守敎條，悉意撫循。妄謂今天下生民元氣耗矣，宜專務休養之，不當厲鑱銳事，刻覈以取目前之快也。然泥古而不通於時務，信心而不達乎人情，功効蔑聞，罪過山積。幸荷聖明，不加罪譴，曲賜保全，於隆慶二年六月十八日，陞臣順德府通判。終以駑蹇，不任驅策，黽勉在官，虛縻廩祿，審己量力，甘自退廢。

又自念髫齔厲志，白首不衰，方國家收錄人才之日，臣不忍自棄於造化生成之外。茲因入賀萬壽聖節，得望闕廷，君父在上，臣子敢不控訴愚悃。伏望勅下吏部，改臣國子監一官，俾臣以五經訓誨學者。臣鼎雖貧，讀書不廢於宦學；桓榮已老，專門自許於師傅。付臣之力，足以任之。俾於未死之年，少盡平生之志，亦以見聖世之無棄才也。臣無任懇悃屛營之至。

## 乞致仕疏

奏爲乞恩致仕事：臣於嘉靖四十五年，蒙恩賜同進士出身，除授某官。隆慶二年四月內，朝覲回任。今蒙陞授某官，於某月日，領到吏部文憑一道，卽離任至原籍某府某縣。不意痰火忽作，延醫調治未痊，見今病勢侵尋，不能前邁。伏乞聖恩，容臣休致。念臣謦齔勵志，白首不衰。僅獲第於九科，叨食祿者二載。涓埃未竭，覆載難酬。及其未死之年，敢忘圖報之志。成漢二史，作唐一經，或能發揮盛德，傳示來世。

## 策問二十三道〔一〕

問：兩浙天下重藩，涵濡至治，生民樂業，蓋二百年於茲矣。獨以承平日久，吏治刓弛，釁孽或萌，殆不能不爲民病焉。以田賦言之，豪右之兼併，里甲之攤稅，其間欺隱飛詭，姦宄四出，今欲求經界之正，丈量之法果當舉歟？以差役言之，官司之征派，應辦之頻仍，其間貪緣規避，弊累百端，今欲行均平之政，雇募之法果當因歟？自倭夷入寇，民間徵調日廣，邇者雖稱裁減，猶未銷兵以蠲外加之賦，茲欲議兵食之省，而練土著之民，可乎？自礦徒爲梗，州郡繹騷尤甚，邇者稍已怗息，旋復糾衆，尙隱內訌之憂，玆欲杜攘奪之源，而嚴封山之令，可乎？

夫丈量似矣，而增稅猶恐概及下田，不知何以合於遂人辨野之規？雇募似矣，而輸直猶恐累及貧戶，不知何以得於司徒保息之道？土兵似矣，變或不測，事當豫防，旣濟衣袽之戒，其可思乎？築塞似矣，利之所在，人不畏死，卝人厲禁之守，其可復乎？此四者均爲民病，誠宜蚤慮而亟圖之也。善救者，譬如良醫之療病，病已去而人不知。否則投之或誤，未免重困，所以救之者非也。是知變革之道，必斟酌劑量，識化裁之宜，而後可以與此。士於窮居，天下之務當無不究心者。矧是爲鄉士之患，諸士子必能悉其利弊，毋徒諉之不知也。

問：我太祖高皇帝自始初建國，庶事草創，卽命世子以師事宋濂，又選國子生國琦、王璞等，侍太子讀書禁中。其後大本堂之建，制度文物盛矣，而對詹同等議東宮官，欲用勳德老成之士。于時羣臣當其選者，可得而言歟？至於皇太子侍圓丘，侍文華殿，侍文樓，無時而不致其訓戒，太祖之留意國本如此。列聖御極，其所以設教置屬，果能盡得聖祖之意否？

聖天子慈愛隆至，近日廷臣出閣之請，尙以皇太子年齡未許。夫明堂保傅之篇，莫不在於蚤諭教與選左右，所謂少成若天性，尤今日之所當急也。卽舉出閤之儀，而今之東宮官屬，與講讀儀注，果足以爲盡諭教之法歟？昔賈生少年，常爲文帝陳之。此亦爾諸生今日之所當知者，言之毋讓。

問：國家有非常之災，天之所以警戒人主，使修德以保大業，而受多福也。今天子承統繼祚，寬仁恭儉，天下延頸，以望至治。邇來災異頻仍，豈上天垂象，示所以仁愛之至者歟？

今歲洪水泛濫，瀰漫數千里，而大江以南，海水震蕩，沿海居民，漂溺者以百萬計。於洪範五行，推其事類，以爲貌之不肅。故曰：「貌傷，則致秋陰而常雨。」然至於江河橫流，海水飛溢，其變不止常雨之應而已。漢世如董仲舒、郎顗之徒，皆能推陰陽以納說時君。學者或以爲流於術數，假經托義，非吾儒之正道。然前世因天變，下詔求賢良方正、直言極諫之士。今天下之事，可言以告吾君者多矣。諸士子抱憂世之志，其各以意對。

問：昔者孔子與其門人論學，其後七十子之徒，以此友教諸侯；而漢興，六藝皆有名家，以師法相授受，更千百年而學者不廢也。至宋周子出，而河南二程子從之受業，同時有張子，與二程並稱，以爲上接孔氏不傳之緒。至朱子，又獨得程氏之正傳。則漢以來諸儒，學者固置之不足道也。然如程門高第弟子謝、楊、呂、游之徒，皆親有得於其師者，而朱子往往病其悖於師說。至其同時如陸子靜，其所造已極於高明，而鵝湖論辨，終不能有合。今之論學者所以倍譎不相入，爲此也。夫道一而已矣，千古之人心不異也，何獨爲聖人之學者，直有此紛紛也？願聞諸儒之失，與朱子之所以獨得者。

問：北狄爲中國患，吾所以備禦之者，常屈於力之不足；二百年強盛之中國，卒未有以得其勝算，能幸其不來而已。然此乃上古之所不臣者，猶可言也。若閩、廣，在吾疆域之中，其聲名文物，與齊、魯不異，非秦、漢之時比也。而數年以來，叛命者踵起，雖告捷屢至，而出沒如故，非復如先朝斷藤峽、八寨之類，可以旋就撲滅，今幾爲吾腹心之疾矣。議者謂，不患於無兵，而患於無財；不患於無財，而患於無將。又謂慎選牧守，則能招諭解散，雖不必選將，可也。其果然歟？

宋儂智高反嶺南，得狄武襄而後平定；漢李固薦祝良、張喬爲刺史太守，則不發兵而交趾、九眞自寧：前代得人之效如此。今廟朝疇咨，廷臣論薦，自以爲極當世之選，而智勇之將，循良之吏，毋乃猶伏而不出歟？抑得人如先朝之韓襄毅、王新建者於今日，果可必其成功否乎？其有以告我。

問：楊子雲太玄，惟弟子侯芭能知之，雖劉子駿、班孟堅，蓋莫能測也。然桓譚以爲勝老子，張衡以擬五經，至范望之徒，皆以楊子雲爲聖人，抑豈無見而云然耶？則吳、楚僭王之幾，吾未知其果然否也！至司馬溫公，又謂「玄之書，要以贊易，非別爲書以與易抗衡〔三〕也。」然則今之學者，皆知讀易而不能信玄，則其所謂學易者，亦毋乃無所得耶？夫侯芭者，諸士子之鄉人也。故以太玄與諸士子論之。

問：我太祖高皇帝再造區宇，創業之初，經綸萬務，若不遑給。而紛紛著作，上追典謨，以遺聖子神孫者，龍圖、延英之所庋，不啻富矣。姑舉一二，爲諸士子言之。嘗以祭祀爲國大事，念慮之間，儆戒或怠，無以昭神明，命禮官及儒臣編存心錄。又將饗大祀，致齋武英殿，命東閣大學士吳沉等輯精誠錄，曰存心，曰精誠，聖祖所以嚴事上帝神明者至矣。其大旨與其條目，可舉而言歟？夫以我太祖之於祭祀如此，其於深宮之居，褻近之御，肯少肆耶？蓋即其對越神明之心也。自古帝王，著作多矣。以儒者之學，接堯、舜、禹、湯、文、武之統，此所以亘千古而莫及也。二書實今日經筵勸講之所宜先者。諸士子莊誦久矣，宜敬陳之。

問：邇者洪水爲沴，四方奏報日聞，詔命所在賑貸，德意至厚也。夫先王九年之積，今日不可冀矣。周禮大司徒「以荒政十有二聚萬民」，亦有可酌而行之歟？管子書云：「湯七年旱，禹五年水，湯以莊山之金鑄幣，贖人之無饘賣子者；禹以歷山之金鑄幣，以救人之困。」夫聖人居至高之位，乃能軫念人之無饘賣子者，則當時之民，其必不至於死也。呂成公有言：「天下古今不同，古人可行之法，皆已施用，今但舉而措之耳。」試舉前代之救荒，宜於今者有幾？其若堯、湯之世，能念人之無饘賣子者否？

昔哀公問於有若曰：「年饑，用不足。」有若告以「盍徹乎」？夫饑而用不足，而告之以徹，尤今世之所謂迂者也。然散利薄征，實荒政之首務，徒散利而不薄征，又不若不散之愈矣。今議賑貸，未嘗不行，而曰免民田租，則動以國計爲言。然則必使百姓受其實惠，以不負我聖天子哀愍元元之意，如何而可？

問：程子答張子定性之書，以爲「動亦定，靜亦定，無將迎，無內外」。其論至矣。然易傳解艮之辭，謂「止於所不見，而外物不接，內欲不萌」，則猶若張子之恐其累於外也。中庸「喜、怒、哀、樂未發之謂中」，程子以爲「才〔三〕思卽是已發」，不知戒愼恐懼，亦已涉於思否？呂氏求之於喜、怒、哀、樂未發之時，楊氏「未發之時以心驗之，則中之義自見」，皆若有悖於程子之言。至於李愿中學於羅仲素，而知天下之大本有在於是者，是卽得之楊氏者也。則呂、楊之說，亦未易可訾矣。

抑程子所謂「內外兩忘」，與「外順虛緣，出怒不怒之言」何以辨？艮卦之傳，與「息緣反照，徇耳目，內通而外於心知」者何以殊？「才思卽已發」，與可使如槁木死灰者何以異？夫學者於佛老，皆知闢之矣；至吾儒心性之學，常不免與之相涉者，凡此皆諸君平日所當體驗而析之於毫釐者，願聞其說。

問：劉向稱賈誼「通達國體，古之伊、管未能遠過」。又稱「董仲舒有王佐之才，雖伊、呂無以加」。孝文一代之賢主，其始未嘗不深知誼，而卒爲東陽、絳、灌之徒所排，棄誼長沙。武帝始三策仲舒，乃以爲江都相，後亦見嫉於公孫弘，再相膠東，竟廢於家。昔人稱賢才之用舍，繫國家之治亂，誼雖不用，無損於文帝之治；武帝以汲長孺之廷爭，而上所傾向，乃在於弘、湯，使仲舒列於九卿，其亦何所救乎？卽二子得君如伊、呂，其果可以追三代之治乎？

抑班固言，誼之所陳，孝文略見施行，仲舒居家，朝廷有大議，使使者就問之。及武帝推明孔氏，罷黜百家，立學校官，舉茂才孝廉，皆仲舒發之。則二子於當時，蓋未爲不遇也。而誼乃至自傷，比於屈子之沉沙，而後世尤以仲舒不用，爲武帝惜，何也？

問：孔子贊易自庖羲氏，删書自帝堯，此以前未之及也。雖好奇如司馬子長，亦斷自黄帝，以爲史記。然圖緯所載，世猶傳之。泰皇、九皇之稱，或亦見於史記，管子謂古封泰山七十二家，春秋緯有十紀之名，其亦可信歟？或謂古有渾沌氏，蓋天地之始生，如屈子天問、淮南子所稱多儵佹，然皆無有及於此者。至如豨韋、冉相、容成之號，又何所徵歟？

孔子稱「易有太極，是生兩儀」。又論十三卦制器尙象之始，則上古有天地，其漸有帝王，固理之必然者。而左史倚相，能讀三墳、五典、八索、九丘之書，當孔子時，前古之書猶有存者，何孔子皆棄而不錄歟？宋司馬温公爲資治通鑑，而道原劉氏與温公深相契合，然通鑑不敢續獲麟，劉氏作外紀，乃始於盤古氏，何也？以諸君於書院中方讀外紀，試相與論之。

問：周官之法，「五家爲比，十家爲聯；五人爲伍，十人爲聯；四閭爲族，八閭爲聯：使之相保相受〔四〕，刑罰慶賞，以〔五〕相及相共，以受邦職，以役國事。」周公之所以經紀天下者詳矣。國初斟酌前代之制，定爲里甲，實本於此。今天下編戶不具，黃籍無稽，流冗與土著雜處，見丁著役牌面沿門輪遞之法，比郡罕有行之，所以姦宄竊發，四夷〔六〕交侵，夫豈不由於此也？

夫周官自鄉大夫至於閭胥，無非教民以孝弟睦姻，敬敏任恤。漢置三老，猶有此意。我太祖高皇帝手諭教民，榜文固在，今欲遵行，令鄉老教民決訟，議者以爲不可行，何也？夫不遵奉典憲，而徒取壹切以務聲名，豈國家所以任屬長吏之意？兹欲求化民成俗之效，何道而可？諸士子爲我言之。

問：周官「宗以族得民」。昔之聖人，其治天下而篤于敦本，故其民維繫而不可解。夫氏族之始，宗法之立，其可詳歟？宗法廢而譜牒重，歷代爲譜學者可數歟？魏起北方，胡爲而獨重高門？唐尚文雅，胡爲而更崇氏族？袁誼、柳玭，豈非世家之賢者乎？今譜牒亡矣，宗法豈可得而復乎？與諸士子論道而及此，毋以爲迂也。

問：兵之所圖畫者，地形也。古有九塞，猶在中國之間。若夫北紀與夷〔七〕狄爲界，夷〔八〕夏之大防，莫嚴於此矣。秦、漢取河南地，因河爲固，議者不以爲上策，何歟？魏、晉之世，戎夷〔九〕雜處，江統、郭欽嘗論之矣。以魏武之英略，不知慮此，何耶？魏之六鎮，唐之三受降城，源懷之所論，張仁愿之所營，果周、秦之故塞歟？石晉以十六州賂契丹，中國失勢，以宋太祖、太宗之烈，不能爭尺寸，終宋之世，武功不競，卒貽青城之禍，抑其故何也？

我國家驅逐胡元，中國之勢尊矣。然朔方故郡，統萬舊城，虜〔一〇〕得以居之。在廷碩畫之臣，時有論建，而未能復也。諸士子籌之於今日，必有勝算。以下六首，武科策問。

問：兵，衆之所聚，必有行列，司馬法軍旅什伍之數具矣。管夷吾作內政，所以輕於變古者，何也？世言陣法，蓋本黄帝握奇，而公孫弘、范蠡、樂毅之説，果得其意歟？諸葛孔明演之爲八陣圖，後世惟晉馬隆、隋韓擒虎甚明其説。李靖傳之，造六花陣以變九軍之法；李筌配四正四奇之位于八卦，而裴緒新令有九陣圖，其説可得而詳歟？

孫子曰：「紛紛紜紜，鬬亂而不可亂；渾渾沌沌，形圓而不可敗。」兵之至妙，非陣莫能也。而筌又以爲「兵者如水，水因地以制形，兵因敵而制勝，能與敵變化而取勝者，謂之神。」則筌雖爲圖，而其說乃又出於圖之外，固知兵者之所不可不究也。願有聞焉。

問：古語云：「有必勝之將，無必勝之兵，將者，三軍之司命也。」人主求天下之士，而尤難於得將才。而兵法言論將之道，有所謂五才、十過、八徵，其求之可謂詳矣。又曰：「將者，智、信、仁、勇、嚴也。」又曰：「將之所愼者，曰理，曰備，曰果，曰戒，曰約。」其責之可謂全矣。

然昔君臣之相遇，風雲感會，定分於俄頃，如湯之聘伊尹於莘野，文王之載尙父於渭濱，其果詳而求之歟？齊桓登管仲於車中，秦穆用百里奚於牛口，其果備而責之歟？古之人相遇如此之盛也。今天下嘗病將才之難，然恐有之而不能得也。孔明不遇先主，終老於南陽而已。桓温顧王猛而別求所謂三秦豪傑者，豈豪傑之伏而不出，其坐此歟？抑雖終日與之居，而莫識其人也。請質之諸士子，以觀其所以自待者。

問：自戰國力政，而言兵者始籍籍矣。其書大抵不出權謀、形勢、陰陽、伎巧四種而已。而後世又有所謂三門者，何歟？夫兵者，不過以智鬭智，智饒者勝；以力角力，力雄者强，宜無事乎至高之論也。今其書乃類言大道者，如所謂：「微乎微乎，至於無形；神乎神乎，至於無聲。」又曰：「精誠在乎神明，戰權在乎道之所極。」又曰：「神明之德，正靜其極。」誠如其說，則古之爲將者，必聖人而可也。其果然乎？又謂度量數稱，則兵之法，何又本於六律也？至如荀卿子之議兵，呂覽之言簡選，淮南之敍兵略，諸士子亦能通其說歟？古之語大道者，五變而形名可舉，九變而賞罰可言，則兵者，在於禮樂刑政爲至粗者也。今能達於此說，則知兵之非至粗也。願聞其旨。

問：兵者，天下之至變，其安危存亡，常在反掌之間，緊計之得失明矣。請以前史論之。成安君之禦漢師也，果用李左車之言，則淮陰將遂困井陘乎？吳王濞之向關中也，果行田祿伯、桓將軍之計，則條侯遂委關東乎？董卓專漢命，梁衍獻規於皇甫義眞，若從之，其能就格天之業否也？夏侯楙〔二〕鎭長安，魏延進計於諸葛孔明，若用之，其能成擣魏之勳否也？淝水之捷，苻秦奔潰，謝安石何以不知乘之？渭橋之勝，關中幾復，宋武帝何以不知取之？澶淵之幸，議者謂寇忠愍拘小信而不亟徼虜〔三〕，否則能使隻輪不返歟？朱仙之捷，議者謂岳武穆守小忠而不能矯詔，否則能使中原廓淸歟？諸士子來應武科，一劍之任，主司者不以此相期也，當必有獨明將帥之大略者。姑舉一二，以相試焉。

問：古今言兵者，莫過孫子。其書於兵之情變，無所不盡。後之用兵者，猶至方不能加矩，至圓不能加規矣。嘗試舉其類。如司馬懿不取小利而斬文懿，此能而示之不能也。班超詭言散衆而降龜茲，此用而示之不用也。韓信陳船欲渡臨晉，而伏兵從夏陽襲安邑，遠而示之近也。岑彭西擊山都，而潛兵渡沔，以敗張楊，近而示之遠也。耿弇攻西安而拔臨淄，善攻者敵不知其所守也。鄧艾據洮城而困姜維，善守者敵不知其所攻也。徐晃飛矢而下韓範，拔人之城而非攻也。陶侃函紙而擒温邵，屈人之兵而非戰也。

若此之類，豈習其法而一一規合之歟？抑其書足以待無窮之變，而自不能出其範圍也？夫果人之巧妙自與之合，則孫子之書，亦可無用歟？驃騎將軍言，顧方略何如，不至學古兵法，其然乎？試爲我言之。

問：孔子之在當時，人皆知其爲聖。魯三桓，蓋僭竊之尤者，而孟僖子臨歿，使其子師事孔子。季桓子病，輦而視魯城，歎曰：「昔此國幾興矣，以吾得罪孔子，故不興也。」嘗讀其言而悲之。然晏嬰、子西，號爲春秋賢大夫。當是時，齊、楚之君欲裂地以封孔子，而子西沮之不遺餘力，何也？

子西猶知以孔子爲聖人，特自安于僭陋耳！若晏子肆爲詆譏，何其無忌憚也！其後司馬氏父子稱良史，猶祖述其餘論，以爲儒者不可用。至于後世，往往陽尊孔子，而實陰用老聃、申、韓之術以治天下。晏子之論，何其流禍之遠也！蓋千載人心學術之辨在于此。願與諸子論之。

問：昔稱吳興山水清遠，士大夫皆慕遊其地，其民風土俗之淳，載于圖志者可考矣。今時若與古異者，將世變之不可挽歟？抑治之教之者不至也？漢內史之辦租賦，渤海之化盜賊，京兆之治告訐，此其彰彰著聞者。豈今時獨不可能歟？其方略化道，見于班史，可得而聞歟？

夫爲吏者，固不敢鄙夷其民也，將求所以移風易俗之方，何道而可？諸士子爲我言之。

以下三首，長興試士。

問：我太祖高皇帝初定金陵，姑蘇實爲强敵，自得江陰、長興，而蹙吳之勢成矣。耿元帥實建取邑之功，遂留鎮其地。血戰者十年，使上無東顧之憂，卒殲巨寇，以集大勳。其經略備禦之策，可得言歟？

洪武十七年，上親定功臣次第，功高望重者八人，長興侯次居第六。及功臣廟六王之下，又有十五人，而長興侯不與，何也？己卯眞定之援，其死生大節，世亦莫得而詳焉。諸士子爲其邑人，宜知其故。其爲我言之。

問：先儒有言，士之品有三，有志于道德者，有志于功名者，有志于富貴者。今天下之人，大抵出于科目。夫志于富貴者不足言矣。先朝講明道學如吳康齋，輔相三朝如楊文貞諸公，多不盡出于科目。今之所謂道德功業，非科目無稱焉，是果足以盡羅天下之才耶？然如二公者，求之科目蓋少也。夫科目不足以盡天下之才，則天下之才果何所在？豈士之不得于此，遂不能立德而著功名也？亦有謂科目敗壞天下人才，其果然歟？

諸士子皆邑之俊彥，今茲來試，其所以自待者，于士之三品何居？願聞其志。

## 校記

〔一〕原刻無，依大全集與目錄校補。

〔二〕抗衡　溫國文正司馬公文集卷六十八說玄作「角逐」。

〔三〕才　二程語錄卷十一作「既」，義長。

〔四〕受　原刻作「愛」，依周禮地官校改。

〔五〕以　周禮地官無此字。

〔六〕〔七〕〔八〕〔九〕夷　原刻墨釘，依大全集校補。

〔一〇〕〔一二〕虜　原刻墨釘，依大全集校補。

〔一一〕懋　三國志魏延傳裴注作「楙」。

# 震川先生別集卷之四

## 志

### 馬政志

學者論官，必本周禮。周禮之書，世或疑其與周制不合，然文、武、周公之遺法，亦頗可考。至言牧馬之事，則夏官之屬曰：校人、趣馬、巫馬、牧師、庾人、圉師、馬質。其辨六馬之屬，故爲天子十二閑，馬六種也。其職事，有校左右，馭夫，至于皂師，皆員選。頒良馬，養乘之。駑馬三其良之數。

其政，則「齊其飲食，簡其六節。」「春，除蓐，釁廄，始牧。夏，庌馬。冬，獻馬。射則充椹質，茨牆則翦闔。」疾則乘治之。牧地則有厲禁，有駕税之頒，有質馬之量。毛馬齊其色，物馬齊其力。「禁原蠶」。「凡馬，特居四之一。春，祭馬祖，執駒。夏，祭先牧，頒馬，攻特。秋，祭馬社，臧僕。冬，祭馬步，獻馬，講馭夫。」佚特，教駣，攻駒，散馬耳，焚牧，通淫。而呂不韋月令，季春「合累牛騰馬，遊牝于牧。」仲夏〔一〕「別羣，則縶騰駒。」凡此，皆自古以來傳其法，所以能盡物之性者也。

其稱「四井爲邑，四邑爲丘」，丘十六井，出戎馬一匹。「四丘爲甸」，甸六十四井，出戎馬四匹。天子畿內方千里，定出賦六十四萬井，戎馬四萬匹。或謂周蓋令民間養馬，考其實不然。

丘甸之馬，蓋國有賦調，民自具馬以卽戎。民之平日養馬，官何與焉？唯校人以下之職，乃爲王馬，而天子使人自養之者也。牧師所謂牧地，皆在草莽水泉之區，若今之苑馬。然其後，天子亦不盡如其制，而自以其意使人養馬。穆王時，造父御八駿，孝王命非子主馬汧、渭之間，皆非如周禮有一定之官也。春秋時，魯、衛弱國，而魯僖公坰牧之盛，衛文公「騋牝三千」，詩人歌頌之。秦起西北，牧多健馬。其詩曰：「駟驖孔阜，六轡在手。」又曰：「騏騮是中，騧驪是驂。」言秦馬之良也。諸侯力政，國各有馬至千萬騎。後秦併六國，馬皆入之秦。及山東豪俊起，章邯以百萬之師，數進數却，竟以敗降，秦馬無聞焉。

漢初，高祖與匈奴冒頓遇。當是時，高祖被圍白登，匈奴騎，其西方盡白馬，東方盡青駹馬，北方盡烏驪馬，南方盡騂馬，高祖以故大困。時漢馬益乏，故用婁敬之計，詘意和親。孝文、孝景循古節儉，廐馬百餘匹。孝武恃中國富盛，兩將軍出塞，殺虜〔三〕八九萬，而漢馬死者十餘萬。漢亦以馬少，無以復往。其後天子爲伐胡，盛養馬，馬之來食長安者數萬匹。

其後大將軍、驃騎將軍軍益出，漢軍馬死者又十餘萬。於是令民得畜牧邊縣，官假馬母，三歲而歸，及息什一。其後車騎馬乏絕，縣官無錢買馬，乃著令封君以下至三百石以上吏，以差出牝馬，天下亭，亭有畜牸馬。先是，天子發書，易云：「神馬當從西北來。」得烏孫馬，好，名曰天馬。及得大宛汗血馬，益壯，更名烏孫馬曰西極，名大宛馬曰天馬云。宛俗嗜酒，馬嗜苜蓿，漢使取其實來，於是天子始種苜蓿蒲萄肥饒地。及天馬多，外國使來衆，則離宮別觀旁盡種蒲萄苜蓿，極望。其後，天子下詔，深陳既往之悔，修馬復令，毋乏武備而已。孝昭詔，止民勿共出馬；罷天下亭馬〔三〕及馬弩關。孝宣省乘輿馬及苑馬，以備邊郡三輔傳馬。至元、成之世，數詔減乘輿馬。

光武中興，官皆省併，太僕獨置一廄，後置左駿令。和帝省減外廄，及涼州諸苑馬。其後世，承華、騄驥廄馬亦萬匹矣。漢馬莫盛於孝武之世，至以伐胡，馬遂大耗，故爲假馬母歸息諸一切法，此後世民養官馬之始也。然不久而罷。漢太僕所領，若車府、路軨、騎馬、駿馬、龍馬、閑駒、騊駼諸監廄，皆內馬也。邊郡六牧師苑，及漢陽流馬苑，此皆在外，而諸牧師苑分在河西六郡中。北地靈州有河奇苑、號非苑；歸德有堵苑、白馬苑；郁郅有牧師苑；襄平有牧師官；鴻州有天封苑；太原有家馬官；其後又置越嶲長利、高望、始昌三苑；益州有萬歲苑；犍爲有漢平苑：皆太僕屬也。

魏、晉以後迄于隋，天下變故多矣，兵亟用，而馬政未有聞。惟獨魏馬，自世祖平統萬，乃以秦、涼以西水草豐美，用爲牧地，馬大蕃息，至有百餘萬匹。高祖置牧河陽，常畜戎馬十萬匹，每歲自河西徙牧并州，稍復南徙，而河西之牧愈蕃。故天下稱魏馬之盛。

唐尙乘掌天子之御，左右六閑。一曰飛黃，二曰吉良，三曰龍媒，四曰騊駼，五曰駃騠，六曰天苑。總十有二閑，爲二廐，一曰祥麟，二曰鳳苑。每歲，河隴羣牧進其良，以供御六閑馬。其後，禁中又增置飛龍廐。初，得突厥馬二千匹，又得隋馬三千於赤岸澤，徙之隴右，監牧之制始此。其官領以太僕，其屬有牧監、副監。監有丞，有主簿，直司，團官，牧尉，排馬，牧長；羣頭有正有副。凡羣，置長一人；十五長，置尉一人。歲課功進排馬，又有掌閑，調馬習上。初，用太僕少卿張萬歲領羣牧，自貞觀至麟德四十年間，馬七十萬六千。置八坊：岐、豳、涇、寧間，地廣千里，一曰保樂，二曰甘露，三曰南普閏，四曰北普閏，五曰岐陽，六曰太平，七曰宜祿，八曰安定。八坊之田千二百三十頃，募民耕之，以給芻秣。八坊之馬爲四十八監，而馬多地狹，不能容，又析八監，列布河西豐曠之野。凡馬五千爲上監，三千爲中監，餘爲下監，監皆有左右，因地爲之名。當是時，天下以一縑易一馬。萬歲掌馬久，恩信行於隴右。後以太僕少卿鮮于匡俗檢校隴右監牧，儀鳳中，以太僕少卿李思文檢校諸牧監使，後又有羣牧都使，有閑廐使。又立四使，南使在原州，西使在臨洮軍，東北二使皆寄理原州。其後益置八監於鹽州，三監於嵐州，有白馬諸坊，樓煩、玄池、天池之監。自萬歲失職，馬政頗廢。

開元初，國馬益耗，太常少卿姜晦請市馬六胡州。王毛仲領內外閑廐，馬稍復蕃息；其始二十四萬，至十三年，乃四十三萬。天子以突厥款塞，於受降城歲與之互市，又市之河東、朔方、隴右，既雜胡馬，種馬乃益壯。天寶後，戰馬動以萬計，遂弱西北蕃。安祿山以內外閑廐都使兼知樓煩監，陰選勝甲馬歸范陽，故其兵力傾天下。肅宗收兵至彭原，蒐平涼監牧，猶得馬數萬，軍以復振。及吐蕃陷隴右，苑牧馬皆沒焉。其後水草腴田，旋以予貧民，及諸賜占幾千頃。德宗命閑廐使張茂宗收故地，民失業愁怨。穆宗即位，悉復還民。太和七年，置銀川監，大氐無復開元、天寶之舊矣。他如蔡州龍陂、襄州臨漢、淮南臨海、泉州萬安，皆不足數也。漢以來牧官，後世不聞。唯唐張萬歲、王毛仲，此兩人名最著，而馬特盛。議者以爲唐得人專其職也。

初置監牧秦、渭二州北，會州南，蘭州狄道西，蓋跨隴西、金城、平涼、天水四郡之地。漢志云：武威以西，本匈奴昆邪王、休屠王地，習俗頗殊，地廣民稀，水草宜畜牧，故涼州之畜，爲天下饒。皆唐之牧地之所苞絡也。五代戰爭，養馬之政莫紀。

宋太祖初置左右飛龍二院，以二使領之。後改爲天廐坊，又改爲騏驥院，以天駟監隸焉。眞宗咸平三年，置羣牧使。景德二年，改諸州牧龍坊悉爲監。在外之監十有四，置羣牧制置使及羣牧使副都監判官。廐牧之政，皆出於羣牧司，自騏驥院而下，皆聽命焉。諸州有牧監，知州、通判兼領之。先是，五代監牧多廢，太祖始置養馬二務，又興葺舊馬務四，遣使歲市邊州馬，閑廐始備。太宗得汾、晉、燕、薊馬四萬二千餘匹，始分置諸坊。國子博士李覺言：「冀北燕代，馬之所生，胡戎之所恃也。制敵以騎兵爲急。議者以爲欲國之多馬，在乎啗戎以利，而市其馬。然市馬之費歲益，而廐牧之數不加者，失其生息之理也。且戎人畜牧轉徙，馳逐水草，騰駒遊牝，順其物性，所以蕃滋。其馬至于中國，縶之維之，飼以枯槁，離析牝牡，制其生性，玄黃虺隤，因而減耗宜然矣。古者因田賦出馬，馬皆生於中國，不聞市之於戎。今所市戎馬，直之少者，匹不下二千，往來資給賜予，復在數外，是貴市於外夷，而賤棄於中國，非理之得也。今宜減市馬之半直，賜畜駒之將卒，增爲月給，俟其後納馬則止焉，是則貨不出國而馬有滋也。大率牝馬二萬，而駒收其半，亦可歲獲萬匹。況夫牝又生駒，十數年間，馬必倍矣。昔猗頓窮士也，陶朱公教以畜五牸，乃適西河，大畜牛羊于猗氏之南，十年間，其息無算。況以天下之馬而生息乎？」太宗嘉之。

仁宗慶曆中，知諫院余靖言：「詩、書以來，中國養馬蕃息，不獨出於夷〔四〕狄也。秦之先，非子居犬丘，好馬及畜養息之，周孝王召使主馬於汧、渭之間，馬大蕃息。犬丘，今之興平；汧、渭，今之秦、隴州界也。衛文公居河之湄以建國，而詩人歌之，曰：『騋牝三千。』衛，則今之衛州也。詩人又頌魯僖公能遵伯禽之業，亦云『駉駉牡馬』。魯，今兗州。左氏云：『冀之北土，馬之所生。』今鎮、定、并、代也。漢太原有家馬廄，一廄萬匹，又樓煩玄池出名馬，卽今之幷、嵐、石、隰也。唐以沙苑最爲宜馬，卽今之同州也。開元中置七坊四十八監，半在秦、隴、綏、銀，皆古來牧馬之地。臣竊見今之同州及太原以東衛、邢、洺，皆有馬監，其餘州軍牧地七百餘所，乞令羣牧使都監判官分往監牧舊地，相度水草豐茂，四遠牧放。依周官、月令之法，務令蕃息。別立賞罰，以明勸沮。庶幾數年之後，馬畜蕃盛。」皇祐五年，丁度上言：「天聖中牧馬至十餘萬，其後言者以爲天下無事，而事虛費，遂廢八監。然而秦、渭、環、階、麟、府州，太山、保德、岢嵐軍，歲市馬二萬二百，才能補京畿塞下之闕。自用兵四年，而所市馬才三萬。況河北、河東、京東、京西、淮南籍丁壯爲兵，請下令，有能畜一戰馬者，免二丁，仍不升戶等，以備緩急。如此，國馬蕃矣。」言不果行。

至和二年，羣牧使歐陽修言：「今之馬政，皆因唐制，而今馬多少與唐不同者，其利病甚多，不可概舉。至於唐世牧地，皆與馬性相宜。西起隴右、金城、平涼、天水，外洎河曲之野，內則岐、豳、涇、寧，東接銀、夏，又東至於樓煩，此唐養馬之地也。以今考之，或陷沒夷〔五〕狄，或已爲民田，皆不可復得。惟聞今河東路嵐、石之間，山荒甚多，及汾河之側，草地亦廣，其間草軟水甘，最宜牧養。此乃唐樓煩監地也，可以興置一監。臣以謂推迹而求之，則樓煩、元池、天池三監之地，尚冀可得。又臣往年奉使河東，嘗行威勝以東及遼州平定軍，見其不耕之地甚多。而河東一路，山川深峽，水草甚佳，其地高寒，必宜馬性。及京西路唐、汝之間，久荒之地，其數甚廣。請下河東、京西轉運司，遣官訪草地，有可以興置監牧，則河北諸監有地不宜馬，可行廢罷。」嘉祐中，韓琦請括諸監牧地留牧外，聽下戶耕佃。遣都官員外郎高訪等括河北，得閑田三千三百五十頃，募佃，歲約得穀十一萬七千八百石，絹三千二百五十四，草十六萬一千二百束。羣牧司言：「諸監牧地，間有水旱，每監牧放外，歲刈白草數萬束，以備冬飼。今悉賦民，異時監馬增多，及有水旱，無以轉徙牧放。」詔遣左右廂提點官相度，除先被侵冒，已根括出地，權給租佃，餘委羣牧司審度存留，有閑土，即募耕佃。五年，羣牧司言：「凡牧一馬，往來踐食，占地五十畝。諸監既無餘地，難以募耕，請存留如故。廣平廢監先賦民者，亦乞取還。」乃詔河北、京東牧監帳管草地，自今毋得縱人請射，犯者論以違制。

初，眞宗用羣牧使趙安仁言，改牧龍坊爲監，仍鑄印給之。於是河南爲洛陽監，天雄軍大名爲大名監，洺州爲廣平監，衞州爲淇水監，鄭州爲原武監，同州爲沙苑監，相州爲安陽監，澶州曰鎭寧，滑州舊龍馮監曰靈昌。通國初，內有騏驥兩院，天駟四監，天廐二坊，及上下監；外則河南北爲監者十四，皆掌於羣牧司。乾興、天聖間，天下兵久不用，於是河南諸監皆廢。其後議者謂：「河南六監廢，京師須馬，取之河北，道遠非便。」乃詔復洛陽、單鎮，以牧河北孳生馬。其後復廣平監，以趙州牧馬隸之。又以原武爲單鎮，移于長葛。蓋自宋興以來，至于仁宗，天下號稱治平，而法度常至于不能振舉，而馬政亦多廢。

神宗以王安石爲相，銳然有志于天下之治，遂多所更張，熙寧以來，乃有保馬、戶馬，其後又變而爲給地牧馬。初，神宗患馬政之不善，詔曰：「方今馬政不修，吏無著効，豈任不久而才不盡歟？是何監牧之多，吏之衆，而乏才之甚也？昔唐用張萬歲，三世典羣牧，恩信行乎下，故馬政修舉，後世稱爲能。今上自提總官屬，下至坊監使臣，既非銓擇，而遷徙迅速，謂之假道，欲使官宿其業而盡其能，不可得也。今當簡其勞能，進之以序。自坊監而上，至于羣牧都監，皆課其功而第進之，以爲任事者勸焉。」於是樞密副使邵元請以牧馬餘田修稼政，以資牧養之利。而羣牧司言：「馬監草地四萬八千餘頃，今以五萬馬爲率，一馬占地五十畝，大名、廣平四監，餘田無幾，宜且仍舊。而原武、單鎮、洛陽、沙苑、淇水、安陽、東平等監，餘良田萬七千頃，可賦民以收芻粟。」從之。已而樞密院又言：「舊制，以左右騏驥院總司國馬，景德中，始增置羣牧使副都監判官，以領廐牧之政，使領雖重，未嘗躬自巡察，不能周知牧畜利病，以故馬不蕃息。今宜分置官局，專任責成。」乃詔河南北分置監牧，以劉航、崔台符爲之。又置都監各一員。其在河陽者，爲孳生監。凡外諸監，並分屬兩使，各條上所當行者。諸官吏若牧田縣令佐，並委監牧使舉劾。專隸樞密院，不領於羣牧制置。時上方留意牧監地，然諸監牧田皆寬衍，爲人所冒占，故議者爭請收其餘資，以佐芻粟。自是請以牧地賦民者紛然，而諸監尋廢。廼選其善馬，而以其餘馬皆斥賣，收其地租，以給市易本錢。是時諸監既廢，仰給市馬，而義勇保甲馬復從官給，朝廷以乏馬爲憂。

先是，河北察訪使者曾孝寬言：「慶曆中，嘗詔河北民戶以物力養馬，備非時官買，乞參考申行之。」於是始行戶馬法。元豐三年春，以王拱辰之請，詔開封府界、京東西、河北、陝西、河東路州縣，戶各計資產市馬。坊郭家產及三千緡，鄉村五千緡，若坊郭鄉村通及三千緡以上〔六〕者，各養一馬；增倍者，馬亦如之；至三匹止。馬以四尺三寸以上，齒限八歲以下。及十五歲，則更市如初，籍於提舉司。於是諸路皆行戶馬法矣。

先是，熙寧中，嘗令德順軍蕃部養馬。帝問其利害。王安石謂：「今坊監以五百緡得一馬，若委之熙河蕃部，當不至重費。蕃部地宜馬，且以畜牧爲生，誠爲便利。」已而得駒庳〔七〕劣，亡失者責償，蕃部苦之，其法尋廢。至是，環慶路經略司復言：「已檄諸蕃部養馬，詔閱實及格者，一匹支五縑。鄜延、秦鳳、涇原路準此。」養馬之令，復行於蕃部矣。五年，詔開封府界諸縣保甲願養馬者聽，仍以陝西所市馬選給之，而戶馬更爲保馬。六年，曾布等承詔上其條約。凡五路義勇保甲願養馬者，戶一匹；物力高，願養二匹者聽。皆以監牧見馬給之。或官予其直，令自市，毋或強予。府界無過三千匹，五路無過五千匹。襲逐盜賊之外，乘越三百里者皆有禁。在府界者，免輸糧草二百五十束，加給以錢布。在五路者，歲免折變緣納錢。三等以上，十戶爲一保；四等以下，十戶爲一社：以待病斃補償者。保戶馬斃，馬〔八〕戶獨償之；社戶馬斃，社戶半償之。歲一閱其肥瘠，禁苛留者。凡十有四條。先從府界頒焉，五路委監司經略司州縣更度之。於是保甲養馬行於諸路矣。

先是，文彥博、吳充言：「三代有丘乘出馬，有國馬，國馬宜不可闕。且今法欲令馬死補償，恐非民願。」而王安石以爲「令下之初，京畿百姓多自以爲便，願投牒者已千五百戶，決非有所驅迫」，力請行之。時河東騎軍有馬萬一千餘匹，歲番戍邊，率十年而一周。議者以爲費廩食而多亡失，乃行五路義勇保甲養馬法。繼而兵部言：「河東正軍馬九千五百匹，請權罷官給，以義勇保甲馬五千補其闕，合萬匹爲額，俟正軍不及五千，始行給配。」事下中書，樞密院以爲「車騎國之大計，不當專以一時省費，輕議廢置。且官養一馬，歲爲錢二十七千；民養一馬，纔免折變緣納錢六千五百，計折米而輸其直，爲錢十四千四百，餘皆出於民，決非所願。若芻秣失節，或不善調習，緩急無以應用。況減馬軍五千匹，即異時當減軍正數九千九百人，又減分數馬三千九百四十四，邊防事宜，何所取備？若存官軍馬如故，漸令民間從便牧養，不必以五千匹爲限，於理爲可。」而中書謂：「官養一馬，以中價率之，爲錢二十三千。募民養牧，可省雜費八萬餘緡，且使入中芻粟之家，無以邀厚利。計前二年，官馬死倍於保甲馬，而保甲有馬，可以習戰禦盜，公私兩利。」上從樞密院議，河東騎軍得不減耗，而民馬不至甚病。

六年，提舉河東路保甲王崇極言：「請令本路保甲十分取二，以教騎戰。每官給二十五千，令市一馬。限以五年，當得馬六千九百十有八匹，爲緡錢十七萬二千九百有五十。」詔以京東鹽息錢給之，令崇極月上所買數。於是保甲皆兼市馬矣。七年，京東提刑霍翔請募民養馬，蠲其賦役。乃詔京東西路保甲免教閱，每一都保養馬五十匹，匹給十千，限以京東十年，京西十五年而數足。置提舉保馬官，京西呂公雅、京東霍翔並領其事。而罷鄉村先以物力養馬之令。倘養戶馬者，免保馬。凡養馬，免大小保長、稅租支移、每歲春夫、催稅甲頭、盜賊備賞、保丁巡宿凡七事。先是，西方用兵，頗調戶馬以給戰騎。借者給還，死則償直。是年，遂詔河東、鄜延、環慶路各發戶馬二千，以給正兵。河東就給本路；鄜延益以永興軍等路及京西坊郭馬；環慶益以秦鳳等路及開封府界馬。戶馬既配兵後，遂不復補。於是京東西戶馬更爲保馬矣。公雅又令每都歲市二十匹，初限十五年，乃促爲二年半，京西地不產馬，民又貧乏，甚苦之。八年，京東西既更爲保馬，諸路養馬指揮亦罷。其後給地牧馬，則亦本於戶馬之意云。

九年，提舉開封府界蔡確言：「比賦保甲以國馬，免所輸草，賜之錢布。民以畜馬省於輸藁，雖不給錢布，而願爲官養馬者甚衆。請增馬數，歲止免輸藁一百五十束。」詔毋過五千匹。於是京畿罷給錢布而增馬數矣。

哲宗嗣位，言新法之不便者，以保馬爲急，乃詔曰：「京東西保馬期限極寬，有司不務循守，遂致煩擾。先帝已嘗手詔詰責，今猶未能遵守。其兩路市馬年限，並如元詔。」尋又詔以兩路保馬分配諸軍，餘數付太僕寺。不堪支配者，斥還民戶，而責官直。翔、公雅皆以罪去，而保馬遂罷。

既罷保馬，於是議興廢監，以復舊制。詔庫部郎中郭茂恂視陝西、河東所當置監。尋又下河北、陝西轉運提點刑獄司，按行河、渭、并、晉之間牧田以聞。時已罷保甲教騎兵，而還戶馬於民。於是右司諫王巖叟言：「兵之所恃在馬，而能蕃息之者，牧監也。昔廢監之初，識者皆知十年之後，天下當乏馬。已而不待十年，其弊已見，此甚非國之利也。乞收還戶馬三萬，復置監如故。監牧事委之轉運官，而不專置使。今鄆州之東平，北京之大名、元城，衞州之淇水，相州之安陽，洺州之廣平監，以及瀛、定之間，棚基草地，疆畫具存。使臣牧卒，大半猶在。稍加招集，則指顧之間，措置可定，而人免納錢之害，國收牧馬之利，豈非計之得哉？又況廢監以來，牧地之賦民者，爲害多端。若復置監牧，而收地入官，則百姓戴恩，如釋重負矣。」自是洛陽、單鎮、原武、淇水、東平、安陽等監皆復。初，熙寧中併天駟四監爲二，而左右天廐坊亦罷。至是，復左右天廐坊。

紹聖初，用事者更以其意爲廢置，而時議復變。太僕寺言：「府界牧田，占佃之外，尚存三千餘頃；議復畿內孳生十監。」後二年，而給地牧馬之政行矣。先是，知任縣韓鎬等建議：「凡授民牧田一頃，爲官牧一馬，而蠲其租。縣籍其高下老壯毛色，歲一閱，亡失者責償。已佃牧田者，依上養馬。」知邢州張赴上其說，且謂：「授田一頃，爲官牧一馬，較陝西沿邊弓箭手既養馬又戍邊者爲優。」樞密院是其請。且言：「熙寧中罷諸監以賦民，歲收緡錢至百餘萬。元祐初未嘗講明利害，惟務罷元豐、熙寧之政。奪已佃之田而復舊監，桑棗井廬，多所毀伐；監牧官吏，爲費不貲，牧卒擾民，棚井抑配，爲害非一。左右廂今歲籍馬萬三千有奇，堪配軍者無幾。惟沙苑六千匹，愈於他監。今赴等所陳，受田養馬，既蠲其租，不責以孳息，而不願者，無所抑勒；又限以尺寸，則緩急皆可用之馬矣。」殿中侍御史陳次升言：「給地牧馬，其初始於邢州守令之請，未嘗下監司詳度。諸路各有利害，既不可知。民居與田相遠者，難就耕牧。一頃之地，所直不多，而亡失責償，爲錢四五十千，必非人情所願。」言竟不行。

四年，遂廢淇水、單鎮、安陽、洛陽、原武監，罷提點所及左右廂，惟存東平、沙苑二監。同知樞密院曾布自敍其事，曰：「元祐中復置監牧，兩廂所養馬止萬三千匹，而不堪者過半。今既以租錢置蕃落十指揮於陝西，養馬三千五百，又人戶願養者亦數千，而所存兩監各可牧萬馬。馬數多於舊監，而所省官吏之費非一。近世良法，未之能及。」時三省皆稱善。其後沙苑復隸陝西買馬監牧司，而東平監仍廢。

大觀元年，尚書省言：「元祐置監，馬不蕃息，而費用不貲。今沙苑最號多馬，然占牧田九千餘頃，芻粟官曹，歲費緡錢四十餘萬，而牧馬止及六千。自元符元年至二年，亡失者三千九百。且素不調習，不中於用。以九千頃之田，四十萬緡之費養馬，而不適於用，又亡失如此，利害灼然可見。今以九千頃之田，計其磽瘠，三分去一，猶得良田六千頃。以直計之，頃爲錢五百餘緡。以一頃募一馬，則人得地利，馬得所養，可以紹述先帝隱兵於農之意。請下永興軍路提點刑獄司及同州，詳度以聞。俟見實利，則六路新邊閑田，當以次推行。」時熙河路蘭湟牧馬司，又請兼募願養牝馬者，每收三駒，以其二歸官，一充賞。詔行之。四年，復罷京東西路給地牧馬，復東平監。政和二年，詔諸路復行給地牧馬，復罷東平監。宣和二年，詔罷政和二年以來給地牧馬條令，收見馬以給軍，應牧田及置監處，並如舊制。又復東平監。給地牧馬，始於紹聖。至政和時，蔡京秉政，行之益力。京罷而復廢。

六年，又詔立賞格，應牧馬通一路及三千匹，州通縣及一千，縣及三百，其提點刑獄守令各遷一官。倍者，更減磨勘年。於是諸路應募牧馬者，爲戶八萬七千六百有奇，爲馬二萬三千五百。既推賞如上詔，而兵部長貳亦以兼總八路馬政遷官。然北方有事，而馬政亦急矣。

靖康元年，左丞李綱言：「祖宗以來，擇陝西、河東、河北美水草高涼之地，置監凡三十六所。比年廢罷殆盡，民間雜養以充役，官吏便文以塞責，而馬無復善者。今諸軍闕馬者太半，宜復舊制。權時之宜，括天下馬，量給其直，不旬日間，則數萬之馬猶可具也。」然時已不能盡行其說矣。前史言牧政者，唯宋爲詳。其出牧、上槽、芻秣、棚井、息耗，多與今同，以世近也。語在兵志，故不論。獨戶馬、保馬、餘地牧馬，猶爲後世害，故備著焉。欲令議馬政者，知其所以利害之實也。蓋自熙、豐變法，以至崇、宣小人在位，亟復亟變，迄無善政，而宋隨以亡。渡江以後，頗置監牧，而江南多水田，其後三衙遇暑月，放牧於蘇、秀，大爲民患。郢、鄂之間，亦置監牧，然皆不可用，而戰馬悉仰川、秦、廣三邊焉。

宋初收市馬，戎人驅馬至邊，總數十、百爲一券，一馬預給錢千，官給芻粟，續食，至京師，有司售之，分隸諸監，曰券馬。邊州置場，市蕃漢馬，團綱，遣殿侍部送赴闕，或就配軍，曰省馬。陝西廣銳勁勇等軍，相與爲社，每市馬，官給直外，社衆復裒金益之，曰馬社。軍興，籍民馬而市之，以給軍，曰括買。

宋初，市馬唯河東、陝西、川峽三路；招馬唯吐蕃、回紇、黨項、藏牙族、白馬、鼻家、保家、名市族諸蕃。至雍熙端拱間，河東則麟、府、豐、嵐州，岢嵐火山軍，唐龍鎭、濁輪砦；陝西則秦、渭、涇、原、儀、延、環、慶、階州，鎭戎、保安軍，制勝關、浩亹府；河西則靈、綏、銀、夏州；川峽則益、文、黎、雅、戍〔九〕茂、夔州，永康軍；京東則登州。自趙德明據有河南，其收市唯麟、府、涇、原、儀、渭、秦、階、環州，岢嵐、火山、保安、保德軍。其後置場，則又止環、慶、延、渭、原、秦、階、文州，鎭戎軍而已。大氐宋初市馬，歲僅得五千餘匹。天聖中，蕃部省馬至三萬四千九百餘匹。嘉祐以前，原、渭、德順凡三歲市馬，至萬七千一百匹。秦州券馬，歲置萬五千匹。

元豐四年，詔專以雅州名山茶爲易馬用，自是蕃馬至者稍衆。崇寧四年，詔曰：「神宗皇帝厲精庶政，經營熙河路茶馬司，以致國馬，法制大備。其後監司欲侵奪其利，以助糴買，故茶利不專，而馬不敷額。近雖更立條約，令茶馬司總運茶博馬之職，猶慮有司苟於目前近利，不顧悠久深害，三省其謹守已行，毋輒變亂元豐成法。」自是提舉茶事兼買馬，其職任始一。

凡宋之市馬，分而爲二。其一曰戰馬，生於西陲，良健可備行陣；宕昌峯、貼峽、文州所產是也。其二曰羈縻馬，產西南諸蠻，短小不及格；黎、敍等五州所產是也。紹興三年，卽邕州置司提舉，市於羅殿、自杞、大理諸蠻。然自杞諸蕃，本自無馬，蓋又市之南詔。南詔，今大理國也。大理地連西戎，故多馬。雖互市於廣南，其實猶西馬也。

宋自熙寧未變法以前，然苑馬之政，亦未稱善。蓋世之害馬者有三：曰選吏，曰繁法，曰易地。吏非馬之所宜，其害馬一也；法非馬之所宜，其害馬二也；地非馬之所宜，其害馬三也。大費佐舜調馴鳥獸，鳥獸多馴服。其後周孝王封犬丘非子，曰：栢翳其後世亦爲朕息馬也。古有豢龍氏。周官：「服不氏，掌養猛獸而教擾之。」「掌畜，掌養鳥而阜蕃教擾之。」馬非異獸，必有能馴之者，非世官不可也。羌童胡兒，項髻徒跣，隨水草畜牧，馬與人意相喻，非有書生文學法度理也。法數變，馬與人皆不自適，何以能遂其生？況置之磽陿，無所斆畜，或禾稼稻秔之田，溝塍封限，遊騰莫遑，非所以適其走壙之性也。昔元魏起代北，故馬爲特盛，雖唐馬未必能及也。故曰：「馬陸居則食草飲水，喜則交頸相靡，怒則分背相踶」，「此馬之眞性也」。

元起于北，遂以弓馬之利，混一天下。沙漠萬里，牧養蕃息，太僕之馬，殆不可以數計。其牧人曰哈赤哈剌赤，有千戶百戶，父子相承任事。自夏及冬，隨地之宜，行逐水草。甌都之馬，在朝爲卿大夫者，親秣飼之。車駕行幸上都，太僕卿以下皆從。先驅馬出建德門外，取其肥可挏乳者以行。車駕還京師，太僕卿先期遣使徵馬五十醞都來京師。醞都者，承乳車之名也。

皇朝洪武六年，置太僕寺於滁州。七年，設羣牧監。十三年，增置滁陽、儀眞、香泉、六合、天長五牧監。滁陽羣二十有二，儀眞、六合羣各七，香泉羣八，天長羣四。二十三年，定爲十四牧監，九十八羣。二十八年，廢牧監，始令民間孳牧。三十年，置北平及遼東、山西、陝西、甘肅等處行太僕寺。是年，太祖以寧遼諸王各據沿邊草場收〔一〇〕放，乃圖西北沿邊自東勝以西至寧夏、河西、察罕腦兒，東勝以東至大同、宣府，又東南至大寧，又東至遼東，又東至鴨綠江，又北不啻數千里，而南至各衛分守地，又自雁門關外西抵黄河，渡河至察罕腦兒，又東至紫荆關，又東至居庸關及古北口北，又東至山海關外：凡軍民屯種田地，不得牧放孳畜。其荒閑平地及山場，腹內諸王駙馬及極邊軍民，聽其牧放樵採。近邊所封之王，不得占爲己場，而妨軍民。腹內諸王駙馬，聽其東西往來，自在營駐，因而練習防胡，或〔一一〕有占爲己草場山場者，論之。

上又以朵甘烏思藏、長河西一帶西蕃，自昔以馬入中國易茶，邇因私茶出境，馬之入互市者少，於是彼馬日貴，中國之茶日賤。命秦、蜀二王，發都司官軍，於松潘、碉門、黎雅、河州、臨洮等入西番關口，巡禁私茶之出境者。入〔二〕遣駙馬都尉謝達往諭蜀王曰：「秦、蜀之茶，自碉門、黎雅抵朵甘烏思藏，五千餘里皆用之。彼地之人，不可一日無茶。邇因邊吏譏察不嚴，以致私販出境，爲夷〔三〕人所賤。夫物有至薄而用之則重者，茶是也。始于唐而盛于宋，至宋而其利博矣。前代非以此專利，蓋制夷〔四〕狄之道，當賤其所有而貴其所無耳。國家榷茶，本資易馬以備國用，今惟易財物，使蕃夷坐收其利，而馬入中國者少，豈所以制夷〔五〕狄哉？」又命曹國公李景隆賫金牌勘合，直抵諸蕃，令其酋領受牌爲符，以絕姦欺。勅兵部諭川、陝守邊衞所，巡禁私茶出境，仍遣僧官著藏卜等往西番申諭之。

時晉王成祖統軍行邊，出開平數百里，上聞之，遣人以勅往諭之，云：「自遼東至於甘肅，東西六千餘里，可戰之馬，僅得十萬。京師、河南、山東三處，馬雖有之，若遇赴戰，猝難收集。苟事勢警急，北平口外馬，悉數不過二萬，若遇十萬之騎，雖古名將，亦難于野戰。我馬數如是，縱有步軍，但可夾馬以助聲勢。若欲追北擒寇，則不能矣。止可去城三二十里，往來屯駐，遠斥候，謹烽燧，設信砲，猝有緊急，一時可知。胡人上馬動計萬，兵勢全備，若欲折衝鏖戰，其孰可當？方今馬少，全仰步軍，必常附城，倘有不測，則可固守保全，以待援至。吾用兵一世，而指揮諸將，未嘗敗北，致傷軍士。正欲養銳以觀胡變，夫何諸將日請深入沙漠，不免疲於和林，此蓋輕信無謀，以致傷生數萬。今爾等又入廣塞，提兵遠行，設若遇敵，豈免凶禍？自古及今，胡虜(古)爲中國患久矣，歷代守邊之要，未嘗不以先謀爲急。故朕于北鄙之慮，尤加慎密；爾能聽朕之訓，明于事勢，雖不能勝彼，亦不能爲我邊患矣。」

太祖既驅元主還幕北，已無復窮追之意，而殘元遺孽，不能無犯境，諸王往往輕出塞，上在兵間久，深患馬少，遂戒諭云云。故尤留意西蕃茶馬，定金牌之制，令重臣招諭。蓋胡之勝兵在馬，中國非多馬，亦不能搏胡；唯自守則步卒可用，且驅之出境而已，實帝王禦戎上策也。

永樂元年，改北平行太僕寺爲北京行太僕寺。四年，應天、太平、鎮江、揚州、廬州、鳳陽州縣，各增設判官主簿一員，專理馬政。設陝西、甘肅二苑馬寺。又設北京、遼東二苑馬寺。五年，增設北京苑馬寺監。六年，增設甘肅苑馬寺監。

贊曰：易稱「乾爲馬」，其於繇辭，言馬不一，馬之用大矣。余從太史問皇朝馬事，自洪武以來，略知其本始。作馬政志。

## 馬政職官

周禮：「太僕，下大夫二人。」漢百官表：「太僕，秦官，掌輿馬。其屬有六廐，及龍馬、閑駒、槖泉、騊駼、承華諸監，邊郡六牧師苑皆屬之。」後漢志：「太僕，掌車馬。天子出，奉駕上鹵簿。用大駕，則執馭。其屬有考工、車府、未央廄。」而漢故時六廄，省爲一廄。後置左駿令，別主乘輿御馬。故牧師苑分在河西六郡者皆省，唯漢陽有流馬苑，以羽林郎監領。永初初，越嶲置長利、高望、始昌三苑，益州置萬歲苑，犍爲置漢平苑。晉太僕或置或省。宋、齊惟郊祀權置太僕，執轡。事已，卽罷。梁置太僕卿，與太府少府爲夏卿。太僕，漢爲中二千石，梁列爲十二卿，至後魏第二品，最高品矣。後與九卿並第三品。大氐以後品皆第三。時南北二朝，南朝有廢置，北朝無廢置。隋煬帝省太僕驊騮署入殿內省尚乘局。漢以來太僕置官本末，今述其略，其詳具諸史。

唐六典載太僕卿之職：「掌邦國廄牧車輿之政令，總乘黃、典廄、典牧、車府四署，及諸監牧之官屬。少卿爲之貳。凡國有大禮，大駕行幸，則供其五輅屬車之屬。凡監牧所通羊馬籍帳，則受而會之，以上於尚書駕部，以議其官吏之考課。凡四仲之月，祭馬祖、馬步、先牧、馬社。」六典定於開元中，其書訪〔一七〕周官，敘太僕之職爲詳。別有尚乘局，亦具六典及百官志。宋初，有飛龍廄、天廄坊、騏驥院。後置羣牧司，廄牧之政，皆出於羣牧，而太僕但掌天子五輅屬車，后妃王公車輅。元豐改官制，羣牧之職，並歸太僕。元祐初，令內外馬軍專隸太僕，直達樞密院，不由尚書省。崇寧初，詔太僕寺不治外事，如舊制。渡江後，省寺入兵部。其詳具宋史。元太僕寺掌阿塔思馬，又有尚牧監、尚乘寺，具元史。余觀漢表志及唐六典：太僕不徒奉乘輿，自天子之六閑，外至諸苑皆隸之。武帝別置奉車駙馬都尉，始分乘輿之事。唐因隋尚乘局，內廐別設官。

本朝太僕寺統羣牧監，後廢監，令民養馬，而太僕專領之。內廐自有御馬監。惟或乏馬，於太僕取之。而鹵簿儀仗陳設大駕，駕部與環衛司也，皆不復關於太僕。南京太僕寺故留京，若行太僕寺、苑馬寺亦並建，無所統一。遼東、山西、陝西有行太僕，遼東、陝西又有苑馬，甘肅有行太僕，而舊亦有苑馬。苑馬之設，遼東則有永寧監清河苑、深河苑。陝西長樂監則有開盛、安定、廣寧苑，靈武監清平、萬安苑。皆前代善水草之地，邊於北狄，苑馬之設最盛。唯不領於太僕，與古異。今具洪武以來官制職分於後。

## 馬政祀祠

周禮：「春祭馬祖，夏祭先牧，秋祭馬社，冬祭馬步。」馬祖，天駟也。房爲龍馬。又周禮：夏「禁原蠶。」天文，辰爲馬精，龍與馬同氣。古之聖人，非通天地萬物之理，其孰能與於此？是以制祭祀而國家受福，百物皆昌也。

祭以剛日，用少牢，皆於大澤。具隋志及唐開元儀。祝皆曰：「天子遣某官某昭告」云。

余觀秦趙史記，自益爲朕虞，佐舜調馴鳥獸，其後費昌、仲衍世爲御有功，列爲諸侯。而造父幸於周穆王，得驥、温驪、驊騮、騄耳之駟，獻之穆王。穆王使造父御，西巡見西王母，樂之忘歸。而徐偃王反，造父御穆王，日馳千里以歸，造父由此封於趙城。其後奄父爲宣王御，而非子以善養馬，孝王封之犬丘。豈以栢翳爲虞，而子孫世世善御能息馬哉？上古聖賢，皆神靈通於萬物，不可以後世測度也。穆王、造父之事奇矣。夫社祀以勾龍，稷祀以棄，若造父、非子，豈今所謂先牧耶？

太僕秦官，主奉車，又掌馬事，意秦制蓋有所本，抑周禮軼而不備，不然，何前世御者皆能善馬也？太僕職兼奉車與馬，其出於古，非秦官明矣。

洪武六年，太祖幸滁，學士宋濂從。太僕寺卿唐元亨請置廟，祠於滁。永樂間，北京太僕寺在通州，故建祠如滁。其神曰先牧，曰馬祖，曰馬社，曰馬步，曰司馬，凡五神位。每歲春秋，天子遣太僕少卿主其祭。而天下凡養馬處，處皆有祠，遂爲通祠。

弘治二年〔六〕，學士王鏊爲建廟記，其文曰：「國家大祀，郊祭外則社稷。社祭土，稷祭穀，皆民所恃以生。國之大事在戎，戎政之大在馬，馬之生養蕃息在人，而亦有人力所不及，則馬神祀固宜居社稷之次。天文：房爲天駟，辰爲馬。詩云：『既伯既禱。』周禮：『春祭馬祖，夏先牧，秋馬社，冬馬步。』皇明建都古冀，馬之所生。而通州爲地高寒平遠，泉甘草豐，彌望千里。世傳太宗靖難，與南軍戰於此，若有相焉者，因詔作馬神廟於其地。在今通州之北，地曰壩上，鄉曰安德。旁爲御馬苑，凡二十所。春秋二仲，則太僕少卿往主祀事，其辭曰：皇帝命某官某致祭。往必陛辭，返必廷復，其嚴如是。歷歲滋久，梁桷圻陊，藩級贓圮，沮洳穢翳，人畜不禁。行禮至結茅以蔭，已乃撤去。風露橫侵，星月仰見，心虔跡褻，相顧惋歎。而皆重於改作。

「弘治八年，太僕卿臣禮始具以聞，且乞立石題名，以示永久。詔可。以屬役於通州等二十五州縣，財因歲登，力因農隙，始九年之三月，十年二月告成。湧殿穹堂，長廊邃廡，齋廬庖湢，完舊增新。周垣外繚，重門中閎，啓閉以時，過者祇肅。是役也，始前太僕卿臣禮、臣鉞，成之者，今太僕卿臣琮，而少卿臣質、臣珩、臣纓實相之。寺丞臣珪、縣丞臣鏵，實敦其事。御馬監太監臣春等實資其費。於是翰林侍讀學士臣鏊，再拜稽首，書其事於碑。古者王畿千里，出車萬乘。國初，賦地於民而牧之，國與民蓋兩利焉。及今百有餘年，其地固猶在乎，然則取之於民則爲擾，牧之於民則又擾，是何哉？方今聖人在位，百度具舉，而尤垂意馬政。琮等既協力以崇神祠，則在人者其將次第而脩復乎？銘曰：

「駪駪國馬，于甸之野。渙焉如雲，駢焉如雨。有廟言言，在潞之陽。始誰作之，自我文皇。敢有不虔，天駟煌煌！瞻彼雲漢，造父、王良。有崇有圮，其自人始。神斯降祥，人維致喜。昔在衞文，亦有魯僖，心維塞淵，思亦無期。功以才興，亦以惰毁。琢石鑱詞，爰告無止。」

世宗虔事上玄，嘉靖中，四時遣祭，皆以卿行。今上自如常祀，馬神祠在通州北四十里安德鄉鄭村壩。今太僕寺中亦有馬神祠，寺官到任及朔望，如土地祠致拜而已，無祭禮。祭則於通州壩上。壩上諸房養馬，御馬監掌之，以挏乳，天子之玉食資焉。

余既述祠祀如前。後問知皇朝故事者，謂洪武二年，築壇於後湖，先是詔禮官考定其儀，曰：「周官以四時分祭馬祖、先牧、馬社、馬步。先牧，始養馬者，其人未聞。馬社，始乘馬者，世本曰：『相土作乘馬。』馬步，神之災害馬者也。隋因周制，祭以四仲月，唐、宋不改。今定春秋二仲月甲戌庚日，於是遣官行禮。爲壇四。壇用羊一、豕一、幣一，其色白；籩豆各四；簠、簋、登、象尊、壺尊各一。樂用時樂。獻官齋戒公服，行三獻禮。祝曰：『維神始於天地之物，而馬生於世。牧養蕃息，馭而乘之，閑廐得所。歷代興邦，戡定禍亂，咸賴戎馬，民人是安。朕自起義以來，多資於馬，摧堅破敵，大有功焉。稽古按儀，載崇明享。爰伸報本，以昭神功。』」

永樂十三年，行太僕卿楊砥請立馬神祠於蓮花池，上命翰林院考古今儀式。翰林院言：「古者春祭馬祖，夏祭先牧，秋祭馬社，冬祭馬步之神，國朝南京止祭司馬之神。」於是設馬祖及司馬五神位。每位用羊豕帛各一。儀制准南京。

洪武本祭四神，而永樂儒臣乃謂南京止祭司馬之神，不應失考如是。疑後湖蓋始議，至滁陽而復改，尚未有考也。天順五年，天子復於壩上馬房，命別自建祠，而以元旦冬至及聖節遣內侍主其祭，光祿寺具品物，不領於祠官。

## 馬政蠲貸

昔先王之制法，一稟於律，其意蓋使人毫釐不可犯。而法之所不能行，亦時有縱舍，故「君子以赦過宥罪」，如天地之解。使法一定而不易，則人將無所措手足，其勢必至於法不勝。法不勝而法窮，故聖人通之以赦。至於取民亦然。今日使民有常供之賦，而必其一無所逋，亦無有也。亦姑以爲之法，而其終求於天下常有不盡之意，使人無已往之顧，則累輕而可勉爲後圖，此王者之道也。

國家責財賦於東南，先皇帝在位十年，間時有赦，百姓安生樂業，而積逋亦少。自後迄三十餘年不赦，而積逋反多。使積逋多而不赦，雖戶誅之，不能盡也。

天子新卽位，詔書蠲逋已責，天下鼓舞若更生。而奉行者猶加誅求，鈎校愈密，生民不能無觖望，而積逋終不能以有得，是何不爲之名以予民乎？

祖宗令民戶養馬，其初爲法至嚴也。豈不欲其馬之善，而度不能以盡如其法，每下詔書，必加蠲貸。豈非勢之不得不然，然亦有以見天子仁愛之意，終不以馬而病民。余故爲採歷年蠲令，悉著之。

## 馬政庫藏

太僕寺掌馬政，而庫藏特爲寺之大務，故有易銀變馬，草場餘地之租，凡賄之入，皆以馬也。馬不足，則令市之民，常以地之宜，與年之豐凶而權之。而貨賄之出入，上其計於司馬。如勞軍繕城，府營之製造，咸取給於寺。而大司農乏，亦時時假諸寺。若御馬監邊屯馬不足，來告寺，輒予之；或予馬，或予賄，賄與馬一也。故寺之積特饒焉，而其出亦倍。夫苑馬之政不舉，則邊馬不足；太僕不領內廐，則內馬無限節。故余於秦、漢官制，每有感焉。漢毋將隆言：「武庫兵器，天下公用。國家武備繕治造作，皆度大司農錢。大司農錢，自乘輿（二五）不以給共養，共養勞賜，一出少府。」蓋不以本藏給末用，不以民力共浮費，別公私，示正路也。太僕寺顓顓爲國馬，其入又非大農比，若爲他給及貸用，非挈缾之守矣。繫於軍國之大計，故特書焉。

余考祖宗時不置司庫，蓋時寺顓主馬，而積金少也。弘治初，始置官吏，豈非金溢於前耶？金日羡而馬日羸〔一〇〕矣。議者又言徵金便。如是不已，幾無馬矣。夫謂「積金以市，百萬之騎可立致，則內藏之金，猶外廄之馬也」。是不然。往者嘗捐金以購馬，當時猶謂擾民而不可行，一旦倉卒括民間馬，可得耶？如倉庾無積穀，而黃金珠玉，饑不可食也。冀北之馬稱天下，今民歲俵馬，往往市之他郡，所謂外廄者果安在哉？而邊兵之求索無厭，涓涓之流，不足以盈尾閭之洩，是不可不爲之長慮也。舊刻職官以下四篇，別入雜著，今以類相從，附馬政志之後。

## 校記

〔一〕夏　原刻誤作「春」，依呂氏春秋仲夏紀「游牝別其羣，則縶騰駒」校改。

〔二〕〔一六〕虜　原刻墨釘，依大全集校補。

〔三〕亭馬　漢書昭帝紀作「亭母馬」。

〔四〕〔五〕〔一三〕〔一四〕〔一五〕夷　原刻墨釘，依大全集校補。

〔六〕上　原刻誤作「止」，依大全集校改。

〔七〕庫　原刻誤作「痺」，依宋史兵志校改。

〔八〕馬　依文意當作「保」。

〔九〕成　當依宋會要作「戎」。

〔一〇〕收　疑當爲「牧」。

〔一一〕胡，或　原刻墨釘，依大全集校補。

〔一二〕入　疑當爲「又」。

〔一七〕訪　依文意疑當爲「仿」。

〔一八〕二年　當爲「弘治十二年」，後文「十年二月告成」，則原文「二年」必誤奪。

〔一九〕興　原刻誤作「與」，依大全集校改。

〔二〇〕羸　原刻誤作「嬴」，依大全集校改。

# 震川先生別集卷之五

## 宋史論贊

### 章獻劉皇后

論曰：章獻因鍛銀之邪，起播鼗之賤，以才技承恩寵，至干大政，非女后之美。然不以權假近習，號令嚴明，不出宮闈，而威加天下。至能保護仁祖，母子無私毫間隙；又詔羣臣講讀，設幃西廡；擲程林之圖於地，聽夷簡之言而悟，有足稱者。夫李宸妃之事，微夷簡，母子之際，幾不能釋哉！

### 郭皇后

論曰：以仁祖之賢，而閻、呂得肆其奸，瑤華之不終，深可惜也。原其故，由寵愛張美人，而后之立非帝意，固有以啓之耶？楊、尙之爭，斯其末流之弊耳。

## 慈聖曹皇后

論曰：神宗以太后之命，不能勝安石之説，其志亦可悲哉！夫取后必以名家，光憲出自武惠，其才傑固宜如是。女子惡以才見，若后者，無厭其才也。古者授管脱珥之風，夫豈獨具冠帔，佐御饌而已！

## 宣仁高皇后

論曰：曹、高二后，身親仁祖寛博之政，且濡韓、范、富、歐之風，婦姑所見略同矣。夫明哲昭於閨闥，而偏狥暗於朝廷，固有以也。當元豐之末，天下已極敝，非得聰明不惑之主，持綱紀於上，率羣臣於下，弗克有濟。宣仁徒以一女子，力挽天下之勢，抱十歲童，衣黃袍，御天憲。太后出而法存，退而法亡。雖元祐初政若時雨，吾知其不終也。

## 欽聖向皇后

論曰：欽聖臨政不久，定策之外，無可見者。然其言論風旨，固宣仁之遺也。宋興以來，女后之賢少聞。自高、曹、向、孟，皆當變故之日，而行始出於閨闥。夫月則明矣，其如日之晦何？

## 昭慈孟皇后

論曰：隆祐瑤華再貶，洪州播越，中間顛沛，亦云多矣。宣仁惜其福薄，諒其然乎！方張邦昌、苗傅逆亂之會，后孑然一婦人耳，奸賊黨與，左右側目，卒能迎康王而授之璽，引世忠以復辟，古所謂疢疾生智慧者與？既而垂衣被練，怡然行宮之養，與夫縊鈎牽衣者，竟何如哉？

## 韋太后

論曰：高宗之至情，備見韋太后傳。然能修問膳之禮，而乏枕戈之志，非天子之孝也。靖康之禍，六宮陷沒者多矣。其戮辱之狀，史不詳著。至予觀喬韋慟哭沙漠中，每掩卷，爲之流涕，以爲世主不可以不觀也。

## 楊皇后

論曰：彌遠抵巇以窺宮闈，可畏也哉。濟邸亦非令器也。不以其時龍潛晦迹，以覘君膳，乃感慨發憤，書几作字，竟何益乎？彼能碎乞巧之器，而美人之進，何不能拒也？蓋亦其自取云。

## 皇后總論

論曰：世稱宋朝家法過漢、唐。予讀其書，信哉！章獻之妬，而不薄於仁祖，不間於楊妃。英、孝自藩邸入，而恩如己子。高宗起再廢之后而奉之，身親視膳，疾不解衣。雍雍乎，誠三代以還未之有也。然猶時有在床之禍。楊、倘寵而閻、呂乘其間，劉婕妤進而郝、蔡逞其兇，彌遠濟邸之禍，表裏於楊后。嗚呼，可不戰戰兢兢哉！

## 魏悼王

論曰：太宗以呪咀不足以服天下，而更甚以西池之變，此誰爲之左驗哉？抑何其辭煩而意晦也！於是勢利之顧慮去，而兄弟之情見矣。史稱廷美之禍，始自趙普，德昭忤旨自刎，皆非實錄。方禹錫告變，普倘滯河陽，而禹錫，普邸人也，倉卒來朝，特窺其意而贊之耳。德昭寬厚長者，喜怒不形於色，匹夫自棄其身，亦必有所感憤。一言忤君父，何以死哉？此必國史諱其故而不傳也。

## 楚榮憲王

論曰：以徽宗之昧，而不究蔡邸之獄，繇蔡王尚幼，而江公望之理明也。危哉，大利所在，嫌隙乘之！孝宗時，莊文太子薨，魏王愷當立。帝以恭王類己，竟立之。愷出判寧國，登車，顧虞允文曰：「更望相公保全。」予三復其事而悲之。

## 趙子崧

論曰：汴京失守，宋已易姓，康王名號未正，子崧雖鼓義而起，可也。檄文不遜，何罪哉！方中興之時，宜與天下更始，釋舊事，廣衆謀。而高宗首沮信王之功，復抵子崧之罪，抑何謬也！

## 不㥥

論曰：不㥥起進士，出撫民社，能哀上益下，所至皆有惠政，古循吏之用心也。至其立朝，好言天下事，不憚忌諱，眞宗英也。世稱楚王元儼爲天下所崇憚，彼其廣顙豐頤，徒有其威容耳。

## 諸王總論

論曰：宋諸王咸以文雅自飭，工筆札，喜詩、書，不專溺於裘馬聲色之間，蓋其風流自上被之也。翠羽珊瑚之戒，假山之對，臣主好尙如此。而又睦親有院，大宗正有家法，祖免以上賢者，以名聞；其疎屬亦得以進士起家，彬彬乎盛矣哉。雖非三代經制之義，而近古以來，未之有也。

## 公主

論曰：自釐降之典廢，而肅雍之風泯。宋興，沿習降等之制，倒行坐立之禮。太宗之命魯國，獨私于柴禹錫耳。至神祖始下詔勸使率循婦道，徽宗定盥饋之禮，其意美矣。然乘勢驕恣，其處位固然，蓋文至而實不行也。予採宋史，得其尤賢者三人。其他如叩城夜訴，玉管希恩，又何足歎哉？靖康之禍，帝姬之北遷者，蓋二十人。

## 范質　王溥　魏仁浦

論曰：范質早爲桑維翰所器，至令周祖雪夜解衣，明於機務，有宰相之材。宋興，稍稍建白，緣飾固陋，蓋有助焉。王溥解河中之疑，贊澤潞之策，汲引人材，惟恐不及。魏仁浦以黃緑之激，起爲小吏，而能口說手疏，筭無遺策。其才技皆見于周太祖之世。然質以文學自媢于禪代之間，而仁浦倒印激怒，何其危哉！所謂江湖之人習風濤而不惴者，奈何其責以死也！

## 石守信

論曰：自唐末至於五季，方鎮之禍，糾連盤固。每一動搖，環顧而起。擅易軍帥，至移於闕庭，天下以爲不可除之痼疾矣。然小人好亂之心，亦必無所顧忌而然。太祖神武蓋世，素爲守信之徒所翊戴，龍潛之時，固已俛首帖耳而爲之用。及名號已定，黜拜繇己，因而取之，其勢易也。蓋宋之方鎮，有五季因襲之弊，而無五季難去之患。英雄成事，非有奇策，能撫其機而不失之耳。

## 侯益　趙贊

論曰：二人皆有將帥之才，方其陷身契丹，徘徊蜀、漢，幾失所措，所謂智勇遇窮而困也。悲夫！及其歸命漢祖，功名顯著，世猶以降辱罪之；獨不思人材之在天下，亦難得也哉！

## 王全斌

論曰：賞罰之道，繇好惡生。蓋誠心出于自然也。全斌黷貨恣暴，太祖責之，是矣。乃曰：「非以爲戮，江左未平，而姑爲之立法耳。」則是太祖無罪全斌之心，而有取江左之志。設使江左已平，則成都十萬衆之魚肉，不足憫也。孟軻之惡言利，有以哉。

## 趙普

論曰：趙普佐宋，收藩鎭之權，解苛暴之令，立三百年忠厚之基；號爲元臣，列于大烝，斯無忝矣。然古所謂大臣者，富貴不能入其心，故能立乎廟廊，天下被其化。若普者，鬱悒河陽，遂至嗚咽出涕。太宗亦自以爲哀憐其舊而收之。君臣之間，兩無所憚。雖北征之疏再上，而徒以長文過之辭，而跪拾補綴之風，吾知其不能行于太宗之世矣。

## 盧多遜

論曰：予讀多遜獄牘，言趙、白交通事，云「願宮車晏駕」，其組織疎謬，尤爲可笑。多遜挾邪之迹，不甚可見。而趙普亦未有以勝之。二人者，徒以勢利相傾，邪正之實，予未知所定也。

## 張齊賢

論曰：齊賢慷慨任事，論邊防則以治內爲先，施于政則以愛民爲本。予觀其獻策天子，以手摶飯，眞磊落不拘人也。晚有薛、寇之累，其略於簡細，固亦宜然。然異夫齪齪保位者矣。

# 震川先生別集卷之六

## 紀行

### 己未會試雜記

臘月二十四日，風日暄和，行丹陽道中。余垂老有此遠役，意中忽忽不樂。欲慕古人之高致而不可得；有欲言者，而口不能道。忽思馬季長客涼州，關西饑亂，因嘆息曰：「古人有言，左手據天下之圖，右手刎其喉，愚夫不爲；所以然者，生貴于天下也。今以世俗咫尺之羞，滅無貲之軀，非老、莊所謂也。」遂往應鄧隲之命。嗟夫！此予今日之意也。因諷其言，感慨者久之。

常熟瞿諭德景淳爲博士弟子時，予常識之白下。及登第，兩爲禮闈同考，在內簾，對諸學士未嘗不極口推獎。一日過訪，道及平生，以予不第，諸公嘗以爲恨，爲吾江南未了之事。因言，爲考官亦有難者。蓋內中有一榜，外間亦有一榜，必內榜與外榜合，始無悔恨。方在內時，惓惓未嘗不在公也。又爲予同年義興楊準道予少時之夢。予少夢吳文定公授以文字一卷，予歲貢鄉舉皆與之同，故瞿每對人言之，實以文定公見待云。

諸考官命下之日，相約必欲得予。及在內簾，共往白兩主考，常熟嚴學士訥因言，天下久屈此人，雖文字不入格，亦須置之第一，人必無異議。金壇曹編修大章尤踴躍，至與諸內翰決賭，以爲摸索可得。然盡閱落卷中，無有也。揭曉後，曹使人來，具道如此。而人有後來言予卷爲鄉人所忌，不送謄錄所，蓋外簾同官言之。然此乃命也，「臧氏之子，焉能使予不遇哉？」

予自石佛閘與鉛山費楙文步行至濟州城外。遇泉州舉子數人，共憩市肆中。數人者問知予姓名，皆悚然環揖，言：「吾等少誦公文，以爲異世人，不意今日得見！」往往相目私語。比在京，吾鄉有託泉州舉子之語以相詆，不知予已在濟州先識之。設果有言，亦不當傳道之，而乃假託其語，其謬如此。所謂外簾官者，亦對人毀予。予時方出國門，亟書數語寄其同官徐學謨。蓋一時有不能平，亦予之褊也。

已未禮闈易題，節六四爻象，予講安字之意，大略云：使聖人之制禮不出乎其心，而欲驅率天下以從我，則必齟齬而不合；天下之由禮不出乎其心，而欲勉強以從聖人，則必勞苦而不堪。齟齬不合，勞苦不堪，秦、漢間語，眉山蘇氏文多有之。今某人摘此八字，極加醜詆，以數萬言中用此八字爲罪詬，亦太苛矣。前浙省元姜良翰久不第，高時爲給事中，每論其文，切齒。姜後亦登第。予老矣，能望姜君乎？惜乎，某之以高時自處也。嘉定金喬送予出國門，偶道此。喬自徐祠部所來，祠部與予舊相知，因書寄之，然勿與他人道也。先是，丁未，予試卷中庸「天地位萬物育」講語，用「山川鬼神莫不乂安，鳥獸魚鱉莫不咸若」，房考大劄批一粗字，有輕薄子每誦以爲嬉笑，事亦類此。蓋今舉子剽竊坊間熟爛之語，而五經、二十一史，不知爲何物矣！豈非屈子所謂「邑犬羣吠，吠所怪也」歟？今次將北上，夢多奇者，當別記之。二月，得兒子家書，言夢予獲儁，易題乃離卦「乃化成天下」，而里人夢見龍起宅中，發屋拔木。時易題果出離卦，頗以爲異，對坐中言之。傳至瞿侍讀，亦爲予喜。

又張憲臣夢余在殿陛間，走度一木，跨其肩上，謂予名必在張前。榜出，張中禮卷第二，而予不得，有不盡驗者。家人任愼，少隨余，每夢輒應。今歲隨在京，數有奇夢，類非其能自爲者，然亦不驗。獨余二十六夜夢報中會元，謂今年二十九揭曉，何得先三日有報，其人云，預報會元耳。夢中因念甲午歲有人來報鄉舉第二，此預報之證也。頗自疑之。

又夢在大內，嚴學士送予下階，予辭，以公爲吾座主，不宜降屈，乃與瞿侍讀相攜而出。初得此夢，以嚴爲座主必中，而又不驗。豈瞿後主考，乃得舉也。然予無望此矣。又二十七日，夢一卷書乃爲狗所呑，人言書爲狗呑，乃狗兒年，非羊兒年也。

李元禮、郭有道生此世，必在塵埃中，無人知貴之者。杜子美詩云：「温温士君子，令我懷抱盡。靈芝冠衆芳，安得闕親近？」子美此意曖然，甚可愛也。人無此，安得謂之能親賢？吾苟且與之，豈不自賤？荀子「度己以繩，接人則用紲」〔一〕。莊周「達之入于無疵」，其亦枉其性矣。孔子，七十子服之，謂之聖人，則無一人之服之者，可以爲賢乎？孔子則自言「遯世不見知而不悔，唯聖者能之」；孔子之言，乃所謂知性命之理者也。

予每北上，常翛然獨往來。一與人同，未免屈意以狥之，殊非其性。杜子美詩：「眼前無俗物，多病也身輕。」子美眞可語也。昨自瓜州渡江，四顧無人，獨覽江山之勝，殊爲快適。過滸墅，風雨蕭颯如高秋。西山屛列，遠近掩映；憑闌眺望，亦是奇遊。山不必陟乃佳也。

四月初五日，夜泊滸墅。夢魏孺人別居一所，予往見之，孺人亦來就余所，尋復去。相見時甚歡，以爲世間未有之事，約與相迎爲夫婦如故；孺人意亦允諧。方躊躇間，岸上鼓鼕鼕，夢覺矣。自孺人歿，幾及三紀，未嘗夢。俗以爲淚着殮時衣，不夢也。今始一夢，慘然。甚感！王孺人亦無夢，壬子冬北上，雪夜宿句曲道中，夢孺人來。二君德容，常在吾目中。今自數千里還，去家益近，愴然有隔世之悲。

初六日，發滸墅。自丹陽無一日不遇風，是日冒風雨僅至婁門，宿跨塘橋下。中夜，風雨勢益惡。予惺然不寐，念此行得失有命，略無芥蒂于心。獨以三四千里至此，又阻風雨，不得亟見老親。思昔丙辰南還，見吾祖，云：「不第，不足言；汝還，慰吾懷矣。」今吾祖長逝，還更不可見，更不復聞此語，悲痛胡可言也！明日，過沙河，風雨微止，將到家矣。命童子索筆硯，聯事記之。人之毀譽，不足爲之有餘不足。顧獨以廟堂諸公譽之愛之者無所用其力，而鄉里知識毀之嫉之者必中其計，信乎，予之窮也！夢兆本不足道，具存一時之事，故并書焉。

嘉靖三十八年四月書，時過陸市。

## 壬戌紀行上

廿四日，行。夜，泊平樂。明日，午，至閶門。廿七日，行。二子還。夜，至新安。明日，晨，至無錫。是日，至白家橋。雨。晚穿城，宿毗陵驛下。廿九日，夜，泊丹陽。三十日，午，過丹徒。得葉子寅江船，與周孺亨待潮。因三人步觀留侯廟，遊海會寺，還飲舟中。夜，潮來，奪港以出。是夕，宿于江中。元旦，登焦山。微風渡江，得小船即行。夜，至江都。明日，與孺亨聯舟行，宿孟城。初三日，寶應湖大風。夜，至平河橋，宿。去淮四十里。明日，雨。宿裏河。明日，入淮船。船尤小。夜臥，長淮風浪之聲達旦。初六日，至桃源。夜，雨。初七日，雪。西北風急，僅至崔鎮。明日，過宿遷。夜二鼓，至直河。時獨與孺亨兩舟行。岸上有騎者，挾弓矢，叱挽人令之下，皆踉蹌入舟。尋見有人聚立，頗疑其盜，然竟無他。初九日，至新安。自是始有閩、廣人同行。初十日，午，過呂梁。夜宿，未至彭城二十里。十一日，巳，過洪。舟幾落洪去，力挽以出。彭城大雪，舟停一日。

十二日，自寶應來，陰寒，雨雪間作，是日始見日，尤寒。刺舟者鬚眉皆冰。黃河凌下，船刺刺有聲。至境山，宿。明日，船犯凌，舟幾覆。觀溜口。黃河自西來，從此出，故河冰推排而下，常年經此溝中，有水汩汩流，故云溜。今咸大河也。夜，至沽頭。明日，孺亭小恙，便欲還，強之入閘。夜，與四明王⿰火節飲上海曹子見舟中。止八里灣南。月明，霧四塞；霜下如雪，岸柳皆凝白。十五日，待冰，亭午，始過閘。以連日寒，冰雪乍凝，非復壯冰，特船人畏怯，時止。夜，將及南陽，又止。復行，近棗林，又止。聞岸上雞鳴矣。十六日，止仲家淺。十七日，過濟寧。夜，止南旺第一閘。與王、曹二君飲。

十八日，午，至南旺。汶水流出，冰雪壅河，同行船更相挽破冰而前。近遠老口，月出。九船順風張帆，檣皆挂燈如列星，迤邐行柳樹間。明日，早飯後，逼張秋，飲王君舟中。還，待月聊城，二鼓行。二十日，未午，至清凉。舟聚者三四百。明日，午，始入漳河。天微雨，止宿渡口。月出，復行。至曉，過武城。日昳，風。止鄭家口。月出，行。廿三日，過故城，至老君堂。廿四日，止新口。廿五日，大風，未，至滄州。廿六日，過興濟。行五六里，以冰阻。先後來者皆聚，幾及千艘。半天下之士在此矣。始見同縣諸友。夜，飲子敬舟中。廿九日，早，過靜海，宿獨流。初一日，大風，止大王庄。飲起仁舟中。至劉指揮庄，雇肩輿小車，庄人皆來叩頭。與曹子見小飲，登舟。

初二日，移舟楊柳青。陸行至韓家樹，渡滹沱河。風極冽厲，有河冰，待久之，乃渡。道會泉南諸友。飯桃花口，宿楊村。明日行，至華黎庄。步觀神廟前石刻，云：「開泰六年建塔，藏舍利于妻河西。咸維四年七月十四日，雷火，塔燬。壽昌二年五月中，常有光怪現，握得舍利百餘顆，乾統五年建木塔。」列題諸僧名。後書榮祿大夫監察御史武騎尉張軫，下有磚承之。廻書佛號。後題榮祿大夫檢校國子監祭酒兼監察御史武騎尉石恕。

初，予跼蹐小舟中，少所見，獨記所止處而已。陸行觀此石，字畫楷勁，而年號官名皆遼時，故記之。自石晉以十六州畀契丹，此地沒于北者五百年，予每入北界，未嘗不歎宋人不能至此也。幸生二百年一統全盛之世，夫豈易得哉？飲武清，至靈谷屯，宿。初四日，行，過馬駒橋。申刻，至京。自興濟冰阻，千艘相聚，行數里，輒相呼擊冰，如是數里，又行。舟止時，如鴉將棲，且止復飛，回翔不定，前此未見也。聞白河冰尚腹堅，遂皆陸行。予自丙申計偕，後七試南宮，往來程路及此行，計七萬里矣。

## 壬戌紀行下

初一日，下張家灣。皇木蔽川，舟阻隘，僅得出。是夜，夢月蝕旣，余與二人望而拜。初三日，行。初四日，過河西務。兩日風，行皆不盡日。初五日午，竟白河，遡漳、衞。白河出城外，經密雲，合大通、榆、渾諸河，在漷州東北出通州境，東南至香河界，又流入于武清，凡三百六十里，至直沽入海。元史言「榆、渾三河之水合流，名曰潞河」，白河亦名潞河也。宿楊柳青。明日，宿獨流。初七日，過滄洲十餘里，宿前阻冰處。初八日，過磚河，日尚蚤，止泊頭，有扁鵲廟。扁鵲，渤海人，莫州有其家宅。謝靈運擬鄴中詩云：「憶昔渤海時，南皮戲青沚。」當建安時，非清平之運，士之有以自樂如此。

初九日，過東光，至安陵。道逢同縣許事士，停舟相勞問，爲同行者閉距，不得與言。許尋遣人致禮。初十日，過桑園。雨，舟止久之。雨後欻得順風，舟甚駛。風雨尋作，未能至德州。十一日，泊故城，有馬都御史祠。與許翔甫行縣中。明日，經鄭家口。風疾，尋過夾馬營。至武城，觀夫子廟像。河滸有二童子來，自言學易，因與之言易。是日風順，掛席行如飛。雖有逆灣，然亦行一百四十里。十三日，晡時，至臨清。衞河自輝縣蘇門山合頭，歷輝縣界、新鄉、衞輝府、新鎭、李家道口、莘縣、小塔兒。清濁二漳自林縣合流，經臨漳、館陶、小塔兒，入衞河。漳、衞合行二百里，過臨清。自輝縣東北來一千六百里，又千餘里至直沽，合白河入海。元名御河。永樂初，會通河淤。自淮入黃河，至陽武，陸輓至衞輝，下衞河也。南行逆流，自靜海，歷興濟、滄、交河、南皮、吳橋、景德、故城、恩武城、夏津、清河之境。靜海、靑、興濟、滄、德、故城、武城，皆臨河。

十四日，入閘。晚行，至戴家灣。十五日，日昳，過聊城，泊李海務。明日，周家店南，水涸，不行。晡時，水至，行。達河城。十七日，荆門，大風，黃沙蔽天，舟如霧中行。過張秋，及戴家廟，有龍衣船封水。明日，食時行。龍衣船歲于此過，閹挾南貨，故船常滯淺。曾記一歲適巡撫過界，水爲封錮，東平張長史以金幣賄閹買水；買水，所未聞也。夜，至開河。明日，南旺水涸。至宋尙書祠，觀鵝河口汶水來處。鵝河口，卽黑馬溝也。有分水龍王廟。汶自此逆流，北出五百餘里，入于衞；南出二百餘里，合于沂、泗：凡八百餘里云。北去者，逆上至南旺而順；南行者，亦逆上至南旺而順。故濟寧當南北之半，而行者皆相期至此。諺云：「上巴濟寧，下巴濟寧。」以爲過是皆順流也。

十九日，濟州，登太白樓。陳子敬、許翔甫、沈誠甫、秦起仁、王子敬、陳敬甫同登。濟州西望城武縣，正相直也。余曾大父嘗爲其宰。樓下有碑刻：「永樂十八年正月二十日，勅行軍司馬樊敬往守濟寧，撫操十萬壯士，指揮以下，除授總兵官亦聽調，違令斬首。」行軍司馬其重如此，皆一時之制。與國初諸翼元帥，會典亦失于記載也。廿一日，趙村，暴風起，微雨，尋止。過新店，日正赤如血。夜爭新閘，舟櫓雁翅間，前行者幾敗。止仲家淺。漏下二十刻，聞閘下喧呼聲，乃龍衣船至。閘啓，又行。至師家莊。廿二日，逾魯橋、谷亭、沙河，至胡陵。胡陵人以楊枝插水祈雨。來時，孺亨病欲還，余強之行。至日昳，孺亨舟稍後，聞岸上人呼余，愴然謂從者：「周公必返矣。」遂停與別，以其非大疾也。蓋過胡陵不遠，余囑其傔從，今夕止可歇彼矣。在泊頭得信，孺亨竟死，傷惋殊甚。夜余宿此，不能寐也。

廿三日，食時，至沽頭，會通河幾盡矣。會通河，元所賜名。至元初，漕道自浙西涉江入淮，繇黃河逆水至中灤旱站，陸運至淇門，入御河。其後于堈城之左，汶水之陰，作斗門，遏汶入洸，以益泗漕，而汶始與洸、泗、沂合。至元二十年，自濟州新開河始分汶、泗諸水西北流，至須城之安民山，入清濟故瀆，以達于海。至元二十六年，自安民山之西南開河，繇壽張西北至東昌，又西北至臨清，而泗、汶諸水始達御河也。凡歷臨清、清平、堂邑、博平、聊城、陽穀、壽張、東平、汶上、嘉祥、鉅野、濟寧、嵫陽、寧陽、魚臺、鄒、豐、沛之境。臨清、聊城、東昌郡治、濟寧皆臨河。弘治初，河決金龍口，趨張秋。都御史劉大夏修築，遏水南行，工成，賜名安平鎮。出閘水勢不壯，而下流平漫，故水雖順流，舟行尤遲。至溜口，始以兩槳行如飛。河自汴城北至張家灣，東北行溜首江、三家樓、益陽、依逢、考縣、楊青口、師家樓、新集、馬磨、師家道口、馮家集、曲里浦、趙家圈，經徐北門，五百餘里。河決房村後，自馮家集決入溜口，不復經蕭縣。入溜口僅二十餘里，即合沂、泗。又七十里，至彭城。汴至此三百七十里，自蕭縣至馮家集一百八十里也。梁進口四十里，經新集入漁陽、碭山，河水散漫，四五里至馮家集，始伏漕至溜口。溜口自馮家集分兩股，舊時所謂大小溜溝者，相去不半里而分爲兩也。

登境山，起仁、子敬、誠甫皆至。山石陂陀，紋理如武康，而色不如。有大雲禪寺，依山，雖小刹而峻整。有至元碑，日已昏，不可讀。廿四日，日出，已過彭城矣。舟中與子達言豐、沛故事。余昔數過泗水亭，有班固碑，不復存，而少嘗見其文，因爲子達誦之：「皇皇聖漢，兆自沛、豐。乾降著符，精感赤龍。承魁流裔，襲唐末風。寸土尺木，無俟斯亭。建號宣基，維以沛公。揚威斬邪，金精摧傷。涉關陵郊，擊獲秦王。鴻門造勢，斗壁納忠。天期承祚，爰爵漢中。勒陣東征，剟禽三秦。靈威神祐，鴻溝是乘。漢軍改歌，楚衆易心。誅項討羽，諸夏以康。張、陳畫策，蕭、勃翼終。出爵褒賢，列土封功。炎火之德，彌光以明。源清流潔，本盛末榮。馭將十八，贊述股肱。休勳顯祚，永永無疆。國家寧安，我君道昇。根生葉茂，舊號是仍。於皇泗亭，苗嗣是承。天之福祐，萬年是興。」

、過呂梁。呂梁雖懸濤淵湃，然非巨嶮也。是日立夏，日暈者三。至下邳，尙蚤，復行。是日風不順，猶行三百里。明日，鍾吾。風，泊圮岸下，復行。明日，白楊河。遇見陳永康、雷夢龍舟，從飲酒。過桃源，行三十里而別。是日風微，故至淮陰。泗水出汴縣北山，沂水出泰山，至下入於泗，沂、泗合流爲清河，今黃河幷入之。酈道元曰：「淮水北來至下邳，淮陰縣西，泗水北來注之。」淮、泗之會卽角城，今清口是也。黃河不復自渦口入淮，獨自彭城從清口下，故淮自清口北岸黃流，而南岸清，蓋二十一里始混爲一色。凡歷徐州、睢寧、邳、宿遷、桃源、清河之境，八百餘里。惟睢寧不臨河。淮上見日正赤如血，望之，絕無翳障，空蒼下墮圜紅濛氾間，眞奇觀也。向夜，風雨大作。尋霽。明日，自清江口移入裏河船，泊郝城下。郴州喻景曾選來候。夜，風雨。鷄鳴，雨霽。西南風大急。在清河欲此風須臾不可得，今逢之，更爲虐也。初，同行者常有百艘。南旺分而爲二，先行五六十艘。出會通河，舟皆散。是日風阻寶應，又以百數。夜始行，牽纜如織。至瓦瀫湖口。

十九日，風猶逆。至露筋〔二〕廟，出邵伯湖。晚，湖無風，清漪可愛。夜宿驛下。明日，風始順。食時，至江都；天陰，風益迅，遂至瓜州也。中瀆水首受江於江都縣，古江都蓋臨江，卽此地云。淮陰六十里至黃浦口，出馬湖三四里，入內隄行，至寶應；出湖四十里，內隄行，至露筋〔三〕廟；出邵伯湖，十八里至三百子，內行三十里，至驛。

古廣陵北出武廣湖，東陸陽湖，而二湖相宜五里，水出其間，下注樊梁湖。舊道東北出至博芝、射陽二湖；西北出夾耶，至山陽。永和中，陳敏因湖道多風，自湖之南北口，沿東岸二十里，穿渠入北口，以避湖風，蓋其來已久，今世獨知陳平江耳。又吳將伐齊，築邗城，城下掘溝，謂之川江，地理志所謂築水。江、淮之間，凡三百六十里，歷山陽、寶應、高郵、江都之境。山陽，淮安郡治。江都，揚州郡治。瓜州對江與京口直也。遂過埭，入南小船，始皆吳語。夜雨，蚤風。過江，山色靚麗，向來少此景，恨過之速。遂入江口。

## 遊海題名記

嘉靖己未，中秋前二日，王永美邀予遊海。午後登舟，至太倉。明日午，出州東門，遂行。待沙船不至，宿天妃宮。十五日，得沙船，行。至海口，風雨大作，波濤際天。初猶見海中長沙，及濤高，沙反出其下，不復見。還，宿天妃宮。

明日，至海口，雨不止。使人問郭帥，已往新城，因宿其營。營前頗有戰船，戍兵寥落，皆兩粵人。營中寂然。半夜，大風雨，波濤之聲滿耳。郭帥方自新城乘浪而至。明日，留飲，及暮而別。夜三鼓，潮生，舟忽高數丈，水聲鳴激。永美呼余起，登岸。岸北邐迤隔碍，僅見東南半海。月色微明，因列坐飲，鼓琴。潮平乃還。連日雖風雨，海中風帆交錯，沙上入載荻葦西來不絕。劉家河船皆逆風張帆，南北斜行如織。篙師云：「海行恃風波，患無風，不患風也。」

余與張德方、陸希皐同自崑發，永美子一夔、余子福孫從。至州，希皐不行。劉大倫、楊正學以沙船至。楊百戶，海上彈琴者也。李旌未冠，皆同行。凡七日，竟不見月，亦不至大海而還。

**校記**

〔一〕紲　荀子非相：「故君子度己則以繩，接人則以枻（或作抴）」。「紲」疑誤。

〔二〕〔三〕筋　原刻誤作「筯」。

# 震川先生别集卷之七

## 小簡

### 與沈敬甫 以下六首解經

孔子曰：「操則存，舍則亡。出入無時，莫知其鄉。」此卽「人心惟危，道心惟微」之意。朱子解「心之神明不測」，不是；但說「心之神明不測」一句，甚好。人心與天地上下同流，貧賤憂患，累他不得。須知聖人「烈風雷雨不迷」。羑里之囚，此心已在六十四卦上。雖「號泣于旻天」，又有「在牀琴」時也。「公孫碩膚，赤舃几几。」學者當識吾心亦如此，非獨堯、舜、周、孔之心如此也。來書不能一一爲答。當以此存心，便覺天地空闊。生死隨大運，更無一事矣。

「民可使由」，當作日用不知看：「道之不行也」，「民鮮久矣」，夫子蓋屢嘆之也。

子張後來造詣儘高，如十九篇所載言論可考。務外堂堂，乃初年事也。

所疑卒未能詳考。樂只是以和爲本，而所用不同。射乃爲防禦而設。司徒六藝，如御、書、數，皆習之以爲世用。懸弧之義，却不爲無用而空習此虛文，以觀德也。此等處，須看先王制禮之本原，不當止向末杪言語上尋討耳。

「和爲貴」，有子只淺淺就目前行禮者說，不是說大源頭。蘇、秦二公文字，少嘗讀，今忘之，俟再尋繹也。

## 與王子敬

立字羑若。執禮字子履。馬、鄭之徒，解羑爲道。君子之欲有立也，順其道焉耳。禮者，履也。動無非禮，迺可以言執禮也。承二君問更字，輒以義答之。蓋古人之命字，所以尊其名也。孔門如回淵、賜貢、由路、予我之稱，殊無深意；而後世名字之義侈矣。

## 與王子敬 以下四首解名物稱謂

嘗記少時見一書，云：月令王瓜爲瓜王，卽今之黄瓜。則鄭注「萆挈者」未必是。王瓜生適應月令，而夏小正「五月乃瓜」，恐卽此瓜，他瓜五月未可食耳。適見九江、建昌二志，皆云：「王瓜以其最先熟，爲瓜之王。」然亦不知何所據也。讀柳州海石榴詩，疑是今之千葉石榴，今志書亦云，乃知孺允亦欠詳考也。志書固有附會，可以爲一證。

高生日來索此書，必有疑慮，乞更尋撿。月令「王瓜生」，當直斷爲今之黄瓜，「革挈」非也。且引「王萯」與王瓜何與？疏又疑爲一物矣。古書中必别更有見，姑闕之，俟他日考也。

## 與沈敬甫

昨自郡還，冒風，體中不佳。文字竢覽。獸丘即虎丘，唐諱，亦云武丘也。古者六卿之長稱大，亦因有少，所以别之。後來如大將軍，亦是官制定名。「大銀臺」不知何出？此近來惡俗，不可蹈之。

## 與沈敬甫 以下四首論古書

史記煩界畫付來。褚先生文體殊不類，今别作附書。景、武紀諸篇仍存在内者，更有説也。莊子書自郭象後，無人深究。近欲略看此書。欽甫有暇，可同看，好商量也。向論高愍女碑，可謂知言。班孟堅云「太史公質而不俚」，人亦易曉。柳子厚稱「馬遷之峻」，峻字不易知。近作陶節婦傳，懋儉甚聰明，幷可與觀之。

## 與王子敬

天官、封禪、河渠、平準書奉去。子長大手筆，多于黃圈識之。看過，仍乞付來。趙御史果有停征榜文，昏人得此，殊無聊也。

## 與王子敬 以下十二首論時文

沙賊潰去，適方聞之。然識者已預知有今日矣。硃卷留自送之，今不復示人也。顧處卷尚多，但不肯出。此亦如人涕唾，人有顧其涕唾者？無之。拾人之涕唾而終日嗅其臭味，尤可怪笑也。

## 與沈敬甫

試事未知何如？遂不能毫分有所贊益。雨不休，句曲山谿淖汙可念。敬甫連有書，殊無壯氣。科舉自來皆撞着，必無穿楊貫蝨之技。渠不比少年，只看此番。相愛且勸之行。子元喪女弟，又爲追捕之累罄空，非附驥不能千里。有佳意，須臨期使人相聞也。

世事殊不可測。勸君行固難，然亦不可不一行也。七篇文字，頃刻能就；只是時有得失。若造化到，必不見短；不然，終歲俛首佔畢何爲者？不須問江東神，鄙人便是也。

儘有一篇好者，却排幾句俗語在前，便觸忤人。如好眉目又着些瘡痏，可惡。

文字又不是無本源。胸中儘有，不待安排。只是放肆不打點，只此是不敬。若論經學，乃眞實舉子也。

奴去，有小帖，極匆遽，不盡。大概謂欽甫經學多超悟，文字未能卓然得古人矩度耳。當由看古作少也。星槎集付來。

近來頗好剪紙染采之花，遂不知復有樹上天生花也。偶見俗子論文，故及之。

文字愈佳，願益爲之。此乘禪也，毋更令爲外道所勝。幸甚幸甚。王司馬云：「如上甑饅頭，一時要發乃佳。」

文字大意不失，而辭欠妥耳。然可惡者，俗吏俗師俗題，見之令人不樂也。

昨文殊未佳，想是爲外面慕羶蟻聚之徒動其心，却使淸明之氣擾亂而不能自發也。勉之！如向作，自當得耳。

文字已與養吾寄去。大概敬甫能見破三代以上言語，只爲不看後來文字，所以未通俗也。

求子之文，如璞中之玉，沙中之金。此市人之所以掉臂而不顧也。

## 與徐道潛 以下三十六首皆論自著文

韓集爲葉七沈滯，旦夕當促來。前編在館中，學徒俱病，久不往；俟往，乃得奉耳。此書考校甚精。什義比蔡傳亦遠出其上。讀書者要不可不觀也。易圖論有合商榷者，幸示及，原稿并發來。向論河圖、洛書，以示吳純甫，純甫謂當俟後世之子雲。此篇大意與之相表裏，第與晦翁實相牴牾，啓蒙所謂「本圖、書作易之大原」，一切抹倒。爲此嘵嘵得罪于世，可嘆也。抑程子與康節嘗論此，至其解易，絕不用之，亦必有見矣。

## 與王子敬三首

弘玄先生贊，讀過即乞付來。親得其語，故詳。平生足跡不及天下，又不得當世奇功偉烈書之，增嘆耳！吠奢，賈人出家者；啞羊，僧伽中最無慧。皆彼書中語。

腰痛發作，甚苦。方有望洋之約，恐無緣耳。思曾墓表，描寫近眞，生眼觀之何如？

清夢軒詩，附覽。記固迂，詩又迂，清夢軒亦迂也。

## 與沈敬甫十八首

禮論二首，略辨註家之誤耳，無大發明。更爲我細勘，未知其是否也。

奉去文字一首，此頗詳覈也。前書特爲討賊而發，俗人必用相嗤，幸悉毁之。連日用心極苦，故欲與敬甫知耳。

葡萄酒詩，前後偶寫不同，皆可用。元時置葡萄戶，出元史。占法曾見之，不經意，遂忘也。

張駕部墓志已尋得，「深純雅健，似司馬子長，崔、蔡不足多也。」試誦此言，當否？墓銘更乞一本。昨見孺允，云：外人見書詈駡事，大加詆毁。不知吾邑中何多劉向、楊子雲也。又前送鮑令序，以京師爲行在所，此是子長、孟堅書中語，並有顔師古、小司馬註釋甚明。而邑中人獨曉以天子巡狩爲行在，又加詆毁。此殊不足辨。欲足下知墓誌不謬，用慰孝子之心。

石老墓表，敬甫想見。但文字難作，每一篇出，人輒異論，惟吾黨二三子解意耳。世無韓、歐二公，當從何處言之？

舍中蓬蒿彌望，使人愴然，不能還矣。毛氏文，想已見。作此文已，忽悟已能脱去數百年排比之習。向來亦不自覺，何况欲他人知之，爲之驪然一笑也！

甫里阻風，不得入城，逕還安亭。世事無可言者。暫投永懷寺避歲，燈前後可入城也。

曾見顧恭人壽文否？敬甫試取評隲，不知于曾子固何如？一笑。

水利論後篇并禹貢三江圖敍説，再奉去。自謂前人有不及者。非常之原，常人懼焉，今人見此，必駭然。若吳中更二三年大水，則吾言亦或有行之者矣。

近輯水利書，比前略有增益。未完，不及寄去。有圖，有敍説，大率不過論中之意耳。荆、坡二老見之，必以余言爲然。經中中江、北江，雖説晦翁有辨甚悉，亨齋所言，乃是孔安國、程大昌説也。中江、北江入海者，何處尋之？惟郭景純三江甚分明耳。張、陸二文，不加議論，却有意趣，莫漫覷也。來文無可改，但勿示人，恐爲不知者詬厲，且大洩其天機也。

兒子于敝篋中尋撿半日，得文三首，送看。書張貞女獄事，當附死事之後。但傷訐直，不便于眼前人，秘之，俟後出可也。此文頗有關係耳。

昨見來書，甚快。場中二百年無此作，不知與介甫、子固何如耳？平日相長處，能于微詞中見得，眞知言哉。子遇連來求兩文去，皆俗者，作俗文，亦是命。

惠政記稿，恐不可識耳。法當立石，但無好事者。又徐君非要官，誰肯爲之？昨文且留看。

水利録付來。庚戌卷遲久，令人不能忘情。并付還昨文字，惡其人，所以不答耳。可隨意損益與之。此等事不至耳邊，亦是福也。一見，便是泥團在前，極損道心也。

外舅志丞子敬所。見，乞告明蚤卽付來，勿示人也。史記謚法，亦後人附會耳。

錄文裝潢，須是新紙乃佳。不可多人傳玩，及入袖中，一似百中經矣。野鶴壓記，綴玉女之後，可也。阿郞筆路，須什襲以見還。

## 與馬子問

僕文何能爲古人？但今世相尙以琢句爲工，自謂欲追秦、漢，然不過剽竊齊、梁之餘，而海內宗之，翕然成風，可謂悼嘆耳。區區里巷童子強作解事者，此誠何足辨也！

白居易爲元稹墓誌，謝文六七萬。皇甫湜福光寺碑〔一〕三千字，裴晉公酬之每字三縑，大怒，以爲太薄。今爲甫里馬東園作傳，可博一盤角菱乎？一笑。

## 與王子敬

水利書採取頗有意，水學莫詳于此。外是，皆勦說也。

呈稿曾有錄本否？明日欲寄伯魯也。此已爲雨後之土龍，但不可聽伯魯之意耳。

東坡易、書二傳，在家曾求魏八，不予。此君殊俗惡。乞爲書求之，畏公爲科道，不敢秘也。有奇書，萬望見寄。水利錄已鋟梓，奉去四部。近聞吾郡頗欲興水利，動言白茆耳，甚可歎。在位者得無有武安鄃邑之私耶？一時發興入梓，尋海之，于世人何用？當令後世思吾言也。

鄭雲洲至，又得書，荷蒙見念，并及史事。本朝二百年無史矣。今諸公秉筆者如林，鄙人備員掌故而已，非所敢與聞也。太僕寺誌，僅一月而成。亦無爲之草創討論。雅俗猥并，及麤疎處多。中間反覆致意，自以爲得龍門家法，可與知者道也。

### 與徐子檢

昨爲節婦傳，送陶氏。李習之自謂不在孟堅、伯喈之下也。得求郡中善書者入石，可摹百本送連城，使海內知有此奇節，亦知有此文也。

### 與陸武康

右先孺人銘，謹撰上。公家所謂班、郢之門，不宜敢當重委。且平生不能爲八代間語，非時所好也。念嘗以文字爲貞山先生所稱許，敢抗顏爲之耳！

## 與沈敬甫九首

病良苦，一日忽自起，可知世間醫巫妄也。詩二首，寄敬甫、子敬。

題病瘧巫言鬼求食

瘧癘經旬太繹騷，凝冰焦火共煎熬。奴星方事驅窮鬼，那得餘羹及爾曹？

題病瘧醫言似瘧非瘧

似瘧非瘧語何迂，醫理錯誤鬼嘯呼。我能勝之當自瘥，禹乎盧乎終始乎？

爲食闕，過此。有屋租可以支食，並爲家奴侵盜無有矣。然留此，直是懶也。春闈之文，讀之誠自謂不媿。但徒爲市中浮薄子所訕笑，以是不出也。

十七日，阿三送包文，想已到。卷子，可就五弟觀之。曾寫二本，復散去，懶復寫也。孟敏之甑，墮而不顧；卞和之玉，刖而猶泣：二者何居？

承示亨齋云云，不覺自喜。非好人稱奬，貴知我者希也。

張烈女文字四首送觀，安亭近日有此事也。規利者頗欲撓其獄，今幸得白矣。此間旱荒殊甚，家人作苦，且艱食，因少留，日下當還。

磚硯寄還，惜無六驢載以入京耳。益舟誌，可寫出觀之。舟中無事，偶思此作却有意，不可草草觀也。

水利論具有前人之論，特爲疏剔之。意望當事者行其言，以惠東南之民，非有牛鼎之意也。

送行文，各以其意爲之可也。如以册葉強人，俗矣。

施君所索文字，昨欲從養吾取來。尋思吾輩所作一出，必有以破俗人之論，不可苟者。且待來年與之，今日恐太草草耳。

## 與王子敬四首 以下十五首皆哀悼之語

兒子壙志，附去二通，其一與子欽。去年令讀騷，卽此時也。兼以時序相感，痛不忍言。此亦至情，嘗爲人所嘲笑，豈皆無人心者哉？乞勿以示人。

孺允數來索侑觴之辭，第歌哭不同日。時有通問者，作一二語答之，輒顚倒不能成字也。顧足下懇懇之意，乘僕未東，必得面談，就君所欲言，比次書之可也。不知諸公何日行，如此風景，更難宿留也。區區得失，久已置之度外，但此回不見往時人。唐人有云：「海內無家何處歸？」此極痛怛耳。

庚戌秋，山妻欲學毛詩，從問大義，爲書文王之什。尋因兒女病，遂廢卷。昨還簡篋中得之，極悲。義多與前人異者，奉去，乞一看。稍暇，當續此業也。

## 與沈敬甫七首

二詩乃哭耳，不成詩也。昨見諸友，多欲爲僕解悶者。父子之情已矣，惟此雙淚爲吾兒也，又欲自禁耶？

安亭情景更悲，念兒在枉死城中也。山妻哭死，方涖，舊疾又作矣。所索文字付之，尙書序亦乞錄付，庶病者少寬。當以此等自解，然恐不能解也。痛痛。頭髮嘗有二三莖白者，炤鏡，視十二月忽似添十年也。人非木石，奈何奈何？寄去亭記，欲圖刻石，不知如何，可就五弟觀之。世之君子，若以曾子之責子夏者，則吾有罪焉耳。痛苦之極，死者數矣。吾妻之賢，雖史傳所無，非溺惑也。寄去僧疏，僕書二句，蓋天問楚些之意，偶于此發之。前後有六首，又有偈一首，別有答人小柬，連書一道，敬甫就五弟處觀，知我悲也。

自去年涕淚多，不能多看書。又念新人非故人，殊忽忽耳。擴志，子建云亦似。但千古哭聲，未嘗不同，何論前世有屈原、賈生耶？以發吾之憤憤而已。欽甫云，更似高人一籌也。

滄浪生攜阿郎影來，一慟幾絕。此生精神，覬欲運量海宇，不意爲此子銷鑠將盡，如何？「西狩獲麟」，「反袂拭面」，稱「吾道窮」，子解之乎？世人眞以吾爲狂耳。世美堂記，可爲知者道。人固有對面不相知者，亡妻幸遇我耳。作罷，與兒子嗚咽也。

## 與王子敬二首

秋高氣清，明月皎然。永夜不寐，惟有哭泣而已。向作疏、偈數首，獨曾寄孺允，今寄去一卷。昔在萬峰山中，讀大藏經，信其理如此，非狂惑也。

前承過，遂遭虎狠之驚，感念至情，極不忘也。像贊一首，奉寄。日閱禮書，欲依先王之制以送死者，而嘗不及。子建之徒，輒唱浮議，動引王夷甫亂天下之言，殊爲可惡。

## 與沈敬甫二首

不見忽踰月，節候頓易，日增感傷。涼風吹人，悉成涕淚。令女未有紙錢之及，此心歉歉。鳧短鶴長，其悲均也。何如何如？

日苦一日，思深如海，盡變爲苦水，如何如何？承寄奠，不敢辭。敬甫雖有哀痛，未容相比也。疏二首，寄去。今日低首世尊前矣。别有報人小帖數幅，可與五弟索觀也。

## 與余同麓太史 以下皆爲長興事自明者

歲杪，人自北還，備道閣下終始成全之大德。及兩辱手教，銜戢殊深。二月當遣人受勅，邅迴顧望，又不覺遷延逾春。今兹乃獲遣行，伏乞指示，生死得沐光榮。

有光三月二十日離家，五月十日始到邢。適監郡者在郡。又以官舍久無人居，且比諸僚獨隘，僅僅編葦聚土爲書齋。度俸錢才可以自給，然不能有餘以及隨行家口，而百物皆貴；幸來時頗借貸，糴大米三十餘石，足資半年矣。

故事，馬政，郡以閲視爲名，姦利由此生。今惟專委之縣，既有縣令爲之親臨，又無郡擾，人頗以爲便。自此絶不與吏民交涉，日日閉門，亦無士大夫往來，差能自安。但論者皆欲爲有光擇官得清閑之任，以爲隨材。而不知有光之所苦，乃在于犯忤姦豪，其爲怨毒積毁，入于持權者已種深根，是以滿朝之公論，不能勝一二人之口也。今此之官，若隨資除授，更下于此，眞抱關擊柝亦安也。特以爲以此處不肖不齒録之地，則不能甘也。

承相知之深，相援之切，感之至者，更不能爲言以謝。獨述區區之隱情，伏惟炤察。臨書，不任惶恐。

## 再與余太史

六月中，人還，知道體漸平，不勝忻慰。且捧教札，惓惓之意，銜戢曷已。有光于世，最號爲偃蹇憔悴之尤者，明公一旦振拔之，至今海內嘆仰。乃徒以守職愛民之故，不知顧慮，以取仇怨，竊望明公能振拔之于其始，必能成就之于其終。所謂成就之者，非敢求上進，以與喹喋者爭時取妍也，特求使之不失所而已矣。

前瞿少宰致書李相，徒亦以平日之相憐，非有光之有求。而辭不盡達其意，亦以有明公代爲之言耳。

先人勑命，計此時已用璽。欲遣家人，乃寸步不能自致。適有馬吏赴太僕，敬附此。勑命，即令去人齎賜，幸幸。許君畫，頗盡林壑之美，玉堂清暇，可以資一玩也。

## 與吳刑部梁

往在白下，幸獲同登，過蒙憐愛。回思欻然逾三十餘年，而吾丈交道，久而愈篤。自初旅食京華，恤其匱乏。昨者讒人罔極，雪其誣枉。至情懇懇，卓然高誼，雖古所表見于世者，僅一二數而已矣。若以感激不能自勝爲謝，又非所以待吾丈者也。今到邢已半月，舍中落然無具，與妻子相對，殆不聊生。獨自攜書千卷，旦暮呻吟，足度日月。頃在家日，聞吳興事甚怪，幸彼大吏持平，不得縱，然中傷之計日行矣。諸乙丑同年，如陸杭州、謝武進皆得重劾，尋無恙。而李夷陵甫自州遷佐郡，又得入內署矣。朝廷大公，本無意必，而獨于僕一人未見曠然者，知子蘭之譖深也。此來，實以御史大夫、少宗伯之知。今獨重生疑畏，未測所以，賴吾丈見告，當自劾去矣。自選授在越，卽不敢通書朝貴。獨去冬欲引退，乃於諸公自言其私，并求應得誥命。今遣人至余太史所受誥，略布區區，伏惟矜察。

## 與周子和大參

居京師，日日趨朝。朝罷，入閣中，宰相出，然後隨而出，然殊無一事。修史則職守掌，彼皆治庖者，僕乃尸祝耳。制誥皆有舊式，惟贈誥間爲之。于世間榮辱得失，了不關于胸中。謂可以避世，非謬也。諸公相憐，謂更有別處，僕殊無望于此。日在金鋪玉砌間行，殊不覺勞也。本欲卽歸，生平強項，不肯被鄉里小兒以虛弦驚下耳。

荷茶陵公相知，今日改謚文毅，弟適當草制，甚喜幸。公子亦在中書，日與班行相綴，眞見「門生老白鬚」也。內江公尤篤師門之義，每相與言張公，或至淚下。內江之薦達如茶陵，第每恨言未能行耳。新鄭素爲吾兄不平，弟去年書往，亦及之。今當路一似循途守轍，殊不可解。

## 又

江都爲相之日，更辛苦于下帷之時。黄童白叟，歌詠于田野；朱衣紫綬，讒搆于朝廷，不見河陽之褒，反被相州之譴。今日歸田之計已决，候代即行。不久奉侍，恐勞見念，先此啓知。

## 與曾省吾參政

張盧老行，附記，不知爲達否？僕非敢緣舊識求門下有所掩護也。在縣，比古人則不及，比今日亦當萬萬。何向越中乃似無聞知者？直是可恨。門下行省，所在問民疾苦，若彼處一二鰥寡民得自言，則白矣。區區非愛爵祿者，名亦不得不自愛。夫奸人豪右，非民情也。好人所惡，惡人所好，非是非之眞也。察民情與是非所究竟，實門下之責。不得不瀆告。伏惟不罪，幸甚。

## 與曹按察

奉别匆匆，又經半歲。門下爲中朝士大夫推服，以爲當世名流，今暫屈作西湖主人，内召應不久也。鄙人向年爲吏吳興，雖跼蹐百里，而志在生民，與俗人好惡乖方。遷去後，極意傾陷。今幸公道昭明，諸老見察。第越中昔時和聲而讙者，猶似有一重障翳。僕隨緣來此，宦情甚薄，然大丈夫亦不肯默默受人汙衊。執事總領外臺，主張公議，若不明告，恐陷左右于隨俗附和之流，非鄙人所以事門下也。「君子信盜，亂是用暴。盜言孔甘，亂是用餤。」三復所患〔三〕詩解，良深嘆息。同年沈秋官行，附起居狀，敢布情悃。不一。

## 與愼御史

有光叨竊貴郡，而山城僻處，日治文書；束修之問，不行于境外。執事獨念生平，數賜存問，顧無以爲報者。比得改官，一時匆遽，又不得詣别。悵悵。當其在貴郡，甚邇也，可以見而不見；今去之，雖欲見而不可得矣。縣事無足言者，執事姻親在彼，必能略道之。聞郡中置獄大異，爲善者懼矣。謂隨、夷溷而蹻、跖廉，昔賢云然，今乃眞見之。

東坡先生爲孔北海贊云：「使操害公時，有魯國男子一人爭之，公庶幾不死。」執事爲鄉邦重望，不獨故人私情。天下公義，亦可發憤言之乎？博士學官，至閒冷也。微文及之，輒點汚，尤可嘆訝。適來特求書爲西道解之，幸勿靳也。

## 與馮某

昔在都水，荷蒙垂記，隔闊五載，靡日不懷。邢中得邸報，承有浙行省之命，旌旆循西山而來，庶一望幨帷，竟不可得。行省分司吳興，僕前令雉城屬也。當時與人，虛舟相觸耳，竟成仇恨。今高飛遠逝，而矰繳甚設。韓潁川之拘持蕭長倩，馬季長之附會李子堅，何獄不成？此漢良吏儒者，猶忍爲此，况臭味不同，陰鷙成性者哉？僕素受相知，若不奉告，青蠅之言，或未加察，是僕反有負于門下也。有文字，頗委悉，附上。幷求五嶽大理轉達，伏望炤諒。

## 與徐子與

欲奉候者數矣，顧難于遣人，是以遲之。乃辱賜書及多儀，感愧感愧。張人去後，凡三附書；以彼機穽可畏，不勝杯蛇之疑，行計殆輟。承教，卽復翻然。王大夫報書云：「良玉不剖，當有泣血以相明者。」僕雖愧此言，然京師士大夫相信，實賴吾丈雅故推轂之。卽北轅無後顧憂，尤恃吾丈力也。薄儀，附致束修之敬。草草，希宥。

## 與俞仲蔚

前奉别造次，不能達其辭。至京口，曾具文字委悉，遣人送鳳洲行省矣。湖守懷大惡，頗類韓延壽之拘持蕭長倩也。僕仕宦之興已索然。勉强此來，少不安，即思投劾去矣。然不能無望當世賢者，使善善同其清，惡惡同其汙也。吳興有便信，須公再及之。

## 與張虚岡

十月中，遣人奏求解職，吏部抑不上。諸相知者皆以書勸勉，謂有薄淮陽之嫌。以此復當暫行，要非心之所樂，終當解去耳。前在省見學道，亦素相知，頗加禮遇。言及諸生保留事，忻然置之不問。後有讒説，復加害諸生甚苦。宋太學生，今議者多罪之。然留李綱，救董槐，亦可罪耶？殺陳東，竄陳宜中，其果何如人耶？公於僚友間，一言可解，毋使僕負慚于彼中士民也。恃素知，瀆聒，幸恕。

## 與周與叔

向人遣赴京求解官，諸公來書皆勸勉，以爲不至，無以防其讒慝之口。念海內猶自有相憐者，復黽勉北行。然長林豐草，是其本性，度終不可久羇也。吳興事，聞邇者氣焰稍沮。然毒螫終未已，賴大人君子始終保護耳。小文副薄儀，聊致贐敬。諸不敢言謝者，叔向不見祁奚之意也。乞鑒念。

## 與陳伯求

在縣，未嘗致書中朝士大夫；雖足下之素知愛，音問殆至隔絶。今一月兩致書，有所迫不得已也。已上疏乞解官，只恐所使人或有邅迴，及先人所得恩命須先行，幸留念。娼嫉之人，亦足以快志矣，而狺狺猶不已。今世亦有一種淸論。但其人方受阨，莫肯言，向後乃稍稍別白，則其人已焦爛矣。吳興方置獄，掠無罪人鍛鍊，爲罪人解脱，甚可駭。此其于僕，非直蚊虻之噆膚而已，不得不恐。爲知己言之。

## 與于緄

辛苦爲縣，尙望俎豆我于賢人之間。不意行後，舞鰍鱣而號狐狸如此，殊可駭異，然不足問也。承翰至，草草謝，不一。

## 與吳刑部維京

昨者得從諸鄉老，獲侍清誨。不謂亟承超拜，攀留無計，徒切悵仰而已。鄙人爲縣無狀，顧不敢鄙夷其民，童子婦人所知。雖謗讟煩興，而公論猶有十八九。田野之謠，當亦流傳于苕、霅百里間也。去冬遣人北行，乞解官。第諸老相知者，多移書勸勉。暫爲治行，可謂進退次且矣。

## 與王禮部

昨者輕詣，尋辱枉顧，造次不及有所言。百川孫丈，僕舊同學相知也。今司理吳興，僕前所治縣，事多相關。欲乞一書，致僕鄙意。僕業已解去，不當復有顧念。但在彼殊苦心，理寃捕盜，平徭省賦，無慮數十事。恐姦巧之徒有不便者，乘其去而反之，僕以此不能忘情于彼地之民耳。須求孫丈留意。但有錯謬，亦不敢偏執以求覆護也。乎〔三〕日不敢虐煢獨而畏高明，以此取怨不少。古人所至問民疾苦，民間疾苦與其是非甚眞。今在位者徒信流言，小民之情，其伏也久矣。如孫丈肯留意于此，僕三年辛苦，亦得暴白。然不敢求人之知也，以求知者知耳。書不必別賜，但求左右便中及之。草草，幸恕。

## 與孫百川

去歲過海虞，會王笠洲，因屬之爲書道意。笠洲亦以曲周事相托。誠以作縣，百責所萃，雖曲周無纖毫蹉跌，然不得不懼也。恐有從其後捃拾之者耳。在縣時事，僕不敢求尊丈私庇，只求察于彼處民情而已。若問堯于跖，不可也。宋廣平責張燕公云：「名義至重，鬼神難欺。」此責在尊丈，僕何所與？太府公素相包容，適聞有讒者，知盛德必不介意。然區區有聞，實不自安。望從容間及之。朱進士還，附此。

## 與某通判

二年間荷包容，無有纖芥。聞臨行，有讒者言僕具帖子于軍門。軍門大官，卽一見，便具帖子訕上官，當以爲何如人也？雖愚妄，亦必不爲。軍門趙公，在邢郡相處數月，今召還部，望入郡時面問之。有之，趙公不肯諱也。詩云：「君子不惠，不舒究之。」言君子之于讒人，所當推其所自而遲究之也。計明臺于此，亦必置之不較。然鄙人之情，不肯晻昧自處于薄耳。

## 與徐子言

向僻處山縣，不與世通，遂不覺違離數載，懷仰何可言。常怪吾吳中宰縣者，坐貴之甚，幾與民庶隔絕，頗不然之。故爲縣，一切弛解。雖兒婦人，悉至榻前與語。每日庭中嘗千人，必盡決遣而後已；不爲門戶闌入之禁。至所排擊，皆大奸。待士大夫必以禮，而未嘗不以情處。獨流俗所以爲訾者，不馭吏也。實亦無負于百里之民。不幸有所忤犯，致凶德參會，極其排陷。幸當世士大夫猶有憐之者，僅不竄謫，然于儕輩，已不比數矣。

昨歲因遣人領先人勅命，卽具疏乞解職。南岷王公故相知，抑不上，復貽書勸勉。然次且乃至五月到邢，意已悔恨此行矣。銅梁張公近按察天雄，云遇執事江陵，備道見憐之語。且云當時亦未意來此。張公以是頗相禮遇。隔越數千里，無尺素之文，而兩公獨相與語于江、漢之間，卽謦欬無不聞，極令人感嘆。特遣人托子完寄謝。會晤未卜，不勝瞻跂。

## 與馮樵谷

在湖極自負。得意處，不減兩漢循吏，非誇言。反被狺狺者不止。此是關係世道，僕一身何足惜？在邢無一事，可稱吏隱。然已覺世途不可行；河冰解，卽謀南歸矣。

## 與沈雲泉秀才

朱秀才來，具知動止，爲慰。比在縣，見士民有德者，必敬之，咨訪之。如執事，蓋所敬而咨訪者，然未嘗有屏人私語也。公家門戶，亦無私也。在內署無事，思彼中一一可記憶。雖疎闊，其爲小民者已懇至矣。今日蒙見念，亦以自考未相忘也。

## 與朱生大觀

令弟重跰數千里來，力不足以振之，然高義已動京師矣。鄙人官資何足道，只平日在貴縣，不曾欺神，不曾欺民，今見貴縣之人，眞無慚色也。如得掛冠還，相近，可與一二知友時見過否？

## 與同年陳給事

間闊久矣。國事委重從官，吾丈何得偃仰林下也！在縣良苦，無知之者，而傾陷萬端。平生雖置毁譽于度外，然不能無憒悒耳。吾丈幸時召田野無告之人問狀，當必有十之五公論也。名譽不著，朋友之過。吾丈可以坐觀，不置黑白于其間乎？此非爲不肖，亦以爲彼邑之民也。此後莫肯有誠心爲民者矣。朱文學來，備訊起居，附此爲候。

## 與王子敬

袁吏部來，不承音問，殊爲失望。吳興事，頃得信，知鄉人意殊不佳。每與道亨言，辛苦二年餘，專爲彼中見告者力保護之。其實自謂不愧古人。不意乖忤如此。道亨亦以比境具知，深以爲嘆。今向人言，若眞負塗汙而求人洗刷者。

昔人有因仕宦，爲人羅織，以爲憂者。龜山先生曰：「顧君所自爲何如耳？苟自爲者皆合道理，無愧；而不免焉者，命也。不以道理爲可憑依，而徒懼其不免，則無義無命矣。」僕來此亦偶爾。久不作仕宦計，待冬杪入京，卽自劾免歸也。

## 又

范司成已行後，始拜內閣之命，附書未之及。今淹延不覺又三月，無〔四〕日不思歸也。北來者皆言，鄉里少年更聚會羣不逞，極其相傾。屛麓亦頗知意，不輕言。若從容叩之，亦必無隱也。僕所以不去者，非能爲千仞之翔，第不肯爲虛弦下耳。

## 與周孺允二首　以下多述宦況

初至長城，尋有書寄謝。諸公皆見教，公獨無所答，豈有不足於中，抑去人不能守候也？縣號難治，欲以曹平陽、卓子康之道治之，俗人皆非笑。然如人病久，多服參苓，元氣亦可漸還。附子大黄，終不敢用也。陳謙甫還，能具道此中事，幷托面候，不一。

到縣，不能致一問，可知吏之俗矣。太湖去治二十里，不一游。向到臨安，與子實約游西湖，子實竟不至。又連日雨，命輿至城外，遶城一望而已，俗何可當？爲吏不能作氣勢，人頗謂之不能，多有見教者。老人豈復肯受人見教耶？任性而已。太夫人起居萬福。人便，草草附問。山茗少許，公非乏，乃致遠忱耳。

## 與唐同年　諱愛

契闊數易寒暑，懷念何可言？五月到邢，不覺已迫冬。咫尺魏闕，不異湘、楚，何啻子雲寂寞而已？

## 與鍾上舍

承不忘先契，甚荷。昨晚所言，尤荷相念。然如對峰爲布衣交可也。流行坎止，當順所遇，不敢以顛沛失其故步。推薦自是在位者之責；待吾求而薦，即其人不足重矣，何以彼薦爲榮？有要官，萬望莫及鄙人姓名；不惟無益，反見累耳。

與龔子良

承贈言，匆匆又遭子婦之喪，不得過謝。文雖非所當，然皆實錄。非相知，何以能相信如此！天下士大夫，已成一番風俗，無論三代，說兩漢循吏，已被訕笑矣。生民何辜，而遭此不幸也？家人京口回者，附此爲謝。

與傅體元

承過舍相送，又有扇金之惠。惡俗雅不信人，惟徐龍灣書來云：「安有五月披裘而拾道上遺金者乎？」徐君非面譽人者，人情不相恤，所以不却來貺也。京口人還，附謝。

與王子敬六首

南還，與旌旆差池僅旬日，恨不一會。僕以二月十二之任。山鄉久不除令，告許成風，犴獄常滿。治文書，至夜不得息，殊違所性。所幸士民信其一念之誠，兒童婦女，皆知敬慕，深愧無以使之不失望耳。每一聽斷，以誠心求之，此心自覺豁然清明。仕與學，信非二事也。如是行之無倦，知古人不難爲矣。

所示楊君云云，向亦戲言及之，公遂以爲實然，深用歎惜。彼以梁國之鳥嚇我矣。衰晚得一命，眞自信。凡事須行其庭，不見其人，何可望人知我也！

縣久敝，所虧凡官錢，並被侵沒。衙中一魚一菜，悉自買比市價，此尤可笑。日理民訟，一日人命亦可數起。昔年彭戶部在吾縣，頗稱健吏，計僕所决之訟，兩月間多于彼三年矣，奈何自苦如此？向到顧渚採茶，登覽太湖，悵然有歸來之志。承及宋史，意甚悢悢。恐遂不能有成，然不能忘也。人行，草草。

相違忽忽遂經歲，相晤未卜何日。自來此，凡三得書，每開函如對面，復增悵然。縣在太湖上，山水甚嘉。顧日理文書，少休暇，令人益自嘆俗耳。楊夫人既迫遷死，殊可痛。其他蠻觸之爭，不足道也。令弟家信中必悉之。太守公孫子陽之徒，得公書暴之，不然，復寒之矣。半歲中，决獄數百事，陳謙甫曾抄其一二，別無文字，因附去。此中亦有精微之理，暇時可一覽。餘文字，俟續寄。

周興叔近已過郡去矣。有序送之，匆匆未及錄去。王元美自大名還，致彼撫公意，大略如王少宰所云當作書院山長耳。方爾次且，得元美此言，始復作行計。夏二不及附書。

五月初十日至邢。道亨署篆。今初六日，太守始至。官中殊無一事，公庭闃然，未見南方爲吏如此者。惟土俗儉陋，近來務爲裁損，幾于貊道。然愚性甚樂之。第孤危之迹，終不自安也。

## 與沈敬甫四首

考選庶吉士，存老甚有意，諸公亦爭爲言。而給事中又題本欲限年，此輩意忌，實違之，俾不通也。吾亦雅不欲就，但隨緣得一官，諸公自徒紛紛耳。

人生出處有定，由人不得。讀「以杞包瓜，含章，有隕自天」之辭，殊覺有味。「出宰山水縣〔五〕，讀書松桂林」，有何不可？內閣無所事，日食太官之膳而已。有相知者云，更欲有所處。然僕殊自愛寂寞，令千載之下，想見楊子雲高致。閣中見揭高皇帝諭中書文云：「先書之天地，無有也；後書之天地，天地也。先書之聖人，無知也；後書之聖人，聖人也。」此語甚奇。若欲盡此言，則此官須與天地聖人冥會者，乃爲盡職。今世求楊子雲，何可得？

山城僻處，非當孔道。雖隔一湖，視燕京更遠耳。爲五斗米折腰，意默默不能自得也。「生子癡，了官事。」官事未易了，奈何？丙丞相不案吏。僕性實不喜案吏，亦謂不能。稍案吏，人翕然稱之。僕獨笑謂「吾非案吏者，聊以戲君」。然竟不案吏也。每視事，吏環立，婦人孺子繞案傍，日常有數百人，須臾決遣，自以爲快。或勸自尊嚴如神人，又不能也。與太學生飲，人或譏之。然無太學生肯相召飲者；恨不得與老兵飲耳。人須當任性，何可强自抑遏，以求人道好？昨從顧渚山望太湖風帆，半日可到家矣。以公相知，及之。

## 與陳吉甫

吾兄何日計偕？明年過二月，恐僕又還舍，不相值也。王大夫眞有故人情。然政不必依靠人，往來自任吾意耳。一日有事天雄，見向時石丞子執經門下者，與之坐久之，别去。人生何自苦？吾輩尙不可謂之老，然同時已半謝矣。府中夜臥，聞更鼓聲，醒然不寐。追念平生故人，欲如少年聚會，何可得也！偶人還，附此爲問。草草。

## 與顧懋儉

四月二十五日、五月初四日、十九日書並至。是日亦有書寄家。硃卷爲王內翰攜去未還，抄本在十九日封中，想見之。卽無一字改者。但繫辭〔六〕後篇，謄錄錯誤，因改二股，不能記原稿耳。天下人非無識者，惟塡榜時有鬼魅也。館試，嚮見徐少師，已面告不赴。後科果奏限年，士論亦頗爲不平，類有媢嫉之者。然吾亦何意，大冶鑄金，金豈踴躍自謂我爲干將、莫邪乎？日來讀書稍接續，甚好。但須沉着，莫輕放過。望并以此規切二子也。

## 與萬侍郎 以下四首係馬政

駕還，欲約知友送之郊外，竟先日而去。其高風不可及，賢于東都門外送者幾千輛矣。僕黽勉于此，頗以楊子雲寂寞自解。然思潁之心，不能一日忘也。太僕志已梓完。僅一月而成，又無考訂，然于國家馬政因革之際，頗反覆深致其意。幸賜覽。有便，不惜示教。

## 與曹按察

雉城朱進士，曾負笈函丈。今魁秋榜，足爲門墻桃李之光。惟鄙人昔在雉城，亦有從遊之舊，因其歸省，附候起居。太僕寺南滁有志，此舊無志，適茲草創。然于考牧一事，見今天下事徒日事紛更，而不察其所以然，往往類此，有可慨者；僕所以于此書因革之際，未嘗不反覆深致其意焉。惟覽而教之。

## 與顧太僕

續送到三縣牧馬草場碑，乞賜省入。此孝廟初年新政。所在勒石官廨，實爲久遠之計。今若並移文畿內、河南、山東州縣，各拓一本送上，取載誌內，尤爲有據也。謹白。

江湖廊廟之隔，幸得一再晤言。遽出國門，不任懷悵。管馬官于太僕爲屬，因被檄留館慈仁寺，校定志書。連日批閱，獨遼東、陝西、山西、甘肅行太僕寺苑馬寺，絕無文字可考。駕部掌故所存，乞煩令史查考抄示。及楊邃庵嘗以都御史督理馬政，不知何年停止。前此有以都臺巡督者否？又楊公所督，陝西一路；遼東、山西、甘肅亦曾有專差否？其餘有關馬事，可以指教者，不惜詳示。

## 校記

〔一〕光　新唐書卷一百七十六、唐語林卷六幷作「先」，當據改。

〔二〕所患　據上引詩，當爲「巧言」。

〔三〕乎　依文意疑當爲「平」。

〔四〕無　原刻誤作「每」，依大全集校改。

〔五〕縣　原奪，依韓愈縣齋讀書詩補。

〔六〕繫　原刻作「係」，依周易校改。

# 震川先生別集卷之八

## 小簡

### 與周澱山四首

通家不得一晤，殊恨。昨自京口渡江，即從六合行。十二日，已抵郭外，寓報國寺。得董御史薦剡，想此時公亦有聞也。前年在部見高老，甚加惋惜。及會芳洲，抵掌而談。此事向寂然無及者，董公乃有破格之請；可知海內猶有人，不覺有貢公之喜也。

方得抵〔一〕報，適有人東還，附上，亦私心之喜也。此中事殊異常，攝縣者日欲中傷。一日，忽發狂自繫太守前，殆若有神。吳興人喧傳其事。有光於世誠孤立，惟恃蚩蚩之民，猶欲俎豆于賢人之間耳。然益厭苦，唯恐去之不速也。人行速，秉燭書此，殊恨不悉。

奴行：書略具。又使面陳，冀鑒私衷。平生不肯媕阿，今似落井而向人號者。然殊不然，直當明目張膽耳。近得閣老書云：「祖宗有法度，朝廷有威福，天下有公論，國之所恃以立也。而今法度不在祖宗，威福不在朝廷，公論不在天下，人持其說，蒼黃翻覆，以與天下爭勝而敢爲不顧。紀綱决裂，風俗頹靡，人心紛亂而莫可收拾，不知何究竟。」偉哉斯言！錄以似吾兄，讀之一快也。北地極寒，珠米桂薪，殆不能度日。冬杪入賀，即疏乞歸耳。廳記并雜文，託傅遭元錄呈，至否？方有書與陸希皐、俞仲蔚，頗覺暢也。廳記已入石，再寄二通，并神應記，乞覗之。

比至京，實欲求還田里。適時事一新，元老雅故相知，有此遷轉，以是不敢言去。此本無繫戀意，鄉里少年，何乃以梁國之鳥相嚇也？承念，及之。餘令兒子面悉。

## 答周澱山

適承教誨懇懇，愈增悲感。老父在堂，未敢以死。然所謂生民之至艱，荼毒之極哀者，雖強自抑制，淚如河海水，不能止也。亡者與尊嫂恭人同自南戴，服屬非遠。不幸以絶異之姿，嫁薄命郎。天下至寶，措置非所，珠摧璧毀，汶汶以沒，眞千古之痛也。禮：「齊衰對而不言。」獨荷眷念無已之情，聊此奉謝。并錄報謝小簡數幅，欲吾兄知吾至情如此，類非世人語。世人見之，未有不大怪以爲狂惑也。

## 與王仲山

欽承高風，末由瞻覿。向者山居之記，實乃致想之深，雖辭旨蕪穢，而神馳於烟波崖石之間，如謦欬於貴人之側者；然非敢以擬古人。公不加鄙斥，賜之哀〔三〕賞，不自意遂見取於名賢，獲華袞之榮也。爲之大喜過望，而內顧儳然無當，卒又驚以疑也。更辱名畫及禮幣之惠，以先公墓石見委，敢不黽勉承役，自效於知己！使旋，草率奉布，不一。

## 示廟中諸生

諸君在廟中者，志意脩潔，藝業亦精進，深以爲喜。但歲月如流，人情易弛，願更加鞭策，以成遠大。日逐課程，須遵依條約，寧遲毋速，寧拙毋巧，庶幾有眞實得力處。又此廟神靈，一方所崇奉，精神英爽，必萃於此。須朝夕提省此心，嘗與之對越，聰明睿智，自當日增月長而不自知矣。

## 與吳三泉

沈母文，草略殊不足觀。僕所以不辭者，非謂其能于此，蓋肄業習之也。顧汨汨俗學，胸中無此意味而強爲之，斯汗顏耳。幸賜裁削，或甚悖謬，勿出可也。

院試文字，一時酬應有司之計。既已，不甚記憶，性又懶書。度所以受知門下，有不在此，毋苦相逼也。

綠蕉可分，乞命守園者爲銀鹿助強，以家僮他出故也。建蘭遺種，公固以棄之，并以賜僕，何如？僕舊時讀書東皋，後家居爲作志，以爲恨不得負其地以歸。今舍前所植，並公家物，則可謂負其地以歸矣。幸恕不廉。

昨侍坐燈下，偶懷遠人，不覺爲情所使。中夜思之，赧然汗出。此亦侍于君子之愆也，已知罪矣。晨欲往東皋，然心火騰沸，鼻中頗有氣息，遂嬾束髮也。

子賓老母免役事，權在糧里，官府未便見察。若欲作書，事類無因，恐有按劍者。鄉間人見秀才甚大，便欲使之說事，可笑。

辱公謬知，豈敢自處以薄？但由本性不欲作世俗寒温禮數，密知公起居，足自慰矣。童子不能悉吾意，以故語及。

有光久辱過愛，每以古人相期，自愧齷齪，負慚知己。中夜思之，痛心赧面。昨以亡友之故，傷其泯滅，輒強所不能，且欲執事一言，以爲進止。亦以執事惓惓之意，令人忘其羞澀。而來書過加推奬如此，光何敢當？光何敢當？李習之輩，意氣何如，而韓文公抗顔爲師。光何敢望萬一于習之，而執事以韓自處，則無不可者。光平日議論，豈能出執事涕唾之餘哉？豈大賢君子引進後學，法固當爾耶？抑以光之庸駑，重以激之耶？嗟乎，光何敢當哉？抑執事不以其不可教，因而成就之，則光也不敢不勉。異日或不負爲門下士，執事之賜多矣。

彌年沉痾，無一日強健。而學荒落，坐視歲月之去，惴惴焉恐有所失墜。無聊之甚，大不類少年意趣，以故不能時修禮節于左右。可謂之簡，不可謂之負也。僕雖極愚，然亦有耳目，黑白醜惡，不至甚顚倒。私自念：執事，僕所當終身服事者。他人之望門下，曾不得側足而立，雖執事假之詞色，終以不類自引去。僕乃得置門籍，令比肩爲人。如是而猶有背戾，非禽獸好惡與人異者，不至此也。執事常時有所教訓，未嘗不佩服以爲至言。顧僕外之所示者，常不及內十之一，若不能有所承受，此乃質性已成，不可矯強也。且執事業已知其可教而教之，又復疑其人之從之與否，則執事之過也。僕若好諛而惡聞善言，則見絕于門下亦久矣。水之爲物，流動而善入，然丈五之瀦，朝盈而夕除。頑石伏于道左，愈久而不易其處。執事將何所取乎？早間得書，意執事垂念之切，覺僕疎遠，教誨之至，惟恐其不從，故爲此言激之也。無可答者，遂謝來使。然終不可不自明，輒復喋喋。病中遣辭昏晦，終不足以盡意，乞亮之。得寓圃雜記，甚喜。計八十餘葉，可留二三日，錄完奉納。

初約會時，草率相敘，事又創於表兄，僕不宜妄自主張。表兄又不即言，實不知其意何如也。僕、表兄，雖俱在門下，新故亦微有不同。豈以表兄有親附之意，而僕乃有自外之心？且諸君意不在會也，特欲因緣以接餘論，卽執事不肯幸臨，諸君從此解體矣。僕特以輪次當速，乃實諸君之事，非僕一人之私也。僕雖得讉，而諸君何罪焉？明日與諸君拱候。拱候之不至，則相與候于門下，必得請，乃已。僕無知者，稚子畜之而已。勿以大人意見，與之較短論長也。

前夜得侍左右，語及僕家事，多方顧慮，言人所難言。僕何人斯，乃辱執事知愛如此！而來書又復推奬太過，以爲與僕談論，比之飮醇。此非僕有所感動，蓋別久復聚，人情當爾。僕以庸才，不能自恣放如古豪傑。幸而耳目未甚昏塞，自少讀前人書，往往若有槪于中者。私心以爲是猶飢之必當食，寒之必當衣，非曰虛名美譽，足以艷慕人而已也。顧末俗意見，自爲一種。間出一語，稍或高聲，共訾笑之以爲狂，掩耳走去，至不欲聞。用是默默，無所言，以爲雖言亦無益。頃歲補學官弟子員，衣冠之士二百餘人，時嘗會聚堂下，笑語喧譁，而僕踽踽無所與，讀壁上碑刻，仰面數屋椽耳。雖稍與往來謂之相厚者，至今亦不知僕爲何如人。乃辱執事知愛，期以古人，以是不覺盡言于執事。在他人謂之嘿，在執事謂之辯，執事所謂可人意者，乃所以爲拂人意者也。執事恐南北仕宦，未免乖違，亦不必爲此無窮之慮。常憶去年此日，酌酒池上，于時梅花將發，天氣融融如春仲季，日初沒，西南雲色郁然，與溪水照映。兼有王生餘樂。明旦，辱以詩召，有「花枝那負隔年期」之句。今豈可得耶？乃知離合自有數，卽今目前而已然矣。呂成公初婚，一月不出，乃有左氏博議。人言有無叵測？然使僕效，亦無不可，但偶未能耳。來索前書，未敢如命，留之以志吾過。

有光頓首，三泉先生侍者：夫人之所畏者，必曰勿使某人知，又曰毋爲某所短。如執事者，從容出一言以相讓，于僕已無所容。今書傳之不快，又衆辱之。藥之苦也，更有毒耶？雖然，僕乃有以知執事愛僕之深也。顧僕亦非剛愎文過者。前書所云，中頗寃抑，聊自明耳。僕于自責，實不敢少恕。居常悒悒，愧見鏡中影。與人言，亦無味。自念十一二時，已慨然有志古人，比于今猶碌碌不自克。凡人不爲君子，則爲小人。古豪傑之士，日夜點檢，然病根卒不能去。顧余何人者，見人呼爲小人則怒，自揣得爲君子否也？孟子曰：「人能充〔三〕無穿窬之心。」又曰：「充無受爾汝之實。」若此者，所謂義也。然「充無穿窬之心」，必施于有穿窬之心之地；「充無受爾汝之實」，必施于受爾汝之時。乃今得其幾矣！執事謂僕得某人之半，執事雖以謂僕卽其人，可也。雖以謂僕盜跖，尤可也。朝歌、勝母，古人所惡。但曾參居之，將益深色養，墨翟入而聞樂更悲耳。故曰：「益用凶事，固有之也。」昔人謂種樹者，爪膚搖本，而去復顧，適有以害之。僕謂樹無知，不能自長，使其能自長，卽謂知方承主人佳意，當一日拱把也。豈可謂害之？今而後，僕知所勉矣。別後多事，延緩至今，乃始得作書以謝；知長者不當復念人過也。

贈言一首，繕寫如右。僕讀易，深有感于否、泰、姤、復之際。蓋天下之壞，其始必自一人始，而其治也，亦自一人始。此僕于執事之行，深爲之惓惓也。自惟鄙拙，不習爲古文。聊發其所見，不能檃括爲精妙語；徒蔓衍其詞，又不知忌諱，俗語所謂依本直說者。幾欲自毁，而又不能已也。僕年已長大，一無所成，慚負古人，居常嘿嘿不自得。執事行且立朝，功業當遂赫然。僕若不至狂病，異日得遂所圖，于是從容閒暇，與田夫野老歌咏先生長者之德，紀述太平之盛事，以振耀千百萬年，視彼班生爲竇氏執筆，愧之千載矣。區區今日，非所論也。

## 與顧懋儉

蚤所諭，極知孝子之情。顧力不逮古文，又與今人背馳，可歎耳。目下尚有三四篇，皆爲貧子乞貸之作。如先大夫，迺須掃室焚薌，不易爲也。貴州統志付來一觀。

## 與沈敬甫四首

午睡起，閱諸論，信如所諭，中有實物者也。大抵得于四明爲多。或言四明誤君，定謬耳。此等之作，混于數千卷烏言之中，有鼻孔者必能別之。不知何以沉滯至此也？

爲文須有出落。從有出落至無出落，方妙。敬甫病自在無出落，便似陶者苦窳，非器之美。所以古書不可不看。

旋字、枕字，卽入杜集中，便稱佳。上乘法全在此也。字所以難下者，爲出時非從中自然，所以推敲不定耳。餘已悉。

大水沒路，不通人行，遂至音問隔絕。此鄉懲連年亢旱，今歲卻種花荳。淫雨滂爛，奈無圩岸，横水泛溢，莫能措手。昨兩日雨止，覺水退一二寸。一年所望花荳，已無有矣。方令人番耕，買秧插蒔，倍費工本，又太後時。然不無萬一之望。人來言，西鄉極恇擾。非是此地高強，此間人耐荒，西鄉人不耐荒耳。文字三首，送敬甫、子敬、懋儉共觀。嘗記泉老說，王濟之官至一品，富擬王侯，文字中乃自言家徒壁立，可笑。吾無隔日儲，然文字中着一貧字不得，殆不可曉也。

## 與高經歷

翰林侍制劉德淵墓表，學士王惲撰。在城西西丘里程家灣。隱士林起宗墓碣，在城西南永安村東一里。蘇天爵撰。都尉墓在縣西南十五里，有古塔，刻馮氏族姓。已上三碑，乞訪問，每搨二本見惠。

## 與王沙河

過縣重擾，多謝。治內有石碑，煩命工搨數本。楊誠齋云：「除却借書沽酒外，並無一事擾公私。」切勿見訝也。

## 與徐南和

向求慧炬寺斷碑，又城北東韓村東嶽廟中有開皇石橋碑記，并乞命搨一二本。官舍無事，頗慕歐陽公集古錄，奈力不能也。以此相累，幸不罪。

## 與邢州屬官

匪材備員邢中，無能有益于民。屬歲之不易，不自度其力之不能，爲民乞哀。蒙上官之採納，視他年紓倲，差爲省易。然又皆賢宰之夙夜殫瘁，使鄙人安享受成以無過謫也。茲幸稍遷，念一歲中相敍，自知鄙拙，不周世務，而每辱教誨；便此違別，不能無情。日夕惟冀望內乏。草草布此爲謝。

## 與傅體元二首

得書，承相念。每讀李習之文，見其欲薦天下之士，急於若己之疾痛。使習之得志，眞古之所謂大臣宰相之器也。而或有譏之者，隘矣。省足下書，意慘然又自傷也。自歷任以來，覺此官最淸高。前在京師，見居要路者，乃日騎馬上，伺候大官之門，高人達士以此較彼，殆若勝之。此晨門、封人之徒，所以見慕于孔氏也。特中間又有不容久處者耳。兒子落魄，然身世之事，吾亦不能自慮，安能慮此！所謂「若夫成功則天也」。有詩寄來，曾見之否？宋廣平墓在沙河，有顏魯公碑，前令方思道于沙土中出之，此碑歐、趙亦未見也。碑文頗有與史異同者，乞寫舊唐書宋璟列傳，便附還人，欲相稽考也。文字亦以爲戒，絕少作。有一二篇寄兒子，欲觀，從彼取之。不悉。

懋儉人來，問之，知有內艱，殊爲驚怛。僕思歸之心甚切，中秘有書數萬卷，欲讀一過，爲此牽延未能決也。

## 與王子敬十首

午前託敬甫以文字相示，見否？可齋記欲得伯欽書，煩轉求也。北窗梅花，如對君矣。

二石說奉去。歲事交併，栗家事欲俟新春。平生無一事不嘗，獨不曾對吏。今亦不可不一試也。

見郡丞，自謂老吏，語滾滾不休(四)。緩征之說，殊不可入。蓋自郡中來，受撫公旨也。爲擴志作權厝志，視葬志頗詳核，然不能奇耳。孫文亦不高。漫往，乞評之。

來書善敍事理，恐不能復加文飾也。熊君乃有皇甫度遼之風。平生悔見貴人，獨此行爲無悔耳。事亦已卽決，甚明達。向人昏聵之甚，泥團不足盡之也。

道上沮洳，不通信耗。昨人還，得書，幷子和書，荷相念。內人且就舘而久病，疑慮不能出。事未竟，少須不妨，始初，猝暴難當耳。此易與也，郢都、甯戚自不易爲之。盛六來，道其行事多可笑，令人不復恨之。

莊渠書求孺亨校定，不出府公意，事體合如此。兒子傳示欲隨年編次，附入周禮、春秋、大學諸書，甚善。若了，可封寄宅中。見，乞道之。陸子潛荒政十二解，卽借示。府中敬甫有名否？

事未能遙度。文書已下，恐無更變，且得的確，乃可行也。計此門一啓，士大夫如墻而進，尚容鄙人置足耶？昨陳子達書來，勸入城。答之云：「此間有二奇，不見戴烏帽乘軒人，盜賊數過門，不肯入也。」此間未嘗不荒，小民習慣，更安帖耳。

連日臥病，青山綠水已無緣分。惟有讀書，又不肯假借，使人浩嘆。沈君詩，俟少間作也。

吳興使人還，得書，并惠橋記及圖書印，深荷存念。過家，會子欽，又承書惠。僕每相念及，恨不得日日致書左右耳。在試院中，託程秀水，竟不果也。錄文，見世情危險。每不欲上人，亦大吏爲之。其五策問并前四道，承乏不辭耳。最後丈量均徭，却竄入鄙語，如所論。可謂淄、澠之水，易牙能辨之矣。朱守想非俗流，至京，當候之。

老況不堪，明春非討差，即請老。子長、孟堅，今世何可得也？與麓已進奉常。太巖改璽丞。初到，未相見。阜南衙門熱喧，亦少會，然每見，殊有猜疑。兌隅行邊，久不還，方念之。大抵今日京師風俗，非同鄉同署者，會聚少。人情泛泛，眞如浮萍之相値；不獨世道之薄，而亦以有志者之不多見也。

## 與徐道潛

向云萬樹梅花，徒見其枝條。山中猶寒，即今多未破綻，日令愼奴探之。居人云：年嘗到二月中，花始齊。魯叟乘此時來，且有月益奇耳。今歲節氣晚，若要桃花，須淸明後也。

社約，初意合得亦好，但諸人志趣終不同，當以閉門爲上。魯叟亦豈可受此羈紲耶？僕在此，亦甚苦。作文，每把筆，輒投去。欲從山僧借楞嚴經，以自遣耳。日夕望面晤，不復多及。

## 與陸五臺

向者輒敢通書于門下，乃辱不鄙，還答往往多推奬，兼以教誨之語。然如此年時，欲南山射猛虎，其爲不自量，可笑也。沈茂才來顧，特因致謝。水利纂一部，附奉左右。此爲東南利害甚大，使者祗以空文應詔耳。幸賜省覽。

## 與姚畫溪徐龍灣

謹遣小兒拜謁。不與爲禮，則長者之教誨深矣。

## 與馮太守

性理稿僅閱一過，草草殊不詳，略加朱點爲別。舊有點識，無容改評矣。序文平正通達，殊不類近時軋茁之體，眞有德之言也。中間堂聯，再書二聯奉上。乞賜改敎，擇用其一。

## 與沈上舍

前者見過治所，已束裝，殊恨不能爲主人也。夙慕蘇長公之高風，買田陽羨，聊欲效顰。吾兄杯酒戲言，忽遠遣人來，其重然諾如此，僕遂不欲北行。大丈夫不負國家，何愧？只去就可以自決耳。

## 與管虎泉

每辱不棄親末，眷念之勤。臨行，又不及爲蔬飯以謝別，罪罪。諸令舅亦必見怪也。兒婦暴亡，適官舟已在城下，諸役皆集，老來又不堪哭聲，遂不可止。「林回棄千金之璧，負赤子而逃。」家事如此，且無顯擢可以行道，而爲此役，眞大愚也。

## 與顧懋儉二首

奴至，道欲東來，意如飛動。感嘆久之。與世益無緣，乃辱二三君子不鄙夷，眞猶菖蒲葅也。日下相見，諸不及。

五燈會元，幸爲致之。近來偏嗜內典，古人年至多如此，莫怪也。

## 與沈敬甫十八首

五弟來，得書，極荷見念之意。得失自有定命。若以見知，有一毫希覬，便非吾心，所以遲遲而去。俗人不能知也。此回遇大風，絶江、淮而度。江中景物更奇，略具諸詩中。前日託舍弟，亦不及專錄寄去。今止錄去江中一首。日下當還，諸所欲言不盡。

親故懶作書。向爲公言，鐵劍利，倡優拙，固耶？每攬子厚囚山賦，亦自無聊也。人還，附此。

去年在京師，一日，與華亭林與成對坐虛齋啜茗。吾問與成，近寄家書否？與成答云：亦自無可寄。吾來三月，親故書問殆絶，祇爲無可寄也。敬甫近況何似？太玄曾了得否？兒子輩恐遂爲俗流，教他看老父字說。有信來，未嘗道及書中事，何也？

風俗薄惡，書生才作官，便有一種爲官氣勢。若一履任，望見便如堆積金銀。俗人說無餓死進士，此言尤壞人也。

文字殊有精義，然使讀者不能不以文害辭，以辭害志也。爲子欽新得寧馨，取小字壽孫，用秦璽意，却新也。此後湯餅之會，更可使與否？一笑。

子欽爲我行，所謂「中流失船，一壺千金」，意甚喜。卽爲書陽曲序，明日可來觀之。

向者無儲，不能久留。北舍，數過不鮮也。前言戲之耳。敬甫近來甚有悟處，一件悟，無不悟也。嫗頗黠慧，往往能隔壁識別人耳。

見來書，可怪。心甚傷之。士之不得志，當有此意念耳。然須放胸襟寬大。「死生亦大矣」，此是莊子不覺失語，聖人無此語也。

文字亦佳，但不知與其人平日往來否？如但學中識面，便遂之，得無類投人夜光乎？「質直而好義，察言而觀色，慮以下人。」聖人言，句句可思也。

吾祖誕辰，在今月廿二日。衰門不能如外間彌文。又諸父在，僕不敢主。允齋有美意，相知者數人鷄黍爲懽可耳；須不可有雜賓也。幸致意。

喉中嘗有痰，殊不快耳。不如意事，不如意人，須勿置之胸中可也。

顧伯剛欲梓三泉遺文。敬甫有所藏，悉付來，或更爲之求訪，此亦門人之責也。吳甥來，數言之。相見，輒忘耳。

性命之說，聖人蓋難言之。欲作一論，紛紛竟未有暇。眼前事無當意者，大率六十四卦中一困字耳。家姊丈行有期，已託子敬往借宅，可與養吾知也。

兩次承問，皆失答。所往類多庸奴，適受其戲侮。史稱淮陰家貧無行，乞貸無所得，不幸類此。傳云：「向爲身死而不受，爲宮室之美，妻妾之奉，所識窮乏得我而爲之。」殊自傷也。

純甫手書，此于其家得之，非欲外人知也。其胸中耿耿如此。三復，爲之流涕。今並付去，幸爲善藏之。

向借繩索，有書，竟不見報。沒田殊苦。然文節公大石，已置之庭中，飢亦可餐也。城市中耳目日非。來此，雖極荒絕，能令人生道氣也。遊山記殊有興致，略看一過，僭抹數行，不知何如？因淚多傷目，不耐久看文字，極困悶也。舊與純甫遊此山。山北破龍澗下抵白龍寺，尤奇勝。有泉一道，從破石間下流，可一里。相傳有白龍破此山而去，其形勢眞如劈破，幽泉亂石，相觸淙淙有聲。旁多珊瑚瑤草。石罅間時有積雪。賢昆玉不曾到此也。讀記，因懷純甫，爲之惘然耳。

## 與某三首

僕以未造朝，不得至東郊一望車塵。大丈夫豈效兒女子情？只人世知己難得耳。遠別，不能不惘然也。有便，當奉聞。

承寄書，比出京，方得之，遂不及報。然壯足下之志，必能進于古無疑也。顧非可徒書，在積累而至之耳。昨到家，甚念，欲一見。然久出，應接紛紛。知足下以疾不至。雖至，亦不能從容論究，奈何？宋史，何人乃敢爾？附遼、金，亦儒者之嘗〔五〕談，即耶律氏猶可。金源奄有中國一百十有七年，此可比之劉、石，爲辱載記耶？老大沾一命，恐有簿書之擾，而此志殊不衰。若天假之年，必能有成也。

還舍時，不覺忙過，未得略從容款坐。此行眞愧故人，可謂往來不憚煩者也。佛有兩遇謗，孫陀利、旃遮女者，此自不知佛，于佛何損？修到時，調達推山，何懼也？邢中極有高僧。士人略不知之，僧家亦無知者。所謂乘、志，尤闕陋無徵。僕頗訪得之，欲表著其人，此等皆有得者。劉太保見宰官身，不誣。宦途所見皆可厭。思與吾丈一談，何可得？

## 與王昭明

甲寅之歲，播越山中，得日領教誨。方爾還定，而公遽有遠役，隔闊遂逾一紀。老大以來，惟有孺亨與相親依，不意遂至溘然，身後事極可痛〔六〕心。聞公往來吉水、永豐間，頗以自得。而一二年間，雙江、念菴，相繼凋謝，顧公亦何所嚮，寧無顧念桑梓之懷乎？恭簡公集，向王知郡委校定，僕不敢自專，並與孺亨商榷，而李純甫不盡依用也。公邇來當益復深造，不知有可以見寧教否？僕晚得一第，而祖父皆不在世，「千鍾不洎吾心悲」，徒增傷痛耳。今當爲令太湖之濱，採山釣水，聊爲吏隱，無足言者。同年胡原荆之任，附此，不備。

## 與張通府

城外積聚，實爲餉賊之資。前日曾面啓，乞下令尅日搬載入城。今經三日，未有應令者。但聞賊在新塘徐監生家運米，滿載而來，恐有攻城之計，是我受坐困之勢，而賊反得因糧之便也。更乞嚴督各鄉積米之家，如仍前梗令，即以軍法從事。或聽百姓隨力搬取，或即放火燒盡。及餘麥栖畝，亦乞督促即時割刈送城。海上用兵三年，我師所以不得志，實在于此，而議者不察也。不然，以饑疲之賊，深入吾地，雖百萬之衆，其何能爲哉？軍旅之際，非威嚴不行，乞賜採納。賊自新塘載米西行，不由新開河，從眞義出，此往蘇州之道也。如有攻城之計，必南來過北，出東門。宜密于北或北城灣，俟賊船經過，用佛郎機鉛銃打破其船。但賊過北門，必從夜來，當謹備也。

## 與淩廉使

承賜水利疏，其爲東南之利大矣。捧讀太息。昨有奏記，非敢爲激發之行，蓋官守當爾。若坐地方言者之罪，毋乃假借豪右〔七〕，而虐煢獨過甚耶？今更有所陳者，劉淸惠公身沒未幾，門戶衰零，孫女被戮辱以死。今幸得昭雪矣，其孫復坐大辟。劉之夫人，至縣庭跪拜，令人泫然。閱其獄辭，殆不至死，似文致之也。以清惠公之賢，庶幾所謂十世宥之者，況先皇欽恤之命，新朝曠蕩之恩耶？惟執事垂意。

## 校記

〔一〕抵　依文意當爲「邸」。

〔二〕哀　依文意當爲「褒」。

〔三〕充　原刻誤作「克」，依孟子及大全集校改。

〔四〕休　同「休」。

〔五〕嘗　依文意當爲「常」。

〔六〕痛　原刻誤作「病」，依大全集校改。

〔七〕右　原刻誤作「石」。

# 震川先生别集卷之九

## 公移 讞詞附

### 蠲貸呈子

呈爲乞蠲貸以全民命事。自倭奴犯順，滄海沸騰。全浙之寇，蘇、松爲劇；蘇州之寇，崑山最深。本年四月初五日，倭寇萬餘，東南自上海、嘉定，東北自太倉、常熟，分道寇鈔。西南入華亭、吳江之境，西北入長洲之境。本縣七鄉十四保，在合圍之中，所至蕩然，靡有孑遺。賊船結綜新洋江，綿亘數里，晝夜攻圍。城中百計支吾，凛然孤城，僅僅自保於垂破之餘。而富家巨室，財力亦殫盡矣。賊自四月入境，六月出海。百姓逃死，稍稍復還，則屋廬皆已焚燬，貲聚皆已罄竭；父母妻子，半被屠刳，村落之間，哭聲相聞。時六月將半，農功後時，流離死亡，工本不給。其間能冒白刃，薅蕒藿食，耕耘于寇賊之衝者，不能什之一二。而亢暘爲虐，自六月不雨，至于九月，禾苗槁死略盡。古者五穀不升，謂之大侵。天災流行，國家代有。然未有兵荒賦調，併于一時，如此之亟也。

竊念東南之民，父子祖孫，爲國家力田，以佐百餘萬之經費，今百八十有餘年矣。常時災沴，亦知君父所急，不敢以希曠蕩之恩。惟是今日遭百年所未有之變，亦冀有百年所未有之恩。迄今冬月垂盡，德音未宣，而有司開倉征斂如故。鞭笞之威，更甚往時，百姓嚚然，莫必其命。傳相驚疑，以爲朝廷遂有棄置東南于度外之意。夫上之所以求于下者，度其下之足以求也；下之所以竭蹶以赴上之命者，亦自度其足以供其求也。故上安下順，而兩不相傷。古語曰：「焚林而畋，明年無獸；竭澤而漁，明年無魚。」若今日之事，得無類畋于無禽之地，而漁于無魚之澤乎？當凶荒札瘥之餘，百姓嗷嗷，謂當以王命施惠，家賜戶益之，猶不能濟，而反從而浚削之，民命窮矣，無可往矣。雖抗倭王之頸，空海中之國，天下事乃可慮耳！

自古國家多因外寇，征賦不息，加以水旱，百姓流殍，有司不以實聞；上下相蒙，以致莫大之禍，常生於不足慮之中。自倭賊凌犯，無賴之民，所在爲之鄉導，助其聲勢，其所以能以寡爲衆者，此也。卽今草竊，處處有之。一里之間，數家之聚，枹鼓數起。近者嘉定縣令巡行阡陌，頑民嘯聚，竪激變之旗，至白晝欒殺縣學生員，令乃狼狽而還，置之不敢問。人心易與爲亂如此，豈可不豫爲之所哉？

承平日久，民不知兵。自罹此寇，百役俱興。屯兵簡徒，增陴浚隍，無一不出于民。而海防之豫借，丁田之日增，比之常時，且輸數倍之賦矣。若不曲意拊循，大破常格，將今年田租盡爲蠲免，東南之禍，殆不知所終也。

天下事，愚民既不敢言，惟有司之力足以言之。然蘇子有云：「吏不喜言災者，十人而九。」不可不察也。某等叨國家作養之恩，切鄉里同室之難，敢冒出位之誅，爲東南億萬生靈少乞須臾之命。伏望仰體朝廷好生之仁，蚤賜施行，實宗社無疆之休也。爲此具呈。須至呈者。

## 處荒呈子

呈爲議處災荒，以蘇民困事。本縣自去年四月至六月，海賊屯聚境內，四散燒刼，耕耘失時。加以亢旱，竟歲不雨，五穀不升，所在蕭條，寇盜蜂起。節蒙巡撫都御史屢爲聞奏，萬姓感悅，以爲憲臺憂國愛民之誠至于如此，雖轉死溝壑，亦所不恨。今經歷歲月，未見朝廷有曠蕩之恩。譬之父母于其子，醫藥禱祀，無所不至，病勢日劇，其子亦知父母之無可爲力，然猶宛轉號呼于其側，以求須臾之命，此某等之所以懇瀆而不已者也。

伏見邸報，有折銀之議。查得嘉靖八年，折兌一百七十萬八十石；嘉靖十年，折兌二百一十萬石；嘉靖十二年，折兌一百萬石；嘉靖十四年，折兌一百五十萬石。以前皆是平常災荒，于兌運四百萬石之中，折兌之多有至二百餘萬石者。今來折兌，欲得比照嘉靖十年，更加寬多，庶于准折之中，得霑貸之實矣。

又崑山一縣，被寇獨深。蓋賊由上海、華亭、嘉定、太倉、常熟諸道而入者，皆至崑山而止。盡崑山之西境，始入長洲之邊；盡崑山之南境，始入吳江之邊。當時蒙糧儲道告示，稱撫按俱批到，以崑山、太倉、嘉定爲災荒第一。今邸報却以崑山與長、吳等縣一同。欲乞比例上海、太倉等處，與長、吳略分等第，庶于通融之中，得處補之宜矣。

又據本縣丁田一節，原係十年，每鄙分爲十甲，輪撥均徭。嘉靖十六年，本府王知府改變舊法，定爲每年出銀。每丁，銀一分；每田一畝，銀七厘七毫；官爲收貯，自行顧役，以免十年之輪編。今則輪編自若，而丁田歲歲增加。計今年本縣丁銀，加至四分矣；田銀，每畝加至五分矣。通計一縣，增加三四萬兩。假使蒙恩得免三四萬兩之糧銀，而實增加三四萬兩之丁田，是巡撫大臣累奏不能得之于上，而有司安坐而奪之于下也。議者往往以時事爲解。竊見海上用兵，于今三年，軍興百需，若開河築城造船，及甃城敵臺，兵杖火器勇夫，加邊防海，諸所取給，不於田賦，則于大戶，與夫詞訟贓罰等項，並不取于丁田也。則此三四萬兩之銀，蓋有神輸鬼運而莫知所在者矣。伏乞查照祖宗均徭舊制，行下各府州縣，毋得仍用嘉靖十六年書册，重復科差，變亂成法，以資溪壑無窮之欲。庶于臨時救荒之際，寓永遠便民之策矣。

某等又思，折銀之議，此亦涓埃之惠。若于今日時宜，非盡爲錮貸，百姓決不能安其田里，糧銀終亦無所措辦。況海賊尚在猖獗之際，敺民爲盜，將來之禍，有不可勝言者！爲此具呈，伏乞早賜施行。

## 陶節婦呈子

呈爲旌表節孝，以厲風俗事。有本縣六保民陶子舸妻方氏，年十八，嫁與子舸爲妻。纔及期歲，夫卽病死。本婦數欲引決，念姑陸氏在堂，抑情忍志，竭力奉養。姑本寡婦，並厲節操。晝則共室而居，夜則同衾而寢，頃刻不相違離，恩愛逾于母子。自夫死經今九年，鄉里莫不高其獨行。于本年七月內，姑患痢疾，六十餘日，肢體潰爛，床笫腥穢；婦抱持寢處，澣濯垢衣，人皆爲之掩鼻，婦獨自以爲不覺。其姑不食，婦亦不肯食，姑時爲之強食。未死五日前，日日悲哭，水漿不復入口。于九月九日，姑亡。出衣衾殮具，皆素備。已殮，卽屑金和水服之，不死；復徘徊井上，欲自投，井口隘，不能下；因入遯柩而哭。比夜分，呼婢冬女隨行，至舍西池邊，戒婢勿令家人知覺。婢年十二歲，果畏箬，不敢言。遂躍入池水。水淸淺，浮沉者久之，乃死。婢尙不敢言，而哭甚悲。家人覺其異，跡尋之。得其尸，兩手猶握茭根，甚牢固。及殮，已二日，顏色如生。一時遠近來觀者，無不殞涕。先年，夫弟營子舸葬，婦欲爲同穴，夫弟逡巡未應。婦卽捐己貲，使人爲同穴，不踰時而成。至殮姑時，獨無棺中褥，婦取綾被，中裁爲二，進以爲兩褥。其死蓋先定，非倉卒自引決者。

某等思得婦人之從夫，要以致死爲極至。雖或出于一時之感慨，無不有係於萬世之綱常。故國家皆以爲有關於化理之原，而於法令固在旌表之例。今寡婦方氏，年甫及笄，室無抱子。事夫之日，僅至期年，養姑之勤，垂及九載。節操凛若冰雪，孝道通於神明。迨老母既終其天年，卽自從夫子于地下。死生先後之際，罔不得宜；纖微委曲之間，略無可議。比于其他死節，尤邁等倫。誠絕異之姿，卓越之行也。爲此具呈，乞轉爲聞奏施行。

## 回湖州府問長興縣土俗

長興縣地介湖山，盜賊公行，民間鷄犬不寧。自廣德、宜興往來客商，常被刼掠。告訐之風，浙省號爲第一。上司雖屢有明禁，及其訴告，未有不爲准理者。蓋以敢爲欺誑，其詞足以聳動之也。至于株連追逮，或至數百人，經涉司府，曠歷年歲，民間恇擾，不能安生。田制雖有定額，其俗以洪武祖名爲戶，徵收之際，互相推調。又有田連阡陌，而戶止數畝者；又有深山大戶，終歲不聽拘攝者。緣吏治苟且，養成此俗，已非一日。雖有龔、黃、卓、魯之政，亦非期月之所能見效也。

## 送恤刑會審獄囚文册揭帖

長興縣爲獄囚事。該本縣具上囚帳，除軍徒外，凌遲處死三名口，斬罪五十一名，絞罪二十五名，凡凌遲斬絞，共七十有九名。

古者天下治平，斷獄居前代十二。唐開元之盛，通天下死罪僅二十四人。今以區區二百里之縣，死罪之多，至于如此。職每當臨省，見獄犴充盈，拲〔一〕梏蓬垢，投地鳴號，未嘗不爲之惻然痛心也。使此輩果當其罪，猶若在所哀矜，而多有無辜枉濫者，寧可不爲之申理！不自揣量，每與院道爭之。去歲察院會審，頗蒙採納，所全活者數人。顧惟迂愚，不知觀候顏色，逢迎意旨，遵守成案，所得罪者有矣，終不敢自昧其心也。大抵此縣湖山阻深，掠鹵之習，浸以成俗。士風剛猛，睚眦之恨，輒致殺人。又有所謂白捕者，專誣指平人爲盜者也。有所謂訟師者，專教唆詞訟者也。以故所獲之盜，未必盡眞，而或被株連之害；所償之罪，未必盡當，而或罹羅織之冤。蓋一時有司之審讞，或有未明；而日久民間之公論，未嘗不在也。

今幸明臺臨郡，莫不翹首以望再生。伏乞特垂明恕，以清此縣之獄。如盧、扁之治病，無所不如意，至於疾痛哀號，宛轉床褥，尤宜所急救者。書曰：「宥過無大，刑故無小；罪疑惟輕，功疑惟重。與其殺不辜，寧失不經。」夫過之大者可以宥，罪之疑者在所輕，堯、舜之聖，寧自處于不經，誠恐悞而至於殺不辜也。易曰：「雷雨作，解，君子以赦過宥罪。」當解之時，聖人于其有過有罪而赦之宥之，非謂特赦宥其無過無罪者也。今先皇帝恤刑之敕，蓋好生之德矣；聖天子大赦之語，蓋雷雨作之時矣。伏望明臺以典、謨、易傳之文，奉宣聖人之德意，施曠蕩之澤於窮絶之鄉。使覆盆之下，咸仰日月之明；解網之恩，遠被湖山之外；則和氣之充，豐年之應，百姓自以不冤，而有司亦與其休矣。

古人有言：今之獄吏，上下相驅，以刻爲明。深者獲功名，平者多後患。鬻棺者欲其歲之疫，利在人死也。今治獄之吏猶此矣。又云：祖宗之仁德，猶元氣之在人。不使有識縉紳之士議之，而使刀筆之吏，弄其文墨，以傷元氣，非國之福也。今所上四帳，上寫前供，故多深文刀筆之爲。所有下吏所知，略條具于後，用助欽恤之萬一。伏惟裁省。

## 長興縣編審告示

長興縣示。當職謬寄百里之命，止知奉朝廷法令，以撫養小民；不敢阿意上官，以求保薦；是非毀譽，置之度外，不恤也。爲照：糧長自洪武以來，具有成法。伏讀諸司職掌：「該辦稅糧，糧長督併里長，里長督併甲首，甲首催人戶。」又伏讀大誥：「糧長之役，本便于有司，便于細民。所以便於有司，依期辦足，勤勞在乎糧長，有司不過議差部糧官一員，赴某處交納，甚是不勞心力。」又云：「往爲有司徵收稅糧不便，所以復設糧長，教田多的大戶，管着糧少的小戶。想這等大戶，肯顧自家田產，必推仁心，利濟小民。特令赴京，面聽朕言，關給勘合。」祖宗立法爲民之意，如此之精詳也。然在國初，亦多有不設糧長之處，惟江南田賦最重，所以特設糧長。至今二百年矣。名臣碩輔，來至拊循者，豈不能深思遠慮，爲民興利除害，補偏救弊？而卒莫能易也。

今浙中所謂里遞者，當職未能徧識朝廷典故，實不知所以奉行。往以愚直，致忤分守道。蓋當職實見本縣里甲彫敝，一里之中，十甲少有全者。其有僅備名數，亦非丁多有田之家。而丁多有田之家，常歲已充糧長無遺脫者矣，不當復求糧長于里甲之中。夫丁多有田之家，其在一甲，往往占十甲之田；其在一戶，往往占十戶之丁。又有不止于此也，所謂豪民侵陵，分田刼假，莫甚于今時。乃又議將所謂豪民者優假之，而使單丁隻戶、貧無立錐者，執繫箠楚而代之役，是誠非迂愚之所曉也。

當職所以謂欲先丈量田土，重定里甲，使十甲俱全，如祖宗之制。然亦當遵奉諸司職掌，「糧長督併里長，里長督併甲首，甲首催督人戶」，不應頓去糧長之名也。若此，則所謂朝京勘合可廢矣。如朝京勘合不可廢，得不近于欺罔乎？前歲已迫十月，致忤分守道，至遣他官來代其事。當職恐重害小民，因連晝夜編定，雖承里遞之文，實用第三年之糧長。所以用第三年之糧長者，以前官將一縣大戶堪當糧長者，編定三年輪當，此勞逸更休之法也。今審里遞，即前二年者已經役過，而後一年者獨得以規避，彼亦有不能心服者矣。

今縣中姦頑不逞之徒，造爲謗言，誑惑大吏，詿誤府縣，拘縶窮民以代之役。往往有逃移他境者矣。其有不能去者，或田止十畝，或二十畝，一家父子祖孫相傳之業，盡鬻之矣。又有少妻幼女，離賣償官者矣。其又有自縊于街市者矣。及豪民與姦吏爲市，許之免以取其賄，而陰爲認保侵收，而欠逋之數，仍注其人名下，使之終身逃逋，不得歸者矣。又有欺其孤弱，管收糧銀，公爲逋賴，方見追比，不能賠償者矣。

當職北還過江，沿途來愬，未嘗不爲之痛惻也。到任以來，稽查後來所更，既有逃戶不曾應役者，被拘勉強發兌，而解戶亦力不能支。況署官雖已更變，亦自悔其非，原不曾定有册榜。見今上司催督起解各項錢糧甚急。緣後定里遞，出豪民姦吏之手，漫無可憑。相應仍照初編榜册。其後定里遞逃者，徑除其名，使後無掛累。若漕糧已經發兌者，則免其收解。其白糧等項已解者，追原編大戶，照數出銀，以還貧戶。仍告地方，招還逃亡之民，使復其業。

當職爲民父母，豈不欲優恤大戶，而專偏重小民？特以俱爲王民，爾等大戶，享有田宅僮僕富厚之奉，小民終歲勤苦，糟糠裋褐，猶常不給；且彼耕田商賈，大戶又取其租息，若刻剝小民，大戶亦何所賴？況大戶歲當糧長，不過捐毫毛之利，以助縣官；若小民一應役，如今之里遞者，生計盡矣。如之何不爲之憐恤也？

當職爲此，惓惓告諭。爾等大戶，各思爲子孫之計，毋得仍前僥倖，剝害小民。幽有鬼神，明有國法，宜各深思。所有解戶，仍前開具于後。

## 九縣告示

照得本職備員管馬，自未到任，已稔知北方民間養馬之苦。今秋解俵，方遭水患；所在浸沒，收成已無可望。而官限迫促，市買十分艱難。比聞百姓因買馬，哭聲遍于村落之間；爲民父母，不能賑貸之，而尚忍分外毫髮有傷于民乎？

見今解到馬匹，一從堂上驗過，領批解寺，本職但閱簿驗數而已。其到者即便發落，不留時刻，百姓人人曉知。猶恐人情難測，而利孔百端。或有衙門人役，乘其解俵之時，造意需索；或有各縣馬頭，敢于幫貼之外，指官科斂；兼之愚民習慣，以爲官府使用，亦自甘心；而無籍之徒，反因此以攘利；不能不過爲之防也。爲此，仰縣將發去告示，張掛通衢。如有前項誆詐，卽時赴府首告。或就該縣覺察，從重申究，毋得有所寬縱。該縣亦宜體本職痛念小民之情，有此示衆知悉。

## 乞休申文

職近者被命改除，卽日當歸田里，不復有仕進之念矣。然有不能無言者。蓋古之君子，去其國而其言存，可以爲遺訓，而後謂之能不忘其所事；去其國而其政存，可以爲遺愛，而後謂之能不忘其所使。今職於此，蔑如也，無所存矣。猶有愚衷，爲執事白之。

職少以虛名在海內，晚叨一命，實不敢苟且以負國家委任，聖賢訓戒，天下士大夫之屬望。堅志一意，惟拊循小民。而山僻夷鬼之區，與龍蛇虎豹雜處，且怡怡然日嫗而孩之。而遇事發憤，欲有所建立，不能軌骫；不顧利害，多所觸忤。今茲之調，實由讒邪之中傷，中朝士大夫，蓋猶不忍遂棄之，而置之于此也。

夫惡木垂蔭，志士不息；盜泉飛溢，廉夫不飲。士之所愛者，名也。「志士仁人，無求生以害仁，有殺身以成仁。」志士仁人所以寧舍生而不顧者，懼毀其仁之名也。故名者，與天壤俱敝者也。詩人之篇，荀卿之書，屈原、賈生之作，其逃讒自沉而不顧，乃猶惜此區區之名。故曰：「不能以身之察察，受物之汶汶也。」

職書生文學，非能爲吏者。顧嘗誦所聞于孔子者曰「如保赤子，心誠求之」，足矣。今世爲令，大率以尊嚴高貴自處，而與小民邈絶。職一切弛解，召婦人幼童，與之吳語，務得其情。凡有訟獄，吏抱牘以至，方閱其詞，就問卽決。雖鬼神不預知，吏無由得知而容其姦也。凡小民至前，雖甚倥偬，卽先呼發遣。恐鄉里往來伺候之難，亦不數數具獄，但誨諭令輸服，皆叩頭以去。民間里長，最爲繁苦，以爲十年之災。職三歲在縣，不曾役一里長，小民宴然不知有官府。往時均徭，悉吏胥與其間。職閉閤閱册，隨田輕重品搭，老吏束手。鄉老亦歎曰：「今年倒一斗矣。」鄉民謂田連頃者謂之斗，猶蘇州之謂圩。鄉老歲以均徭爲姦利，今無所獲，故云倒一斗，若田之爲水所敗而荒也。縣俗刁悍，樂以人命相誣訐。富家一被訐〔三〕，卽官微示意指，嘗輒輸數百金。職見以人命訐者，應時與結，富人無一錢之費。但檢驗屍傷，皆親至其地，或間呼村落間愚民小僮問之，得其眞情。雖自暴露赤日中，暫憩古寺，啜杯水而行，未嘗有所擾也。

縣有大賊，二三十年不能擒治。職擇卒中驍健者，召至堂後，與飲食，餌以重賞；以故往往能効力，旋致擒獲。如張家浜、鍾家浜、下渚、磨盤山賊，昔年皆與縣交鬬；縣中人多爲囊槖，以故尤恣。往時太湖至湖州，商賈多被剽掠，今舟可以晝夜行，鄉間夜不鳴犬矣。磨盤、下渚，皆親至其巢穴。而鍾家賊乃至格鬬。時日暮風寒，山深水闊，職所從不過數人，竟擒獲之。鍾家浜一村，鍾姓四五十家，皆非良民。是時西北風，若從上風縱火，可盡殲以爲功。職寧力攻，取其騎危墮下者，不過數人，餘向南奔者，悉不復追。諸如前賊黨，大率錄其魁而已。職終不敢自言，上官亦但見具獄云强盜某某而已。然以其邑多盜之故，又有誣盜。縣有空王寺，在深山中，捕卒嘗于此拷掠，使誣人爲盜。其誣强盜至七人，皆平反之，以坐捕之罪。太湖邊十三家，烏程縣坐爲盜，又爲宜興縣誣六十餘人爲盜，被連逮，皆逃湖山中。一村盡空，麥熟黃落，山鬼晝號。職親自旁緣湖上，遍入山中，明其所以不然。移文兩縣，稍稍招集之，地方以寧。

夫爲令，如嬰兒乳哺，飢寒燥濕，唯乳母知之。又如良醫按病調劑，分毫不爽，乃可已病。職獨自知其心之苦也。夫沾沾者自喜，察察者爲明，簿書文移治辦，亦嘗有念此乎？獄中死四，桁楊相接也；職審知枉濫者，辨出之三十餘人。遵律令給衣糧，天寒大雪，妻自縫絮衣給之。囚有母死，求保繫葬母還，即聽之；如期而歸，囚皆感泣。聞職病，皆向天祝禱。顧雖未忍施鞭扑於民，而縣中大惡，必立取之。獄成，其瘐死者亦十餘人。特其俗依阻山湖，負力好鬬。有數大族，終年不見官府，職頗錄其長，居鄉亭勸誘，亦有來者。然直可以容養化勸之，懼激之而亂也。宋濟邸之變，起于太湖漁人，而國初耿侯以此縣人捍抵張氏，力戰者十年。近歲有反賊江天祥。古人所以謂力求猛將，不如得一縣令，謂能折其芽萌，消之于未形也。今之治民，務擾之以爲能，夫豈識老氏「烹鮮」之喻乎？

且以近日清軍言之。止宜因該衞勾丁，據以清查。今則盡舉洪武以來軍册，一槩勾審，但一軍或戶有百家，又及鄰保里甲。一軍之勾，乃至擾百餘家也。如是，故縣不敢承行。以近日開讀言之，糧長侵欺，固當問。然侵欺亦無由覈其實，惟彼有自首者，乃可以坐。今一糧長下，開小戶逋欠百數。即欲人人到官，則小戶逋斗米。當嘉靖未赦之前，並各安居；及隆慶大賚之後，反被拘逮？奚止斗米之費，則不如不赦之爲愈也。如是，縣又不敢奉行。

僧道，雖古謂爲民之蠹；然今耕田服役，與民等也。自有會司統攝，又每清查，則不免使人各寺院騷擾。彼淨居空刹，僅守故額，既國家不廢之，則亦宜使之安生耳。如是，故縣不肯奉行。以此之類，並多乖忤，或謂令驕，又謂令廢惰也。挈瓶之智，守不假器。今爲朝廷牧此一二彫瘵之民，安能惟事逢迎阿旨，以取媚悦，不能安而又擾之也？

夫糧長乃洪武以來定制。在大誥、諸司職掌、聖諭如此之諄切也。天下亦有不設糧長之處，惟獨江南財賦最重，故以糧長督里長，里長督甲首，甲首督人戶。百年以來，未有變更。今者新行里遞，意或便于浙東。若嘉、湖與蘇州土俗財賦相同。職生長蘇州，亦知糧長之重難而不可廢也。夫以里遞收糧，似散錢不能成緡，又以小戶督大戶，乃如以羊將狼也。即如長興之里甲彫敝，其逃絕僅存者十二三，皆貧難下戶，有無田爲傭者，有田止五畝者，其多至二十畝者，即爲上等之里長。而大戶乃不爲里長，而爲人戶，其花分田至千畝。今姑以里遞法行之，則爲里遞者，亦不當舍大戶而他求矣。職頗調停其間，用大戶之子戶爲里遞。然其實今日之里遞，即舊日之糧長也。小民頗以不擾，而大戶復萌規避之心。乘職入覲，移禍於小民，流言飛文，詿誤府縣，追求小戶之里遞，以致逃亡鬻產棄妻子者，不可勝計。有自經者，而上不聞也。比職還，自京口至苕、霅之間，沿途哭訴者相望也。職悉召復其舊，而所傷已多矣。

今世欲汚衊士大夫者，度其他不能爲害，惟以賄，則無全者矣。歸安李知縣，其人清彊忤俗。大率吳興之人，不獨姦民好訐也。即李知縣，士人遂鑿空欲點汚之，其賂至數千，賴察院力爲辨白之。孔子曰：「君子喻于義，小人喻于利。」夫以喻義之心易爲喻利，豈聖賢之不如盜跖乎？顧不爲耳！

職平日居家，未嘗問生產，吳中士大夫所共知。今縣之可以爲利穴者，不過人命、強盜、糧長、徭役，如前所云，毫毛可燭，職于此不爲利，他亦無可爲利者矣。職家世宋、元以來，號稱鉅族。室中所奉，相承亦不非薄，而職自用極儉陋。衙內日取百錢，令卒出市，日不過斤肉蔬菜。去家三四百里，二子守廬舍讀書，間歲來省，絕不與外交接。居二三日，便去。去自買小舟，肉不過二三斤，米不過一斗，衙前人共知之也。日常紙牘，多聽告免。而上京申詳水手銀及柴馬銀，至今尚被侵匿未追。人言宦非酷，無以濟其貪；吏民幸鞭笞不加，苟免亦其情也。或有言縱吏，非也，特寬之耳。曹平陽、丙丞相之不按吏，豈得槩非之耶？裁以一端斤斤然，則朱勃之過馬新息遠矣。

職於士大夫，待之曲有禮意。以一二事相忤，遂恨之深，未能一日忘也。然李歸安抑之太過，未免有意。職平日與物無忤，不幸事偶值耳，而怨毒之深如此，殆有不可解者。即欲誣汚如李歸安，而如前所陳，一一可按覆。且如里遞，苟少有爲利，何不與大戶市恩？而力護持小戶，不顧其怨懟，而專取小戶偏護之耶？署印與丞之以贓敗也，由其發狂自宣露，囚服跪首於太守之前。昨有歲貢自京還者，言京師皆已知之，今被訪逮。即其發狂，乃職尚在北河時也。今府中藉藉，歸咎於職。若然，則察院不當訪人耶？又因緣其所訪之白，而欲扳以爲讐耶？

今二怨與里遞大戶，及近所治惡吏，結構爲一。被訪官不自服罪，而欲甘心於職；里遞大戶，不肯服從；惡吏被申，不歸獄，而反肆行于外；羣不逞藉藉欲謀咋嚙，則一身無餘矣。

職所以反復具陳者，非苟欲求知。蓋謂今之世無志于古者矣，有志于古者如職，亦孔氏不得已而思狂狷之所許也。一欲行古道，卽被中傷，而猖猖猶不止，夫豈任事者欲重戒今之人不當行古之道與？營平侯言：「老臣不嫌自伐，爲明主言之。」職亦欲使知今世亦有願爲古之循吏者，而莫能容也。若以爲懼其見害，而急於自明，職亦無有於此。蓋今日清明之世，雖江湖一命之吏，而有賢監司在上，必不使豺狼縱其噬齧也。

夫天下之情，好善而惡惡；朝廷之法，賞善而罰惡。如使惡者坐法，而無故欲扳引善者，世亦無如此之事。今又以令治一小吏，小吏反行其告訴，左右趨走之人，無不見被追逮，縣人爲之奪氣。而小吏者，方日會聚少年，鮮衣絢履，出入府倅之衙，公與羣不遑日治謗書，噬齧長吏，國家法紀蕩然矣。伏惟執事察之。

## 又乞休文

職爲吏無狀，已疏乞解官。然以二年來，夙夜不敢自懈，惟在奉宣德意，撫恤小民。而豪右不便者，爲流言飛文中傷之，今已置之，不當復有顧慮。連日彼縣人多來訴告彼中事體，枝動本搖，亦不容不爲動念。然不敢爲煩聒。獨以有關國家大體，地方風俗者，不敢不言。

署印官與縣丞，被察院蒙訪逮。職前入覲在途，彼事已敗，特以察院訪單委悉，疑以謂縣中有言，恨之切骨。浙中新行里遞，職拘集小民，俱係貧難下戶，又謂以里遞收糧，如散錢不能成緡，使小民督大戶，如以羊將狼，實有難行。因取大戶花分詭名者，充里遞應役。而變更職所定，以造小民之怨者，實署官爲之。其事敗亦以此。大戶李田等之被拘役者，因投入署官衙內，與之爲一。又小吏沈良能，不軌亂法，數拒捕，依廣德大猾，職因具申各上司。良能，故署官所用爲腹心者。因自詣府，絢履袨服，出入府門，復與之爲一。以此結約諸惡少，告詐縣中人，同時響應，皆承署官之風旨，考掠無不承者。微文巧詆，中傷之計實行于其間矣。所以爲國家大體地方風俗者，官自被訪，而妄行坂害，則君子小人、邪正清濁之源，不可辨也。豪民被役，黠吏見逮，連黨交横，誣辭抵攔，而皆得勝氣，則官民上下之分，不可正也；姦民告訐之風，不可止也。

又有朱學、方正之徒，各以巨姦累犯，縣已具獄上之院道，因而瘐死。其家至告無干人，以人命連累窮年，並行檢驗，追尋抵死者。職以謂若此之類，縱行其詞，止閱文卷，即死有餘辜。奈何令株連累害，使文移追逮之煩，而縣有問即告，則令權之輕，不可復振也。蕭望之一世大儒，爲韓延壽考案東郡官錢，吏不能勝，皆自誣服。向微當時明白之，則望之之禍，不在恭、顯之世矣。狂生冒昧，伏乞矜宥。

## 太僕寺揭帖

蒙駁春季馬疋，當行該縣抵換補訖。今該秋季解俵如數差官領解外，爲炤：本年大水異常，民間十分災傷，所買馬疋，已不勝艱苦。據邢臺等縣知縣耿鳴世等，俱各用心點揀，已多中用。本府馮知府復當堂看驗，又經補換。及今據沙河縣知縣王進朝稟稱：該縣解馬尺寸，多不及式，而毛骨堅竦，氣力精強，比之龐然虛大者，殆爲過之。仍恐此等之類，或因降式不合，或于衆羣中比校差劣，致有一二駁回，必破數家之產。懇乞俯念地方，前項馬疋，果非下乘，足以分俵武衞騎操之士，並免回駁。庶以寬恤畿內凋瘵之民。由此具稟。

## 王哲審單

查得姚古、鮑希，專與王哲扛幫硬證。除已結證外，見在縣未結文卷內二十餘宗，狀狀有名。今姚古改名姚仁，鮑希改名鮑義，言兩人誓同一心，常爲哲之誣佐，改名仁、義，明不相負也。

再炤：王哲父子，刁惡素聞，人所側目。雖有嘉粟，弩張則澤雉不止；雖有芳餌，鈎見則淵魚遠逝。吏胥之貪，固難保也；然取之王哲之手，則有所不敢。寵賂之章，固當按也；然出於王哲之口，則有所難憑。今于審問間，具得王哲刁詐，及姚仁、鮑義結黨揑辭實跡。衆正明白，取擬罪犯。

## 陳大德審單

審得大德委將張氏摟住，要得姦淫。當驗大德舌尖，果係咬落，不能自諱。爲炤：律有強姦之條，官司少有遵用者，以所當罪重，而事難徵實也。既不用本條，輒以和姦處之；則強暴者得志矣，貞節之婦受污衊矣，律設此條爲無用矣。

昔召公聽訟，衰亂之俗微，而貞信之教興，故有行露之詩。蓋謂強暴之男，不能侵凌貞女也。今據大德多行無禮，比其事發，又抗違憲詞，冀至年久不得明白。然張氏深山獨處之中，此心可表；大德經年難證之獄，其舌尚存。相應依律問擬。

## 賀潮審單

審得邵忠先因賀潮之去，而鬻其原田；今見賀潮之歸，而返其舊物。流冗荒閑，正鳩鵲互居之日；逃亡復業，實鴻雁安集之時。告詞雖涉于半誣，據律當從于末減。前遺田地，聽潮自管。取供。

校記

〔一〕搼　原刻誤作「拳」，依周禮校改。

〔二〕訐　原刻誤作「託」，依大全集校改。

# 震川先生別集卷之十

## 古今詩

### 遊靈谷寺

晨出東郭門，初日照我顏。春風吹習習，好鳥聲緜蠻。巖阿見黃屋，登坡尋神山。半日猶山麓，十里長松間。蜿蜒芳草路，寂寞古禪關。畫廊落丹艧，朱戶蝕銅鐶。殿起無梁迥，塔留玩珠攀。蒼鼠戲樹捷，野鹿看人閒。山深靜者愛，日晏未知還。

### 讀史二首

謝公四十餘，高臥東山間。妻子來相問，掩口笑不言。長安公與卿，富貴多少年。猶時豈不能，吾志不其然？所以任公子，長垂百丈緡。

劉毅無甔石，一擲百萬錢；淮陰置母塚，行營萬家田。英豪不在此，意氣聊復然。安能效拘儒，規規翦翦焉？東海有大鵬，扶搖負青天。可憐蜩與鳩，相笑榆枋間。

## 京邸有懷

帝國雲天上，鄉關渺何許？城頭日色黃，隔壁聞吳語。忽忽有所思，默默久延佇。人情別離好，共處誰憐汝？

## 甫里送妹

甫里縣西角，吳淞水流澌。吾往不能歸，入門復咨齎。小女來相將，牽衣問何之。人生會有適，憐汝送姑時。

## 金山寺

長江湧塊石，萬古江中浮。倚空結危構，凌波成奇遊。僧呼黿鼉出，客指蛟龍湫。雲開鍾山岑，日映扶桑洲。海峯三數點，南北一航舟。百年戰爭息，江水此安流。

## 金陵還家作

自從出門日，預言相見期。西風揚子渡，猶嫌歸棹遲。于今對寒月，芭蕉露瀰瀰。一皃縣城西，一女松江湄。心情兩縈繫，有如蛛網絲。

## 和俞質甫夏雨效聯句體三十韻

浮雲方駸䮵，光景遂已戢。浹旬深霪澍，千里破封蟄。茫茫河伯歎，蕭蕭山鬼泣。靈曜邈高居，朱明闕赫翕。希微澮將開，淅瀝吹又急。遇夜轉連綿，釃流更湁潗。萬壑響霰鳴，百川灌注入。池容添紋縠，林色浸淤浥。離畢月暫耿，宿井星恆濕。瀲灧湖光翻，蹙咽海潮澁。霓旌尙高翔，雲衣猶日緝。水覆詎可收？天漏誰能葺？馬牛三江混，鴻濛九峯立。嗟我來自東，獨行阻虛邑。夢離思明兩，笠坎成洊習。誰假卜商蓋？但戴杜甫笠。繽紛餘花落，寂寞愁烏集。窮巷長閉門，高河近通汲。天地政氤氳，雷風遞呼吸。悽悽聽晨鳥，濛濛睇宵熠。作乂徵時暘，思文憂民粒。鼉黽費灰洒，魚蝦饒掇拾。廣室坐增悽，匡牀聽生悒。何由度日閱？安能使家給？泥塗跲重繭，梅潤侵什襲。寒袍故戀綈，瀾筒慵笈。顧嘆風雲滿，寧使蛟龍蟄！短屐徒齒齒，折巾空岌岌。俯仰覲宇宙，坱圠迷原隰。阻饑知不免，寅亮豈所及！舊刻作「高河近通楫」，「楫」字非韻。錢宗伯不選，當以此故。今改押「汲」字，似較穩。

## 濠梁驛

崎嶇江北道，復此渡淮水。策馬向廣原，蒼茫見帝里。葱葱綠樹陵，鬱鬱紫雲起。臼炤城上樓，寒鴉飛高埤。原野何蕭條，曠望彌百里。當時侯與王，此地常纍纍。今惟負販人，亭午倚虛市。空然八尺軀，短褐飢欲死。當時興王佐，未遇亦如此。

淮陰侯廟

吾如淮陰祠，清槐蔭朱戶。當時長樂宮，千載有餘怒。五年戰龍虎，結束在肉俎。努力赴功名，功成良自苦。

舟阻沽頭閘陸行二十餘里到沛縣

上沽下沽頭，有如百里隔。曲河見舟檣，相去只咫尺。舍舟遵平途，馬蹄生羽翮。麥穗垂和風，披拂盈廣陌。吾聞江北人，終年饑無食。吾來江北地，每喜見秀麥。行行野樹合，已到古沛驛。漢帝遺原廟，屋瓦殘青碧。龍化已千秋，鷄犬如昨昔。欲尋歌風處，閭里亂遺跡。今人泗水上，猶樹歌風石。

南旺

嗟我南行舟，日夜向南浮。今日看汶水，自此南北流。帝京忽已遠，落日生暮愁。當年宋尚書，廟貌崇千秋。丈夫苟逢時，何必有大猷？歎我學禹貢，胸中羅九州。杖策空去來，令人笑白頭。嘗疑伯顔策，毋乃非令謀！洪範天錫禹，大道衍箕疇。五行有汩陳，三事乃不修。鯀隄日以興，百川失其由。不見徐、房間，黄河載高丘。

## 沛縣

泗水抱城堙，東去日瀰瀰。豐沛至今存，漢事已千春。嗟我亦何爲，獨歎往來頻。封侯不可期，白日坐沉淪。每見沛父老，旅行泗水濱。雞犬如昨日，此亦非昔民。空傳泗水亭，井邑疑未眞。城外綠楊柳，高帘懸風塵。猶有賣酒家，王媪幾世親？高廟神靈在，英雄却笑人。

## 徐州同朱進士登子房山

入舟忽不樂，呼侶登崇丘。子房信高士，祠處亦清幽。俯視徐州城，黄河映帶流。青山如環抱，一髮懸孤州。河流日侵齧，淼淼洞庭秋。烏犬爭死人，岡隴多髑髏。使者沉白馬，守臣記黄樓。歎我亦何爲，空爾生百憂。生民隨大運，孰能知其由。覩此名邦舊，懷古思悠悠。壹自徐偃王，獨有青山留。劉、項亦何在？子房空運籌。但從赤松子，不用待封侯。

## 自徐州至吕梁述水勢大略

黄河漫徐方，原野層波生。萬人化爲魚，凛然餘孤城。僅見沮洳間，檐楹半頽傾。日月照蛟室，風波棲蜑氓。侵薄連羣山，浩蕩烟霞明。山迴時復圓，盂盎涵光晶。忽然覩開豁，天末翠黛横。此來頓覺異，日在江湖行。吕梁遂安流，泯泯無水聲。狠牙没深沉，一夜走長鯨。三洪坐失險，蛟龍不能爭。乃知房村間，尚未得瀉傾。如人有疾病，腹堅中膨脝。空役數萬人，績用何年成？

## 鯉魚山

鯉魚山頭日，日落山紫赤。遥見兩君子，登岸問苦疾。此地饒粟麥，乃以水蕩潏。水留久不去，三年已不食。今年雖下種，濕土乾芽茁。因指柳樹間，此是吾家室。前月水漫時，羣賊肆狂獝。少弟獨騎危，射死五六賊。長兄善長鎗，力戰幸得釋。因示刀箭痕，十指尚凝血。問之此何由，多是屯軍卒。居民亦何敢，爲此强驅率。始者軍掠民，以後軍民一。民聚軍勢孤，民復還切卒。鯉魚山前後，遂爲賊巢窟。徐、沂兩兵司，近日窮勦滅。軍賊選驍健，叱呼隨主帥。民賊就擒捕，時或有奔逸，其中稍黠者，通賄仍交密。以此一月間，頗亦見寧謐。二人既別去，予用深歎息。披髮一童子，其言亦能悉。民賊猶可矜，本爲饑荒迫。軍賊受犒賞，乃以賊殺賊。吾行淮、徐間，每聞邳州卒。荆楚多剽輕，養亂非弘策。

## 自劉家河將出海口風雨還天妃宫二首

到海忽雷雨，高雲起崔巍。紛披船幕濕，錯落酒杯飛。波浪半天黑，神龍助風威。探遐方未極，初意遂已非。無緣覲海若，稽首乞天妃。願爲一日晴，令我攬光輝。

八月尚徂暑，白露未爲霜。雲物結蒸鬱，雨勢恣淋浪。江水競飛溢，螭龍爭迴翔。金樞浴大明，此夜不可望。極目觀冥漲，天際何微茫！直恨非西風，吹我到扶桑。

## 自海虞還阻風夜泊明日途中有作

百里見青山，言旋諒非徐。風波仍水宿，龍蛇驚夜居。明發尤慘澹，川途尚修紆。水駛凌方約，雲寒日未舒。彌亘多芳草，寂歷少畋漁。寒光冒明湖，朔風轉高墟。舊事成往跡，餘生惟讀書。古人不可見，歲莫安所如。

### 淮上作

長淮餞落日，圓光正如赭。傾紅注流波，殊景不可寫。淮水自西流，黄河從北下。併合向東行，終年無停瀉。哀此千里客，春至復已夏。獨立空惆悵，所與晤言寡。

### 寶應縣阻風

夜泊淮陰城，蚤向淮南路。理棹逢西風，猖狂恣號怒。清河千里中，東風日相誤。祈此一日風，終竟不可遇。蒼天豈有心？莫可詰其故。但看北去舟，淩風如飛渡。翻爲去人快，頓忘吾所務。淼淼湖波深，今日何可渡？

### 壬戌南還作

自出皇都門，淥水明可掬。高風搏羊角，飛沙旋霧縠。乘快得順流，遡行又轉轆。長河亘千里，迴溪每九曲。時序値暮春，光景信明淑。市邑臨水折，岸柳新雨沐。欲問北州故，但以南期促。同行近百艘，晨夕相追逐。掛席鴈翅接，轉棹魚尾續。長聞夜集喧，又見風排簇。所遇皆南金，胡爲棄荆玉？非有彈冠慶，相呼入山麓。

## 又

半月困潭、衞，今旦望鄒、嶧。景風時迎舟，積水不盈尺。行路日淹留，歸思愈急迫。昔往冒飛雪，今來見秀麥。藴抱無經綸，徒旅空絡繹。西苑方呈兔，東郡亦雨鯽。番禺有假號，建州乃充斥。奈何唐堯朝，不用賈生策？玄文故幽處，卮觴益潤澤。天命苟無常，人生實多僻。去去勿復言，牧豕在大澤。

## 登濟城望城武

城武漢時縣，乃在兗西南。曾考昔爲令，期年化方覃。性本愛瀟散，候望苦不堪。飛雪漬烏帽，棄擲欲投簪。竟以末疾返，不及一考淹。時當孝皇日，仁治正漸涵。我來登濟城，落日已半含。西望適相仍，竚立獨悲喑。明經幾累世，淪廢良可慚！

## 淮陰舟中晚坐寫懷二十四韻

淸浦輕風渡，赤日微雲遮。昨問圯橋履，今即下邳街。淮酒市醽醁，楚音雜琵琶。二麥吐新穗，百草敷繁葩。紛披盈廣陌，離褷被平沙。寂寂坐向晚，悠悠思轉加。先皇昔在宥，世道尙亨嘉。朝廷制作盛，公卿議禮譁。庶僚或登庸，諸生多起家。蹇拙遭時廢，荏苒謝年華。不得寄一命，空慚讀五車。迨乎鴻羽漸，幾將龍馭遐。暫有青雲望，奈何白髮髿。黽勉小縣吏，奔走大府衙。循己常黯黯，看人方呀呀。何地棲鸞鳳？並處混龍蛇。世途亍益畏，吾生固有涯。萬事已如此，一官豈足賒！行矣歸去來，莫使微名汚！平泉記草木，寢丘任菑畬。補亡綴貍首，考古注君牙。期以餘日月，方將擥雲霞。自是性所適，良非爲世誇。苟無愧尼父，或可俟侯芭。

## 隆慶己巳赴京寓城西報國寺贈宇上人

慈宮崇象教，搆此絕華炫。深巖閟香火，危峻瞰郊甸。鬱鬱虬松枝，低壓遶廣殿。當年帝舅親，削髮住茲院。說經老龍聽，出手五獅現。曾聞長老言，天雨曼陀遍。吾識宇上人，頭陀今突弁。脩容冥法相，妙悟在論讚。導我畫廊行，指示西方變。晨起供淸茗，時共禪悅飯。我老欲歸去，世事今已倦。當結塵外緣，山中儻相見。

## 邢州敍述三首

壯歲成濩落，末路藉先容。所恨賤姓名，蚤聞在諸公。既奉大廷對，觀政於司空。得友天下士，旦夕相過從。道窮孔、孟奥，文推遷、固工。說詩慕匡鼎，草玄擬楊雄。通達如賈誼，俊少踰終童。守高稱汲直，曲學陋孫弘。自以支離疏，攘臂于其中。一朝除書下，淪落故鄣東。黽勉爲祿養，折腰愧微躬。

鄣東餘二載，恪遵聖人經。雅志存教化，除嬈去煩刑。門闌弛走卒，千人皆造庭。分遣每日旰，庭中無一人。沉寃出殊死，無蓋盡羣生。時有縱囚歸，皆言賦役平。引納壯健兒，誓之以丹青。萑苻多宿盜，擒斬爲一淸。餘糧棲隴畝，絕無犬吠驚。維以哀煢獨，不能畏高明。睚眦生怨恚，憯甚鏌鋣兵。風雨日飄搖，拮据徒辛勤。涕泣西河守，古道竟無成！

爲令既不卒，稍遷佐邢州。雖稱三輔近，不異湘水投。過家葺先廬，決意返田疇。所以泣歧路，進止不自由。亦復戀微祿，俶裝戒行舟。行行到齊、魯，園花開石榴。捨舟遵廣陸，梨棗列道周。始見栽苜蓿，入郡問驊騮。維當撫彫瘵，天馬不可求。閭閻省徵召，上下無怨尤。汝南多名士，太守稱賢侯。戴星理民政，宣風達皇猷。郡務日稀簡，吾得藉餘休。閉門少將迎，古書得校讐。自能容吏隱，退食每優游。但負平生志，莫分聖世憂。竚待河冰泮，稅駕歸林丘。

### 瓊州張子的與余同年俱爲縣令江南子的自建德改當塗令入覲又改棨縣一歲中三易縣居京師旅寓相近以詩爲別

嶺表生異人，始興最開先。余公亦崛起，屹屹天聖間。聖代丘文莊，富學邁昔賢。憶余童丱時，嘗聽家君言。吾郡有桑生，恃才頗輕儇。公見卽識之，進奬席每前。夫人出佩玉，珍饌羅綺筵。當時吐哺風，與古能比肩。公文根理要，不肯事纖妍。奈何浮薄子，輒爾論議喧？子的來公鄉，年往志愈堅。共余曲江宴，面帶鯨海顔。問公石屋在，世業存遺編。君今爲縣吏，宦轍如郵傳。廟堂亦無意，何以不少憐？使君自天來，萬里往復旋。君才豈不辦，古道多屯邅。嘆息時所尚，爲廢循吏篇。

### 詠史

昔在齊威王，選人以治氓。惟彼阿大夫，籍籍日有聲。唯此卽墨宰，小人共讒傾。是非並顛倒，四境交侵兵。安得召左右，阿黨盡爲烹？昔在楚莊王，三年不聽政。膝上置美女，飲酒不會醒。有鳥止於阜，不蜚亦不鳴。安得任伍舉，一朝霸名成？昔在帝武丁，三年不出令。恭默以思道，殷國未能寧。安得夢聖人，求之傅岩形？

奉託俞宜黄訪求危太樸集並屬蔣藺二同年及長城吳博士

昔年宋學士，嘗稱太樸文。獨力撑頽宇，淸響薄高雲。余少略見之，諷誦每忻忻。淡然玄酒味，曾不涉世芬。如欲復大雅，斯人眞可羣。苟非知音賞，宋公安肯云？嗟乎輕薄子，狂吠方狺狺。惜哉簡袠亡，家篋少所蘊。徒爲嘗一臠，盈鼎未有分。四賢宦遊地，博達多前聞。爲我一咨訪，庶以慰拳勤。

奉酬馮太守行視西山關隘次宋莊見棄田有作

雲、代搏胡兵，千里羽書亟。戒鄰畏明牧，循山轉危蹬。通谷數行遇，在所皆行至。獫狁雖匪茹，中國亦有備。所悲雲漢詩，餘黎靡孑遺。今歲洪水割，懷襄頗不異。巨浪落高崖，排蹙萬石墜。周原昔膴膴，一朝化磧地。野老向天哭，前古所未記。迢迢孤嶺絶，習習陰風吹。月明淸霜白，虛舘不成寐。何計恤疲氓，賦詩以言志。往往展卷讀，紙上見殘淚。昔聞春陵行，今人豈軒輊？余亦忝祿食，空爾徒歎愧。

送袁太守之興都

青陽降江水，萬靈朝漢東。先皇昔南狩，樂飲慶善宫。父老拜賜復，歌兒如沛中。忽忽二十載，百姓號胡弓。奈何長陵令，猶告杼柚空。袁侯忠孝姿，爲吏稱明公。當宁選良牧，璽書特褒崇。行爲解苛嬈，愷悌揚仁風。千年護陵寢，遠與豐、鎬同。

## 贈孫太倉

君侯粤中產，羽林忠孝門。曾爲三輔吏，遺愛至今存。昨歲來守州，芳名益騰騫。自從海水飛，蠻舟翳朝暾。吳、會日創殘，江海多軍屯。大兵仍凶年，凋瘵不可論。君侯勤撫字，百里載仁恩。自古設官職，事事有本原。所以置守令，無非惠元元。兹任良匪輕，天子之選掄。何以不奉天，斬伐蹶其根？粲粲元道州，名與南岳尊。追呼尚不忍，千載聞此言。哀哉誅求盡，慟哭滿江村。作詩代民謠，庶以達周爰。

## 讀佛書

天竺降靈聖，利益其在此。雪山眞苦行，九惱尚纏己。非徒食馬麥，空鉢良可恥。紛紛旃荼女，謗論或未已。不知手指中，猶出五獅子。

## 書王氏墓碣寄子敬溦山湖上

少小慕節義，溝壑誠所安。欒括遊燕都，侯王不可干。甘從渭濱叟，垂老尙投竿。于世無一能，性頗好詞翰。王子欽姊節，興言涕汍瀾。兩髦尙如見，廿年骨已寒。丐余書貞石，庶幾垂不刊。吾書復自讀，亦能淸肺肝。一掃齊、梁習，諒可追孟、韓。

## 素庵詩

唯易有太素，太素質之始。白賁垂皇象，彤車資帝理。大饗尙玄尊，大路素幬爾。伊尹言素王，後代滋文軌。素冠時所庶，素衣時所喜。素韠心蘊結，素絲國風美。五入爲五色，以是悲墨子。素功日以飾，素封日以侈；素位日以逾，素質日以毀；素悃日以詐，素道日以靡；素飡日以濫，素節日以委；素書日以僭，素問人日死。流俗相糾錯，紛紛競齊紫。莊子膠朱目，周鼎攦垂指。救僿莫如忠，世變詎能止？東海揚素波，中林潛素士。吾其甘素飯，自可崇素履。素抱何足言，素心但如此。因愛素庵人，作詩揚素旨。

## 淸夢軒詩次孺允韻

王生思妙道，獨居自相羊。乃以清夢詔，揭之在幽房。處世實大夢，于夢差爲長。擾擾無時清，眞精且淪亡。孰能寡嗜欲，引之大覺鄉。魯侯一何愚，欲往憂無梁。太清日淵澄，中有生者忙。吾聞接輿言，斯豈大無當！古之得道者，夏能造冰凉。西方有聖人，清淨聞身香。飛龍遊上天，至冬乃伏藏。誰知疑黃泉，可以登大皇。

## 清夢軒詩再次孺允韻

汗漫恣容與，寥廓任徜徉。小搆非廣廈，幽棲獲便房。圖書委魚蠹，庭砌雜蘭芳。境寂羣動息，神怡獨寐長。栩栩意象適，蘧蘧物化忘。於此觀世俗，迫隘非吾鄉。玉璽謬通漢，金甌會圮梁。竊帶固云擾，銜髮亦以忙。覞覞容自鬼，喋喋冠何當！恍如乘騣鞿，泠然御清凉。鈞天聆廣樂，玄都聞妙香。繆昔騁駿往，簡後書史藏。終慚在三季，未可儗九皇。據此首乃十三韻，則前首疑缺二句。

## 山茶

山茶孕奇質，綠葉凝深濃。往往開紅花，偏在白雪中。雖具富貴姿，而非妖冶容。歲寒無後凋，亦自當春風。吾將定花品，以此擬三公。梅君特素潔，迺與夷〔二〕叔同。

## 東房夾竹桃花

奇卉來異境，粲粲敷紅英。芳姿受命獨，奚假桃竹名。昔來此花前，時聞步屧聲。今日花自好，茲人已遠行。無與共幽賞，長年鎖空庭。昨來一啓戶，嘆息淚縱橫。

## 火魚

水畜非昔種，火魚自新肇。僅以數寸奇，忽見五色皦。勺水停淵澄，方池恣迴繞。春雨生綠萍，秋風夢紅蓼。眞於盆盎中，獨覺江湖淼。每看銀鬣起，時覩寶尾掉。濡沫踣涔寬，吞舟坳堂小。少年共咄叱，窮日相戲嬲。飼蟲疲僰童，汲泉困王媪。海上家盡然，吳中時倣傚。誰思聞鶴唳，直比象龍擾。此物多變幻，爲狀異昏曉。鮮妍駭羽化，憔悴悵色鱙。物理呈怪象，天宇信奔鳥。何者爲妖祥？何者爲吉兆？天子今萬年，皇圖日綿紹。滄海竟清晏，小夷〔三〕悉刳剿。周山進白鹿，霜毛何皎皎。會當長此魚，貢之躍靈沼。

## 鍾山行二首

鍾山雲氣何蒼蒼！長江萬里來湯湯。龍蟠虎踞宅帝王，鑿山斷嶺自秦皇。孫吳、司馬、六代至南唐，神皐帝輦爭輝煌。餘分紫色那可當？偏安假息眞徬徨。宋、金之季韃靼[四]強，腥風六合雲日黄。百年理極胡運亡，天命眞人靖八荒。手持尺劍旋天綱，一洗乾坤混萬方。考卜定鼎開百皇，鍾山雲氣何蒼蒼！

鍾山雲氣何蒼蒼！中有殿閣琉璃閃爍黄金黄。蒼松老柏馳道旁，朱紅交午歧路當。貔貅百萬晝伏藏，日色澹照官衙墻。北風蕭蕭吹日光，白頭老人涕泣爲指點，東是長陵西未央。

## 鄆州行寄友人

去年河溢徐、房間，至今塡閼之土高屋顚。齊、魯千里何蕭然，流冗紛紛滿道邊。牽挽小車載家具，穴地野燒留處處。丈夫、好女乞丐不羞恥，五歲小兒皆能閑跪起。賣男賣女休論錢，同牀之愛忍棄捐。相攜送至古河邊，回身號哭向青天。原田一望如落鴉，環坐蹣跚掘草芽。草芽掘盡樹頭髡，歸家食人如食豚。今年不雨已四月，二麥無種官儲竭。近聞沂、泗多嘯聚，鄆州太守坐調兵食愁無措。烏鴉羣飛啄人腦，生者猶恨死不早。自古天下之亂多在山東，況今中扼二京、控引江淮、委輸灌注于其中？王會所圖，禹貢所供，三吳、百粵、四海之會同。若人咽喉，不可以一息而不通。使君宣力佐天子，憂民痌，深謀遠慮宜一知其所終，無令竹帛專美前人功。

## 談侍郎歌

侍郎妙筆世莫如，侍郎恩賜常滿車。玄天壇上泥金字，大道殿中潄玉書。朝入直廬衣獅子，暮歸邸第著飛魚。近承詔旨許馳驛，樓船畫舫還故閭。笑吾文章空磊落，垂老無成跨蹇驢。

## 黄樓行

五日彭城去住舟，狂風吹雪不肯收。推來冰凌大如屋，舟人夜半呼不休。老夫擁衾只匡坐，雪中日日看黄樓。東坡先生不在世，令人輕我東家丘。

## 二石歌

太湖波翻江海連，二石飛來墮我前。大者恢詭作蠻舞，高者偹偹特淸楚。憶昔秦公闢西圃，巖崿爭來獻庭戸，悠然日與西山伍。大賢名蹟成往古，我見拜之禮亦可。近者尙書稱豪武，致石如此頗可數。初如大旗絕漠起睨視嶷然，又若九皇聖人鶉居鳥行衣垂羽，獨立崆峒之野觀天宇，雲將、鴻蒙不得語。自我有此日婆娑，無酒且能發高歌，屬當遠行奈若何？遲回尚得一月多，來觀莫厭數百過。嗟我安能龍食淸，垂老疲役違吾情？

## 趙州石橋歌

余同年友蔡鳴陽守趙州，爲余言石橋之奇，以圖經見示。余數往來京師，恨不過此。因蔡侯之言而爲作歌。

六王爭鬬趙更驕，壯哉武靈尤雄梟。嘗遊大陵感奇夢，天錫神女有孟姚。改服騎射致其兵，拓境千里功何高！北地方從代犬通，鬼鬼靈壽起岧嶢。一日沙丘變叵測，空憶前夢花如嬌。後來趙遷入函谷，李牧誅死廉頗逃。此來趙地更百變，悠悠千載歲月遙。至今誰言鄗事醜，獨有河薄洛水流迢迢。問之趙人懵不知，共誇洨河大石橋。此橋之建眞奇獝，神師斲成班、爾屈。蛟龍若伸勢敵虹，扶拔欲動光搖日。天下萬里九衢通，地平如掌長河失。仙人張公倒騎驢，蹄涔印石宛然出。趙州太守政絕殊，得以餘閒綴圖書。嗚呼，太守之名遠與此橋俱！

## 表兄溵山大參以自在居士墨竹俾予題詩

奉常余之外高祖，儒雅風流絕近古。少年侍直承明廬，重瞳屢回加慰拊。玉堂無事只寫竹，影落縑緗生風雨。翠葉蒼筱滿人間，凌海越嶂爭購取。吾家寶藏三大軸，其一今在尚書府。二幅翻飛入島夷〔三〕，神物化去不可覩。吾兄安得此尺素，千緡不吝譬海賈。盛夏張之紫薇省，凉氣欻忽週堂廡。劃然北壁開戶牖，雨勢欲滴風披舞。此時靜坐亦何有，滿眼不復見塵土。湘妃帝子對之泣，藐姑神人誰與伍？吾兄好畫識畫意，余方潦倒困蓬戶。墨竹昔稱李夫人，湖州孟端皆堪譜。高人自有千載名，世上兒子何足數？作詩題竹非爲竹，俯仰自覺吾心苦。東坡先生豈浪語，知我之兄惟老可。

文湖州，東坡之從表兄也。與東坡最爲知己，坡有子期之比。坡詩云：「老可能爲竹寫眞。」

## 十八學士歌

十八學士誰比方？爭如瑚璉登明堂。立本丹青褚亮贊，至今遺事猶焜煌。有隋之季天壤坼，英雄草昧皆侯王。眞人揮霍靜區宇，遂偃干戈興文章。天策弘開盛儒雅，羣髦會萃皆才良。丈夫逢時能自見，智謀藝術皆雄長。惜哉嘉猷亦未遠，風流猶自沿齊、梁。吾讀成周卷阿詩，吉士藹藹如鳳皇。能以六典致太平，遠追二帝軼夏、商。唐初得士宜比迹，胡爲致治非成、康？中間豈無河、汾徒，晻遏師門竟不揚。吁嗟房、杜已如此，何恨薛生先蚤亡！

## 題異獸圖

昔年曾讀山海經，所稱怪獸多異名。仲尼删書述禹貢，九州無過萬里程。搏木(六)青羌何以至？伯益所疏疑非眞。西旅底貢召公懼，作書訓戒尤諄諄。周史獨著王會篇，睢盱百怪來殊庭。載筆或是誇卓犖，傳久孰辨僞與誠？雖然宇宙亦何盡，環海之外皆生人。陰陽變幻靡不有，異物非異亦非神。曾聞漢朝進扶拔，唐時方貢來東旌。壹角馬尾出絶壁，緑毛忽向人間行。近代所聞非孟浪，往往史牒皆有徵。今之畫者何所似，毋迺誕漫不足評。考古圖記豈必合，任情意造皆成形。畫狐似可作九尾，赤首圜題隨丹青。嗚呼，孰謂解衣盤礴稱良史，不識騶牙與麟趾。

## 甫里天隨寺

偶過白蓮院，爲尋緑鴨池。僧開蟲罥戶，人到鳥驚枝。斜日半庭雨，淸風數卷詩。空門住遺像，千載爾爲思。

## 恨詩二首

淸輝比秋月，遊魂散朝霞。首丘言猶在，易簀意何嗟！平生丈夫志，寄死宮人斜。曾參爲原母，杜氏豈無家？

## 又

誤落靑烏計，眞成黃鳥哀。隋珠彈燕雀，寶劍失風雷。文武今宵盡，乾坤此日頹。吾方從汝去，安事制麻衰？

## 寓漕湖錢氏錢本吴越王裔聚族於此地名錢港

錢港湖鄉杳，名家古木栽。微茫諸水滙，飄泊一船來。問遺交情厚，流連笑口開。因看吴越譜，世事使人哀。

## 馳驛

密殿朱衣客，圓牌金字符。恩光留日月，歌吹溯江湖。巨館牙盤饋，千夫錦纜呼。何如乘一葉，來往似飛鳧。

甲寅十月紀事

滄海洪波蹙，蠻夷〔七〕竟歲屯。羽書交郡國，烽火接郢門。雲結殘兵氣，潮添戰血痕。因歌祈父什，流淚不堪論。

其二

經過兵燹後，焦土遍江村。滿道豺狼跡，誰家鷄犬存？寒風吹白日，鬼火亂黄昏。何自征科吏，猶然復到門？

乙卯冬留別安亭諸友

黽勉復行役，殷勤感故知。悠悠寒水上，獵獵朔風吹。彈雀人多笑，屠龍世久嗤。往來誠數數，公等得無疑？

姜御史年九十六

柱後千寮竦，林間百歲將。同官皆不在，異世已如忘。猶辨蠅書細，能令鳩杖光。洪崖今可見，未必有丹方。

## 郭都統戍劉家河因識次壁間韻

將軍此日建雙旄，祆祲今年漸欲銷。東海自然仍地險，南夷非復似天驕。龍旗春動旋風汛，虎壘秋清枕夜潮。即見功成報明主，海王繫頸盡來朝。

## 西苑觀刈麥

御苑清風正麥秋，金輿晚出事宸遊。兩歧凝露垂黃茂，萬斛連雲際綠疇。先爲祈年多瑞雪，節來甘雨應玄脩。豐穰美報非無事，粒粒曾關聖主憂。

## 送上卿顧東白先生致政還鄉次張奉常韻

詔使讙傳枉聘車，漢庭忠厚似相如。爭稱在事能數馬，莫挽辭官返釣魚。疏傅田疇多舊業，陸生裝橐有新書。故人獨愧馮中尉，白首爲郎尙珮琚。

## 繚絲燈次李西涯楊邃菴二先生韻二首

聖朝威德務懷柔，萬里滇南比內州。邛竹多年通市易，寶燈今日盛傳流。僰人技巧新曾見，織女功庸久未酬。却憶當年李學士，玉堂詩酒坐淹留。

燈火長安照夜紅，豐年樂事萬方同。四夷〔八〕離韎歸鞮鞻，南海珠璣屬婦功。綺縠清英呈妙像，空方纖麗見精工。泰陵內直諸元老，都在春風湛露中。

## 賞荷次韻

碧池清泚漾天香，滿眼芙蓉似水鄉。映日新妝爭綽約，迎風小舞稱清狂。須酬佳客千杯綠，無奈明時兩鬢蒼。向晚乘凉各歸去，一天明月浸滄浪。

## 疊前韻

紅衣撩亂水泉香，醉眼驚看非此鄉。滿目烟霞生物色，無情魚鳥任猖狂。翠盤琛麗流明月，寶蓋攢羅迴昊蒼。更見一枝然水底，天教神女浴滄浪。

## 鄭家口夜泊次俞宜黄韻因懷昔年計偕諸公

飛沙竟日少光輝，浪急風高月色微。爲憶含桃催物候，尙淹行李未春歸。吳歌獨自彈長鋏，楚製堪憐著短衣。來往常經鄭家口，當時同伴共來稀。

## 小屯

小屯不知名，土屋十數家。少婦時出汲，黄沙沒弓鞋。

## 清明濟上

瀛州三月雪中行，千里寒風到濟寧。道上女郎斜插柳，始知今日是清明。

## 題周冕贈任別駕卷

成山斜轉黑洋通，南北神京一望中。天錫任侯爲保障，長城隱隱接遼東。
江南列郡盡乘城，藏穴何人肯出兵？惟有使君躬擐甲，劉家港口有潮生。
東倉白晝靜城闉，烟火連天豺虎嗔。忽駕迴潮趨海道，傳呼盡避搜官人。

血戰鯨波日奏膚，東南處處望來蘇。畫工不解憂勤意，却作南溟全勝圖。

## 行衛河中

風雨霏微送客舟，天涯魂夢日悠悠。可憐雙淚空零落，却付漳河向北流。

## 初發白河

白河流水日湯湯，直到天津接海洋。我欲乘舟從此去，明朝便擬到家鄉。

胡風刮地起黃沙，三月長安不見花。却憶故鄉風景好，櫻桃初熟正還家。

## 過興濟

河水迢迢去路賒，春風不住捉飛花。行人共說前朝事，指點當時戚畹家。

## 李廉甫憲副書齋小酌

青燈夜雨十年前，今日書齋各黯然。不是故人無舊話，凄涼只說楚江邊。

自天津來至此已過一月去闕日遠愴然有作

漳水悠悠向北流，征人日夜駕南州。行來忽盡三千里，又下揚州望越州。

隆慶二年朝京師南還與宣平俞宜黄武進陸太學同舟贈絶句一首

褰幃初識龔、黄面，傾蓋尋參李、郭舟。去路不知春欲暮，桃花飛盡過揚州。

又贈陸太學

羡君家在下蒲居，百里青山入具區。自種湖田供伏臘，萬竿修竹滿牀書。

贈俞公子

蓬門端坐獨危然，偉器如君最少年。他日可能忘父友，莫因下拜嗛文淵。

送同年查都諫山西行省

忽換朱衣拜早衙，諫垣初出鎮郇、瑕。思君昨日鳴珂地，鵁鶄雲邊起暮鴉。

送友人讀書玄墓山己亥庚子余嘗讀書于此

鄧尉山前古佛宫，湖波萬頃貯羣峯。欲尋老子當年處，五杏參天寶殿東。

檀溪跳澗

滹沱曾啓中興功，脩武先逃隆準公。三百餘年炎燼熄，猶延廟祏寄蠶叢。

宋康王乘龍渡河

大漠風悲靑蓋遙，七陵烟雨暮蕭條。康王若得眞龍馭，肯向錢塘問海潮？

文淵閣四景圖

耆日承明獨靜居，怡情閑把畫圖披。坐看四序璿璣轉，並是風調雨順時。

題二魚圖

江東四月貢鮮鰣，正是含桃薦廟時。聖主遙知來建業，孝陵南望起遐思。

蓬萊海水千丈起，何年得道乘飛鯉。不如扁舟向五湖，欲學養魚尋范蠡。

## 偶成四絶

一自當年謝合歡，不堪常見月團圞。于今生事如秋水，惟有芙蓉花好餐。芙蓉花

未信昌黎能送窮，但看登極是穇穇。六韜、金版知何用，不及鄉鄰賣菜翁。鄉鄰○按：極，屋棟也。穇穇，紛紛也。語出莊子。

西窗睡覺日方曛，坐見青山起暮雲。賸得少年狂易在，向人猶自說劉蕡。乞貸

推山調達自相加，滿眼婆提與夜叉。爲愛如來深法坐，飛來箭鏃是蓮花。忤逆

## 高郵湖爲斷纜所擊幾至失明

湖水悠悠送客征，無端飄瓦致虚驚。天留雙眼非無意，應爲丘明史未成。

## 光福山

十載重來古寺中，布衣猶似昔年逢。山僧却記吾名姓，不擎闍黎飯後鐘。

## 海上紀事十四首

自是吳分有淺災，連年杼軸已堪哀。獨饒此地無戎馬，又見椰帆海上來。

二百年來只養兵，不教一騎出圍城。民兵殺盡州官走，又下民間點壯丁。

海上腥膻不可聞，東郊殺氣日氤氳。使君自有金湯固，忍使吾民餌賊軍！

避難家家盡買舟，欲留團聚保鄉州。淮陰市井輕韓信，舉手揶揄笑未休。

大盜睢盱滿國中，伊川久已化爲戎。生民膏血供豺虎，莫怪夷兵燒海紅。

文武衣冠盛府中，輕身殺賊有任公。誰人不是黃金注，獨控青驪滬瀆東。

任公血戰一生餘：蓮碧花橋村塢虛。義士劉平能代死，吳門今不數專諸。

上海倉皇便棄軍，白龍魚服走紛紛。崑山城上爭相問，舉首呈身稱使君。

半遭鋒鏑半逃生，一處烽烟處處驚。聽得民間猶笑語，催科且喜一時停。

新城斗絕枕東危，甲士千人足指麾。壁外波濤空日月，城頭忽豎海王旗。

海島蠻夷〔九〕亦愛琛，使君何苦遁逃深。逢倭自有全身策，消得牀頭一萬金。

海潮新染血流霞，白日啾啾萬鬼嗟。官司却恐君王怒，勘報瘡痍四十家。

海水茫茫到日東，倭〔一〇〕來恍惚去無蹤。寶山新見天兵下，百萬貔貅屬總戎。

江南今日召倭奴，從此吳民未得蘇。君王自是眞堯、舜，莫說山東盜已無。

## 頌任公四首

黃梅風雨自年年，今日沙頭浪拍天。最是使君多大略，笑看東海欲投鞭。

小醜猖狂捍禦勞，跳梁時復似猿猱。賀蘭擁衆尤堪恨，李廣無軍也自逃。

落日孤城戰尙賒，遙瞻楚幕有棲鴉。將軍眞肯分甘苦，士卒何人敢戀家！

輕裝白袷日提兵，萬死寧能顧一生。童子皆知任別駕，巋然海上作金城。

## 隆慶元年上幸太學賜六館諸生寶鈔陸啓明與賜見分數楮

萬乘臨雍拜素王，親頒寶楮徧膠黌。自憐不與橋門外，隔歲來分鄰女光。

## 寄胡秀才

祗爲文章運數屯，憐君今日暫沉淪。夷吾定自逢知己，唐舉終非錯相人。

## 冰崖草堂賦

倚玉山之孤峙兮，前婁水之迂縈。占愷爽於邑中兮，雄面勢於山陽。有默齋之主人兮，搆冰崖之草堂。既命名之特異兮，詎斯義其誰當？

惟茲山之秀麗兮，日悠然其可望。覽雲物之生態兮，忽朝暮之無常。奚所夏暑冬癸兮，歷四時而凝霜。知主人之遠志兮，托幽遐以自將。少負奇以抗節兮，抱終天於蠻荒。泣蒼梧之不返兮，蹹五嶺以徬徨。卒煢煢以自遂兮，廓天路之翺翔。執法度以匡主兮，志不毀乎直方。逭鈇鉞之嚴誅兮，即遠竄乎夜郎。旋蒙恩以內徙兮，賴天王之聖明。秉外臺之憲節兮，赫金紫之輝煌。一朝去此而不顧兮，飄然來卽乎故鄉。

嗟夫，食肉之多鄙兮，人皆以衣錦爲榮。終紛競以火馳兮，日炎炎其無央。似夸父之逐日兮，孰知暍而慕夫淸涼！吾覽斯堂之名兮，洒然如御夫北風之飈。追范蠡於五湖兮，見伯夷於首陽。佩明月之寶璐兮，然猶思乎褐裳。厭鼎臑之盈望兮，志不去乎糟糠。開北牖以仰視兮，丹崖翠壁凜然冰壑之英。恍乎雪山之陽兮，冽冽乎冬氣之長。朝受命而夕飲冰兮，吾嘗聞此語於蒙莊。嘉君子之德音兮，誌志節之彌強。爰作賦以頌禱兮，祈壽考之無疆。

嘉靖乙卯九月朔，爲憲副默齋六十之誕辰，予旣爲文以贈；而南雲與先生爲布衣交，復求予作此賦；亦以見先生篤於故舊，能令南雲睠睠如此云。

## 校記

〔一〕崛　原刻誤作「掘」，依大全集校改。

〔二〕〔三〕〔五〕〔七〕〔八〕〔九〕夷　原刻墨釘，依大全集校補。

〔四〕韃靼　原刻墨釘，依大全集校補。

〔六〕搏木　當爲「榑木」，呂氏春秋愼言求人「禹東至榑木之地」可證。

〔一〇〕倭　原刻墨釘，依大全集校補。

# 附錄

## 歸太僕贊 有序

王世貞撰

故太僕寺丞直文儀制勅歸震川先生，諱有光，字熙甫，崑山人也。生而美風儀，性淵沉，於書無所不讀，而尤邃經術，長於制科之業。自其爲諸生，則已有名，及門之履恆滿。而先生方以久次膺貢，尋舉應天鄉試第二人。故相張文毅公治時主試，得先生文而奇之，大以國士相許。然至公車，輒報罷。行年六十而始登第。又不得館選，出令湖之長興，踰三載，僅遷判順德府。高新鄭，其座主也，以大相秉銓，憐先生屈，拔爲太僕丞。尋以太僕入司制勅，氣稍發舒。而浙之臺使復苛摘之，先生方屬疾，鬱鬱不樂，遂卒。

先生於古文詞，雖出之自史、漢，而大較折衷於昌黎、廬陵。當其所得，意沛如也。不事雕飾，而自有風味，超然當名家矣。其晚達而終不得意，尤爲識者所惜云。

贊曰：風行水上，渙爲文章。當其風止，與水相忘。剪綴帖括，藻粉鋪張。江左以還，極於陳、梁。千載有公，繼韓、歐陽。余豈異趨？久而始傷。

# 震川先生小傳 見列朝詩集

錢謙益撰

震川先生歸有光，字熙甫，崑山人。九歲，能屬文。弱冠盡通六經、三史、八大家之書。浸漬演迤，蔚爲大儒。嘉靖庚子，舉南京第二人，爲茶陵張文隱公所知。其後八上春官，不第。讀書談道，居嘉定之安亭江上，四方來學者，常數十百人，海內稱震川先生，不以名氏。

乙丑，舉進士。除長興知縣。用古敎化法治其民。每聽訟，引兒童婦女案前，刺刺吳語，事解，立縱去，不具獄。有所擊斷寢息，直行其意。大吏多惡之。有蜚語聞，量移通判順德。隆慶庚午，入賀。新鄭、內江雅知熙甫，引爲南京太僕寺丞，留掌制勅，修世廟實錄。熙甫宿學大儒，久困郡邑，得爲文學官，給事館閣，欲以其間觀中祕未見書，益肆力於著作。而遽以病卒，年六十有六。

熙甫爲文，原本六經，而好太史公書，能得其風神脈理。其於八大家，自謂可肩隨歐、曾，臨川則不難抗行。其於詩，似無意求工，滔滔自運，要非流俗可及也。當是時，王弇州踵二李之後，主盟文壇，聲華烜赫，奔走四海。熙甫一老舉子，獨抱遺經於荒江虛市之間，樹牙頰相搘柱，不少下。嘗爲人文序，詆排俗學，以爲苟得一二妄庸人爲之巨子。弇州聞之，曰：「妄則有之，庸則未敢聞命。」熙甫曰：「惟妄，故庸。未有妄而不庸者也。」弇州晚歲贊熙甫畫像曰：「千載有公，繼韓、歐陽。余豈異趨？久而始傷。」識者謂先生之文，至是始論定，而弇州之遲暮自悔，爲不可及也。

熙甫沒，其子子寧輯其遺文，妄加改竄。賈人翁氏夢熙甫趣之曰：「亟成之，少稽緩，塗乙盡矣。」刻既成，賈人爲文祭熙甫，具言所夢，今載集後。季子子慕，字季思，以鄉舉追贈待詔。冢孫昌世，字文休，與余共定熙甫全集者也。

嘉靖末，山陰諸狀元大綬官翰學，置酒招鄉人徐渭文長。入夜，良久乃至。學士問曰：「何遲也？」文長曰：「頃避雨士人家，見壁間懸歸有光文，今之歐陽子也。迴翔雒誦，不能舍去，是以遲耳！」學士命隸卷其軸以來，張燈快讀，相對嘆賞，至於達旦。四明余翰編分試禮闈，學士爲具言熙甫之文，意庀波瀾所以然者。熙甫果得儁。熙甫重平生知己，每敍張文隱事，輒爲流涕。豈未有以文長此事聞於熙甫者乎？爲補書之於此。

# 明太僕寺寺丞歸公墓誌銘

萬曆乙亥，熙甫先生葬於崑山東南門之內。其子子駿，求予志其墓，而未暇爲也。後或數歲一見，或一歲數見，必以爲請。繼以涕泣，不懈益勤。嗟乎，子駿豈慮千百世之後，無復知熙甫者乎！夫千百世之後必有知熙甫者，然必以熙甫之書，而不以予之志否也。既深悲其意，乃爲序而銘之。

歸氏之先，出於高陽。重黎之後，封於韓墟，是爲胡子。國絶於夏、商之際，武王克商，復爲子國。其後散居吳、越者爲歸氏。自漢以後無聞焉。唐天寶中，有崇敬者，多識典禮，議辟雝之制，及天子謁先聖，當東面，如武王受丹書師尚父者也。封餘姚郡公，謚曰宣。宣公之子登，封長洲縣男。登子融，封晉陵郡公，謚曰憲。其後五世，皆以進士爲大官。至十四世，曰罕仁，宋咸淳間爲湖州判官。子道隆，居太倉之項脊涇。其孫德甫，爲河南廉訪使。廉訪之孫度，當洪武初，避難於夜郎、邛、筰之間，幾死，數有神人護之。歸而復居崑山之外隍。又二世，爲承事郎璿。璿生城武令鳳，鳳生紳，紳生正，皆縣學生。正贈文林郎長興知縣，配周氏，贈孺人。先生之考妣也。

先生在孕時，家數見禎瑞，有虹起於庭，其光屬天，故名先生有光。熙甫，其字也。熙甫眉目秀朗，明悟絶人。九歲，能成文章，無童子之好。弱冠盡通六經、三史、大家〔一〕之文，及濂、洛、關、閩之說。邑有吳純甫先生，見熙甫所爲文，大驚，以爲當世士無及此者。繇是名動四方。以選貢入南太學。歲庚子，茶陵張文毅公考士，得其文，謂爲賈、董再生，將置第一，而疑太學多他省人，更置第二，然自喜得一國士。其後八上春官，不第。蓋天下方相率爲浮游汎濫之詞，靡靡同風，而熙甫深探古人之微言奥旨，發爲義理之文，洸洋自恣，小儒不能識也。

於是讀書談道於嘉定之安亭江上，四方來學者常數十百人。熙甫不時出，或從其子質問所疑。歲乙丑，四明余文敏公當分試禮闈，予爲言熙甫之文意度波瀾所以然者。後余公得其文，示同事，無不歎服。既見熙甫姓名，相賀得人。主試者新鄭高公，喜而言曰：「此茶陵張公所取以冠南國者，今得之，有以謝天下士矣。」廷試，入三甲，選爲湖州長興縣令。

長興在湖山間，多盜而好訟。熙甫平生之論，謂爲天子牧養小民，宜求所疾痛，不當過自嚴重，赫赫若神，令閭閻之意不得自通。故聽訟時，引兒童婦女與吳語，務得其情，事有可解者，立解之，不數數具獄。出死囚數十人，旁縣盜發而無故株連者，爲洗滌復百人。有重囚，母死當葬，熙甫縱之歸，治葬事畢，還就獄。有勸之逸去者，囚不忍相負也。然宿賊四五十家，窟宅聯絡，依山窠中，數名捕之，不能得。熙甫率吏士掩之，賊蠭起格鬬，矢石滿前，熙甫目不爲瞬，竟服其辜。大戶魚肉小民者，按問無所縱舍。嘗夢兩人頭飛來齧臂，若有所訴。明日，有提兩人頭，自言奴通其妾，輒斬以聞。熙甫令罷去，潛蹤跡之，實欲納奴妾耳，遂論如法。

先生自以負海內之望，明習古今成敗，即令召公、畢公爲方岳，必且參與謀議，不令北面受事而已。故嘗直行其意。縣有勾軍之令，每闕一人，自國初赤籍所注，一戶或數百人，及隣保里甲，人人詣縣對簿。熙甫不忍騷動百家，嘗寢其事，大吏弗善也。又長興多田之宗，往往花分細戶，而貧戶顧充里甲。熙甫心知不可，乃取大戶所分子戶爲里甲，因以充糧長。小民安居自如，而豪宗多怨之。有蜚語聞，將中以考功法。公卿大臣多知熙甫者，得通判順德。具疏乞致仕，輦下諸公不爲上。

熙甫至順德，爲土室蓬戶，讀書其中，不類居官者。庚午入賀，太僕寺留熙甫纂修寺志。以熙甫判順德，所掌者馬政也。會新鄭高公、內江趙公，皆平生愛慕先生，時相次入政府，遂引先生爲南京太僕寺寺丞。而惟揚〔三〕李公，復留先生掌制勅，修世廟實錄。蓋先生晚而登第，謂當在天子左右，備顧問，而栖栖郡縣，重致人言，意壹鬱不自得。已而列於文學侍從之間，旦夕且致大用，又閣中藏書，多世所未見，方欲遍觀以盡作者之變；亡何，不起矣。天下士聞者，莫不悲之。

先生於書無所不通，然其大指，必取衷六經。而好太史公書，所爲抒寫懷抱之文，溫潤典麗，如清廟之瑟，一唱三嘆，無意於感人，而歡愉慘惻之思，溢于言語之外，嗟嘆之，淫佚之，自不能已已。至於高文大冊，鋪張帝王之略，表章聖賢之道，若河圖、大訓，陳於玉几，和弓垂矢，並列珪璋黼黻之間，鄭、衛之音，蠻夷之舞，自無所容。嗚呼！可謂大雅不羣者矣。然先生不獨以文章名世，而其操行高潔，多人所難及者，余益爲之歎慕云。

先生生于正德元年，卒于隆慶五年，享年六十有六。元配魏氏，繼配王氏，皆從先生之兆。再繼費氏，別葬。有子六人，詳具于狀。銘曰：

秦、漢以來，作者百家。譬諸草木，大小畢華。或春以榮，或秋以葩。時則爲之，匪前是誇。先生之文，六經爲質。非似其貌，神理斯述。微言永歎，皆諧呂律。匪籩匪簋，烝餚有飶。造次之間，周旋必儒。大雅未亡，請觀其書。

明特進榮祿大夫、右柱國、少傅兼太子太傅、戶部尚書、建極殿大學士王錫爵撰。

## 校記

〔一〕「大家」上應有「七」字，見孫岱歸震川先生年譜「嘉靖四年」下引墓誌。又錢謙益震川先生小傳謂：「弱冠盡通六經、三史、八大家之書。」

〔二〕惟　疑當爲「維」。

# 書先太僕全集後

先太僕府君文集，凡三刻矣。始，府君之門人王子敬爲令閩之建寧，刻於閩中。文既不多，流傳亦少。先伯祖某刻於崑山，其人不知文而自用，擅自去取，止刻三百五十餘篇，又妄加删改；府君見夢於梓人，梓人以爲言，乃止。故今書、序二體中，往往有與藏本異者。其後，宗人道傳又刻於虞山，篇數與崑山本相埒，文則崑山本所無者百有餘篇，然頗多錯誤。諸刻既未備，又非善本，先君子常恫於懷，取所藏原本，考較是正。又慮有缺漬，命莊假館虞山，從先師錢牧齋宗伯借藏本，錄其所無者，合得六百餘首，篋而藏之。語莊兄弟曰：「汝曾祖文章，可繼唐、宋八家，顧不盡流傳於世。吾欲以諸刻本與未刻者，合而錄之，今窮老無力，他日汝輩事也。」莊謹志之，不敢忘。

今先君捐館，兩昆殉難二十餘年，室家破散，孤窮困踣。開篋披先世著述，輒嗚咽不能讀。念至，則涕汗交流，不可以爲人。嘗謀之虞山族叔比部君裔興，比部慨然任其事，因以府君全集質之牧齋先生。先生先是已序府君之文，載初學集中，至是更加排纘，選定四十卷，自尺牘古今詩之外，計五百九十六篇，重作一序，并定凡例。莊於是考較加詳。比部已梓三十餘篇，會病卒。

嗟乎！韓退之文起八代之衰，一時宗仰之者半，非笑之者半；後二百餘年，得歐陽永叔而始大顯。府君之文，一時雖壓於異趨而盛名者，至於今未及百年，而世無不推崇之，比於歐、曾。方之昔賢，不爲不幸矣。然韓公之文，世未嘗無之。但五代之亂不尚文，宋初又尚楊、劉之習，故不知貴重耳。未有世皆知尊仰，而文反不流傳，如府君者也。亡友南昌王于一嘗語莊曰：「吾在江西，欲觀君家太僕文，遍求不可得。」前年，黄州顧赤方亦言：「楚中士大夫多知震川先生之名，而無繇見其文集。」江、楚去吳中僅二千餘里，已不能流傳到彼，則遠者可知矣。

夫文章者，天地之菁英，古今之寶藏也。一代之士，得與于此者，不過數人。士既畢一生之聰明思慮才氣，以收其菁英，獲其寶藏，亦必欲宣昭發揚以見於世，不甘沒沒也。天下之士，既愛慕其人之文章，亦思掇其菁英以自飾，襲其寶藏以自潤，祕而不與，亦復何取？天既篤生其人，阨其遇，老其才，使之專力一心於文章，以持天下之文運，以造天下之文才，亦必不願其以菁英寶藏私於一己也。今文章如太僕府君，而後之人不使之流傳，不能承父之志，揚祖之美，以副當世之士宗仰愛慕之心，而答上天生人才之意，豈惟得罪於先公，抑亦得罪於當世之士，得罪於天矣。

顧莊自知負罪，而壁立磬懸，無可如何。惟有朝夕向家祠叩頭長跪，冀冥漠之哀宥。又自念老而無子，孑獨一身，而近日風波，幾不免禍，脱不幸溘先朝露，則此書更誰托哉？此其尤痛心疾首而不能一刻寬者也。既力不能付梓，且多留副本於世，及人有借抄者與之，仍刻期見還，此亦不得已之思也。若合録以流傳，不知當在何時？則莊之可告無罪於先世、於天、於當世之士，亦不知在何時？嗚呼，可哀也已！丁未四月既望，曾孫莊謹書。

# 當道明府及遠近士大夫助刻先太僕文集敬賦

## 五章奉謝用文章千古事爲韻

曾孫莊

在昔盛明世，天未喪斯文。篤生吾太僕，著作迥軼羣。一時七才子，標榜皆淵、雲。其魁卒推服，卓哉紹前聞。

二

太僕絶代文，誠繼韓、歐陽。越今百餘載，彌覺光燄長。所恨前人謬，删改不成章。猶賴元本存，小子櫝而藏。

三

先子於是書，蒐輯已有年。更賴錢宗伯，彙選加重編。卷帙計四十，葉數踰一千。較勘空勞心，無力使流傳。

四

邑宰董仁侯，無錫吳明府，捐俸鋟遺文，表章我曾祖。諸公因繼之，翕然相鼓舞。盛事慰九原，高義足千古。

五

文章關氣運，豈復一家事！茲集得流傳，後學受其賜。先澤幸不湮，小子差自慰。顧藉他人力，尋思終內愧。

| | |
|---|---|
| 秋笳集 | [清]吴兆騫撰　麻守中校點 |
| 漁洋精華録集釋 | [清]王士禛著<br>李毓芙、牟通、李茂肅整理 |
| 聊齋志異會校會注會評本 | [清]蒲松齡著　張友鶴輯校 |
| 敬業堂詩集 | [清]查慎行著　周劭標點 |
| 納蘭詞箋注 | [清]納蘭性德著　張草紉箋注 |
| 方苞集 | [清]方苞著　劉季高校點 |
| 樊榭山房集 | [清]厲鶚著　[清]董兆熊注<br>陳九思標校 |
| 劉大櫆集 | [清]劉大櫆著　吴孟復標點 |
| 儒林外史彙校彙評 | [清]吴敬梓著　李漢秋輯校 |
| 小倉山房詩文集 | [清]袁枚著　周本淳標校 |
| 忠雅堂集校箋 | [清]蔣士銓著　邵海清校<br>李夢生箋 |
| 甌北集 | [清]趙翼著　李學穎、曹光甫校點 |
| 惜抱軒詩文集 | [清]姚鼐著　劉季高標校 |
| 兩當軒集 | [清]黄景仁著　李國章校點 |
| 惲敬集 | [清]惲敬著　萬陸、謝珊珊、林振岳<br>標校　林振岳集評 |
| 茗柯文編 | [清]張惠言著　黄立新校點 |
| 瓶水齋詩集 | [清]舒位著　曹光甫點校 |
| 龔自珍全集 | [清]龔自珍著　王佩諍校點 |
| 龔自珍詩集編年校注 | [清]龔自珍著　劉逸生、周錫䪖校注 |
| 水雲樓詩詞箋注 | [清]蔣春霖著　劉勇剛箋注 |
| 人境廬詩草箋注 | [清]黄遵憲著　錢仲聯箋注 |
| 嶺雲海日樓詩鈔 | [清]丘逢甲著　丘鑄昌標點 |

| | |
|---|---|
| 湯顯祖戲曲集 | [明]湯顯祖著　錢南揚校點 |
| 白蘇齋類集 | [明]袁宗道著　錢伯城校點 |
| 袁宏道集箋校 | [明]袁宏道著　錢伯城箋校 |
| 珂雪齋集 | [明]袁中道著　錢伯城點校 |
| 隱秀軒集 | [明]鍾惺著　李先耕、崔重慶標校 |
| 譚元春集 | [明]譚元春著　陳杏珍標校 |
| 張岱詩文集(增訂本) | [明]張岱著　夏咸淳校點 |
| 陳子龍詩集 | [明]陳子龍著<br>施蟄存、馬祖熙標校 |
| 牧齋初學集 | [清]錢謙益著　[清]錢曾箋注<br>錢仲聯標校 |
| 牧齋有學集 | [清]錢謙益著　[清]錢曾箋注<br>錢仲聯標校 |
| 牧齋雜著 | [清]錢謙益著　[清]錢曾箋注<br>錢仲聯標校 |
| 牧齋初學集詩注彙校 | [清]錢謙益著　[清]錢曾箋注<br>卿朝暉輯校 |
| 李玉戲曲集 | [清]李玉著<br>陳古虞、陳多、馬聖貴點校 |
| 吴梅村全集 | [清]吴偉業著　李學穎集評標校 |
| 歸莊集 | [清]歸莊著 |
| 顧亭林詩集彙注 | [清]顧炎武著　王蘧常輯注<br>吴丕績標校 |
| 安雅堂全集 | [清]宋琬著　馬祖熙標校 |
| 吴嘉紀詩箋校 | [清]吴嘉紀著　楊積慶箋校 |
| 陳維崧集 | [清]陳維崧著　陳振鵬標點<br>李學穎校補 |

| | |
|---|---|
| 清真集箋注 | [宋]周邦彦著　羅忼烈箋注 |
| 樵歌校注 | [宋]朱敦儒著　鄧子勉校注 |
| 李清照集箋注(修訂本) | [宋]李清照著　徐培均箋注 |
| 陳與義集校箋 | [宋]陳與義著　白敦仁校箋 |
| 蘆川詞箋注 | [宋]張元幹著　曹濟平箋注 |
| 劍南詩稿校注 | [宋]陸游著　錢仲聯校注 |
| 放翁詞編年箋注(增訂本) | [宋]陸游著　夏承燾、吴熊和箋注<br>陶然訂補 |
| 范石湖集 | [宋]范成大撰　富壽蓀標校 |
| 于湖居士文集 | [宋]張孝祥著　徐鵬校點 |
| 稼軒詞編年箋注(定本) | [宋]辛棄疾撰　鄧廣銘箋注 |
| 姜白石詞編年箋校 | [宋]姜夔著　夏承燾箋校 |
| 後村詞箋注 | [宋]劉克莊著　錢仲聯箋注 |
| 雁門集 | [元]薩都拉著<br>殷孟倫、朱廣祁校點 |
| 揭傒斯全集 | [元]揭傒斯著　李夢生標校 |
| 高青丘集 | [明]高啓著　[清]金檀注<br>徐澄宇、沈北宗校點 |
| 唐寅集 | [明]唐寅著　周道振、張月尊輯校 |
| 震川先生集 | [明]歸有光著　周本淳校點 |
| 海浮山堂詞稿 | [明]馮惟敏著<br>凌景埏、謝伯陽標校 |
| 滄溟先生集 | [明]李攀龍著　包敬第標校 |
| 梁辰魚集 | [明]梁辰魚著　吴書蔭编集校點 |
| 沈璟集 | [明]沈璟著　徐朔方輯校 |
| 湯顯祖詩文集 | [明]湯顯祖著　徐朔方箋校 |

| | |
|---|---|
| 樊南文集 | [唐]李商隱著　[清]馮浩詳注<br>錢振倫、錢振常箋注 |
| 皮子文藪 | [唐]皮日休著　蕭滌非、鄭慶篤整理 |
| 鄭谷詩集箋注 | [唐]鄭谷著<br>嚴壽澂、黄明、趙昌平箋注 |
| 韋莊集箋注 | [五代]韋莊著　聶安福箋注 |
| 張先集編年校注 | [宋]張先著　吴熊和、沈松勤校注 |
| 二晏詞箋注 | [宋]晏殊、晏幾道著　張草紉箋注 |
| 梅堯臣集編年校注 | [宋]梅堯臣著　朱東潤編年校注 |
| 歐陽修詩文集校箋 | [宋]歐陽修著　洪本健校箋 |
| 蘇舜欽集 | [宋]蘇舜欽著　沈文倬校點 |
| 嘉祐集箋注 | [宋]蘇洵著　曾棗莊、金成禮箋注 |
| 王荆文公詩箋注 | [宋]王安石著　[宋]李壁箋注<br>高克勤點校 |
| 王令集 | [宋]王令著　沈文倬校點 |
| 蘇軾詩集合注 | [宋]蘇軾著　[清]馮應榴注<br>黄任軻、朱懷春校點 |
| 東坡樂府箋 | [宋]蘇軾著　[清]朱孝臧編年<br>龍榆生校箋 |
| 欒城集 | [宋]蘇轍著　曾棗莊、馬德富校點 |
| 山谷詩集注 | [宋]黄庭堅著　[宋]任淵、史容<br>史季温注　黄寶華點校 |
| 山谷詩注續補 | [宋]黄庭堅著　陳永正、何澤棠注 |
| 山谷詞校注 | [宋]黄庭堅著　馬興榮、祝振玉校注 |
| 淮海集箋注 | [宋]秦觀撰　徐培均箋注 |
| 淮海居士長短句箋注 | [宋]秦觀著　徐培均箋注 |

| | |
|---|---|
| 孟浩然詩集箋注（增訂本） | ［唐］孟浩然著　佟培基箋注 |
| 王右丞集箋注 | ［唐］王維著　［清］趙殿成箋注 |
| 李白集校注 | ［唐］李白著　瞿蜕園、朱金城校注 |
| 高適集校注（修訂本） | ［唐］高適著　孫欽善校注 |
| 杜詩趙次公先後解輯校 | ［唐］杜甫著　［宋］趙次公注　林繼中輯校 |
| 杜詩鏡銓 | ［唐］杜甫著　［清］楊倫箋注 |
| 錢注杜詩 | ［唐］杜甫著　［清］錢謙益箋注 |
| 岑參集校注 | ［唐］岑參著　陳鐵民、侯忠義校注 |
| 戴叔倫詩集校注 | ［唐］戴叔倫著　蔣寅校注 |
| 韋應物集校注（增訂本） | ［唐］韋應物著　陶敏、王友勝校注 |
| 權德輿詩文集 | ［唐］權德輿撰　郭廣偉校點 |
| 韓昌黎詩繫年集釋 | ［唐］韓愈著　錢仲聯集釋 |
| 韓昌黎文集校注 | ［唐］韓愈著　馬其昶校注　馬茂元整理 |
| 劉禹錫集箋證 | ［唐］劉禹錫著　瞿蜕園箋證 |
| 白居易集箋校 | ［唐］白居易著　朱金城箋校 |
| 柳宗元詩箋釋 | ［唐］柳宗元著　王國安箋釋 |
| 柳河東集 | ［唐］柳宗元著　［宋］廖瑩中輯注 |
| 元稹集校注 | ［唐］元稹著　周相録校注 |
| 長江集新校 | ［唐］賈島著　李嘉言新校 |
| 三家評注李長吉歌詩 | ［唐］李賀著　［清］王琦等評注 |
| 樊川文集 | ［唐］杜牧著　陳允吉校點 |
| 樊川詩集注 | ［唐］杜牧著　［清］馮集梧注 |
| 温飛卿詩集箋注 | ［唐］温庭筠著　［清］曾益等箋注 |
| 玉谿生詩集箋注 | ［唐］李商隱著　［清］馮浩箋注　蔣凡校點 |

# 《中國古典文學叢書》已出書目

| | |
|---|---|
| 詩經今注 | 高亨注 |
| 楚辭今注 | 湯炳正、李大明、李誠、熊良智注 |
| 司馬相如集校注 | [漢]司馬相如著　金國永校注 |
| 揚雄集校注 | [漢]揚雄著　張震澤校注 |
| 張衡詩文集校注 | [漢]張衡著　張震澤校注 |
| 阮籍集 | [魏]阮籍著　李志鈞等校點 |
| 陶淵明集校箋(修訂本) | [晉]陶潛著　龔斌校箋 |
| 世説新語箋疏(修訂本) | [南朝宋]劉義慶撰　余嘉錫箋疏　周祖謨等整理 |
| 世説新語校釋 | [南朝宋]劉義慶撰　[南朝梁]劉孝標注　龔斌校釋 |
| 鮑參軍集注 | [南朝宋]鮑照著　錢仲聯增補集説校 |
| 謝宣城集校注 | [南朝齊]謝朓著　曹融南校注集説 |
| 文心雕龍義證 | [南朝梁]劉勰著　詹鍈義證 |
| 詩品集注(增訂本) | [梁]鍾嶸著　曹旭集注 |
| 文選 | [梁]蕭統編　[唐]李善注 |
| 玉臺新咏彙校 | 吴冠文　談蓓芳　章培恒彙校 |
| 王梵志詩集校注(增訂本) | [唐]王梵志著　項楚校注 |
| 盧照鄰集箋注 | [唐]盧照鄰著　祝尚書箋注 |
| 駱臨海集箋注 | [唐]駱賓王著　[清]陳熙晉箋注 |
| 王子安集注 | [唐]王勃著　[清]蔣清翊注 |
| 陳子昂集(修訂本) | [唐]陳子昂撰　徐鵬校點 |